# Patricia Schoedon

## Einer liebt immer mehr

Roman

Bibliografische Information der Deutschen Nationalbibliothek:
Die Deutsche Nationalbibliothek verzeichnet diese Publikation
in der Deutschen Nationalbibliografie, detaillierte bibliografische Daten sind
im Internet unter dnb.dnb.de abrufbar.

TWENTYSIX- Der Self-Publishing-Verlag
Eine Kooperation zwischen der Verlagsgruppe Random House und
BoD- Books on Demand



Herstellung und Verlag:
BoD- Books on Demand, Norderstedt

ISBN: 978-3-7407-4590-5

# <u>Prolog</u>

Der Sommer geht in großen endlosen Schritten zu Ende. Die Waldwege sind voller bunter Blätter, die von den Bäumen in den letzten stürmischen Tagen abgeschüttelt wurden. Evelyn geht einen abgelegenen Weg entlang. Sie sucht die vollkommende Ruhe. Ihr Kopf ist voller dunkler Gedanken. In den letzten Tagen denkt sie mehr und mehr über ihre Zukunftspläne nach. Während sie ganz alleine durch den Wald geht, die iPod Kopfhörer eingestöpselt trägt und die Musik auf volle Lautstärke gedreht ist, schweift sie mit den Gedanken immer wieder ab. Sie ist völlig hin und hergerissen und weiß, dass sie eine wichtige Entscheidung für ihren weiteren Lebensweg treffen muss. Wie soll man eine wichtige Entscheidung treffen, wenn man sich nicht einmal sicher sein kann, was richtig und was falsch ist und was das Wort „richtig" eigentlich bedeutet? Ist sie nicht eigentlich noch viel zu jung um an ihre Zukunft zu denken? Um über das Heiraten und Kinder kriegen nachzudenken. Doch wenn sie jetzt nicht in die richtige Richtung gehen würde, was wäre dann? Würde sie in fünf oder zehn Jahren auf ihr Leben zurückschauen? Würde sie sich fragen, ob sie den steinigen Weg hätte gehen sollen, der schwer gewesen wäre und für den sie hätte kämpfen müssen damit er funktionierte, anstatt die einfache

Variante zu wählen? Evelyn hatte das Gefühl, dass sie an einem Schotterweg stand der ins Nichts führen würde, egal wie sie sich jetzt entschied, irgendjemand würde unter ihrer Entscheidung leiden. Und das nur damit sie glücklich war? War es das wirklich wert? Und wer konnte schon vorhersehen, ob sie wirklich glücklicher wäre, wenn sie Option B, statt A wählen würde. Die Fragen zermürbten ihr allmählich das Hirn. Wenn sie im Vorhinein gewusst hätte, welche Entscheidung die Beste gewesen wäre, dann wäre das was schließlich kam und der Mann, der ihr schließlich begegnete vielleicht niemals passiert. Sie bewegte sich auf gefährlichem Territorium. Doch sie hatte damals nicht anders gekonnt, als sich für den leichteren Weg zu entscheiden. Dafür würde ihr Leben in der Zukunft Züge annehmen, von denen sie damals nur zu träumen gewagt hätte. Doch gegen das Schicksal ist man schließlich machtlos.

# *Kapitel 1*

Die Stunden vergingen und ich starrte die Wolkendecke nachdenklich an. Ich lag auf einer Wiese mitten im Wald und zermarterte mir den Kopf über meine Beziehung. Es war nicht das erste Mal, dass ich nachdenklich alleine zu diesem ganz besonderen Platz ging und mir Zeit für mich nahm. Meine Therapeutin hatte mir dazu geraten mir Zeit zum „Nachdenken" und zum „Trauern" zu nehmen. Sie war ja schließlich die Expertin und musste wissen was sie sagte. Dafür hatte sie immerhin etwa zehn Semester studiert und ihren Kopf in unzählige Fachbücher gesteckt, wodurch sie meine Expertin wurde. Manchmal fragte ich mich, ob sie mir überhaupt richtig zuhörte, wenn ich ihr von meinen Sorgen erzählte. Meine Erzählungen kamen mir immer öfter, wie Monologe vor, anstatt wie Sitzungen, die sie beurteilen sollte und in denen sie mir Tipps geben sollte um mich zu „heilen". Von der Heilung war ich noch weit entfernt. Ja, natürlich. Es ging mir besser nach den Gesprächen mit ihr und ich hatte das Gefühl, dass ich den Lösungen an manchen Tagen näher war, als noch in der Woche zuvor. Aber, ob es wirklich an ihr lag, wagte ich ernsthaft zu bezweifeln. Die kleinen, weißen Tabletten, die ich jeden Morgen pünktlich um zehn Uhr einnahm, nahmen mir die ständigen Bauchschmerzen. Aber ich hatte da so meine eigene Theorie. Ich sah mein Gehirn als eine Art Zahnrad an, das sich immer und immer wieder aufs Neue drehte und nie den Zeitpunkt fand um einmal nicht zu arbeiten. Ich sehnte mir einen völligen Stilstand herbei, der leider nicht greifbar war. Wie auch immer. Frau Doktor riet mir dazu abzuschalten und nachzudenken. Sie sagte in einer unserer letzten Sitzungen, ich solle mir die Zeit nehmen zu trauern über Erlebnisse, die ich anfangen sollte zu verarbeiten. Wie einfach es war jemand anderem dazu zu raten sich Zeit zum Trauern zu nehmen. Woher wollte ein wildfremder Mensch wissen, wie viel Zeit ich mir zum Trauern nehmen sollte? Sie wusste unter Garantie nicht wie viel ich schon getrauert hatte und dass ich nicht mehr weinen wollte. Vielmehr wollte ich genau das Gegenteil. Ich drehte mich auf den Bauch und schloss für einen Moment lang die Augen bevor ich wieder zurück in die Wirklichkeit musste. Es war Sonntagnachmittag. Morgen früh musste ich zurück in die Agentur und die langen Tage hinter mich bringen. Im Prinzip konnte ich mich nicht über meinen Job beschweren, ich verdiente nicht übel und konnte meine Arbeitszeit relativ flexibel einteilen. Meine Kollegin war super und mein direkter Chef John ebenfalls. Die Kollegen und Kolleginnen in der Agentur waren im Allgemeinen freundlich, wenn auch ein wenig gestresst zurzeit. Aber wer war das nicht?

Das lautstarke Klingeln meines Handys ließ mich aus meinen Gedanken hochschrecken. Auf dem Display erkannte ich den Namen meiner Mutter und verdrehte genervt die Augen. Immerhin hatte sie mich aus meiner Ruheoase geholt.

„Mutter", hustete ich genervt ins Telefon.

Sie wirkte hektisch, während sie mir irgendetwas von einer bald anstehenden Familienfeier erzählte. Ich hörte nur halbherzig hin und beipflichtete zwischendurch nur „Ahs" und „Ohs".

„Evelyn, hörst du mir überhaupt zu?" Piepste sie lautstark.

„Natürlich Mutter. Die Verbindung ist nur ziemlich schlecht. Ich rufe später zurück." Noch ehe sie etwas sagen konnte, drückte ich sie weg und schaltete das Telefon auf stumm. Ich setzte mich müde auf und legte meinen Kopf zwischen die angezogenen Knie. Die Frau würde mich eines Tages noch ins Grab bringen. Niemand nannte mich Evelyn, außer ihr. Sie war sehr führsorglich und meistens sehr lieb, vielleicht ein wenig tadelnd, aber ansonsten sehr adrett und schon etwas überperfekt. Sie liebte den Namen Evelyn hatte sie mir erzählt. Eve erinnerte sie an einen verschneiten Weihnachtsmorgen, an dem es nach Tanne und Zimt roch. Einmal erzählte sie mir, dass sie immer daran denken musste, wenn sie an mich dachte. Als sie schwanger wurde und mein Vater und sie sich für einen Namen entscheiden mussten, wollte sie mich unbedingt Evelyn nennen. In den Momenten, in denen sie vollkommen glücklich war, nannte sie mich Eve, das hatte mir mein Vater eines Weihnachtsmorgens erzählt. Ihre kleine Eve. Sie tat es nach diesem Weihnachten nur noch selten, denn meine Eltern hatten sich im April des folgenden Jahres aufgrund von „unüberbrückbarer Konflikte" getrennt. Mein Bruder Dave und ich waren inzwischen alt genug um zu entscheiden, ob wir bei einem Elternteil leben wollten oder ob wir ausziehen sollten. Wir entschieden uns dazu uns eine eigene Wohnung zu suchen und eine WG zu gründen. Der Plan klappte bisher ganz gut, obwohl ich ihn manchmal für seine Unordnung hasste. Außerdem schleppte er reihenweise Frauen an, nachdem er mit seinen Kumpels getrunken und gefeiert hatte. Wenn ich dann morgens aufstand, durfte ich mich oft mit irgendeiner wildfremden Barbie um die Nutzung des Badezimmers streiten. Wie üblich schenkte ich ihm einen bösen Blick und gab grimmig, aber dennoch sehr erwachsen nach.

Ich fand keine Ruhe mehr, streckte alle Viere von mir und packte meine Decke zusammen. Ich musste zurück nach Hause. Das Zuhause, wo mein Freund bereits auf mich wartete. Er rief mich mehrmals an, doch ich ignorierte seine Anrufe. Mein Verhalten ihm gegenüber war unfair. Ich rechtfertigte mich immer mit meinem angekratzten Gesundheitszustand und erzählte ihm, es läge nicht an ihm, dass ich mich distanzierte. Wieso sollte es auch an ihm liegen? Er war unglaublich, einfach fantastisch, wenn auch nicht perfekt. Allerdings war ich ebenfalls das Gegenteil von perfekt. Meine Launenhaftigkeit in letzter Zeit erschreckte mich besonders. Immer wieder redete ich mir ein unglücklich zu sein und den Sinn des Lebens zu suchen. Mit einer Hand kämmte ich beiläufig durch mein zotteliges Haar. Heute war es überhaupt nicht zu bändigen. Ich strich die dunkelbraunen Locken über meine rechte Schulter. *Wie auch immer*, dachte ich mir.

∞

Auf dem Heimweg fuhren einige Autos an mir vorbei, die gerade vermutlich von ihren Sonntagsausflügen auf dem Heimweg waren. Sicherlich genossen die Familien die letzten warmen Tage, bevor der Winter uns in spätestens einem Monat vollkommen überraschen würde.

Meine Laune war am Tiefpunkt angekommen. Heute war einer dieser Tage, an denen ich mich selbst nicht leiden konnte. Der Sonntag hatte bereits mit einem großen Streit zwischen Jonas und mir angefangen. Er war dickköpfig und stur. Wenn er eine Meinung hatte, dann war seine Meinung für ihn Gesetz. Dagegen kam selbst ich nicht an. Doch heute Morgen war mir der Kragen geplatzt, als ich in die Küche kam und vier seiner Freunde an meinem Frühstückstisch saßen. Überall lagen verschüttete Cornflakes herum, die Milchtüte tropfte an der Seite und sie waren so laut, dass meine mittlerweile 90 jährige Nachbarin sicherlich kurz vor einem Herzanfall stand. Das Schlimmste an der Situation war, dass er mir rein gar nichts von diesem frühmorgendlichen Besuch erzählt hatte und sie gegen meinen Willen einlud. Ich stapfte im bunten mit Herzen bedruckten Fleece Pyjama in die Küche und erwartete maximal wieder eine von Daves Dates von letzter Nacht. Immerhin konnte ich mich darauf verlassen, dass mein Kühlschrank immer unberührt blieb, denn die Dates meines Bruders achteten auf ihre Linie, immer. Durch den Flur konnte ich ihr Grölen hören, doch ich dachte mir nicht viel dabei. Es hätten schließlich auch Dave und Jonas sein können, die sich über Fifa18 oder die Bundesliga unterhielten. So waren Männer immerhin. Meistens ignorierte ich die zwei, da ich zufrieden war, dass sie sich so gut verstanden. Außerdem hatten Jonas und ich eine klare Vereinbarung, er konnte sich Zeit für seine Männersachen nehmen und ich nahm mir dafür meine „Mädchenzeit". Ich schnaubte verärgert als ich die Küche betrat. Jonas sah mich grinsend an, als wollte er mich provozieren. „Schatz, hast du Hunger? Ich habe den Jungs Frühstück gemacht."

Er winkte mich zu sich an das andere Ende des Tisches herüber.

„Das sehe ich!" Gab ich wütend zurück. Ich wollte nicht vollkommen unhöflich sein. „Josh, Mike, Sam und.. wer bist du genau?" Ich zog eine Augenbraue hoch und hörte, wie sie begannen zu lachen.

„Baby, das ist Jake. Er gehört jetzt zu unserem Team." Natürlich. Ich hätte es wissen müssen, die Fußballmannschaft. Aber darum ging es hier nicht. Es ging darum, dass ich ihm diese Woche mehrfach gesagt hatte, wie erschöpft ich durch die Doppelbelastung war. Die Arbeit schlauchte mich immens, dazu kam das Bachelor Studium in General Management. Ich erarbeitete einen Strategieplan um meine Zukunft in die Hand zu nehmen und schrieb mich in der Uni vor einer Weile ein. Jonas hatten meine Berufsziele mehr oder minder nicht sonderlich interessiert, da er nicht offen war für Weiterbildungen jeglicher Art. Er wollte viel lieber mit seinen Fußballkollegen abhängen, Bier trinken und mich anscheinend in den Wahnsinn treiben. Donnerstagabend hatte ich ihn gebeten, dass wir uns ein ruhiges Filmewochenende machten. Soweit ich mich erinnern konnte, hatte er bereitwillig eingewilligt. Ich bemühte mich ein freundliches Lächeln aufzusetzen. „Jonas, hast du einen Moment für mich?"

Er wusste was kommen würde, doch er nickte und folgte mir aus der Küche. Ich zog die Tür hinter mir so feste zu, wie ich nur konnte und behielt die Klinke einen Moment in der Hand um mich zu sammeln. In mir brodelte die Wut. Dave öffnete die Flurtüre zum Wohnzimmer.

„Nicht jetzt Dave." Sagte ich warnend. Er kannte mich zu gut um mir zu wiedersprechen und ging zurück in sein Zimmer.

Ich trommelte mit den Fingerspitzen auf der Wohnzimmerkommode zur

Beruhigung. „Erklärst du mir was hier los ist!" Sagte ich bestimmt.

Er schlang die Arme abwehrend um seinen Körper und zuckte mit den Schultern.

„Was meinst du?"

Ich fühlte, wie mein Mund austrocknete. Wollte er mich auf den Arm nehmen? Die Wut kochte in mir, bis mein Magen brannte.

„Verdammt! Jonas, ich bitte dich! Ich hatte dir ausdrücklich gesagt, dass ich meine Ruhe haben will und jetzt sind deine bescheuerten Freunde in MEINER Küche." Ich betonte das „meiner" besonders, da es wirklich meine Wohnung war. Meine und Daves. Und nicht seine, er war nur Gast und konnte nicht einfach über meinen Kopf hinaus entscheiden, wer hier ein und ausging. Ich versuchte die Fassung wieder zu erlangen. „Also, ich gehe jetzt duschen. Ich gebe dir genau 30 Minuten um die Küche wieder in Ordnung zu bringen und deine Freunde nach Hause zu schicken. Das hier ist meine Wohnung und ich will meine Ruhe, kapiert?"

∞

Als ich etwa 40 Minuten später aus dem Bad trat war es bis auf den Fernseher ruhig. Ich ging ins Wohnzimmer. „Na Schwesterherz, hast du dich wieder beruhigt?" Dave konnte sich sein süffisantes Grinsen wirklich schenken. Ich ignorierte ihn und ging in die Küche. Sie war zu meiner Überraschung tatsächlich leer und aufgeräumt. Damit hatte ich nicht gerechnet. „Wo ist er?"

„Wen genau meinst du?" Er ging mir auf die Nerven. „Ernsthaft?"

„Weg", rief mein Bruder.

„Okay, seit wann?" Ich zog nervös an meinem schwarzen Pulli. Ich wusste, dass ich überreagierte, aber er hätte nicht gehen müssen. Wir sollten darüber reden, wie andere Pärchen es taten. „10 Minuten ungefähr."

„Hat er irgendetwas gesagt?" Er schüttelte den Kopf und wand sich wieder dem Fußballspiel zu. *Großartig.*

Ich ging in unser Ankleidezimmer und kramte eine schlichte Fleecejacke aus dem Schrank heraus und zog meine Chucks an.

Als ich auf dem Weg nach draußen war, griff ich schnell nach meiner Tasche und nahm die Decke unter die Arme.

„Gehst du in den Wald?"

„Ja. Ich brauche Zeit."

Er drehte sich zu mir. „Pass auf dich auf. Ich bin später verabredet."

Dann zog ich die Tür hinter mir zu, bis sie in die Angeln fiel.

Dave kannte mich vermutlich besser, als jeder andere Mensch. Er war mehr als nur mein Bruder. Gleichzeitig war er der beste Freund, den ich mir jemals wünschen konnte und normalerweise teilte ich meine Sorgen mit ihm, doch heute musste ich alleine sein. Ich dachte darüber nach, was mich Zuhause erwartete und wie es mit Jonas weitergehen sollte. Wenn wir alleine waren, war er ein komplett anderer Mensch, liebevoll, zuvorkommend, süß. Aber sobald seine Freunde dabei waren, ließ er den Macho heraus. Er war nicht unverschämt mir gegenüber, aber mir gefiel der „Andere Jonas" nicht. Vorsichtig schloss ich die Haustür auf. Der Raum wurde durch ein Lichtermeer durchflutet. Ich dachte, ich hätte mich in der Wohnung vertan und traute meinen Augen nicht, als ich die Kerzen sah. Überall standen sie und flackerten vor sich hin. Der Tisch war gedeckt. Sogar das gute Geschirr stand darauf, daneben ein Strauß roter Rosen. Kein Fußballspiel im Hintergrund, kein Fast Food auf dem Tisch? Ich nahm den Geruch von gebratenem Fleisch wahr und sah um die Ecke. Jonas stand zu meiner Verwunderung vor dem Herd und briet zwei Rindersteaks an. Daneben standen Kartoffeln, Gemüse und Soße bereit. Mir lief bei dem Anblick das Wasser im Mund zusammen. Wir waren seit einem halben Jahr ein Paar, aber so etwas hatte ich ihn noch nie zaubern sehen. Wollte er sich wohlmöglich für heute Morgen bei mir entschuldigen?

„Hi Baby! Du bist pünktlich auf die Minute." Er grinste über das ganze Gesicht und stellte die Pfanne auf einem Unterleger auf dem gedeckten Tisch ab. Ich war völlig baff über diese unerwartete, romantische Geste.

„Freust du dich?" harkte er nach.

„Ehm, wow. Das ist ja unglaublich." Ich ging zu ihm und küsste ihn schnell auf den Mund.

„Setz dich hin, heute Abend kümmere ich mich um dich."

*In Ordnung. Was hatte er bloß angestellt?* Ich legte meine Sachen auf der Couch ab und setzte mich hin. Das Essen roch köstlich und es schmeckte sogar noch viel besser, als erwartet. Das Steak war medium done gebraten, genauso, wie ich es mochte. Die Kartoffeln waren weich und das Gemüse durch. Ich stocherte geistesabwesend in meinen Bohnen herum. „Schmeckt es dir Schatz?" Sein Lächeln wirkte aufgesetzt, als hätte man ihn für das alles bezahlt.

„Es ist toll. Eine schöne Überraschung auf jeden Fall. Womit habe ich das alles hier verdient?"

Er horchte auf. „Weil du 1. meine Prinzessin bist, und eh… weil ich mich wie ein Arsch dir gegenüber benommen habe." Nervös fummelte er an seiner Nagelhaut und starrte seinen Teller an. Wenn er den Blick nicht vom Steak abwandte, würde es vermutlich noch in Flammen aufgehen.

„Ich, es tut mir leid Eve. Ehrlich. Das heute Morgen war dumm von mir. Ich hätte dich vorher fragen sollen, denn du hattest Recht, es ist deine Wohnung. Dann kam mir eine Idee…" Wieso druckste er so rum? Ich nahm seine Hand. „Was ist los?"

„Ich finde ich sollte zu *euch* ziehen, dann wäre es unsere Wohnung und eine Dreier WG wäre bestimmt ziemlich cool. Außerdem verstehen Dave und ich uns blendend, wie du weißt." Mir fiel die Kinnlade herunter. Klar, ich hatte die gemeinsame Wohnung in Erwägung gezogen, aber nicht nach so kurzer Zeit. Ich wollte das Gefühl nicht verlieren ihn zu vermissen, ihn anzurufen, wenn er in seiner Wohnung war. Sobald wir zusammenwohnen würden, war der Ärger praktisch vorprogrammiert. Das Ganze hatte allerdings sicherlich einige Vorteile. Wir würden uns die Arbeit und die Miete zu dritt teilen. In meinem Kopf spielten sich bereits Szenen von ständigen Männerabenden mit Bier und Popcorn ab, wie sie grölend vor dem Fernseher saßen und sich stundenlang Fußball ansahen. Dann könnte er selbst entscheiden, wen er hierhin einlud. So ein Mist. Ich saß echt in der Misere. Wie sollte ich ihm erklären, dass ich noch nicht so weit war ohne ihn dabei zu verletzen? Das erinnerte mich an Noah. Ich schluckte den aufkommenden Kloß in meinem Hals herunter. Mit Noah wäre ich sofort zusammengezogen, bei ihm wusste ich aber auch, dass er mich fragen würde, bevor er seine Kumpels einlud. Man konnte die zwei überhaupt nicht miteinander vergleichen. Aber hier ging es nicht um ihn, sondern um Jonas und mich. „Willst du ein Bier?", versuchte ich abzulenken und stürmte in die Küche. Dabei fiel ich beinahe über den Mülleimer, der mitten in der Küche stand.

„Klar", rief er. „Du weißt doch. Bier schadet nie."

Ja, das merke ich. Jedes Wochenende, wenn aus einem Bier plötzlich acht wurden und plötzlich ein Fremder vor mir stand. Ich brachte uns zwei Bier aus dem Kühlschrank und setzte mich wieder hin. Er wollte gerade etwas sagen, als ich ihn unterbrach.

„Es ist still. Ich sollte Musik anmachen. Willst du Musik hören? Ja, wir sollten Musik hören." Sagte ich eher zu mir selbst, als zu ihm. Ich drückte einige Knöpfe auf der Anlage. *Wie funktioniert dieses Mistding?* Nach zwei Minuten hörte ich endlich Musik und drehte die Lautstärke hoch. „So ist es besser", schrie ich in seine Richtung. Ich grinste und aß den Teller leer. Danach nahm ich kommentarlos unsere Teller und räumte die Spülmaschine ein. Wir waren einfach noch nicht so weit. Ich war noch nicht so weit. Dafür musste er Verständnis haben. Ich konnte so dankbar sein, dass er gerade in den Anfängen unserer Beziehung viel Verständnis für mich und meine „Probleme" hatte.

Meine Psychologin, Frau Dr. Quinn sagte dazu, ich hätte einen Sechser im Lotto mit einem Mann gemacht, der mich mit meinen Problemen vollkommen akzeptierte und liebte. Genau, ich konnte und musste glücklich sein über die Dinge, die ich hatte. Als ich zurückkam saß Jonas auf der Couch und hatte den Fernseher eingeschaltet. Er hatte ihn auf stumm geschaltet damit ich die Musik weiterhin hören konnte. Wie nett von ihm. Mir gefiel der aufmerksame Jonas. Genau in diesen Mann habe ich mich im Frühling diesen Jahres verliebt. In einen hilfsbereiten, liebevollen und charmanten Mann, der sich nicht darum schert was andere Menschen von ihm denken. Wie er da auf der Couch saß und dem lautlosen Bildschirm zusah. Ich nahm die Fernbedienung und schaltete die Musik aus. Jetzt oder nie. Ich musste ihm sagen, wie ich fühlte. Aber wieso hatte ich dann so eine Angst vor seiner Reaktion? Er würde es bestimmt verstehen, wie ich fühlte. Ja, er würde es verstehen. Ich kuschelte mich neben ihn aufs Sofa.

„Und was meinst du?"

„Ganz ehrlich?" Ich sah zu ihm hoch. „Ich bin noch nicht soweit. Es ist… naja… einfach noch zu früh fürs Zusammenziehen. Wir kennen uns doch kaum und ich finde es gut, so wie es jetzt ist. Wir sind glücklich und deshalb sollten wir es nicht unnötig kompliziert machen." Die Stille im Raum war erdrückend, beinahe greifbar. „Sei mir bitte nicht böse. Wir werden irgendwann zusammenziehen. Nur jetzt halt nicht." Er stand auf. „Ok. Ich verstehe das. Aber ich muss das Ganze erstmal verdauen." Er verließ den Raum und ließ mich aufgewühlt zurück. Dann kam er zurück. „Ich schlafe heute Nacht besser Zuhause." „Sei doch nicht so. Ich meine es nicht böse Schatz. Ehrlich nicht." Ich stand auf und umarmte ihn. „Du musst doch jetzt nicht gehen." Er löste sich aus meiner Umarmung, nahm seine Tasche und war verschwunden. Ich stand mit offenem Mund da und begann zu weinen.

# *Kapitel 2*

Der Montagmorgen fühlte sich grauenhaft an. Als ich im Bad vor dem Spiegel stand betrachtete ich mich näher. Meine Augenringe waren kaum zu übersehen und meine Augenlider waren dick geschwollen von dem Tränenmeer, das ich letzte Nacht ausweinte. Seit wann war ich wieder so unglaublich sentimental? Jonas hatte sich nicht mehr gemeldet und ich glaubte, dass uns die Nacht getrennt voneinander gut tat. Vorsichtig kramte ich nach dem Zähneputzen Make-Up aus meiner Schminktasche und legte vorher noch Concealer auf um die Spuren der letzten Nacht größtenteils zu beseitigen. Ich war voll bekleidet auf der Couch eingeschlafen. Mein Mund hatte sich trocken angefühlt, als hätte ich die letzte Nacht in der Sahara verbracht. So würde mich kein Scheich der Welt heiraten, nicht in diesem Aufzug, nicht mit diesem Gesicht. Ich kämmte meine Haare eilig und band sie dann zu einem einfachen Zopf nach hinten. Der Wecker hatte mich zu spät geweckt, oder ich ignorierte ihn und hatte im Endeffekt noch ganze 30 Minuten um mich für die Arbeit fertig zu machen und meinen Tagesablauf einigermaßen vorzubereiten. Ja, ich war eindeutig aufgeschmissen. Frühstück blieb heute Morgen anscheinend aus. Im Vorbeilaufen, schnappte ich mir ein Buch und machte mich auf den Weg zur Arbeit.

Immer wieder das gleiche Spiel. Die Bahn war brechend voll, eine Maße von Menschen versuchte sich in den Zug hereinzuschieben und jeden letzten Winkel auszufüllen. Ich kam mir vor, wie eine Ölsardine. Einen Vorteil hatte das Ganze, ich konnte nicht umfallen, da ich von allen Seiten zusammengepresst wurde. Ich überlegte seit Wochen aufs Autofahren umzusteigen um der täglichen Massenflut zu entgehen und mich ruhigen Gewissens in Ruhe auf den Weg zur Arbeit zu machen. Nur dann blieb nicht viel übrig jeden Monat für die Freizeitbeschäftigung. Welche Freizeit meinte ich eigentlich? Mein Leben bestand aus arbeiten, studieren, putzen und aufräumen und meiner Familie. Dann war da natürlich noch Jonas. Ich spürte eine Leere in mir, die ich nicht zuordnen konnte. Immer wieder gab es diese Tage, an denen ich zweifelte, an denen ich mich fragte, wieso ich diese Entscheidung treffen musste.

Wieso musste ich ihn verlieren? Warum war ich so dumm alles was ich hatte für eine Dummheit aufs Spiel zu setzen? Für einen Fehler und für meine Fehler. Nein, ich sollte aufhören mich dafür zu bestrafen was ich ihm angetan hatte. All die Zeichen, all die Andeutungen, die ich ihm gegenüber getroffen hatte, er verstand sie nie. Er konnte nicht sehen, wie zerbrochen meine Seele war. Wie laut ich schreien wollte vor Schmerz. Doch er konnte mich nicht verstehen, niemals und das musste er auch nicht. Ich wollte es ihm nicht sagen, wie schlecht es mir ging. Meine Welt fühlte sich so klein an, so leer. Wenn meine Verzweiflung mich nicht um den Verstand gebracht hätte, dann wäre jetzt alles anders. Dann würde ich ihn nicht jede Minute vermissen und mir wünschen, ich wäre schlauer gewesen. Später ist man immer schlauer. Mein Gott, ich vermisste ihn so sehr.

∞

In der Agentur war bereits die Hölle los, als ich ankam. Gina, die aufgetakelte Empfangsfrau, die wirklich jedem Menschen ihre Kosmetikerin weiterempfahl und absolut auf Chanel Produkte schwörte, stand bereits vor dem Counter und starrte ihre manikürten Nägel an. Es war ungewöhnlich, dass sie um die Zeit schon auf der Arbeit war, da sie normalerweise erst gegen etwa halb neun völlig panisch eintraf und sich bei ihrem Chef tausend Mal für ihre Verspätungen entschuldigte und dabei peinlich mit den Wimpern klimperte. Ich hatte mir dieses Schauspiel einmal zu oft angeschaut und musste meistens über ihre dümmliche Art lachen. Wie blind konnte ein Mensch sein und jemanden so unqualifizierten, wie sie einstellen? Sie musste beinahe jede zweite Kopie neu erstellen, da jedes Mal irgendwelche Flecken oder Make-Up Partikel darauf zu finden waren. Trotzdem wollte ich nicht unhöflich sein und gab ihr immer wieder eine Chance. Das Telefon klingelte und sie nahm ab.

„Ja, natürlich Schätzchen." Sie lachte künstlich und spielte dabei mit einem Stift, den sie sich immer wieder an die aufgespritzten Lippen drückte. Das Klicken des Kullis war kaum zu überhören. Ich ging zu ihr und fragte nach meiner Post.

„Einen Augenblick Herzchen."

„Guten Morgen Evelyn. Ich habe hier einiges für Sie." Ich sah sie scharf an und wartete einen Augenblick bis sie auf ihren High Heels zurückkam und mir meine Post übergab. „Kann ich sonst noch etwas für Sie tun?"

„Nein, danke. Das wäre dann alles." Sie widmete sich umgehend wieder dem Telefon. Ihr Gackern ignorierte ich und ging die Wendeltreppe zu meinem Büro hinauf. Ich arbeitete als Texterin in einer Werbeagentur. Meine beiden Chefs waren schwul und unglaublich talentiert, zumindest einer von ihnen. Neben mir gab es drei weitere Texterinnen, die mit mir zusammen an mittelgroßen bis großen Werbekampagnen arbeiteten. Zurzeit war es stressig auf der Arbeit. Meine direkte Büronachbarin Louisa und ich arbeiteten an der Kampagne für ein neues Damenparfum. Es gab bereits einige wirklich gute Ideen, die wir heute Nachmittag den Chefs präsentieren sollten. Ich legte meine Tasche und meine Jacke ab und schaltete das Licht an. Normalerweise gehörte ich zu der Sorte „überordentlich", doch seitdem wir mit der neuen Kampagne für British Five, einem aufsteigenden englischen Modelabel, beauftragt wurden, war Land unter auf meinem Schreibtisch. Überall lagen meine Entwürfe verteilt. Zwischenzeitlich kamen mir immer wieder neue Ideen, die ich aufzeichnen musste. In meiner Schreibtischschublade holte ich einige Blei- und Kohlestifte hervor und zeichnete die letzten Änderungen an meinen Entwürfen. Ich glaubte wir würden einen brillanten Durchbruch haben. Prinzipiell war ich nicht für die graphischen Zeichnungen zuständig, doch ich ließ es mir trotzdem nicht nehmen.

Neben uns arbeitete noch ein anderes Team an der Kampagne. Um 15 Uhr würde sich entscheiden, wer den Deal ausarbeitete. Einer meiner

beiden Chefs und Kreativchef John traf alle wichtigen Entscheidungen
rund um die Kampagnenbearbeitung. Ich wusste er setzte viel Vertrauen
in mich und meine Arbeit. Er war sogar derjenige, der mich zu meiner
Weiterbildung inspirierte. Er meinte die Firma müsste talentierte
Mitarbeiter finanziell fördern. Ich klemmte mir einen Stift hinter mein
Ohr und fing an die Entwürfe zu sortieren. Lou würde in spätestens
einer halben Stunde hier sein, dann könnten wir den Pitch noch einmal
gemeinsam durchgehen. Ich brauchte dringend einen Tee, einen starken,
schwarzen Tee mit Zitrone. Da ich wusste, dass Gina es nicht
eigenständig schaffte den Tee zuzubereiten, machte ich mich auf den
Weg in die Personalküche und holte mir einen frischen Tee. Der heutige
Tag war ungeheuer wichtig für meine Karriere. Hoffentlich würde mein
anderer Chef Daniel endlich sehen, dass ich mehr konnte als, als
Texterin zu arbeiten. Kreatives Arbeiten war alles für mich, doch ich
wollte noch mehr. Prinzipiell war ich auf der Suche nach einem Job als
Kreativchefin, deshalb studierte ich Management. Mir fehlte die
kaufmännische Ausbildung. Ich hatte keine Ahnung davon, wie man
Personal führte, sondern eher wie man Kampagnen professionell
vorbereitete und Werbedeals abschloss. Ich lehnte mich an den
Kühlschrank und ließ mir einen Moment Zeit um den Ablauf der
Präsentation durchzugehen. John würde begeistert sein, er konnte nicht
anders. Und ich durfte ihn nicht enttäuschen, das hatte ich noch nie.
Während ich völlig vertieft  in meine Entwürfe war und zurück ins Büro
ging, kam Louisa ins Büro.

„Guten Morgen du kreatives Genie. Wie sieht`s aus?“ Ich zuckte mit
den Schultern und lächelte.

„Ich bin sicher, dass unsere Idee, wie eine Bombe bei der Präsi einschlagen wird." Wie schnell die Zeit verging. Ich starrte auf die Uhr, wir hatten mittlerweile 08:20 Uhr und ich fühlte, wie die Zeit in meinem Nacken tickte.

„Dann zeig mal her was wir haben." Ich legte ihr die fast fertige Mappe auf den Tisch und stellte mich hinter sie.

„Es wird sinnlich, fast magisch. Ich habe dem Ganzen noch den Diamantenschliff versetzt. Irgendetwas hat mich gestört, du kennst mich ja." Ich zeigte auf die Linien, die ich im Hintergrund eingefügt hatte und die neuen farblichen Verläufe. „*Saphire*" musste einfach einschlagen. Die Idee war gut, sehr gut sogar. Wir hatten prima Arbeit geleistet. Sie mussten es einfach nehmen. Wie würde die Idee dem Kunden gefallen? „*Saphire*" passte so gut zum Unternehmensimage von British Five und ihren Vorstellungen. Lou beschäftigte sich mehr mit der Ausarbeitung meiner Grundidee und prüfte Logos und die Verbundenheit zum Unternehmensimage. Sie kannte sich deutlich besser mit solchen vertraglichen Dingen aus, als ich und ich hatte den Grundstein zu „*Saphire*" gelegt. Zuerst dachte ich an Diamanten, aber das war zu einfach, ausgelutscht.

„Ja, das gefällt mir. Einfach fantastisch. Wir müssen uns noch besprechen, wer welchen Teil der Präsentation übernimmt. Was fehlt noch?"

Ich kaute geistesabwesend auf meinen Fingernägeln und drehte an dem Ring an meinem linken, mittleren Finger. In meinen Gedanken sah ich es. „Saphire", wie ein Film aus den 20ern. Ich stellte mir genau vor, wie die fremde Frau in einem eleganten, weißen Cocktailkleid im Neckholder Stil eine lange Treppe hinunterschreitet und der hinreißendste Mann im Saal sie anstarrt. Sie ist die Neue, die Fremde. Er schreitet auf sie zu und…. Ja das war es. Der perfekte Ansatz um „Saphire" zu einem unvergesslichen Damenduft auf den Markt zu bringen. Sie würden staunen. Dazu benötigten sie nur ein wenig Phantasie.

„Eve?", fragte sie und holte mich aus meinem Tagtraum zurück.

Ich sah sie irritiert an.

„Entschuldige bitte. Mir fällt gerade noch etwas ein. Gibst du mir die Entwürfe kurz?"

Sie übergab mir kommentarlos die Skizzen. Ich rannte beinahe zu meinem Tisch und begann sofort zu zeichnen. Die Wendeltreppe, das Kleid. Warum kam mir die Idee nicht schon früher? Der Ansatz war so schlicht und doch elegant. Der Kunde musste es lieben. Ich krizzelte zehn Minuten an dem Entwurf und gab sie ihr zurück. Dann erklärte ich ihr meinen Gedanken. „Das ist großartig Eve." Sie kam zu mir und umarmte mich. „Damit sind Tom und Sarah den Auftrag los. Saphire ist genial und die Idee dazu ist unglaublich. Ich denke du solltest den Ablauf und die Details vorstellen, und ich würde die Grundidee präsentieren, wenn das für dich in Ordnung ist?"

„Absolut." Ich steckte mir den Bleistift zwischen die Zähne und grinste schräg. „Habe ich dir schon mal gesagt, dass ich dich liebe Evelyn?"

„Nicht oft genug", gab ich lachend zurück. „Also pass auf. Ich habe heute Morgen noch schnell eine To-do Liste geschrieben. Wir müssen die Entwürfe auf den PC ziehen und der Druckerei schicken, damit sie die Abzüge im Großformat ausdrucken können. Die Kollegen wissen bereits Bescheid und stehen in den Startlöchern. Der Kreativraum ist gebucht, das Catering ist vorbereitet, auch für den Kunden und für John und Daniel. John wird die Entwürfe lieben, aber ob wir Daniel und den Kunden überzeugen können kann ich nicht beschwören." Ich feuchtete nervös meine Oberlippe an. Die Nervosität stieg mir allmählich zu Kopf. Je näher der Termin kam, desto mehr wurde mir bewusst, welchen Stellenwert diese Kampagne für meinen Lebenslauf hatte. Ich liebte die Agentur und wollte nicht weg, doch ich strebte nach Anerkennung, besonders von Daniel Russo, denn um genau zu sein hatte ich keinen Schimmer, warum er mich nicht ernst nahm.

„Bitte sag mir, dass du nicht ausgerechnet Gina beauftragt hast mit dem Catering?" Ich fiel vor Lachen fast von meinem Drehstuhl.

„Bist du verrückt? Dann könnten wir direkt einpacken." Sie stimmte in mein Lachen ein. Während ich mir die Hand vor Lachen vor den Mund halten musste, kam John in unser Büro.

„Guten Morgen die Damen. Wie ich sehe ist die Stimmung ausgelassen. Ich bin auf eure Präsentation heute Nachmittag mehr als gespannt." Er blieb einen Moment im Türrahmen stehen und wartete anscheinend auf eine Antwort. Man musste ihm sein Stilgefühl zugestehen. Er trug einen dunkelblauen Anzug von Hugo Boss, das weiße Hemd trug er obenherum aufgeknöpft. Damit wirkte er nicht so verkrampft, wie Daniel. Daniel Russo. Wenn ich schon an ihn dachte. Im Privaten verstanden wir uns recht gut, doch sobald es um meine Entwürfe ging, erhob er immer seine Hand um mich ruhig zu stellen. Woran es lag konnte ich nicht beurteilen. Ich wusste nur, dass John oft auf ihn einredete was mich betraf. Einmal hatte ich mitgehört, wie er ihm sagte er solle nicht so streng mit mir sein und mir mehr zutrauen. Daniel war Mitte vierzig, hatte eine Stirnglatze und trug ein dunkles Brillengestell. Irgendwie machte die Brille seine kleinen, grauen Augen noch schmaler. Vom firmeninternen Gerede bekam ich mit, dass Daniels Beziehung zu einem Designer, dessen Namen niemand kannte auf der Kippe stand. Der Designer soll sehr eifersüchtig sein und divenhaft dazu. Morgens hatte ich oft das Gefühl, dass Daniel Concealer trug um seine dunklen Augenringe zu verdecken; bestimmt auch eine Idee des Designers. Sein Stil ließ eindeutig zu wünschen übrig. Er hatte ein Fabel für karierte Anzüge, die farblich ein grauenhaftes Bild darstellten und seine schuppige Haut widerte sämtliche Mitarbeiter an. Allerdings musste ich zugeben, dass er ein finanzielles und buchhalterisches Ass war. Er war derjenige, der die Zahlen überblickte, der Key Account Manager und leider noch erster Geschäftsführer. Die Holding der Summerholt AG, der bekanntesten Werbeagentur in Düsseldorf überblickte von oben das Geschehen in der Firma. John und Daniel waren ihre Augen und Ohren, und nebenbei Brüder. Die unterschiedlichste Art von Brüdern, die man sich vorstellen konnte. Ihr Vater Mister Summerholt Senior, den wir nur jedes halbe Jahr zu Gesicht bekamen, wenn der Vorstand tagte, war noch immer derjenige, der die letzte Absegnung gab und anscheinend keinen Schimmer hatte, dass auch Russo zum männlichen Geschlecht tendierte. Offiziell entschieden seine Söhne über alle anstehenden Prozesse, doch jeder von uns wusste, dass das nicht ganz stimmte.

„Evelyn, alles okay bei dir?"

„Hm?" Ich hatte ihn ganz ausgeblendet.

Lou sprang für mich ein. „Es ist alles vorbereitet. Wir kümmern uns nur noch um die Ausdrucke bei der Druckerei. Du kannst auf uns zählen."

Sie lächelte. „So ist es", stimmte ich ihr zu und schwieg. Diese Tagträumerei würde mich eines Tages noch umbringen.

„Na gut, dann sehen wir uns später." Er war schon halb zur Tür raus.

„Ach und Ladies, enttäuscht mich nicht!" Damit nahm er mich ins Visier, er musste an Daniel denken, da war ich sicher.

„Versprochen."

„Ich würde gerne noch einmal die Präsentation durchgehen", merkte Lou an. „Ich würde vorschlagen, dass ich die Entwürfe an die Druckerei gebe und dann den Rest weiterplane, du hast schon so viel gemacht."

„Von mir aus, klar. Ich würde gerne nochmal durch die Entwürfe gehen und schauen, ob mir noch etwas einfällt für die bildhafte Darstellung."

Sie scannte die Skizzen ein und gab sie mir zurück, danach verschwand sie in Richtung Druckerei. Ich steckte meine Kopfhörer in meinen Laptop ein und erstellte mir eine Playlist. Die kleine Idee fehlte noch. Der Funken, der das Ganze zum Explodieren brachte. Nur was war die Frage? In iTunes öffnete ich meine Mediathek und zog einige, potenzielle Songs auf meine S. Playlist. Niemand durfte den vollständigen Namen des Damenduftes wissen. *Saphire* benötigte den richtigen Song. Ich ging mehrere Songs durch, bis ich ihn fand. Den Song, der genau zu unserer Idee passte. „*Beneath your beautiful*" von Labrinth und Emilie Sandé. Wie sie sangen „würdest du mich einen Blick unter deine Schönheit werfen lassen?". Die Musik sprach mich an und der Text passte zu „*Saphire*". Die Musik benötigen wir für das Shooting. Ich stützte die Ellenbogen auf meinem Schreibtisch ab und dachte nach, ob ich sie ebenfalls in die Präsentation mit einfließen lassen sollten. Dabei war ich mir unsicher. Vielleicht wäre es für die Präsentation einen Hauch zu viel des Guten. Meine Armbanduhr zeigte mittlerweile viertel vor 11 an. Ich war bereits seit sieben Uhr hier und hatte die ganze Zeit an den Entwürfen gefeilt. Nein, es gab nichts mehr zu verbessern, sie waren perfekt, so wie sie jetzt waren. Mein Magen knurrte seit einer halben Stunde, ich musste endlich etwas essen. Also schnappte ich meine Jacke und verließ das Gebäude. In meinem Stamm Café bestellte ich mir einen Chocolate Chip Muffin und einen Früchtetee, so wie immer. Laura, die Geschäftsführerin und einzige Angestellte, kannte mich inzwischen, wie eine gute Freundin. Für mich war das kleine Café auf einer verwinkelten Seitenstraße, das ich vor zwei Jahren durch einen Zufall entdeckt hatte, als ich mir die Beine vertreten wollte, ein zweites Zuhause und mein Zufluchtsort geworden, wenn ich auf der Suche nach Ruhe war. Im Café Lauras Cake & Cookies verbrachte ich mindestens drei Mal die Woche meine Mittagspausen. Ich mochte die kleine idyllische Atmosphäre. Hierher kamen nur Stammgäste, wie Laura mir erzählte. Keine aufgeblasenen Menschen, die auf der Suche nach einem schnellen Coffee to go waren, sondern eher die Sorte Mensch, die Ruhe suchte oder auf einen kleinen Plausch vorbeikam. Hier gab es nur sechs Tische, an denen maximal vier Personen sitzen konnten. Überall standen hinreißende Blumen, die Laura jeden zweiten Tag austauschte. Ich kam mir vor, wie mitten in den Bergen. Das Haus war alt und vielleicht schon ein bisschen ranzig, aber Laura hatte dem ganzen Stil verlieren mit ihrer künstlicheren Einrichtung. Um ehrlich zu sein gab sie mir ab und an die Anreize für meine Ideen.

Ich setzte mich an einen Tisch in der Ecke, Laura gesellte sich zu mir, da bisher kein Tisch besetzt war. Die Rush Hour würde in etwa einer Stunde losgehen. Ich konnte mir nicht vorstellen, dass sie sonderlich viel Gewinn mit dem Laden machte, allerdings war das Café eine Herzensangelegenheit für sie, das wusste ich.

„Und was macht die Werbung? Hast du wieder die Firma gerettet?", fragte sie fröhlich und nippte an ihrem Milchkaffee, als sie sich zu mir setzte und der Holzstuhl dabei ein wenig knarzte. Ihr entging nichts.

„Ich habe dir doch von dem großen Auftrag erzählt, den wir an Land gezogen haben, oder? Die Damenduft Kampagne?" Sie kratzte sich nachdenklich am Ohr. Das tat sie immer, wenn sie über etwas nachdachte. „Diese Briten, richtig? British, british, irgendwas."

„British Five, genau. Wir sind fertig und präsentieren unseren Pitch heute Nachmittag. Ich habe das Gefühl, als hätte ich eine Ewigkeit nicht mehr durchgeschlafen. Ohne Schlaftabletten sind meine Nächte so kurz, dass das zu Bett gehen eher ein Witz ist. Wenn es diese kleinen Unterstützer nicht gäbe, wäre ich am Rande eines Burn-Outs, das kannst du mir glauben." Ich ließ mich gegen den Stuhl sinken, nahm den Teebeutel vorsichtig mit einem kleinen Löffel aus der Tasse und knabberte schnell an dem Muffin.

„Verstehe. Was sagt Jonas dazu?"

Jonas, natürlich.

Ich hatte seitdem ich heute Morgen zu Summerholt kam nicht mehr an ihn gedacht. Womöglich eher verdrängt, dass er ein Arschloch war und nicht verstand, dass ich nach so kurzer Zeit noch nicht bereit war aus „ich" ein allgemeines „uns" werden zu lassen. Also was sollte er dazu sagen? Er hatte keine Ahnung, dass ich die Tabletten überhaupt nahm, da ich 24/7 im Stress war und er dachte, dass ich einfach nur k.o. war. Von meinen ständigen Gedanken und den schlimmen Träumen erzählte ich ihm nichts. Ich wollte ihn nicht beunruhigen.

„Naja, was soll er sagen? Er ist eben Jonas."

„Hm, er weiß es nicht richtig?" Ich schüttelte den Kopf. „Also nicht, dass es mich etwas angeht, aber ist alles okay bei euch?" Ja, die Frage war nicht unberechtigt. Sicherlich vertraute ich Laura, nur war mir nicht nach reden. Ich trank einen weiteren Schluck Tee und stand auf mit dem Muffin in der Hand.

„Wir reden ein anderes Mal okay? Mein Tisch ist voller Arbeit. Wünsch mir Glück!" Ich lächelte und hörte noch, wie sie: „Ich drücke die Daumen", rief.

# Kapitel 3

Auf dem Weg zurück in die Agentur, dachte ich kurz über ihre Frage nach. Was sollte ich wegen Jonas tun? Ein kurzer Blick auf mein Handy verriet mir, dass er sich nicht die Mühe gemacht hatte mich anzurufen, oder mir zu schreiben. Dieser sture Arsch. Erwartete er jetzt allen Ernstes, dass ich mich bei ihm entschuldigte, weil ich ihm die Wahrheit gesagt hatte und dazu noch freundlich und einfühlsam? Manchmal verstand ich ihn nicht. Am Anfang unserer Beziehung machte er mir unmissverständlich klar, dass er es langsam angehen lassen wollte. Die Themen Zusammenziehen, Heirat oder Kinder kriegen, standen auf seiner Agenda, soweit ich wusste sehr weit unten. Vielleicht hatte ich mich in ihm geirrt. Nein, er war schließlich mein Jonas. Der liebevolle Jonas, der mir aus der Tiefe hinaufgeholfen hatte. Der mich in der Klinik besuchte und zusammen mit mir und den Mitpatienten am Tisch saß und mit uns Spiele spielte. Das hätte er nicht tun müssen, wenn er es nicht ausdrücklich gewollt hätte. Niemals hätte ich ihn dazu gezwungen mich zu besuchen. Nicht in einer psychiatrischen Klinik. Wenn ich an die Zeit vor wenigen Monaten zurückdachte, in denen ich zusammengebrochen war, weil ich ihn gesehen hatte. Und doch war er mir nicht von der Seite gewichen, obwohl ich Noah vermisste. Obwohl er wusste, wie sehr es mich gebrochen hatte ihn, meinen Noah mit ihr zu sehen. Bei dem Gedanken an das blonde Mädchen, das so verliebt an seinen Lippen hing und ihn anbetete, kam mir der Muffin beinahe wieder hoch. Unwillkürlich sollte ich mich fragen, was er an ihr fand, doch die Antwort war klar. Sie war hübsch und sie machte ihn glücklich. Warum war es dann so schwer die zwei zusammen zu sehen und zu akzeptieren, dass er nur das getan hatte, das ich zu ihm gesagt hatte? Ich war diejenige, die sich wünsche, er würde jemand Neuen finden, eine Frau, die ihn verdiente. Meine eigene Reaktion traf mich so unerwartet, dass ich beinahe an Ort und Stelle in Tränen ausgebrochen wäre. Das Ganze erinnerte mich an einem schlechten Roman, voller Melodramatik und Tränen. Am liebsten hätte ich ihr die Augen ausgekratzt und sie zur Hölle geschickt. Doch was sollte ich tun? Der einzige Grund warum sie an seiner Seite stand, war ganz allein ich und meine dumme Entscheidung.

Darum ging es jetzt nicht, es ging um Jonas und mich. Verdammt, auch wenn ich ihn hasste, ich liebte ihn genauso sehr. Ich liebte jede gute Seite an ihm. Wie er morgens früh leise vor sich hin schnarchte und seine Lippen spitzte. Immer wenn ich vor ihm aufstehen musste, was in der Regel jeden Tag war, klammerte er sich an mir fest und drückte seinen Kopf ganz fest auf meinen Bauch, damit ich nicht aufstehen konnte. Diese tägliche Geste war wunderbar und versüßte mir beinahe jeden Tag. Warum war ich mir denn dann trotzdem so unsicher? Lag es an den schlechten Erfahrungen aus meiner Vergangenheit? An dem Vertrauensmangel? Ich vertraute ihm doch, nur wusste ich nicht, ob wir

für immer zusammenbleiben würden. Das Wort „für immer" war
einfach zu viel und ich wollte nicht schwören.

∞

„Na, warst du bei Laura?", begrüßte mich Lou, als ich zurück ins Büro
kam. „Wie immer. Also, kurzes Breefing."

Sie nahm einen Block vom Tisch. „Die Entwürfe sind auf dem Weg zu
uns. Sie werden super. Ich habe noch einmal den gesamten Tagesplan
durchgeschaut, check. Manuel vom Catering hat die Schnittchen und
die Getränke für den Pitch bereits vorbereitet, check." Hinter jedem
Punkt zeichnete sie ein Häkchen ein. So mochte ich sie. Manchmal
übernahm sie in der Organisation das Denken für mich, und ich liebte
sie dafür.

„Der Raum sieht ebenfalls gut aus. Es kann gar nichts schiefgehen. Wir
müssen uns nur noch einmal absprechen. Hast du irgendetwas Neues?"
*Ja*, einen Song, der mich umhaute. Der ihn umhauen würde, der eine
Mann, der die fremde Frau sah. „Schon."
Sie stand auf. „Na los, erzähl es mir schon. Ich kann dir doch nicht alles
aus der Nase ziehen." Ich erzählte ihr von „*Beneath your beautiful*" und
dass ich mich dazu entschieden hatte den Song erst bei dem Dreh
einfließen zu lassen. Sie stimmte mir zu, immerhin war ich das kreative
Genie.

In den nächsten drei Stunden gingen wir die Unterlagen wieder und
wieder durch und machten uns frisch für die Präsentation. Noch immer
keine Nachricht von Jonas. Normalerweise bekam ich mindestens

einmal am Tag eine Mail von ihm. Diese blieb heute aus. Mein Computer blieb stumm und das gewohnte Pfeifen kam nicht. Es ging jetzt um Wichtigeres, danach hatte ich ausreichend Zeit um mich mit Jonas' Macho Allüren zu beschäftigen. Idiot, dachte ich und schloss die Tür hinter mir. Als wir im Kreativraum ankamen, war er bereits randvoll, nur John fehlte noch. Um den ovalen Holztisch saßen unsere Kollegen aus der Kreativabteilung, bis auf das andere Team, die Geschäftsführer von British Five und Russo. Zu meiner Verwunderung erblickte ich den alten Summerholt neben seinem Sohn. Wir hatten eine wichtige Vereinbarung in der Firma, dass immer nur ein Team präsentieren durfte und dieses musste danach den Raum verlassen, danach wird die Entscheidung durch die Geschäftsführung getroffen. Unsere goldene Regel, wie Russo es immer ausdrückte. Ich starrte nervös auf die Uhr. In fünf Minuten ging es los. *Ich brauche dich John,* sagte ich zu mir selbst. Er nahm mir oftmals das Nervositätsgefühl, denn er war wirklich einfühlsam und unterstützte meine Arbeit. Daniels Assistentin Elena kam in den Raum und wollte gerade die Tür schließen, als John hereingehuscht kam. „Sorry, ich hatte noch ein wichtiges Telefonat." Er ging zu seinem Vater und begrüßte ihn. „Guten Tag alle miteinander. Schön, dass Sie hier sind. Entschuldigen Sie bitte meine Verspätung. Ich bin sicher mein Bruder konnte mich würdig vertreten in der ersten Präsentation. Die Entwürfe kenne ich und ich habe mich soeben breefen lassen von den Kollegen. Dan dazu tauschen wir uns später aus." Er nickte und nahm sein Wasserglas teilnahmslos in die Hand. Na toll, seine Laune war alles andere als gut.

„Dann wollen wir Sie nicht länger hinhalten. Louisa, Evelyn, bitte präsentiert uns eure Idee für den Damenduft von British Five." Wir hatten nicht einmal Zeit uns bei den Geschäftsführern vorzustellen. Aber gut. Dann mussten wir sie mit unserer Idee vom Hocker hauen. Ich schürzte meine Lippen und hing den wichtigsten Entwurf an das Chart. Es zeigte die Grundidee von *„Saphire"* die hinreißende Frau im weißen Kleid, wie sie den Damenduft an ihr Gesicht hält. Sie trägt passende feine Handschuhe, die ihr bis zum Ellenbogen gehen. Ihr blondes, langes Haar geht ihr bis über die Brust. Sie trägt einen dunkelroten Lippenstift, passend zu den dunkelroten Pumps. Die Schrift stellte sich Lou kursiv vor.

„Einen schönen guten Tag zusammen, vielen Dank, dass Sie sich die Zeit genommen haben. Herzlich Willkommen auch an die Geschäftsführung von British Five." Sie holte einen Moment lang Luft und begann mit der Präsentation und sie war gut. Ich hörte ihr aufmerksam zu, wie sie über die Ideenfindung von *„Saphire"* erzählte, was es mit dem Namen auf sich hatte und warum *„Saphire"* so gut zum Unternehmen passte. Sie erzählte ganze sieben Minuten lang, bis ich an der Reihe war. „Meine Teamkollegin Evelyn wird Ihnen und euch jetzt noch einiges zur Verwirklichung und zum genauen Konzept von *„Saphire"* erzählen. Bitte lassen Sie sich inspirieren."

„Natürlich auch von mir ein herzliches Hallo und schön, dass Sie und ihr gekommen seid zu unserer Präsentation. Wenn ich an das neue Damenparfum denke kommt mir als Erstes der Gedanke von Sinnlichkeit, einem Duft, den Sie nie wieder vergessen werden. Einem

Duft, den jede Kundin kaufen möchte, die bereit ist sich inspirieren zu lassen. Den jeder Mann seiner Frau zu Weihnachten kaufen möchte, weil ihn die Werbeidee überzeugt. Dabei haben wir uns ganz besonders inspirieren lassen. Stellen Sie sich bitte folgendes Szenario vor: Schließen Sie für einen Moment Ihre Augen. Jetzt stellen Sie sich eine schlanke Frau mit einem weißen Neckholderkleid vor. Ihre glänzenden, blonden Haare fallen ihr sinnlich über ihre Schultern bis hin zu ihrer Brust. Sie trägt einen dunkelroten Lippenstift und farblich abgestimmte Pumps. Sie ist die „Neue" in der Stadt. Das Ganze spielt sich in den 20ern ab. Stellen Sie sich ihre gelockten Haare vor, wie sie zu dieser Zeit getragen worden. Die junge Frau ist wunderschön, ihr Gesicht ist so perfekt, wie das Gesicht einer Puppe. Ihre Haut wirkt wie Porzellan. Sie ist zu einer Gala Veranstaltung eingeladen. Langsam schreitet sie eine breite Treppe herunter. Die Spots sind auf sie gerichtet, während der gesamte Raum nur sie anstarrt. Die Frau wirkt geheimnisvoll und verleitet die Menschen um sie herum ihre Aufmerksamkeit auf sie zu richten. Während sie die Treppe herunter geht entdeckt er sie. Der schönste und begehrenswerteste Junggeselle der Stadt. Die Frauen scharen sich um ihn herum, doch er, ja er hat nur Augen für die geheimnisvolle Schönheit. Ihre meeresblauen Augen schimmern im Licht, und der Mann kann nicht anders als auf sie zuzugehen. Noch nie hatte er eine Frau mehr gewollt, als sie. Auf halbem Weg wird er von ihrem süßen Duft betört. Es ist das Schicksal, noch niemals hatte er eine Frau so angesehen, wie sie. Sie war anders, und sie änderte alles. Langsam tritt er auf sie zu und sie sieht ihn ebenfalls. Sie lächelt und geht ebenfalls auf ihn zu. Er hat etwas Interessantes an sich.

*„Wer bist du nur?“*, flüstert er ihr leise ins Ohr.
Ihre perfekten Zähne blitzen durch ihre geschminkten Lippen hindurch.
Er ist vollkommen betört von ihrer Schönheit und ihrem sinnlichen
Duft. Es ist nur ein Flüstern, ein leiser Hauch: *„Ich bin Saphire.“*

Ich hatte gar nicht gemerkt, wie ich träumte. In meinem Traum war ich
*„Saphire“*, und Noah war der hinreißende Mann, der auf sie zuging. Ich
schüttelte den Traum ab und sah mich in der Runde um. Niemand sagte
etwas. Ich brauchte einen kurzen Moment um meine Stimme wieder zu
finden. „Das ist unser Konzept zu dem Damenduft von British Five.
Wir haben natürlich bereits geplant, wie wir *„Saphire“* auf den Markt
bringen können. Es gibt genügend Konkurrenz im oberen Preissegment,
in das wir einsteigen wollen. Einen Werbespot, der diese Szene
aufnimmt. Ein Fotoshooting, in der richtigen Kulisse. Die genaueren
Details haben wir Ihnen in entsprechenden Mappen zusammengestellt.“
Lou teilte die Mappen aus. „Vielen Dank für Ihre Aufmerksamkeit.
Sollten Sie Fragen jeglicher Art haben, können Sie gerne auf uns
zukommen.“

John stand auf und übernahm das Wort, bevor meine Stimme komplett
brach. „Vielen Dank für die Präsentation. Ihr habt euch viel Mühe
gegeben. Wir würden alle Kollegen bitten den Raum für eine halbe
Stunde zu verlassen, bis wir zusammen mit British Five eine
gemeinsame Entscheidung getroffen haben, wer das Projekt
übernehmen wird. Vielen Dank.“
Ich nahm die Entwürfe und ging mit Lou zusammen vor die Tür. Aus
dem Augenwinkel nahm ich wahr, wie John mir einen Daumen nach

oben zeigte. Ein schwaches Lächeln erschien auf meinen Lippen. Sie wirkten nicht sonderlich begeistert von unserer Idee. Hatten wir uns doch zu weit aus dem Fenster gelehnt oder hatte ich mich zu sehr aus dem Fenster gelehnt? Ich fand „*Saphire*" brillant. „Alles in Ordnung?", fragte Lou hinter mir. Ich musste mich einen Moment hinsetzen, öffnete die Tür zur Personalküche und setzte mich an den großen Tisch. „Möchtest du einen Tee?"

„Ja, gern". Meine Stimme klang schwach. Ich hatte wahnsinnige Kopfschmerzen und stützte meinen Kopf in meine Hände. Was für eine Vorstellung. Was sollte ich nur tun, wenn sie uns ablehnten? Daniel hatte mich gewarnt, wenn meine Projekte weiterhin nicht seinen Vorstellungen entsprachen, würde er mir einen „einfacheren" Job suchen. Was hatte das zu bedeuten? Sollte ich danach die Toiletten putzen oder als Runnerin arbeiten? Ich strich mir ein paar Strähnen aus dem Gesicht und schloss die Augen für einen Augenblick. So ein Mist, ich hatte es vermutlich verbockt.

Lou riss mich aus meinen Gedanken. „Du warst großartig Süße. Versteck dich nicht, du bist so talentiert und das werden Sie sehen. Auch dieser Arsch Russo wird es sehen." Wir nannten ihn Russo, weil Daniel schon einmal verheiratet war, im Gegensatz zu John. Die beiden hatten angeblich noch eine Schwester, die noch niemand jemals gesehen hatte. Man munkelte, dass sie ein uneheliches Kind vom alten Summerholt war. Jocelyn, die in Amerika bei ihrer Mutter lebte. Sowohl John, als auch Daniel waren laut Pass gebürtige Amerikaner, doch lebten im Gegensatz zu ihren Eltern in Deutschland. Zwar hatte

Daniel wieder den Namen Summerholt angenommen, doch trotzdem nannten wir ihn so. Russo passte einfach besser zu ihm. Sie gab mir die Teetasse und setzte sich neben mich. „Wir waren gut, wirklich. Ich konnte mir genau vorstellen, wie die beiden sich verlieben."

„Du kanntest die Idee. Für dich war das Ganze nichts Neues."

„Darum geht es nicht. Du warst einfach authentisch. Man konnte deine Idee genau sehen. Ich fand es umwerfend."

„Hm", raunte ich noch immer nicht sonderlich überzeugt.

„Komm, trink deinen Tee aus, wir müssen zurück." Mit einem kurzen Blick auf die Uhr stellte ich fest, dass bereits 25 Minuten um waren. Ich trank noch einen großen Schluck und goss den restlichen Tee in den Ausguss. Lou nahm die Entwürfe, ich hingegen lief niedergeschlagen hinter ihr zurück in den Kreativraum. Michael und Sarah saßen uns gegenüber. Wie siegessicher sie aussahen. Ich warf einen schnellen Blick auf ihre Entwürfe; die waren wirklich gut, stellte ich fest. Gut genug um uns damit zu übertrumpfen. Zwar konnte ich keine Einzelheiten erkennen, aber ich wusste, dass Sarah eine perfekte Grafikerin war. Daniel, John und Mister Summerholt Senior kamen gemeinsam zurück in den Raum. Offenbar stand die Entscheidung zeitnah fest. Sie hielten alle Pappbecher in den Händen.

Daniel hustete gekünstelt. „Nun gut, wir haben uns die Entscheidung nicht einfach gemacht, Ihre Entwürfe sind gut, beide. Es ging hier allerdings nicht um nur gut, sondern um den Aspekt einzigartig. Hierzu möchte Mister Linehan von British Five etwas sagen. Bitte."
Mit einem starken, englischen Akzent begann er zu reden.

„Wir waren sehr überrascht von den unterschiedlichen Ansätzen, die Sie gewählt haben. Beide gingen in eine ganz andere Richtung. Einmal wild, heiß und ja von die letzte Team das Gegenteil: Sinnlichkeit, prickeln, *Atmosphere*. Ich bin wirklich positiv überrascht, genauso wie mein Kollege. Doch wir konnten trotzdem nur in eine Richtung gehen. Die Richtung, die besser zu unserem Damenparfum passt, und vor allem zu unserem Image. Deshalb freuen wir uns eine gemeinsame Entscheidung mit Ihrer Geschäftsführung getroffen zu haben. Der Bearbeitung von die Pitch sollen nach unsere Vorstellung, die beiden Damen übernehmen, die „*Saphire*" entwickelt haben." Mir stockte der Atem. Sie hatten sich wirklich für „*Saphire*" entschieden. Für unser Baby. Ich spürte, wie ich rot wurde, denn meine Haut erhitzte immer mehr.

„Wir würden weitere Details gerne mit Ihnen besprechen." Wir nickten. Ich spürte Lous Hand, wie sie unter dem Tisch nach Meiner griff. *Unglaublich!* Mein Unterbewusstsein schrie vor Glück. Jetzt endlich hatte ich eine reale Chance aufzusteigen. Ich drückte ihre Hand und blieb still.

„Bitte entschuldigen Sie uns", sagte Daniel zu Jessica und Michael. Sie standen wortlos auf und verließen den Raum. Ich sah die blanke Wut in ihrem Gesicht, sie hatte mit dem Sieg gerechnet und sie würde uns spüren lassen, dass wir nicht gut genug waren in ihren Augen. Ich hegte den Verdacht, dass Daniel und Michael eine Affäre hatten. Er hatte zwar nie zugegeben, dass er auf Männer stand, doch jeder Mitarbeiter wusste, dass sich Michael zum anderen Geschlecht hingezogen fühlte. Deshalb war er sich auch so sicher, den Pitch für sein Team zu entscheiden. Wer wusste was die zwei hinter verschlossenen Türen miteinander besprachen. Das ging mich auch nichts an. Ich hatte meine eigene Meinung zu Beziehungen innerhalb einer Firma, das mussten sie selber wissen.

„*Wir* sind sehr von Ihrer Idee angetan. Sie haben sehr, sehr gute Arbeit geleistet. Das ist genau der Ansatz, den wir uns gewünscht haben. Die Sinnlichkeit, die ganz klar im Vordergrund steht." Er imponierte mir, vor allem mit seinem charmanten Akzent. „Also, Sie finden wir sollten einen Spot drehen, ist das richtig?"

Da ich keine Worte fand, sprang Lou für mich ein. „Genau Sir. Die gesamte Geschichte ist auf diese Art am besten zu visualisieren für die potentiellen Kunden. Wir wollen hier eine Message überbringen, die den Kunden dazu anregt die Kaufentscheidung zu treffen. Die genauen Planzahlen können Sie den Mappen entnehmen, die ich Ihnen ausgeteilt habe. Ich habe mir heraus genommen eine Vorabkalkulation aufzustellen für das Projekt."

„Sehr schön." Gab er zurück. „Wir werden alles Weitere noch miteinander besprechen würde ich vorschlagen. Sie haben uns ein wunderbares Konzept präsentiert. Vielen Dank." Damit war die Sitzung beendet. Wir standen auf und gaben den Herren zur Verabschiedung die Hand. Ich hätte die Entwürfe am liebsten geküsst, sie eingerahmt und aufgehängt. Lou unterhielt sich noch mit John, während ich zurück ins Büro ging. Es war inzwischen sechs Uhr. Auf meinem Handy blinkte eine Nachricht auf. Von Jonas.

*Können wir reden? Heute Abend um 8 bei dir? Entschuldige…*

Es tat ihm wirklich leid. Ich hatte mir die letzten Stunden den Mund fusselig geredet. Mir war heute Abend nur nach Entspannung und Zeit für mich. Ich textete ihm schnell zurück, dass es heute zeitlich nicht passte, und bat darum mich morgen mit ihm zu treffen. Jetzt war erst einmal Zeit zum Feiern. Wow. Der Auftrag gehörte uns. „*Saphire*" würde bald über sämtliche Bildschirme flackern. Was Noah wohl dazu sagen würde, dass ich jetzt ernsthaft Karriere machte? Ob es ihn wohl interessieren würde? Wahrscheinlich weniger. Ich kippelte mit meinem Bürostuhl und dachte über ihn nach. An einen bestimmten Augenblick.

*„Ich möchte mehr. So viel mehr, als das was ich jetzt habe."* Hatte ich aus dem Nichts zu ihm gesagt, als wir in seinem Bett lagen und fernsahen. Er hatte den Fernseher auf stumm geschaltet und sich zu mir gedreht. *„Was meinst du mit mehr?"*

*„Naja weißt du. Mein ganzes Universum dreht sich gerade um uns. Aber das ist nicht alles für mich. Ich liebe dich. Das weißt du doch oder? Aber ich will mehr."*

Er wirkte entsetzt. Dabei wollte ich nur endlich über meine Zukunftspläne mit irgendjemandem reden. Mir fiel es nicht sonderlich leicht über meine Wünsche zu sprechen, da ich mich davor ängstigte als dumme Träumerin abgestempelt zu werden. *„Ist irgendetwas passiert?"*, fragte er sichtlich besorgt.

Ich nahm vorsichtig seine Hand und zeichnete seine Lebenslinien nach.

*„Nein, das wäre zu einfach. Ich entwickle mich weiter, weißt du. Ich muss mir neue Ziele setzen. Die Abnahme war mir immer wichtig, und ich habe es durchgezogen und 20 Kilo verloren. Irgendwie fühle ich*

*mich dadurch zum Teil, wie ein anderer Mensch. Ich glaube ich bin endlich stärker."* Er fuhr mir liebevoll durch die Haare und küsste mich auf die Lippen.

Seine Lippen waren voll, ein wunderbarer, herzförmiger Kussmund. Ich sah in seine vertrauenswürdigen, blauen Augen. Immer wenn ich an ihn dachte, kam mir als erstes sein Gesicht in den Sinn. Die Nase, die Schlupflider, die Lippen, die Ohren, die ein wenig abstanden, seine perfekten Zähne. Wie konnte man in der Lage sein zwei Menschen gleichzeitig so sehr zu lieben? Würde mich jemand bitten eine Entscheidung zu treffen, dann stünde ich am Abgrund, weil ich mich nicht entscheiden konnte. Soweit war ich noch nicht.

*„Schau mich an. Ich bin wahnsinnig stolz auf dich. Du hast so viel geschafft. Nur bitte übernimm dich nicht. Dein Erfolg wird kommen, das weiß ich, weil ich an dich glaube."*

Dieser Satz war perfekt, und er hatte sogar Recht behalten. Ich dachte an die hässliche, grelle Bettwäsche, die orangene Tapete und versuchte mir in Erinnerung zu rufen, an welche Dinge ich mich besonders erinnerte. Natürlich, das Klavier, wie er darauf für mich *„Right here waiting"* gespielt hatte. Ich lag hinter ihm und lauschte den Klängen der Tasten. Der Mann, der mir einmal schwor, dass ich die Liebe seines Lebens bin. Doch er hatte sich getäuscht. Deshalb hörte ich auf an Märchen zu glauben. Im Endeffekt waren sie nur eine lächerliche Erfindung, die man Kindern beibrachte um ihnen eine schöne Zukunft zu versprechen. Doch es gab keine Prinzessinnen und das glückliche „happy end". Das wusste ich nur zu gut. Obwohl ich es mir selbst zuzuschreiben hatte, dass ich wohlmöglich niemals meine

Märchenhochzeit bekommen würde und den Ring. Der herzförmige
Diamantenschliff von Tiffany. Ich sah ihn bereits an meinem linken
Ringfinger funkeln, doch das waren nur Tagträume. Jonas würde mir
niemals einen Ring an den Finger stecken. Oder anders, als ich es mir
wünschte. Ich kam mir vor, wie ein verwöhntes Gör. Vielleicht sollte
ich besser nach Hause gehen, anstatt mir den Kopf zu zermartern. Dann
fiel mir ein, dass ich meine Tabletten noch nicht genommen hatte.
Vorsichtig öffnete ich die oberste Schublade meines Schrankes und
entnahm der Packung eine weitere Tablette, die ich mit etwas Wasser
runterspülte. Sie musste wirken, ich hielt es nicht mehr aus. Manchmal
ließen mich die Tabletten vergessen, die Schmerzen vergessen, den
Verlust vergessen. Ich wollte nicht mehr an ihn denken. Aber ich tat es
trotzdem. Was er wohl gerade im Augenblick tat? Er war vermutlich bei
ihr. In diesem Moment. Wenn ich schon an sie dachte. Ich durfte sie
nicht hassen. Was hatte sie mir denn schon getan? *Sie ist mit dem Mann
zusammen, den du liebst, Dummerchen.*

Das machte sie zum Staatsfeinend. Der Gedanke an sie machte mich
rasend vor Eifersucht. Wenn sie neben ihm lag, und noch viel
schlimmer war die Vorstellung, dass seine Familie sie wohlmöglich viel
lieber hatte als mich. Ich hatte ihnen zuletzt auch keinen Anreiz
gegeben mich sonderlich zu mögen. Dabei mochte ich sie, nur konnte
ich es ihnen nicht sagen. Es fiel mir schwer mich auszudrücken, weil
ich Angst hatte Gefühle zuzulassen. Dass seine Mutter für mich eine Art
Ersatz Mutter war in der Zeit, in der mich meine Mutter im Stich ließ, in
der ich mich einsam fühlte. Dass ich seinen Vater vom ersten Zeitpunkt

an mochte, weil er mich so sehr an meinen eigenen Vater erinnerte. Wie er sich freute, wenn er einen gemütlichen Abend auf der Couch verbringen konnte und dabei genüsslich ein Bier trinken konnte. Dann lag er dort auf der grauen, bequemen Eckcouch, das Bier vor ihm auf einem Untersetzer und im Winter brannten Holzscheide im Ofen. Ich genoss die Abende mit seiner Familie, die Feiern, auf denen getrunken und gelacht wurde. Bei denen ich so oft betrunken war und mich menschlicher, denn je fühlte. Doch ich hatte Angst. Angst, dass sie mich nicht lieben könnten, dass ich nicht dazu gehörte. Es fiel mir so schwer die Augen für das zu öffnen, das direkt vor meinen Augen lag. Eine einzigartige Familie, so wie ich sie mir immer gewünscht hatte. Und genau in dem Moment erkannte ich, dass ich so eine Familie niemals selbst haben würde, sondern, dass ich nur dazu gehörte wegen ihm. Die Tatsache brach mir das Herz. Zu wissen, dass meine eigene Familie so zerbrochen war. Zu sehen, wie ein Mensch stirbt, den ich über alles liebte. Und dann zu sehen, wie ein Mensch, der mir so nahesteht wie sie. Die Frau, die mir alles bedeutete. Die mich mit ihrer bezaubernden Art jedes Mal zum Lächeln bringt und die es nicht verdient hat tyrannisiert zu werden von einem Mann, der nicht dazu im Stande ist so etwas wie Liebe zu fühlen. Der so blind ist, und nicht einmal sieht, wie viel Egoismus er in seinem Herzen trägt. Ein Mann, der ihr sagte sie sei schwach und dumm, dabei war doch ganz offensichtlich, dass er der Schwache war. Wie dumm er war. Allein darüber musste ich lachen. Eines Tages würde er für seine Schandtaten büßen und zur Rechenschaft gezogen werden, was er ihr ein ganzes Leben angetan hatte. Er hatte sie zu einer verwahrlosten und einsamen

Seele gemacht, sie klein gehalten, doch in der Zukunft würde sich dies ändern. Ich verspreche dir, ich passe auf dich auf und du wirst es durch mich besser haben, wenn ich meine Ziele erreicht habe. Ich kannte niemanden, der so ein reines Herz hatte, so dankbar und derartig einfach zufriedenzustellen war. Sie war etwas Besonderes, ein Rohdiamant, auch wenn ich nicht im Stande war es ihr zu sagen. Sie war mein Diamant und hielt mich hoch, wenn ich in das tiefste Loch fiel.

An Tagen, wie diesen, hätte ich am liebsten zum Hörer gegriffen und ihm von meinen Erfolgen erzählt. Abgesehen davon, dass wir in einer Beziehung waren, war er mein bester Freund und fehlte mir. Es sind oft die kleinen Dinge im Leben, die man vermisste. Wie er z.B. Chewbacca nachgemacht hat oder auf mein „gar nicht" mit „gar doch" oder „Garfield" geantwortet hat. Kleine Insiderwitze, die nur wir zwei verstanden.

Ich musste gehen. Auf halben Weg nach draußen, fing mich John ab. „Wo willst du denn hin? Wir stoßen auf euch an." Nach feiern war mir heute wirklich nicht.
„John, sei mir nicht böse, aber ich fühl mich nicht gut. Ich gehe nach Hause."
„Soll ich dich fahren? Nicht, dass du mir zusammenbrichst." Er war zu nett für diese Welt.
„Nein, danke. Feiert ihr nur, ich komm schon klar." Damit stieg ich in den Aufzug und fuhr ins Erdgeschoss. Summerholt lag in der 3. Und 4. Etage eines Bürogebäudes mitten in der Innenstadt, gegenüber vom Rhein. Die Aussicht war ein Traum, besonders an schönen Tagen

konnte man noch weit über den Rhein sehen. Das Dach war zu einer Terrasse umfunktioniert worden, dort feierten wir manchmal Partys oder richteten firmeninterne Events aus, wenn es das Wetter zuließ. Manchmal ging ich die Treppen hinauf um Inspiration zu finden. Dann starrte ich eine Zeit lang auf den Rhein, genoss die Ruhe und beobachtete die Menschenmaßen, wie sie am Ufer in Hektik vorbeiliefen.

∞

Die Straßen waren voller Menschen, die zum Feierabend durch die Stadt flanierten, Dinge erledigten oder sich mit ihren Lieben zum Essen trafen. Mir fielen die vielen unterschiedlichen Menschen jeden Tag auf. Wenn ich Zeit hatte beobachtete ich das bunte Treiben. Ich schob mich in die brechend volle U-Bahn und sah, wie immer wieder Leute ein-und ausstiegen in einem ewigen Fluss. Ein paar Stationen vor der Endstation leerte sich der Zug. Ich setzte mich einen Moment und grübelte über den Start der Kampagne. Warum war ich eigentlich so mies drauf? Jeder normale Mensch würde jetzt feiern und glücklich über seinen Erfolg sein. Ich musste an Jonas denken, an unseren Streit. Ich wollte ihn nicht verlieren. Der Tag schlauchte mich immens. Zuhause angekommen, stellte ich fest, dass ich alleine war. Daves Zimmertür war abgeschlossen, das hieß er war länger unterwegs. Ich ging ins Bad und machte mich frisch. Hier musste auch mal wieder geputzt werden, dachte ich mir.  Ich entschied mich dazu das Bad zu putzen, solange ich allein war. Mit Putzlappen und Reiniger bewaffnet fing ich an die Badewanne einzusprühen, bis sich ein dicker weißer Film bildete. Ich stelle die Anlage an, drehte die Musik laut und gab mich vollkommen der Musik hin.

*„I was made for loving you"* von Tori Spelling und Ed Sheeran drang durch die Wohnung. Wenn ich nachdenklich war, so wie heute, half die Musik mir, mich meinen Gedanken hinzugeben. Es fiel mir auf diese Weise viel leichter Emotionen zuzulassen. Denn in diesen Momenten wünschte ich mir einfach nur zu weinen um mich freier zu fühlen. Ich zog meine Hose höher damit sie nicht nass wurde. Ab und an half es mir zu putzen. Dann überkam mich das Gefühl von Reinheit. Zudem war ich stolz über meine vollbrachte Arbeit. Jeder Mensch würde mich für dumm halten. Ich putzte jede Fuge und jede Kachel ordentlich, bis sie glänzten. „Sauberer wird die Dusche nicht."

Vor Schreck fiel ich beinahe aus der Badewanne. Dave lehnte am Türrahmen und belächelte mich. Durch die Musik hatte ich die Tür nicht gehört. „Was zur Hölle? DAVID!"

„Du wirst es überleben." Mit verschränkten Armen lachte er mich aus. Idiot. Ich warf mit seinem Duschgel nach ihm. „Geh bloß weg!" Warnte ich ihn.

Er deutete eine abwehrende Geste mit seinen Händen an. „Schon gut, schon gut. Ich ergebe mich." *Womit hatte ich diesen nervigen Bruder nur verdient?*

Im Hintergrund wurde die Musik leiser gedreht. Was zur..? Ich sah ihn fragend an. „Oh, ich habe Besuch dabei. Das stört dich doch sicher nicht." Vielleicht konnte er seine kleinen Mädchen mit seinem zuckersüßen Lächeln und den großen grünen Augen um den Finger wickeln, bei mir zog die Masche allerdings nicht. „Ich? Ach was, ich liebe deinen Besuch abgöttisch. Soll ich euch vielleicht noch Abendessen kochen damit ihr es schön habt?" Meine Stimme triefte vor Ironie.

„Du bist die Beste. Wie wäre es mit Ofenkartoffeln und Steak? Kriegst du das hin?" Ich schüttelte entsetzt den Kopf. „Du hast sie nicht mehr alle. Fahr zu McDonalds, wenn du essen willst. Du kennst doch den Weg liebster Bruder." Seine Flamme kam zu uns ins Badezimmer.

„Oh, hallo. Ich bin Emma. Du musst Daves Schwester Eve sein." Sie streckte mir die Hand hin. War das ihr Ernst? Ich schrubbte gerade das Badezimmer.

„Hi", erwiderte ich kurz angebunden. „Würdet ihr mich bitte entschuldigen? Ich muss noch den königlichen Thron reinigen, damit ihre Majestät später Zeit hat für eine nette Sitzung hat." Diese Emma hielt sich gekünstelt die Hand vor Schreck vor den Mund. Dave kam nicht mehr aus dem Lachen heraus, gab dennoch nach und führte sie in sein Zimmer. Der würde auch nie erwachsen werden. Was sollte ich sagen? Bis auf seine ständigen Bettgeschichten, war er ein toller Bruder, der im Übrigen laut meinen besten Freundinnen rattenscharf aussieht. Zugeben war David attraktiv, überdurchschnittlich attraktiv, groß, dunkelhaarig, gut gebaut, mit einer kleinen Stupsnase und schönen Augen. Deswegen zogen die Frauen bei uns bald Wartekarten. Solange sie ruhig waren und mich in Ruhe ließen, kam ich mit seinem kleinen Freizeithobby klar. Nur wollte ich nichts davon wissen, was er mit den Frauen trieb. *Oh Gott. Diese fiesen Gedanken.* Ich schüttelte entsetzt den Kopf. Weg mit diesen Gedanken.

Nach dem Putzen fühlten sich meine Hände schrumpelig an. Ich betrachtete mein eigenes Spiegelbild voller Zweifel. Meine Unterlippe war leicht eingerissen, das passierte immer, wenn es kühler wurde. Im Gegensatz zu gestern kühlte es in der Nacht um etwa 15 Grad Celsius ab. Auf dem Weg zur Agentur fror ich wie verrückt. Ich stellte die Putzutensilien zurück in den Wohnzimmerschrank. Hunger hatte ich keinen, stattdessen nahm ich ein Kristallglas aus dem Küchenschrank und goss mir ein Glas Sekt ein. Mir war nach einem angenehmen, beruhigenden Schaumbad. Das würde mir wenigstens wieder Farbe ins Gesicht treiben. Ich schloss die Tür hinter mir ab um ungestört zu bleiben, zündete einige Duftkerzen an und stellte das Sektglas neben der Wanne ab, während ich das Wasser anstellte. Im Schrank suchte ich vergebens nach dem neuen Badeschaum. Dave musste ihn für seine Flammen aufgebraucht haben. Da ich ihn kannte, hatte ich in meinem Zimmer eine Notration gelagert. Ich schüttete zwei Kappen von der flüssigen Substanz in die Badewanne und sah zu wie sich Schaum bildete. Einige Minuten später glitt ich in die Wanne und gewöhnte mich langsam an das etwas zu heiße Wasser. Ich schaltete mein Handy ein und suchte nach der passenden Entspannungsmusik auf Youtube. Schließlich entschied ich mich für Klaviermusik und atmete den Vanille und Kokosgeruch des Badewassers ein. Einen Moment lang schloss ich die Augen und gab mich ganz der Entspannung hin, kein David, kein Jonas, die mich störten und niemand, der irgendetwas von mir wollte. Mich überkam plötzlich eine ungeheure Müdigkeit. Ich brauchte endlich Schlaf, die Tage waren zu lang und die Nächte zu kurz. Nur einen Moment entspannen und an nichts denken. Meine Gedanken glitten dahin. Es war so warm. Der Dampf stieg zur Decke. Nur einen Moment dösen, das hast du dir verdient. Und dann nichts, absolute Ruhe.

Ich träumte davon unter Wasser atmen zu können. Das Meer war so warm und angenehm. In meinem Traum sah ich, wie ich durch das Meer schwamm, ganz ohne Tauchausrüstung. Es war hell, Sonnenstrahlen fielen auf die Wasseroberfläche. Ein riesiger Fischschwarm schwamm an mir vorbei. Sie waren so schön mit ihren bunten Schuppen, wie sie um mich herum kreisten. Hier fühlte ich mich wohl, hier war alles in Ordnung. Ich war sicher. Die Sonne war warm und ich genoss den Moment in der Idylle. Hier musste ich keine Entscheidungen treffen. Doch meine Idylle wurde zerstört durch einen Hustenanfall. Ich bekam keine Luft mehr. *Ich kann nicht atmen, Hilfe! Wieso zieht mich keiner an die Oberfläche?* Es wurde immer dunkler, ich sank tiefer in den Ozean. Die Oberfläche wurde schwarz, als würde ich in ein tiefes schwarzes Loch gezogen. *Ich ertrinke. Ich ertrinke.* Und dann nichts.

∞

Mit einer rasenden Geschwindigkeit fuhr ich hoch und sah mich um. *Wo zur Hölle bin ich?* Langsam drehte ich mich um und hörte ein lautes Piepen neben mir. *Was ist passiert?* Ich beobachtete das Gerät, das vermutlich meinen Herzschlag kontrollierte. Je mehr ich mich aufregte, desto lauter wurde es.

„Baby, du bist wach!" Ich drehte mich um und entdeckte Jonas auf der rechten Seite meines Bettes sitzen. Ich lehnte mich vorsichtig zurück.

War ich im Krankenhaus?

„Was, was ist passiert? Wo bin ich?" Meine Stimme klang irgendwie seltsam. Rau.

„Baby, alles ist gut. Du bist im Krankenhaus. Ich bin hier. David hat den Krankenwagen gerufen. Oh du hast mir so einen Schrecken eingejagt." Er nahm meine Hand und küsste sie sanft. Ich fühlte den Druck seiner Hand. „Ich, ich versteh nicht." Er drückte seinen Finger an meine Lippe. „Psst. Du musst dich jetzt erholen." *Was ist denn überhaupt passiert?* Woran genau konnte ich mich erinnern? Ich wollte baden gehen. Und dann? Ich dachte an bunte Fische. Die Tür öffnete sich und meine Mutter kam mit tränen überströmten Gesicht hereingestürmt.

„Oh mein Schatz." Sie drückte mich, bis ich beinahe keine Luft mehr bekam. „Luft", hustete ich angestrengt. Mein Hals fühlte sich ausgetrocknet an und er brannte, mein Kopf tat unheimlich weh. Ich sah, wie eine durchsichtige Flüssigkeit aus einem Beutel tropfte. Der Schlauch war auf meiner linken Hand angesteckt. Schmerzmittel? Sie ließ sich neben mich auf einen Stuhl fallen. „Was machst du denn für Sachen? Wir sind fast umgekommen vor Angst." Wir? Ich hatte nicht gesehen, dass sie ihren Freund im Schlepptau hatte, meinen Bruder und zu meiner Überraschung meinen Vater. Die beiden konnten sich seit der Scheidung kaum noch ansehen. Deshalb überraschte mich ihre gemeinsame Anwesenheit innerhalb eines Raumes.

„Ich, ich weiß nicht." Sie fiel mir ins Wort.

„Nein, du musst dich nicht rechtfertigen Spatz, ruh dich aus. Du hast ja einiges mitgemacht in den letzten Stunden." Mein Vater machte es auch nicht besser. Ich blieb still und schloss die Augen in der Hoffnung sie würden einfach gehen und mich in Ruhe lassen. Mein Kopf explodierte beinahe. „Baby, wir lassen dich jetzt in Ruhe schlafen." Doch ich bekam seine Worte kaum noch mit. Ich hörte nur wie Leute den Raum immer wieder verließen und hereinkamen. Verschwommen nahm ich wahr, wie jemand mich fragte, wie es mir ginge. Ich war zu müde um zu antworten. Die Person zog leicht an meinem Schlauch, bis das Tropfen lauter wurde. Und dann wieder nichts außer endloser Schwärze. Ich träumte von Noah. Es war ein schöner Traum. Wir liefen zusammen am schönsten Strand entlang, den ich jemals gesehen hatte. Der Sand unter meinen Füßen fühlte sich warm an. Ich trug einen weißen Jumpsuit aus Seide, der in der leichten Brise flatterte. Es war ein wunderschöner Tag am Meer. Er sah umwerfend aus in seinem weißen Shirt, das seine Muskeln betonte. Er lächelte zu mir hinab. Er trug nur Shorts und das weiße Shirt. Wir gingen barfuß geradeaus. Außer uns war niemand weit und breit zu sehen. Es war still, einfach perfekt, als würden Zeit und Raum an uns vorbeiziehen. Er versuchte mir etwas zu sagen, doch ich hörte nur sein Flüstern.

*„Eve, Eve, wach auf!"* Und aus war der Traum. Ich blinzelte und sah die verschwommenen Umrisse des hellen Raumes. Irgendwie fühlte ich mich desorientiert. Geradeaus sah ich auf eine gelbe Wand, an der ein Fernseher hing. „Eve?" Dave beugte sich über mich.

„Was, wo?" Mein Hals tat immer noch weh.

„Hallo Schwesterchen, wie fühlst du dich?" Bescheiden David.

„Ich, mir ging es schon mal besser." Meine Stimme klang, wie ein Raucherhusten.

„Man, hast du mich erschreckt. Das nächste Mal binde ich dich beim Baden an." Witzelte er. Ich verstand nicht was er mir sagen wollte. „Was ist passiert?" Er runzelte, offenbar verwirrt die Stirn. Mein Kopf schmerzte.

„Du erinnerst dich nicht?" Ich schüttelte den Kopf. „Du bist offenbar in der Badewanne eingeschlafen, obwohl das sehr unwahrscheinlich ist laut der Ärztin. Hast du irgendwas genommen?" Ich versuchte mich zu erinnern. Nein, ich hatte nichts genommen. Da war ich sicher.

„Nein, ich war nur so müde." Sah ich so blöd aus? „Und dann?"

„Naja, als ich ins Bad wollte hast du die Tür nicht aufgemacht. Danach hat Emma mehrfach geklopft. Als du dann immer noch nichts gesagt hast, habe ich mir Sorgen gemacht. Du hattest die Tür abgeschlossen. Ich habe nach dir gerufen, und dann habe ich die Tür eingetreten, weil ich mir dachte irgendetwas sei passiert. Ja und dann…" Ihm blieb die Stimme weg.

„Dave? Alles okay?" Ich sah, wie er mit sich kämpfte. Offensichtlich hatte er sich große Sorgen um mich gemacht. Stand es etwa so schlimm um mich? „Ja, ich weiß nicht wie. Es war schrecklich dich so zu sehen. Den Kopf unter… naja. Du." Und wieder brach er ab und hielt sich die Hand vor den Mund. Er kämpfte stark mit sich nicht zu weinen, denn ich konnte die aufsteigenden Tränen in seinen Augen erkennen. „Dein Kopf war unter Wasser und ich dachte du seist, du weißt schon."

„Tot?" fragte ich trocken. Er sah mich erschrocken an. „Sag sowas nicht! Verstanden?" Ich nickte. Verdammt. Es war schlimmer, als es aussah. „Sorry. Was ist danach passiert?"

„Wir haben dich aus der Wanne gezogen und versucht dich zu beatmen.

Du hast kaum noch geantwortet. Emma ist Ersthelferin, zu unser beiden Glück. Ich wusste nicht was ich tun sollte. Du sollst dich wirklich bei ihr bedanken." Fügte er hinzu. „Ich habe sofort den Krankenwagen gerufen. Du bist kurz zu Bewusstsein gekommen."

„Habe ich irgendetwas gesagt?" Er nickte. „Etwas Schlimmes?"

„Du hast Noah gesagt." Oh Gott. „Hast du es Jonas gesagt?" Er verneinte. Dann griff ich nach seiner Hand. Meine Augen wurden wieder müder. Die Schmerzmittel waren ziemlich stark. „Bist du müde?"

„Hm." Murmelte ich nur noch und schlief wieder ein.

# Kapitel 4

Samstagmorgen, nach einer Dauerschlafphase von vier Tagen und einem Gewichtsverlust von vier Kilogramm holte mich Jonas aus dem Krankenhaus ab. Ich umarmte die Krankenschwester, Lucy, die mich liebevoll umsorgt und gefüttert hatte und verließ mit ihm zusammen das Krankenhaus. Ich freute mich ehrlich gesagt auf mein Zuhause, obwohl ich mit meinem Einbettzimmer mehr als zufrieden sein konnte. Wir hielten auf dem Heimweg in einem Burger Laden an, in dem ich bloß einen Salat runterbekam. Mit Mühe aß ich ein paar von Jonas Pommes und blieb ruhig. „Wie fühlst du dich?"

Ich presste ein schwaches Lächeln hervor. „Besser, ehrlich." Die Antwort genügte ihm. Vor einer halben Stunde hatte ich mit einem ziemlich besorgten John telefoniert, der mir signalisierte, dass er Lou bei der Kampagne unterstütze und ich mir keine Sorgen machen solle, alles sei in bester Ordnung. Meine Arbeit zerbrach mir heute den Kopf. „*Saphire*" war wichtig und ich Dummkopf ertrank beinahe in der Badewanne. Meinen Uni Kolleginnen gab Jonas Bescheid. Nach dem Essen fuhren wir nach Hause. Auf dem Wohnzimmertisch stand ein riesiger Präsentkorb mit leckerem Obst und exquisiten Gerichten. „Wow. Von wem ist der?"

„Deine Arbeitskollegin hat ihn vorbei gebracht zusammen mit deinem Chef."

Was für eine tolle Überraschung. „Das ist sehr großzügig." Er verschwand in der Küche und holte einen Strauß weiße Tulpen und übergab mir eine kleine, dunkelblaue Schatulle. „Was ist das?", fragte ich neugierig. „Schau rein." Ich gab ihm die Rosen und öffnete die Schatulle, darin war ein Charme Armband mit einigen Anhängern, ich sah ein Buch, eine Feder, ein Herz und einen Schlüssel. „Oh Schatz, es ist einfach… wunderschön." Ich drückte ihn. „Danke, tausend Mal, es ist wundervoll." Mir kamen die Tränen bei seinem schönen, bedeutungsvollen Geschenk.

„Gefällt es dir wirklich?"

Ich musste ihn küssen. Sanft zog ich seine Lippen an meine. „Es ist perfekt. Du bist der Beste." Mein Hals fühlte sich noch immer trocken an, und schmerzte. Doch ich konnte mich nicht beschweren. „Dave ist heute Abend unterwegs. Wir haben also Zeit für uns. Ich dachte ich bekoche dich und wir schauen uns zusammen gemütlich einen Film auf der Couch an. Wie wäre das?"

Wer war dieser Mann und konnte man ihn so behalten? „Das klingt toll." Ich verspürte das Verlangen ins Badezimmer zu gehen um mich zu erinnern was passiert war. Doch ich war noch nicht so weit. „Leg dich auf die Couch. Möchtest du einen Tee?"

„Danke, gerne." Ich legte mich hin und schlief direkt ein, als mich Jonas zudeckte und dabei meinen Kopf streichelte. Die Ärztin prophezeite mir schon, dass ich aufgrund der Schmerzmittel noch viel schlafen würde.

Das Wochenende verging schnell. Am Montag fühlte ich mich fit wieder arbeiten zu gehen. Gegen Daves und Jonas Willen fuhr ich zur Arbeit. Als ich die Agentur um halb sieben betrat, war ich alleine. Ich musste mir einen Überblick verschaffen über den Fortschritt der Kampagne. Ich kannte Lous geheimen Platz für ihren Schlüssel, unter der grässlichen weißen Engelskulptur. Ich nahm ihn und öffnete die Schublade ihres Schreibtisches. Ha. Ich wusste es. Die Mappe lag direkt oben drauf. Ich schaltete die Schreibtischlampe an und studierte die Mappe. Sie hatten bereits Termine für die Videoaufnahmen und das Shooting vereinbart. Ich schloss mein Laptop an und suchte nach der To-Do Liste auf unserem Server. Mir fiel der Fotograf auf. Ben Coover. Ein begnadeter, deutscher Fotograf, der aus der Gegend stammte und schon einige Shootings für uns gemacht hatte. Ich liebte seine Aufnahmen, besonders die schwarz-weiß Portraits, und ich wusste, dass Lou ihn mehr als nur „nett" fand. Deshalb wunderte es mich nicht, dass sie ihn gebucht hatte. Ich ging die Liste durch. Sie hatte alle wichtigen Punkte erledigt. Unglaublich. Ich sortierte meine Unterlagen und machte mir einige Kopien für das anstehende Shooting am nächsten Montag. Sobald Lou ankam, wir eine lange Unterhaltung über meine Gesundheit führten, gingen wir danach gemeinsam die Liste durch. Die Models waren gebucht, das Catering stand und ebenso die Location. Sie hatten ein nahelegendes Schloss für die Strecke gebucht. Sensationelle Idee.

„Willst du Kaffee?", fragte ich nachdem wir drei Stunden ununterbrochen gearbeitet hatten. „Unbedingt", antwortete sie. „Gehen wir zu Laura?" Was für eine unnötige Frage. Mein Grinsen sagte alles.

Wenn ich nicht gedacht hätte, dass die letzte Woche meines Lebens grauenhaft war, dann hätte ich geschworen, es würde besser kommen, doch da lag ich ziemlich daneben. Als wir bei Laura ankamen, war sie tief im Gespräch mit einer Frau vertieft, die sich zu ihr über die Theke lehnte. Sie lachten. „Kleinen Moment ihr zwei", rief sie uns zu. Wir setzten uns an einen Tisch direkt am Fenster. Ihre Freundin machte sich keine Mühe sich zu uns umzudrehen und lachte weiter. Ich ignorierte die zwei und unterhielt mich mit Lou. „Na, wie geht es euch? Wie lief der Pitch? Ich habe dich letzte Woche vermisst!" Betonte sie.

„Erzähle ich dir in Ruhe." Das sollte fürs Erste reichen.

„Also, du bekommst sicher einen Muffin und einen Früchtetee. Und du? Kaffee?"

„Machst du mir einen Milchkaffee, welche Muffins kannst du empfehlen?"

„Schoko-Banane?"

„Klingt toll. Dann nehme ich einen dazu. Danke." Die Frau an der Theke hatte etwas an sich, das mich offensichtlich störte. Irgendwie kam sie mir bekannt vor. Doch woher nur? *Dreh dich um.*

Laura ging hinter die Theke, bereitete den Milchkaffee und das Teewasser zu und redete weiter mit ihr. Aus dem Kühlschrank nahm sie die Muffins und drapierte sie ordentlich auf einem Tablett. Ich musste irgendwie herausfinden, warum ihre Freundin mir so bekannt vorkam. Sie kam mit dem Tablett zu uns und stellte die Getränke auf dem Tisch ab, zusammen mit den Muffins. Wie stellte ich es am geschicktesten an? „Und wie war dein Tag bisher?" fragte ich interessiert.

„Ruhig, nicht außergewöhnlich." Sie wirkte gehetzt.

„Sorry, ich wollte dich und deine Freundin nicht unterbrechen." Das war gut. Unauffällig. „Ach was, das ist meine Mitbewohnerin. Wir sehen uns oft genug." Witzelte sie. Ihre Mitbewohnerin also. Woher sollte ich ihre Mitbewohnerin kennen? Ich biss geistesabwesend in meinen Muffin und sah sie an. Lous Blick ruhte auf mir, sie kannte mich zu gut.

„Dann stell sie uns doch mal vor. Wir sind ja quasi Stammgäste." Louisa, Louisa. Sie sollte meine Komplizin werden. „Gern. Natalie, komm doch mal her." *Natalie?* Ich kannte niemanden mit diesem Namen, oder vielleicht doch? Aber woher? Sie drehte sich um und kam zu uns. Als ich ihr direkt ins Gesicht sah, wusste ich es. Natürlich kannte ich sie. In diesem Augenblick wünschte ich mir, die Welt wäre größer. Am liebsten wäre ich in ein kleines, dunkles Loch verschwunden, als ich sie sah. Ich hatte sie nicht erkannt, weil sie ihre Haare dunkel gefärbt trug. Ich fühlte, wie sich meine Nasenflügel aufblähten, bei dem Blick in ihre großen blauen Augen. Mit den Händen bohrte ich mich in die hölzerne Stuhlplatte bis es wehtat. *Diese Schlampe.* Ich musste mich beruhigen. Wusste sie überhaupt wer ich war? Ich biss mir auf die Zunge und versuchte meinen Herzschlag in den Griff zu bekommen. „Hey Mitbewohnerin. Das sind meine Freundinnen, Eve und Lou." Stellte sie uns vor. Lou nahm ihre Hand und schüttelte sie freundlich.

„Hi, ich bin Natalie." Erwiderte sie zuckersüß. *Wie gerne ich sie ungespitzt in den Boden rammen würde.* Ich machte keine Anstalten aufzustehen und sagte nur „Hallo." Wenn ich nicht so gut erzogen wäre, hätte ich das Café sofort verlassen. *Du brauchst eine gute Strategie, Eve.* Mach dich nicht zum Vollidioten. Dann stand ich auf und ging auf sie zu. „Hallo Natalie." Ich betonte ihren Namen künstlich. Ihren dummen Hundeblick konnte sie sich bei mir sparen, den konnte sie sich für Noah aufsparen. Ausgerechnet seine Freundin. Laura hätte jede Mitbewohnerin haben können, aber diese Natalie. Mein Magen fühlte sich elendig an. Wenn ich nur daran dachte, wie sie ihn berührte, ihn küsste, so wie ich es getan hatte. *Reiß dich zusammen, Evelyn. Du bist eine erwachsene Frau.*

„Kennen wir uns irgendwoher?" fragte sie während ich noch immer ihre Hand drückte. Ja, tun wir du Huhn. Jetzt wo ich direkt vor ihr stand, betrachtete ich sie. Klar, irgendetwas Hübsches hatte ja jeder Mensch an sich. Sie wirkte zurückhaltend, und höflich. Mist. Ein dunkler Wimpernschleier umrandete ihre blauen Augen. Okay, zugegeben war sie ganz hübsch. Trotzdem hasste ich sie.

„Ich glaube nicht", quetschte ich durch die zusammengebissenen Zähne heraus. „War nett dich kennen zu lernen, aber wir müssen los. Der Job. So ein Großkundenauftrag ist wirklich zeitintensiv." Ha! Den musste ich ihr reindrücken. „Lou?" Sie stand augenblicklich auf und folgte mir. „Tschau Laura." Ich rannte beinahe zurück zur Agentur. Sie kam mir nicht hinterher. Ich war so sauer, aufgewühlt und wütend. Wie konnte sie nur mit dieser schrecklichen Person zusammenwohnen, die mir sogar die Haarfarbe kopierte?

„EVE, warte doch mal. Evelyn bitte." Ich blieb abrupt stehen. „Was ist?", fuhr ich sie genervt an. „Wow, was ist gerade passiert?" Sie hielt mich an den Schultern fest. Ich verlor gerade völlig die Kontrolle.

*Durchatmen, sie ist nicht wichtig.*

„Nichts!“ Fauchte ich sie an. „Ich kann nichts dafür Evelyn.“ Das war mir bewusst.

„Es tut mir leid, so war es nicht gemeint.“ Ihr fuhr mir durch die Haare. „Kennst du sie?“

„Ja, Natalie ist Noahs Freundin.“

Sie hielt sich erschrocken die Hand vor den Mund. „Autsch. Ich dachte die wäre blond.“

„Ursprünglich. Anscheinend gefärbt, ich weiß es nicht. Ich könnte sie erwürgen. Sie sieht aus, wie ein billiger Fake von mir.“

„Ach Süße, das tut mir Leid. Komm her.“ Sie zog mich sanft in ihre Arme und ging mit mir zurück zur Agentur. Wir standen vor dem Aufzug und warteten seit fünf Minuten darauf, dass er kam. „Hey ihr!“ Ich drehte mich um und sah Chris.

„Hey! Dich habe ich ja ewig nicht gesehen.“ Ich drückte ihn.

Er arbeitete seit anderthalb Jahren als Refert des Juniorpartners in einer Kanzlei. Der jüngste Sohn des Chefs, Paul, hatte vorletzten Winter sein zweites Staatsexamen erfolgreich beendet und arbeitete seitdem in der Kanzlei seiner Eltern. Daraufhin stellte er Chris ein. Ich erinnere mich noch genau an unsere erste Begegnung im Aufzug. Wie ironisch ihn jetzt hier wiederzutreffen. Chris stolperte ungeniert in den Aufzug und schmiss alle seine Unterlagen auf den Boden. Es war noch früher Morgen, etwa sieben Uhr und daher waren nur wir zwei auf dem Weg nach oben. Ich bückte mich herunter um ihm zu helfen. *Der hat wohl seinen ersten Tag,* dachte ich mir. Er stotterte bloß ein nervöses:

„Danke!" Ich mochte ihn augenblicklich. Schüchtern, aber irgendwie süß. Zu dem Zeitpunkt lief meine Beziehung mit Noah nicht sonderlich gut, daher war ich vollkommen in die Arbeit vertieft, wenn auch mein Inneres schrie. Kurz darauf trennte ich mich von ihm. Es gibt diese Entscheidungen, die man das ganze Leben lang bereut, nur für uns und für ihn war es besser so. Er hatte etwas Besseres, als mich verdient. *Nur nicht diese schreckliche Natalie, ermahnte mich mein Unterbewusstsein.*

Die Kanzlei Konen & Konen saß in der 1. und 2. Etage des Summerholt Gebäudes.

„Erster Tag?" fragte ich ihn grinsend. Er lächelte. Wow, er war wirklich süß.

„Eh, ja." Er stand auf und starrte mich an. Man war der süß. Okay, das war schwieriger als gedacht das Eis zu brechen. Ich musste einen anderen Ansatz finden damit er locker wurde. „Ich bin Eve, ich arbeite bei Summerholt in der 4. Die Werbeagentur." Ich betrachtete ihn einen Augenblick, eigentlich war er nicht mein Typ, aber er hatte etwas an sich, das mir gefiel. Seine hellbraunen Augen strahlten etwas Warmes aus, als würden wir uns schon ewig kennen.

„Ich bin Christoph. Chris. Eh, meine Freunde nennen mich Chris." Offenbar noch immer nervös führ er sich durch die blonden Haare. Die Schüchternheit passte nicht zu seinem Aussehen. In gewisser Weise war er attraktiv, jedenfalls in meinen Augen. Er war sehr groß, schlank und gut gekleidet im Anzug.

„Wie läuft die Arbeit?", fragte er interessiert, als wir in den Aufzug einstiegen. „Bestens, viel zu tun, aber wir arbeiten an einem großartigen Pitch. Muss ich dir mal in Ruhe erzählen."

Er lehnte sich an einer Wand an und sah mich grinsend an. Wie sexy ich ihn fand. Mit seinen Augen fixierte er mich, er wusste, dass ich darauf stand.

„Gute Idee, was hältst du davon, wenn wir morgen zusammen Mittag essen gehen? Ich lade dich ein. Hier um die Ecke hat ein neuer Italiener geöffnet, den ich unbedingt ausprobieren wollte und gegen so hübsche Gesellschaft hätte ich nichts einzuwenden." *Denk an Jonas, er wäre sicherlich nicht besonders begeistert von der Idee.* Bei Chris klangen solche Dinge immer nach einem Date. Andererseits wollte ich nicht ablehnen, da ich gerne Zeit mit ihm verbrachte.

„Naja, wieso eigentlich nicht. Holst du mich ab?"

„Wo dein Büro ist weiß ich." Die Aufzugtüren öffneten sich und er stieg aus. Die Spannung war mit seinem Verlassen automatisch verschwunden. Lou stand mit verschränkten Armen vor mir und grinste süffisant.

„Ihr geht also Essen."

„Ja, was spricht dagegen? Wir sind gute Bekannte."

Sie begann zu lachen. „Natürlich, Bekannte." Daraufhin schwieg sie.

∞

Den restlichen Tag arbeiteten wir an der Organisation für die Kampagne. Ich war etwas unruhig wegen dem bevorstehenden Mittagessen mit Chris. Sie hatte Recht, er war mehr als nur ein guter Bekannter. Uns verband eine gewisse Vorgeschichte, auf die ich nicht

sonderlich stolz war. Ganz im Gegenteil. Ich hatte richtigen Mist
gebaut. Noah und ich hatten kurz zuvor unseren 2. Jahrestag, als unsere
Geschäftsleitung zusammen mit der Geschäftsleitung von Konen &
Konen eine Firmenfeier zum Firmenjubiläum veranstaltete. Wir
arbeiteten eng mit den Anwälten von K&K zusammen. Wenn ich an
diese Feier zurückdachte, kamen mir einige, größtenteils
verschwommene Gedanken. Die Feier wurde groß ausgerichtet von den
Chefs. Unsere Eventabteilung beschäftigte sich wochenlang mit der
Planung und der Vorbereitung. Der Tag der Feier war stressig.
Irgendjemand rannte immer panisch durch die Agentur, obwohl die
Feier in einer gemieteten Eventhalle stattfand. Es gab Maßen an
Alkohol, Sekt, Bier, Longdrinks und Wein und natürlich
antialkoholische Getränke. An dem Tag trug ich eine schwarze, enge
Hose und ein geblümtes T-Shirt, das meine Figur betonte.
Normalerweise war ich eher der Blusentyp, trug so gut, wie nie einen
Ausschnitt. Doch heute wollte ich einmal anders aussehen. Ich stand
kurz vor der Feier im Bad und schminkte meine Augen und Lippen
besonders hübsch. Danach drehte ich meine Haare nach hinten ein bis
sie perfekt saßen. John fuhr uns zu der Halle. An den Wänden stand ein
riesiges Buffet mit warmen und kalten Speisen. Das „Finger Food" war
ansprechend angerichtet von Currywurst bis Krabbenpastete war alles
dabei. Lou, John und ich bedienten uns am Buffet und stellten uns zu
einigen Kollegen des Teams. Sarah stand neben uns und unterhielt sich
angeregt mit Ben Coover. Nach einer Stunde begannen wir damit Bier
zu trinken und Sekt durcheinander. Lou wollte richtig einen
draufmachen. Ich hatte nichts dagegen. Irgendwann später kam Chris

mit einigen seiner männlichen Kollegen dazu. Wir stießen unzählige Male an und lachten ausgiebig. „Du siehst toll aus, anders als sonst." Ich mochte Chris´ Schüchternheit. Sie war sympathisch und wirkte nicht aufdringlich. Wir unterhielten uns über meine Tätowierungen und darüber, dass er auf der Suche nach einer passenden Idee war. Ich versuchte ihn ein wenig zu inspirieren. Mir war klar, dass wir bereits heftig miteinander flirteten. Wir standen am Ende des Tisches, während die Anderen ebenfalls in Gespräche vertieft waren. Ich sah ihn an. Er trug eine grässliche dunkelblaue Strickjacke, die ihm absolut nicht stand. Irgendwann zog er sie zu meiner Freude aus. Im Hemd gefiel er mir viel besser.

Um 24 Uhr war die Feier zu Ende. Ich suchte mir eine Verbindung heraus um nach Hause zu fahren. „Wo willst du denn hin?" fragte mich einer seiner Arbeitskollegen, als ich Anstalten machte meine Jacke zu holen.

„Nach Hause, die Party ist vorbei und ich muss morgen arbeiten."
Er zog mich am Arm. „Das kommt absolut nicht in Frage. Wir gehen noch feiern." Ich wusste nicht was ich davon halten sollte. Schließlich kannte ich sie kaum. Dennoch, durch meinen erhöhten Alkoholkonsum an diesem Abend war ich allerdings in Feierlaune. Lou war bereits vor einer Dreiviertelstunde abgehauen, weil sie müde war. Langweilerin. Dabei wollte sie ursprünglich feiern.

„Also kleine Lady, kommst du mit? Wir passen auch auf dich auf, versprochen. Ich bin übrigens Mark."
„Freut mich." Lallte ich schon halb. Und lachte.

„Gehst du noch mit?", fragte Chris, als er mich und Mark zusammen sah.

„Na klar." Ich zeigte ihm den Daumen nach oben, oder eher den schiefen Turm von Pisa. Er zog mich von Mark weg und lief neben mir her. Sarah, meine Kollegin war ebenfalls dabei. Sie kam zu mir.

„Also wir zwei und drei ziemlich süße Kerle. Was meinst du?"
Ich schüttelte den Kopf, lachend.

„Ich habe einen Freund!"

„Na und? Wir haben doch nur ein wenig Spaß." Ich tat ihren Kommentar belustigt ab. Wir gingen in eine nahegelegene Kneipe mit dem reizenden Namen „Citys best". Mark bestellte die erste und zweite Runde Bier. Inzwischen konnte ich das Bier, wie Wasser trinken. Es schmeckte sogar immer besser. Ich tanzte ausgelassen zu irgendeiner Schlagermusik zusammen mit Sarah, die ungewöhnlich umgänglich war.

„Willst du noch ein Bier?", fragte Mark.

„WAS?" schrie ich. Durch die Musik verstand ich kein Wort.

„BIER?"

„Absolut." Lallte ich. Meine Stimmung war inzwischen auf dem Höhepunkt angelangt. Ich hüpfte vom einen auf das andere Bein und sang laut zu den Liedern mit. Mark drückte uns durch die Menschenmenge hindurch zur Theke und bestellte Bier. „Ich brauche frische Luft." Rief ich ihm zu. Wir gingen zusammen raus, Sarah folgte uns. Sie schnappte sich Mark und knutschte mit ihm, dabei fiel ihm fast das Bier aus der Hand. Ich ging die gepflasterte Straße auf und ab. Irgendwie fühlte ich mich von Chris angezogen. Was tat ich hier eigentlich? Ich war schließlich vergeben, zwar lief es schlecht, aber trotzdem sollte ich mich anders verhalten, auch wenn wir eine Auszeit voneinander nahmen. Es gab mir trotz allem keine Berechtigung an die Lippen eines anderen Mannes zu denken. Mark kam mit Sarah zu mir. „Alles ok Eve?", er wirkte besorgt oder er war einfach genauso betrunken, wie ich.

„Ich glaube ich will Chris küssen." Es rutschte mir in meinem betrunkenen Kopf einfach so raus. „Was soll ich tun?" Er lachte nur. „Nur zu. Schnapp ihn dir." Ich wusste, dass er in einer langjährigen Beziehung war. Ob sie Probleme hatten, wusste ich nicht. Sein Privatleben ging mich prinzipiell auch nichts an. *Man Eve. Komm klar,* ermahnte ich mich. Nur war mir nicht nach vernünftig sein. Ich hatte seit einer Ewigkeit mal wieder richtig Spaß und fühlte mich einfach frei und unbeschwert. Jetzt war einfach nicht der passende Zeitpunkt um sich wie eine Spaßbremse zu verhalten. Sarah kam zu mir und gab mir plötzlich einen Kuss. Ich war so schockiert, dass ich sie erst einmal von mir wegschubste, sodass sie fast auf den Boden fiel. „Ich sag ja du bist so eine Spießerbraut."

„Bin ich nicht!" Ich verzog das Gesicht.

Normalerweise hätte ich sie in so einer Situation konfrontiert, aber ich war entspannt. Sie begann plötzlich zu lachen und ich stimmte mit ein. Ich musste so sehr lachen, dass ich fast auf den Boden fiel, hätte Mark mich nicht festgehalten. Danach ging ich zurück in die Kneipe und bestellte mir zwei Bier. Ich versuchte mich durch die Menschenmaße durchzuschlagen. Sarah folgte mir zurück zu Chris und dem anderen Arbeitskollegen, dessen Namen ich mir nicht merken konnte. Wir stellten uns alle gemeinsam an einem Stehtisch in der Maße von Leuten und stießen auf uns an. Ich konnte kaum noch geradestehen. Mein Körper fühlte sich an, als würde ich auf Wolken schweben. In Chris` Nähe spürte ich dieses leichte Prickeln auf der Haut. Die kleinen Härchen in meinem Nacken stellten sich auf, als er sich neben mich stellte und versehentlich berührte. „Alles gut?", hauchte er und lehnte sich zu mir herunter. Ich betrachtete seine Augen genauer. Sie waren hellbraun, wie Katzenaugen mit einem Grünschimmer. *Was ist es nur, das mich so an dir fasziniert Christoph?* Seine charmante Art? Das wunderschöne, verschmitzte Lächeln? Ich betrachtete, wie hypnotisiert seine schmalen Lippen, den sexy Drei-Tage-Bart, der ihn so männlich wirken ließ. *Du musst jetzt gehen Evelyn sonst begibst du dich auf verdammt gefährliches Territorium.* Was machte ich hier bloß? Ich wusste, ich würde mich an ihm verbrennen. Doch wieso reagierte ich nicht?

Später saß ich mit Sarah an der Bar und trank weiter Heineken. Urplötzlich sprang sie auf und war verschwunden. In der Hoffnung, dass der Rest der Gruppe noch irgendwo zu finden war, ging ich zurück in unsere Ecke, wo ich Chris traf. Alleine. Er lächelte und kam zu mir. „Ich dachte schon ich wäre alleine." Ich zuckte mit den Schultern. Mir war nach tanzen, also begann ich mich zum Takt der Musik zu bewegen. Chris stand hinter mir. Ich konnte nichts dagegen tun, die Anziehungskraft nahm mich vollkommen ein. Ich spürte, wie er mir von hinten näherkam. Ich fühlte seinen warmen Körper an meinem. Vorsichtig nahm er meine Hände und verschränkte sie mit seinen. Es fühlte sich unglaublich an, ganz unerwartet begann mein Herz, wie wild zu pochen. An meinem Nacken fühlte ich seinen süßen Atem. Wir bewegten uns gemeinsam zum Takt der Musik. Ich hielt es kaum aus, diese Berührungen von zwei Fremden. Wir kannten uns kaum, doch ich wusste, dass eine Anziehungskraft zwischen uns herrschte. Ab diesem Moment schaltete mein Gehirn auf Autopilot. Ich war völlig willenlos. Ich drehte mich nach einer gefühlten Ewigkeit zu ihm um. Die Menschen in der Kneipe existierten nicht mehr für mich, alles war nur noch eine elektrische Wolke. Als würde der Rest der Welt in diesem Augenblick stillstehen und wir würden uns um die Erdlaufbahn drehen. Wir lehnten uns gemeinsam an der Wand an, und er hielt mich einfach fest. Ich stand vor ihm, in seinem Arm. Meine Arme lagen um seinen Hals, genauso wie mein Gesicht das direkt an seiner Halsschlagader ruhte. Er hielt mich um die Hüfte umschlungen fest und streichelte mir sanft über den Rücken. Ich genoss diesen Moment unendlich, denn ich musste an nichts denken und es war beruhigend ein einziges Mal den Moment genießen zu können. Doch ich spürte, wie sehr ich mir wünschte ihn zu küssen. Natürlich wusste ich nicht, ob es ihm genauso ging, wie mir. Wir konnten kaum die Finger voneinander lassen, als sein Arbeitskollege plötzlich wiederkam. Wir taten so, als wäre nichts passiert, obwohl es sich unglaublich anfühlte.

Eric, so hieß sein Kollege, ging eine halbe Stunde später, da sein Taxi ankam.
Jetzt waren wir wieder alleine. Es dauerte nicht lange, bis er mich wieder in seine Arme zog. Er stand vor mir, ich hingegen saß auf einem

schwarzen Barhocker vor ihm und umschlag ihn mit meinen Beinen. Die Situation wurde immer heißer, die Spannung war kaum noch auszuhalten. Ich hielt ihn mit meiner rechten Hand am Hals fest, als er über meinen Rücken auf und abfuhr. Außerdem spürte ich, wie erregt er war, was mich noch mehr anmachte. Mit meinen Lippen lag ich nur wenige Zentimeter von seiner Haut entfernt an seinem Hals. Ich war so betrunken, meine Haut kribbelte und ich wollte ihn berühren. Ich begann seinen Hals zu küssen, ein Schauer fuhr über seine Haut. Er ließ mich nicht los und ich wusste, dass ihm diese Situation genauso gut gefiel, wie mir. Die Leute um uns herum beachteten uns genauso so wenig, wie wir sie. Unsere nächste Bahn fuhr erst um halb vier morgens. Wir fuhren zusammen, da wir in die gleiche Richtung mussten. Ich merkte, wie ich nervös wurde auf meinem Barhocker. Ich wollte ihn ansehen. Ich musste ihn ansehen. Was taten wir hier nur? Als ich zu ihm hochsah, schaute er auf mich hinab. Ich grinste kurz und schloss dann gespannt die Augen. Genau in dem Moment berührte er meine Lippen mit seinen. Die Art und Weise, wie er mich küsste, zeigte mir, wie sehr er mich wollte. Er hielt mich ganz fest an sich gedrückt, ich legte meine Hände um sein Gesicht und hielt ihn fest, während er mich intensiv küsste. Die Küsse waren zunächst neugierig, und danach wild und einfach unglaublich erregend. Hätte man mir am Anfang des Abends erzählt, dass ich am Ende des Abends mit Chris knutschen würde, hätte ich die Person für wahnsinnig erklärt, obwohl ich es mir unterbewusst gewünscht hätte.

Wir ließen nicht mehr voneinander ab. Es gab nur ihn und mich und unsere Leidenschaft füreinander. Ich genoss diesen ungezwungenen Moment mit ihm, doch dann kam mir plötzlich wieder Noah in den Sinn. *Scheiße, scheiße. Eve, hör sofort auf damit.*

„Wir sollten uns so langsam auf den Rückweg machen, meinst du nicht?" Er nickte. Ich nahm seine Hand und zog ihn aus der Kneipe heraus, auf die Straße. Erst da begriff ich wirklich was ich gerade getan hatte. Meine Schuldgefühlte übermannten mich sofort. Dabei war es so schön mit Chris. Ich war in einem Zwiespalt. „Ich habe noch nie fremdgeküsst." Sagte ich. „Was habe ich nur gemacht?"

Er versuchte mich zu beruhigen. „Hey, so schlimm ist es auch nicht. Findest du es jetzt so schlimm mich geküsst zu haben?" Natürlich nicht, es war heiß. Ich konnte jetzt kaum die Finger von ihm lassen. Aber es ging nicht nur um ihn und mich. Ich hatte eine Verpflichtung, einen Freund, der mich liebte und den ich ebenfalls von ganzem Herzen liebte, zwar legten wir gerade eine Pause ein, aber reichte mir diese Ausrede als Entschuldigung für mein selbstsüchtiges Verhalten? Mir fehlte die Leidenschaft, alles das war ich in den letzten Stunden mit Chris erlebt hatte. Ich wollte mich wieder, wie eine attraktive Frau fühlen, die endlich frei sein kann. Noah engte mich nie ein, ganz im Gegenteil war er ein toller Freund, aber ich war eine Andere. Ich war ein wenig verunsichert über meine Gefühle in dem Moment, die ich für Chris empfand, die sexuelle Anziehung.

Er nahm meine Hand und ging mit mir am Rheinufer entlang. „Ich fühle mich furchtbar. Was soll ich denn jetzt machen?" Er drehte mich abrupt zu sich, sodass ich ihn ansehen muss und küsste mich. Ich konnte nicht anders, als nachzugeben.

Für den regulären Weg von zehn Minuten, brauchten wir vierzig, weil wir uns alle 100 Meter wieder um den Hals fielen und küssten. Sein Duft machte mich benommen. Er hatte etwas unglaublich Anziehendes an sich. Seine Anwesenheit fühlte sich einfach richtig an für den Moment. Am Bahnhof stiegen wir in die Bahn ein. Ich setzte mich ihm gegenüber in einen Vierer. Er betrachtete mich dabei ganz genau. Wie seltsam dieser Abend war. Er kam zu mir herüber und zog mich zu sicher heran, sodass ich mich bei ihm anlehnen musste, an die grässliche, blaue Strickjacke.

Ich tippte abwesend auf meinem Handy herum und fand einige Bilder von meiner Abnahme. Er sah mir zu, wie ich mit dem Finger auf und abfuhr und mir einige Bilder ansah. „Du siehst richtig schön aus. Sehr sexy." Er zeigte auf ein Bild auf dem ich mit weißer Unterwäsche zu sehen war, vielleicht ein wenig verrucht. „Wow."
„Wieso haben wir das gemacht?", flüsterte ich ihm leise zu.
„Weil wir anscheinend beide nicht sonderlich glücklich sind." Ich horchte auf. Langsam wurde ich wieder nüchterner. „Du hast mir doch immer erzählt, dass du glücklich bist in deiner Beziehung!"
„Momentan läuft es nicht gut. Sie ist für eine Weile ausgezogen und ich muss überlegen, ob ich das alles noch will. Bei uns läuft es nicht in allen Bereichen gut. Du weißt was ich meine."
„Euer Sexleben?", fragte ich neugierig. Es interessierte mich wirklich.
„Ja, es läuft einfach nicht so, wie ich es mir wünsche. Mir fehlt etwas."
Sonst hättest du mich nicht geküsst, vor allem nicht so. Das war klar.

Noch zwei weitere Haltestellen bis zu meiner Station. „Ich muss jetzt gleich aussteigen, du musst noch weiterfahren, etwa 15 Minuten."

„Und wie kommst du nach Hause?" Ich lächelte. Sehr aufmerksam von ihm zu fragen.

„Ich gehe zu Fuß."

„Es ist halb fünf morgens. Ich bringe dich und bestelle mir dann ein Taxi. Ich kann es nicht verantworten, dass du alleine gehst." Den Weg über schwiegen wir uns an und gingen stumm nebeneinander her.

Ich unterbrach die Stille, als wir bei mir ankamen. „So, wir sind da. Ich gehe jetzt hoch." Dabei zeigte ich auf das höchste Haus in meiner Straße, das mit den roten Backsteinen und dem Efeu, der an der Hauswand wild wuchs.

„Kann ich noch kurz auf die Toilette?" Was hätte ich sagen sollen? Nein. Ich fand es nett, dass er mich brachte. Währenddessen ging ich in mein Ankleidezimmer und war dabei mich umzuziehen. Er platzte herein, als ich halbnackt vor dem Spiegel stand. Obenherum trug ich nur einen schwarzen BH. Er starrte mich an. „Du siehst… unglaublich aus." Man sah ihm an, dass er in einem Zwiespalt war, was er jetzt tun sollte. Ich bekam sofort eine Gänsehaut bei seinem Blick, als er mich ansah.

„*Oh Gott* Eve, du musst dir etwas anziehen. Ich ertrage es nicht in deiner Nähe zu sein, wenn du so aussiehst." Ich zog mir ein lockeres weißes Oberteil über. „Du wolltest dir ein Taxi bestellen", sagte ich als ich mit ihm zurück ins Wohnzimmer ging.

„Ja." Das war das einzige, das er sagte. Wir sahen uns eindringlich an. Meine Gänsehaut verstärkte sich, während er mich nach einer gefühlten Unendlichkeit wieder küsste. Dieses Mal noch leidenschaftlicher, als zuvor. Er beugte sich zu mir herunter, ich stellte mich auf die Zehenspitzen, da ich jetzt keine hohen Schuhe mehr trug. Es ging minutenlang genauso weiter bis er seine Lippen von meinen löste. „Ich sollte jetzt gehen."

„Ja, das solltest du." Doch wir ließen nicht voneinander ab. Ich wusste worauf das Ganze hinauslaufen würde. Das Thema war durch, als wir zusammen ins Schlafzimmer gingen und uns auf dem Bett weiterküssten. Vorsichtig öffnete ich sein weißes Hemd, Knopf für Knopf. Er zog mir mein Shirt über den Kopf und begann meine Brüste zu berühren. „Die sind unglaublich", flüsterte er sinnlich. Ich war so unglaublich erregt, genauso wie er. Ich saß auf ihm, nur noch in meiner Hose bekleidet und sah auf ihn herab, wie er mich beobachtete. Er war schöner, als es mir bisher aufgefallen war. „Komm her!" Ich neigte mich runter und küsste seinen Hals, und dann seine Brust. Seine Erregung bohrte sich in meinen Unterleib.

„Chris, wir sollten das nicht tun."

„Hm, ich weiß." Er drehte sich zur Seite. „Hey, ich will nicht, dass du mich ignorierst. Du sollst mich nicht anders sehen nach dieser Nacht. Mir ist es wichtig, dass wir uns weiterhin so gut verstehen, so wie vorher. Ich bin wirklich froh, dass wir so offen miteinander reden können." Wir standen auf und gingen wieder ins Wohnzimmer. Als er gerade das Taxi rufen wollte, war da wieder diese Spannung.

Jetzt oder nie.

„Ich… du." Mehr bekam ich nicht über die Lippen. Er zog mich wieder in seine Arme und küsste mich, meinen Hals, meine Lippen. Wir gingen wieder ins Schlafzimmer und schmissen auf halbem Weg unsere

Klamotten auf den Boden. Was danach geschah war ein Schleier aus Hitze und Leidenschaft, für einen Moment. Wir versuchten beide dagegen anzukämpfen, doch wir hatten keine Chance. Es war so falsch, so verboten, doch das was wir gemeinsam in diesem Moment erlebten, war nicht aufzuhalten. Wir hatten Sex, nur kurz, aber ich fühlte ihn, alles von ihm und konnte wirklich nur staunen über das Bild, das sich mir bot. Er war noch viel schöner, als ich mir vorstellte und ich genoss die Momente mit ihm. Es war berauschend, er war berauschend. Doch wir hatten beide unsere Partner im Kopf und wussten, dass wir einen riesigen Fehler begingen. Also hörten wir auf und schworen uns, dass wir beide weiterhin gut miteinander umgehen sollten, wie zwei erwachsene Menschen. Doch hier ging es nicht nur um Chris und mich. Es ging für mich auch um Noah und ich musste mir klar machen, ob ich bereit war um meine Beziehung zu kämpfen und ehrlich mit ihm zu sein, doch ich wusste, dass er mich für die Nacht mit Chris für immer hassen würde. Als Chris durch die Tür verschwand, verschwand noch mehr. Ich zerstörte in diesem Augenblick meine Beziehung.

# Kapitel 5

Ich hätte wissen müssen, dass manche Entscheidungen ein übles Nachspiel hinter sich ziehen würden. Bei einigen meiner Entscheidungen, bereute ich bis heute zutiefst, dass ich sie getroffen habe. Manchmal ist es ein falscher Gedanke, eine dumme Erinnerung an die Vergangenheit, die uns den Boden unter den Füßen wegziehen kann. Eins wusste ich mit absoluter Gewissheit. Erstens traf ich ständig die falschen Entscheidungen, zweitens verliebte ich mich viel zu oft in Idioten und drittens war ich zu dumm um zu erkennen, was direkt vor meiner Nase lag. Wenn man einmal den Mann gefunden hat, diesen einen wunderbaren Mann, der dir die Welt zu Füßen legt und du immer noch zu dumm bist zu erkennen, dass diese Sorte Mann an eine Art Dinosaurier Prinzip grenzt, dann darf man sich nicht wundern eines Tages ganz allein auf der Welt zu sein. War ich einfach zu blind um zu sehen, dass ich alles hatte? Wenn ich es gesehen hätte, dann wäre ich nicht so dumm gewesen mit Chris ins Bett zu springen nur um mich für eine Sekunde lang lebendig zu fühlen. Dafür hatte ich alles verloren, das ich hatte. Mein Selbstbild, meine Würde und Noah. Allein bei dem Gedanken daran fremdgegangen zu sein, widerte ich mich selbst unglaublich an, nicht weil ich es getan hatte, sondern, weil ich nur an mich dachte. Während ich am nächsten Tag an meinem Schreibtisch saß und mich seelisch auf das Mittagessen mit Chris vorbereitete, kamen mir meine Zweifel wieder in den Sinn. Ich erinnerte mich wieder an die Zeit, in der meine ganze Welt ein Scherbenhaufen war. Ich wollte frei sein, doch zu welchem Preis? Ich stand vor einer unheimlich wichtigen Entscheidung. Wieso konnte ich Noah nicht zeigen, dass ich ihn so sehr liebte? Dass ich nicht wegen ihm unglücklich war, sondern ganz alleine wegen mir und meinen Gedanken. Ich litt Qualen ohne ihn, weinte mich Nacht für Nacht in den Schlaf. Nachts roch ich an seinem Kissen, das auf der rechten Seite des Bettes lag und versuchte mir einzureden, dass er noch immer bei mir war. Seine Wärme, seine Zärtlichkeit. Während ich in mein Kissen schrie vor Verzweiflung, hielt ich den weißen, flauschigen Teddybären im Arm, den er mir schenkte, weil ich ihn mir gewünscht hatte, nachdem ich ihn bei seiner Cousine sah schenkte. Doch ich forderte immer und immer mehr. Mehr Geschenke, mehr Aufmerksamkeiten, mehr Romantik. Im Nachhinein frage ich mich oft, was ich für ihn tat? Er kämpfte für unsere Liebe und ich trat nichts außer ihn abzuwehren und ihm so kurz vor Weihnachten das Herz zu brechen.

Es gibt ein Zitat, das mir in diesen Momenten immer wieder in den Sinn kommt:

*„Am größten ist eine Liebe dann, wenn sie unsere Seele anrührt und uns nach dem Besten streben lässt. Dann entfacht sie ein Feuer in unseren Herzen und bringt Frieden in unsere Seelen.“*

Die Liebe zu ihm rührte meine Seele an. Sie gab mir Frieden, wenn auch nur für einen Moment. Vielleicht waren wir genau, wie Noah und Allie und würden eines Tages wieder zusammenfinden, wenn wir bereit waren unsere Erwartungen aneinander herunterzuschrauben und uns gegenseitig zu akzeptieren, wie wir waren, zwei Menschen von denen einer eine gebrochene Seele hatte und deshalb den anderen Menschen weh tat. Nur dann würde es möglich sein eine bedingungslose Liebe zu empfinden.

Seit Stunden stand meine halbleere Teetasse auf dem Tisch und hinterließ einen hässlichen gründen Rund auf dem weißen Designertisch. Ganz nebenbei hatte ich vor etwa einer Stunde eine unangenehme Begegnung mit Daniel Russo. Als ich völlig in die Entwürfe vertieft war und durch den Flur lief, stieß ich gegen ihn. Der Mann war bester Laune.

„Sagen Sie Evelyn, haben Sie nichts Besseres zu tun, als hier durch die Gänge zu laufen, wie bestellt und nicht abgeholt?"

„Wie bitte?", fragte ich höflich, dennoch mit einem gewissen Unterton.

„Sie haben mich schon richtig verstanden. Ich dulde es nicht, dass Sie während der Arbeitszeit durch die Gänge stolzieren und nicht Ihrer Arbeit nachgehen." Hatte er jetzt komplett den Verstand verloren? Was konnte ich dafür, dass er Probleme mit seinem Modedesigner hatte? Der sollte sich mal einkriegen. *Eve, stell dir vor er wäre eine Wurst. Nein, er ist eine armselige kleine Wurst.* Nur die Vorstellung half nicht. Er sah komplett lächerlich aus in seinem knallpinken Anzug aus dem seine krausigen Brusthaare herausschauten. Er erinnerte mich an Ronald

McDonald in seinem Aufzug, fehlten nur noch die rote Nase und die passenden Clown Schuhe. Wieso musste ich nur so einen Arsch als Chef haben? Was dachte der Penner eigentlich was ich mit den Entwürfen vorhatte?

„Natürlich Mister Russo. Ich werde dann wohl unverzüglich meiner Arbeit nachgehen und diese Entwürfe zu John bringen, so, wie ich es gerade geplant hatte. "

„Sparen Sie sich den Sarkasmus. Bei mir zählt Leistung und nicht diese zwischenmenschliche Ebene, die Sie zu meinem Bruder pflegen. Er ist einfach zu weich für diesen Job."

„Klar Mr. Russo. Bitte entschuldigen Sie mich." Ich wollte ihn erwürgen. Empört ging ich an ihm vorbei und kniff den Mund so fest zusammen, wie ich nur konnte um nicht auszurasten. Mieser Dreckskerl.

∞

Lautstark öffnete ich Johns Tür und blieb schnaufend vor seinem Schreibtisch stehen.

„Was ist passiert Kindchen?" Ich hatte gar nicht gemerkt, wie schnell ich zu seinem Büro gerannt war. Ich war völlig außer Puste. „Bitte, setz dich." Er deutete auf seinen Besprechungstisch. „Wasser oder Schnaps?" Irgendwie war er süß, wenn er so erschrocken aussah. John hatte dunkles, volles Haar, das er lockig zur Seite trug. Wie konnten Geschwister nur so unterschiedlich sein?

„Beides", antwortete ich und setzte mich auf einen der Lederstühle. Er nahm die Kristallkaraffe und schüttete mir Bourbon ein. Die bräunliche

Flüssigkeit sah mehr, als nur widerlich aus. Ich nahm das Glas trotzdem dankbar an nach der Begegnung auf dem Flur. Zwei Eiswürfel klirrten auf dem Glasboden. Ich trank den Bourbon in einem Zug aus und fühlte, wie die Flüssigkeit in meiner Speiseröhre brannte. Er stellte mir noch ein Glas Wasser hin und spülte nach.

„Daniel. Er hat mich eben auf dem Flur zurechtgewiesen, weil ich seines Erachtens nicht meiner Arbeit nachgegangen bin und nur sinnlos durch den Flur stolziere.“

„Bitte?“

Ich stand auf und stellte mich vor sein Glasfenster. „Ich wollte mit unseren Entwürfen zu dir. Was hat er für ein verdammtes Problem mit mir?“

Er zuckte mit den Schultern. Ich sah die Verständnislosigkeit in seinen Augen. „Ich verstehe meinen Bruder selbst nicht, Herzchen. Ich rede mit ihm.“ Mit den perfekt manikürten Nägeln fuhr er sich über die Lippen. Wenn John nicht schwul wäre, würden die Frauen ihm ganz sicher zu Füßen liegen. „Das musst du nicht. Ich werde schon mit ihm fertig.“

„Evelyn, Liebes. Mein Bruder kann ein Schwein sein, er ist hinterlistig und versucht sich zu platzieren. Apropos, hast du den Termin bekommen für heute Nachmittag im Kreativraum?“

„Welchen meinst du?“

„Daniel hat ein spontanes Meeting einberufen mit dem Thema „Personalveränderungen.““ Mir fielen beinahe die Augen aus. Ich hoffte inständig, dass sich diese personellen Veränderungen nicht um mich drehten. Das Thema sollte eher „Krisensitzung zu Mister Russos heutigem Schandtaten Outfit" heißen.

„Glaubst du es geht…?"

„Um dich? Nein, das würde er nicht tun. Er weiß wie viel ich von dir halte, außerdem bist du meine Mitarbeiterin und nicht seine. Da habe ich immer noch ein Wörtchen mitzureden. Komm her."

Ich ging zu ihm hinüber und umarmte ihn kurz. „Danke John."

„Na siehst du, da ist ja ein kleines Lächeln." Nein, sie konnten keine Geschwister sein. Ich schaute auf seine Uhr. „Schon so spät? Ich muss los!" Die Uhr zeigte kurz vor eins an. In fünf Minuten war ich mit Chris am Fahrstuhl verabredet.

„Heißes Date?" Witzelte er.

„Nein, nur Mittagessen mit einem Freund."

„Dann bestell Mister Reid schöne Grüße." Ich rollte die Augen und verließ sein Büro. Sie konnten es einfach nicht lassen. Auf dem Weg zurück ins Büro rannte ich beinahe Lou um, die mit einem Salat in der Hand wiederkam. „Na na, wer hat es denn da so eilig?"

Nicht auch noch Lou. Sie stellte ihr Mittagessen auf dem Tisch ab, während ich hektisch nach meinem Make Up in meiner Handtasche kramte und es halbherzig und ohne Spiegel auftrug. „Wie viel Uhr ist es?"

„12:59 Uhr. Du siehst hübsch genug aus. Chris wird begeistert sein."
*Pfff.*

„Lou, es ist kein Date!"

Grinsend kam sie zu mir. „Neeeeein, selbstverständlich nicht."

Banausin. „Louisa bitte. Ich bin für ca. 1 Stunde unterwegs."

„Viel Spaß euch zwei und denk an das Meeting um halb zwei." Wie könnte ich das Meeting vergessen? „Klar."

∞

Der Aufzug nach unten war von Menschen überfüllt. Ich quetschte mich gerade noch in die letzte Ecke. Drei Männer neben mir unterhielten sich aufgeregt über irgendein geplatztes Meeting des Vorstandes der Steuerkammer und dass der neue Vorsitzende aus Italien stammte und man durch seinen langen Bart kaum ein Wort verstehen konnte. Eine Frau mit blondem Haar gesellte sich zu ihnen und gab Kommentare über sein unmögliches Verhalten gegenüber den Mitarbeitern von irgendeiner Steuerberatungsfirma ab, deren Namen ich zuvor noch nie gehört hatte. Sie erzählte, dass sie alle Details aus erster Hand von einer Freundin hatte, die als Assistentin bei diesem besagten Herrn arbeitete. Ich versuchte sie trotz der Lautstärke zu ignorieren, bis endlich das ersehnte „Ping" des Aufzugs erklang. Die Leute schoben sich heraus und folgten ihren gewohnten Tagesroutinen. Als ich den Aufzug verließ musste ich erst einmal Luft holen. Mein dunkelblauer Hosenanzug war etwas zerknittert durch die Enge. Chris stand angelehnt an einer Wand und wartete bereits auf mich.

„Da bist du ja." Er kam zu mir und drückte mich ein wenig zu lang. Etwas argwöhnisch drückte ich ihn sanft von mir weg. „Sorry. Ich hatte noch ein wichtiges Meeting, aber da bin ich." Ich lächelte ein wenig aufgesetzt. In meinem Kopf flackerten die Anspielungen von John und Lou auf. War es denn so offensichtlich, dass er mit mir flirtete? Ich wollte nichts von ihm, schließlich hatte ich Jonas, und Noah im Kopf.

Ein dritter Mann würde nur für noch mehr Verwirrung sorgen.

Außerdem fand ich Chris nur ein klein wenig sexy- gut, er war durchaus

charmant und hatte mit Abstand das schönste Lächeln, das ich je

gesehen hatte. Denn es war aufrichtig und ansteckend. „Du siehst toll

aus."

„Eh, danke. Wollen wir?" Ich musste ihn ablenken, denn er starrte mich

mit seinen heißen Blicken nieder. Sein Duft war wieder einmal

umwerfend. Er roch männlich, und nicht aufdringlich nach After Shave.

Dezent, aber stark genug um wahrgenommen zu werden.

Ich folgte ihm aus dem Gebäude. Wir gingen durch einige Querstraßen,

bis wir vor einem kleinen Lokal standen. „Et voila!", sagte er und

deutete auf das Türschild. „Nonno benne. Ich mein es klingt nicht

verkehrt und die Speisekarte hat mich überzeugt."

Wenn er meinte. Pizza klang nie verkehrt. Wir gingen zusammen in das

kleine, beschauliche Restaurant. Nur ein weiterer Tisch war besetzt, mit

einem Paar, das sich verliebt in die Augen schaute. „Bitte, setzten Sie

sich", sagte der Kellner und schob mir den Stuhl vor. Sein deutsch war

ziemlich gebrochen und schwer zu verstehen. Ich setzte mich hin und

fragte schnell nach der Speisekarte.

„Gefällt es dir hier?" Ja, bis auf die Kerzen und die romantische

Stimmung. Ich bestellte ein Mineralwasser, als der Kellner uns die

Karten brachte. Er wirkte freundlich und nahm unsere

Getränkebestellung auf, obwohl ich das Gefühl hatte, er verstand kein

Wort von dem was ich ihm sagte. Sofort steckte ich meine Nase in die

Karte und überlegte, wie ich seine Frage am einfachsten beantworten sollte.

„Ja, sehr nett hier." Ja, nett klang neutral genug. Nach ein paar Minuten kamen unsere Getränke.

„Bestellen?" fragte der Kellner. Ich entschied mich für eine Pizza mit Pilzen und einem kleinen Salat als Beilage, ohne Tomaten. Chris bestellte Pasta mit Meeresfrüchten und Rucola. Allein bei der Vorstellung drehte sich mein Magen um. Ich drehte mich nach dem Paar um, das im Inbegriff war sich an die Wäsche zu gehen. *Oh Gott in welche Situation bin ich hier bloß geraten?* „Also, wie läuft deine Kampagne?" Ich nippte kurz am Wasser und rutschte dann ein kleines Stück vom Tisch weg, da Chris sich abgestützt hatte und mit dem Kopf näherkam. Immerhin waren die Stühle gepolstert. Ich fühlte, wie ich zu schwitzen begann bei seinem Anblick. Aus dem Augenwinkel sah ich wieder das Paar, das sich wild küssend befummelte. Störten die denn niemanden außer mir? Ich konnte mich nicht konzentrieren, denn die beiden lenkten mich ungewollt ab. *Ganz ruhig bleiben, Eve. Es ist nur ein Mittagessen unter alten Freunden*

„Tja, super. Nächste Woche ist das Fotoshooting und die Werbeaufnahme. Ich bin schon ganz gespannt auf die Location und die Models. Es ist ein berauschendes Gefühl zu sehen, wie eine Kampagne am Ende aussieht, die man selbst ins Leben gerufen hat. Und… naja sie könnte ein Karrieresprung für mich sein." Moment mal. Vielleicht wollte Daniel heute über mich reden, aber hieß es denn, dass das Meeting einen negativen Grund haben musste? Vielleicht wollte er über meine berufliche Zukunft sprechen, aufgrund der Kampagne. Ja, vielleicht hatte er ja eingesehen, dass ich zu mehr imstande war, als er dachte. Aber dann wäre er heute nicht so unfair mir gegenüber gewesen. Dummer Gedanke.

„Ich bin ganz sicher, dass die Kampagne ein riesen Erfolg wird. Worum geht es dabei genau?" Seit wann war er so interessiert an meiner Arbeit?

„Um ein neues Damenparfum. Mit dem Namen *„Saphire"*." Wenn ich an *„Saphire"* dachte, war ich geistig sofort in einer anderen Welt. Alles um mich herum blieb stehen. Zeit und Raum waren nichts weiter als eine Illusion. Ich nahm seine Hand. „Weißt du, ich stelle mir das Ganze sinnlich vor, vielleicht mit einem Hauch Erotik und Leidenschaft. Jede Frau soll denken: *„Saphire"*, das ist das Damenparfum, das mich noch weiblicher wirken lässt, noch sinnlicher und verruchter. *„Saphire"*, die Frau in dem weißen Seidenkleid, wie ein Schleier. Fast als würde sie auf Wolken laufen, engelsgleich." Ich ließ meinen Gedanken einen Moment freien Lauf. „Verstehst du was ich meine?"

Ich lächelte. Als der Kellner mit unseren Pizzen kam, war die Illusion auch schon wieder vorbei. Ich zog meine Hand rasch zurück, als ich merkte, wie ich seine linke Hand drückte und dabei lächelte. Hoffentlich dachte er jetzt nichts Falsches von mir.

„Danke", flüsterte ich dem Kellner zu und konzentrierte mich auf mein Besteck. *Messer, Gabel, einfach Essen.*

„Ich denke ich kann dir folgen. Das klingt genial Evelyn. Du bist brillant."

„Denkst du wirklich?" Damit köderte er mich, ziemlich erfolgreich sogar.

„Ja, du warst schon immer talentiert." Wie sollte ich das auffassen?

Meinte er wohlmöglich…? Nein, zu der Sorte Mann gehörte er nicht. Auf der anderen Seite hatte er seine Freundin mit mir betrogen, obwohl ich damit nie gerechnet hätte. Er gehörte vielleicht doch zu genau dieser Sorte Mann. Ich sollte aufhören in alles so viel rein zu interpretieren.

Nach dem Essen, und nach vielen Ausschweifungen über „*Saphire*" gingen wir zurück zur Agentur. Im Aufzug verabschiedete ich mich von ihm und bedankte mich höflich für die Einladung. Kein Date. Nur ein Mittagessen unter Freunden. Mir blieben noch zehn Minuten bis zum Meeting. Also genügend Zeit um auf die Toilette zu gehen und mir einen frischen Tee zu kochen. Zuerst brachte ich meine Jacke zurück ins Büro und ging meinen Erledigungen nach. Auf der Toilette krachte ich beinahe mit Lou zusammen, die gerade dabei war ihren Lidstrich ordentlich nachzuziehen, als ich in die Toilette gestürmt kam. Nur noch drei Minuten bis zum Meeting, dachte ich.

∞

„Na, wie war dein Date?" Wie gerne ich sie geschlagen hätte.
„Das war kein Date! Wir waren nur essen. Als Freunde." Fügte ich schnell hinzu.
„Natürlich nicht."
„Wir müssen in den Kreativraum. Kommst du? Du bist schön genug." Sie verzog das Gesicht und schnitt eine Grimasse. „Klar du Süße." Sie ging mir allmählich echt auf die Nerven. Ich setzte mich neben John auf einen Stuhl und zog Lou hinterher. Der Raum war bereits gefüllt mit einigen Kollegen und Kolleginnen aus der Personalabteilung, der

Kreativabteilung, Daniel, John und uns. Russo stand mit unserem Personalchef Cameron Johnson vor einem Flipchart und zeigte ihm einige Dokumente. Weshalb die wohl so einen Aufriss machten?
Danach verließ Daniel für etwa fünf Minuten den Raum und kam in weiblicher Begleitung wieder. Sie stand einen Moment lang im Schatten der Tür, also konnte ich sie zuerst nicht richtig sehen. Erst als ich näher hinsah, erkannte ich ihr Gesicht. Was wollte die denn hier?
John folgte offenbar meinem irritierten Gesichtsausdruck. „Kennst du sie?“
„Ja.“ Ich kniff den Mund heftig zusammen um kein Geräusch von mir zu geben.

„Guten Tag alle miteinander. Ich habe dieses Meeting spontan einberufen um eine neue Mitarbeiterin von mir vorzustellen. Bitte heißen Sie Natalie Willing rechtherzlich in unseren Reihen willkommen als Praktikantin im Key Account Management. Sie wird für ein halbes Jahr bei uns bleiben und selbstverständlich in Form einer Job Rotation anderen Abteilungen zuarbeiten.“ Mir stockte der Atem. Diese Person konnte hier unter keinen Umständen arbeiten. Daniel erdrückte mich beinahe mit seinen Blicken. Wusste er etwa was Natalie für mich bedeutete? Wie sehr ich sie verabscheute und ganz besonders den Gedanken daran mit ihr zusammen zu arbeiten? Das konnte er nicht tun.

„Evelyn?“ Was um alles in der Welt wollte er jetzt ausgerechnet von mir? Hatte er mir nicht schon genug zugesetzt?
Seine Mimik hellte auf. Es wirkte beinahe, wie ein triumphierendes Lächeln. „Ich möchte Sie bitten Miss Willing die ersten drei bis vier

Wochen zu begleiten. Im Key Account kann sie uns aktuell nicht unterstützen. Daher haben Miss Willing und ich besprochen, dass sie zuerst in der Kreativabteilung einsteigt, als Projektassistentin steht sie Ihnen ab sofort zur Verfügung. Bitte bereiten Sie mir bis morgen Abend einen entsprechenden Einsatzplan vor. Oder gibt es ein Problem?“

„Eh, nein, natürlich nicht, Mister Russo.“

„Russo-Summerholt!“ Betonte er. „Wunderbar. Das hatte ich auch nicht anders erwartet.“ Er wand den Blick von mir ab und richtete das Wort wieder an alle, während ich versuchte nicht vom Stuhl zu fallen. *Atme Eve, ganz ruhig. Ein und aus, aus und ein.* Wie niederträchtig er war. „Also wie gesagt, bitte unterstützen Sie Miss Willing tatkräftig. Das Meeting wäre damit beendet. Einen schönen Nachmittag.“ Er drehte sich zu Natalie und übergab ihr die Arbeitsdokumente. Ich rang damit ihn zu erwürgen.

„Hast du fünf Minuten für mich? In meinem Büro?“ Ich nickte wortlos, als John mir zuflüsterte. Hatte er etwa davon gewusst?

Ich lief den Flur hinunter und starrte auf den Boden. Ich betrachte dabei den grauen Granitstein und fragte mich, wie teuer er wohl war. Ich wollte nicht an sie denken, daran, dass Noah hier irgendwann auftauchen würde um sie von der Arbeit abzuholen oder sie fickte, wenn sie in ihrem Kostüm von der Arbeit kam. Wie um Himmels Willen sollte ich mit dieser Person zusammenarbeiten? Die Leute, die mich auf dem Flur grüßten nahm ich kaum wahr. Lou hatte sich bereits in unser Büro verzogen und mich kurz zur Aufmunterung gedrückt. „Setz dich, Liebes. Noch einen Bourbon?“

„Nein, danke. Ich habe genug." Ich fühlte mich schrecklich und war kaum in der Lage ihm in die Augen zu sehen.

„Willst du mir erzählen was da gerade passiert ist?"

„Was meinst du?"

John klickte mit seinem schwarzen Füllschreiber auf dem Tisch herum. Ich beobachtete ihn stumm. „Eve, ich kenne dich jetzt schon eine ganze Weile und deine Reaktion auf den Vorschlag meines Bruders war nicht gerade, naja, wie soll ich sagen, euphorisch."

„Euphorisch? Ernsthaft John?"

Ich sprang auf und stellte mich vor die Fensterfront. Das alles musste ein böser Traum sein. Vielleicht war das meine Strafe für meinen Betrug. Ich drückte meinen Arm gegen die Scheibe und lehnte mich vorsichtig an um das Treiben der Menschen auf den Straßen zu beobachten. Hatten sie womöglich die gleichen Probleme, wie ich?

„Was ist los mit dir Evelyn? Kann ich dir bei irgendetwas helfen? Du musst nur etwas zu sagen."

Ich drehte mich langsam um. „Ich, ich…" Ich konnte es ihm nicht sagen.

„Ja?"

„Ich fühle mich heute nicht besonders."

„Na sag das doch gleich Liebes. Dann geh nach Hause und kurier dich richtig aus. Du hast ja auch eine Menge durchgemacht."

„Ich kann nicht gehen, ich habe den Hals voller Arbeit."

„Nein hast du nicht. Alles läuft, mach dir keine Sorgen und mach dir einen entspannten Abend mit Jonas. Ich bin sicher er wird sich gut um dich kümmern." *Natürlich.*

„Ist gut, ich gehe. Aber ich sitze morgen früh wieder an meinem Schreibtisch. Nur dass du es weißt.“

„Ich habe nichts anderes von dir erwartet.“

Das weiß ich doch.“ Ich verließ sein Büro und holte schnell meine Sachen nachdem ich Lou informiert hatte.

∞

Zuhause wartete Jonas bereits mit dem Essen auf mich. An diesen Freund konnte ich mich wirklich gewöhnen. Er kochte ein mexikanisches Reisgericht mit Bohnen und Chili. Beim Essen dachte ich an Natalie, wie sie sich ihren Weg in die Agentur erschlichen hatte mit ihrem Welpenblick. Morgen würde ich zu Daniel gehen und ihn darum bitten jemand Anderen mit der Betreuung von ihr zu beauftragen. Er konnte mich ja nicht zwingen. „Schmeckt‘s dir nicht Baby?“

„Hm?“

„Du hast deinen Reis kaum angerührt und auch den Rest nicht. Schmeckt es dir nicht?“

„Doch, doch. Es ist sehr lecker. Ich bin einfach nur hundemüde und will schlafen. Ok?“ Ich wollte ihn nicht mit meinen Problemen belasten. Zumal das Thema Noah ein allgemeiner Graus für ihn war. Ich stand auf, räumte meinen Teller in die Küche und gab ihm einen Kuss bevor ich mich bettfertig machte und ins Bett ging. Nur wenige Augenblicke später fielen mir die Augen vor lauter Müdigkeit zu, bis ich anfing lebhafter, denn je zu träumen.

∞

„Eve, Eve, wach auf. Verdammt! Ich fasse es nicht!"

Schlaftrunken rieb ich mir die Augen und versuchte mich zu orientieren. Was? Wo? Jonas? Er stand vor dem Bett und funkelte mich wütend an.

„Was, was ist los?" Wie viel Uhr es wohl war? Er schnaubte laut.

„Geht's noch? Was mache ich hier eigentlich noch?" Hä? Ich wusste überhaupt nicht, wie mir geschah, als er urplötzlich aus dem Schlafzimmer rannte, die Tür hinter sich zuschmiss und lauthals durch die Wohnung stampfte. Träumte ich das gerade alles? Ich pellte mich vorsichtig aus dem Bett, schlüpfte in meine Hausschuhe und lief ihm hinterher. Er war im Begriff seine Sachen zu packen, als ich ihn an der Schulter packte.

„Fass mich nicht an Evelyn!" Seine Blicke waren voller Zorn. Ich verstand überhaupt nicht, was passiert war.

„Nenn mich nicht so." Fauchte ich ihn an.

„Ach wieso denn nicht? Weil dich nur dein herzallerliebster Noah so nennen darf?" Ich verstand nichts mehr. Was hatte Noah mit dem Ganzen hier zu tun?

„Was ist denn los?" Mit verschränkten Armen stellte ich mich vor ihn und sah ihn fragend an.

„Du hast nach Noah gerufen."

„Bist du schizophren? Das habe ich nicht!" *Oder etwa doch?*

„Oh doch das hast du. Ich bin von deinen Schreien wach geworden. Du hast nur geträumt, aber von ihm. Was soll das? Reiche ich dir nicht mehr?"

Ich wusste nicht was ich dazu sagen sollte. Er tat mir leid, aber ich konnte und wollte mich nicht schuldig fühlen, für etwas, das ich im

Schlaf gesagt hatte. Außerdem wusste er, dass ich mich aufgrund meiner Medikamente nicht schuldig fühlen konnte. Wir standen mitten im Wohnzimmer, halbnackt und Dave konnte jeden Moment zu uns kommen.

„Komm wieder ins Bett", gab ich beschwichtigend bei. „Das bringt doch nichts. Es war nur ein Traum Baby."

„JA, von NOAH! Eve wann wird das endlich aufhören? Was bin ich eigentlich für dich? Ein netter Freizeitvertreib?"

Jetzt wurde ich allmählich auch wütend. „Nein, natürlich nicht. Du bist mein Freund und ich liebe dich, nur dich. Jetzt komm endlich ins Bett."

Ich nahm vorsichtig seine Hand und zog ihn zurück ins Schlafzimmer. Ich musste irgendetwas tun, damit er mir glaubte, dass ich ihn wirklich liebte. Sanft setzte ich mich auf seinen Schoss und begann ihn am Hals zu küssen. Diese Art von Ablenkung würde ihm sicherlich gefallen. Sanft begann ich an seinem Ohrläppchen zu knabbern und ihm dabei einen Schauer durch den Körper zu jagen. Er begann unter mir leicht zu zittern. *So mag ich dich Jonas.* Jonas gehörte eher zu der Sorte bodenständig, was sich auch in seinem Kleidungsstil wiederspiegelte. Er legte keinen großen Wert auf aktuelle Trends und kleidete sich eher leger als stilvoll. Seine blonden Haare, trug er durcheinander, aber das gefiel mir besonders an ihm. Ich mochte außerdem seine grau-blauen Augen und sein niedliches Lächeln. Ich küsste ihn weiter und verlor mich in ihm. Nach einer Viertelstunde fielen wir beide vollkommen erledigt ins Bett und schliefen bis zum ersten Klingeln des Weckers durch.

$$\mathit{Kapitel\ 6}$$

Natalie wartete bereits auf mich, als ich um halb acht durch die Tür kam und mir, wie üblich am Empfang meine Post abholte. Gina und sie waren gerade dabei Freundschaft zu schließen, als ich sie unterbrach. „Guten Morgen. Meine Post, bitte." Ab heute sollte ich mich um Natalie kümmern, wie schön. Als hätte ich sonst keine Probleme. Sie trug eine auffallend gelbe Bluse und eine eher schlichte schwarze Stoffhose dazu. Ihr braunes zotteliges Haar trug sie zu einem strengen Zopf gebunden. „Guten Morgen Evelyn." Sagte sie. Nicht mit mir Schätzchen. Ich konnte mir nicht im Traum vorstellen, dass Noah rein gar nichts über mich erzählt hatte. Gezwungener Maßen musste ich nett zu ihr sein, wenn auch mit einer sicheren Distanz. „Für Sie heißt es Miss Evelyn. Danke Gina." Ich zwinkerte ihr zu. „Folgen Sie mir, Natalia."

„Eh, es ist Natalie. Nicht Natalia." *Das weiß ich du Biest.*

„Oder so, wie auch immer. Kommen Sie jetzt mit oder möchten Sie hier Wurzeln schlagen?" Okay, ich behandelte sie zugegeben nicht sonderlich freundlich. Sie sollte allerdings wissen, wer hier vor ihr stand. Wenn sie sich schon den Weg hierher erschlichen hatte, musste sie leiden. Auf dem Weg ins Büro klingelte mein Handy. *Jonas.*

*Ausgerechnet jetzt.*

Ich nahm ab und wies Natalie an auf einem leeren Stuhl im Büro Platz zu nehmen. *„Hi Schatz, was gibt's?"*

*„Mit wem hast du da gerade gesprochen?"*

*„Mit meiner neuen Praktikantin. Ich arbeite sie in die Abteilung ein und zeige ihr einige Dinge. Sie weiß noch nicht sonderlich viel über die Werbebranche."* Ich hörte sie verächtlich schnaufen; gut so.

*„Ah. Letzte Nacht war unglaublich."* Darüber wollte er jetzt ernsthaft sprechen?

Ich lehnte die Tür an und überlegte einen kurzen Moment, wie ich ihn abwimmeln konnte ohne dass es ihm auffiel.

*„Ja, das war es. Du Schatz, ich melde mich später, ok? Ich habe heute wahnsinnig viel zu tun."*

*„Okay Baby. Bis später. Ich habe eine Überraschung für dich."*

Danach legte ich auf und steckte mein Handy zurück in meine Tasche. Natalie saß auf meinem Stuhl, als ich die Türe öffnete.

„Den Stuhl meinte ich nicht Herzchen. Nehmen Sie doch den Stuhl, der hinter dem Sideboard steht." Meine Stimme klang, wie Honig. Zuckersüß und freundlich.

„Ihr Freund?", fragte sie.

„Ja."

„Wenn ich fragen darf, wie lange sind Sie jetzt zusammen?"

Sie ging mir allmählich auf den Wecker mit ihrer penetranten Neugierde.


„Sechs Monate, aber ich denke es gibt für Sie Wichtigeres, als über mein Privatleben nachzudenken. Also." *Du freundstehlende Schlampe.*

„Studieren Sie zurzeit?"

„Ja, Evelyn. Ich meine Miss Evelyn. Entschuldigung." *Ja, genauso brauche ich dich, verwirrt, nervös.* „Ich, also, ich."

„Ja?", harkte ich nach.

„Also ich mache eine Weiterbildung zum Key Account Manager. Deshalb mache ich dieses Praktikum hier."

„Und in meiner Abteilung sind Sie weshalb genau?" Ihr standen die Schweißperlen auf der Stirn.

„Ich, ich. Mister eh Russo meinte. Er naja…"

„Was möchten Sie mir sagen Natalia?"

„Natalie."

„Ja. Und?"

„Er meinte es würde mir etwas bringen einen besseren Einblick in Ihre Firma zu bekommen, wenn ich noch weitere Abteilungen in Form einer Job Rotation kennen lerne. Und ich denke er hat Recht." Naja es geht doch. Sie kann sprechen ohne zu Stottern. *Eve, das bist nicht du. Sie kann auch nichts dafür, dass Noah sich in sie verliebt hat.* Für heute hatte ich sie genug gequält, stellte ich fest, als Lou ins Büro kam und die nervöse Natalie neben mir kauern sah.

„Guten Morgen ihr zwei." Sagte sie gut gelaunt, wie immer.

„Hallo", Natalie wirkte eingeschüchtert.

„Warum holen Sie sich nicht einen Tee und ein paar Kekse", schlug Lou ihr vor.

„Ja, gute Idee." Sie kratzte sich am Kopf und sprang sofort auf. „Eh, möchten Sie auch einen?"

„Nein, vielen Dank. Das ist nett von Ihnen."

Sie zog die Tür hinter ihr so feste zu, dass ich vor Schreck beinahe mein Wasser verschüttet hätte. Lou funkelte mich böse an.

„Was ist?", fragte ich, als würde ich die Antwort nicht bereits kennen.

„Das arme Mädchen ist ja völlig verstört. Was hast du mit ihr angestellt?" Ich zuckte mit den Schultern, schließlich war sie selbst schuld. Was interessierte sie sich für mein Privatleben? Wenn ich mich mit jemandem über mein Privatleben unterhalten würde, dann garantiert nicht mit ihr. Ich würde mich eher mit Daniel Russo über mein Liebesleben unterhalten bevor ich dieser, dieser… Person etwas erzählte.

„Eve, ich verstehe dich. Wirklich. Du solltest ihr vielleicht deine Abneigung nicht direkt auf die Nase binden. Sie ist sicherlich nervös genug, auch ohne deine polizeilichen Verhörungstechniken."

„Das nehme ich mal als Kompliment."

„Touché, mein Mäuschen. Und jetzt mal ehrlich, wie geht es dir mit dieser ungewöhnlichen Situation?"

„Bescheiden. Ich kann nicht fassen, dass ausgerechnet ich ihre Mentorin sein soll."

„Ach Süße." Sie stand auf und umarmte mich. „Du tust mir wirklich leid. Aber ich habe eine gute Lösung gefunden."

Ich horchte neugierig auf. „Die wäre?"

„Naja. Ich könnte mich den halben Tag um sie kümmern. „*Saphire*" steht aktuell im Mittelpunkt und um ehrlich zu sein, ist es dein Baby.

Ich könnte mit John sprechen, ob es für ihn in Ordnung wäre."

„Das würdest du wirklich tun? Du hast doch sicher genauso viel zu tun."

„Natürlich, du bist meine Freundin und ich glaube, dass Natalie eine Therapie benötigt, wenn du mit ihr fertig bist. Es ist quasi zu ihrem Schutz." Sie lächelte.

„Du hast sie ja nicht mehr alle, so schlimm bin ich jetzt auch nicht." Sie zog die linke Augenbraue hoch.

„Okay, ich bin so schlimm, aber nur zu ihr."

„Na siehst du. Gut. Ich erstelle den Einarbeitungsplan mit euch zusammen, bzw. mit Natalie. Dann kannst du dich um die anfallenden Termine kümmern."

„Danke!!! 1000 Mal."

„Ich geh dann Mal schauen, wo sich das kleine, brünette Mäuschen versteckt hat."

Während Natalie und Lou damit beschäftigt waren über die Grundlagen des Texter Berufes und über die Aufgaben in unserem Bereich zu sprechen, konzentrierte ich mich den halben Tag darauf mir noch einmal alle Termine bestätigen zu lassen. Ich fertigte einen Übersichtsplan für die kommende Woche mit allen wichtigen Stichpunkten an, und war am Ende des Tages ganz zufrieden mit meiner Arbeit. Lou hatte Natalie gegen viertel vor fünf in den Feierabend geschickt um mit mir die Übersicht gemeinsam durchzugehen. Gegen viertel nach sechs gingen wir schließlich gemeinsam den Plan für Natalie durch. Ich segnete ihn ab und scannte ihn für Daniel und John ein. Langsam übermannte mich mein Hungergefühl, als mein Magen laut knurrte und das Tageslicht verschwand. Die Arbeit für heute war getan. „Sollen wir zusammen essen gehen?"

„Eigentlich keine schlechte Idee, aber ich bin noch mit Jonas
verabredet. Er hat eine Überraschung geplant."
„Ach was. Was hat er denn gut zu machen?"
„Wie kommst du darauf, dass er etwas gut zu machen hat?"
„Naja, er überrascht dich einfach so? Seit wann macht er solche
Dinge?"
Vermutlich seitdem ich nachts im Schlaf nach meinem Ex-Freund
brüllte und er augenscheinlich Angst hatte mich zu verlieren.
„Gute Frage." Ich nahm meine Jacke und Tasche und schwang sie über.
„Kommst du mit zur Haltestelle oder bleibst du noch?"
„Ich begleite dich."

∞

Vor der Agentur stand Jonas in seinem alten Asphalt farbigen BMW
und wartete auf mich. Er stieg aus, als er mich kommen sah. „Hi Baby.
Hi Lou. Wie geht's?"
Er küsste mich schnell und umarmte daraufhin Lou. „Hey, dich habe ich
ja ewig nicht mehr gesehen. Mir geht's bestens und dir?"
„Alles wunderbar. Ich wollte meine schöne Freundin abholen." Ach
herrje.
„Na dann lasse ich euch zwei alleine. Bis morgen Süße." Sie gab mir
einen kurzen Kuss auf die Wange und ging los. „Pass auf dich auf."
Rief ich ihr, wie jeden Abend hinterher. Sie winkte noch und ging zur
U-Bahn.
„Wie lange wartest du denn schon hier? Ich hatte dir doch gar nicht
gesagt, wie lange ich arbeite."

„Berufsrisiko. Ich dachte ich versuche einfach mal mein Glück. Du siehst schön aus." Ich verzog irritiert das Gesicht. Ich sah alles andere als schön aus. Heute hatte ich meinen legeren Tag, inklusive alter Jeanshose und Schlabberpulli. „Was hast du angestellt?" Langsam kam mir die ganze Aktion ebenfalls spanisch vor.

„Was meinst du?"

„Du holst mich nie von der Arbeit ab Jonas. Also, was hast du verbrochen? Wen hast du ausgeraubt?"

„Ich habe dir doch eine Überraschung versprochen. Deshalb hole ich dich höchstpersönlich ab. Setzt du dich jetzt rein? Es wird allmählich frisch."

Wenn man im dünnen Hemd bei 13 Grad rumlief war es natürlich kalt. Als ich gerade ins Auto einsteigen wollte, kam Chris aus dem Gebäude, direkt auf mich zu. Großartig.

„Hey!" rief er von weitem.

„Hey, du!" Ich hatte Jonas von Chris erzählt und von dem was wir miteinander getan hatten. Ich konnte jetzt wirklich keinen Streit gebrauchen. Zu meinem Pech kam Jonas zu uns, als wir uns unterhielten.

Er streckte ihm automatisch die Hand hin. „Hi, ich bin Jonas, Eves fester Freund."

*Fester Freund? Ernsthaft Jonas?*

Er reichte ihm die Hand. „Hi, Chris. Eve und ich arbeiten im selben Gebäude."

„Wie nett", entgegnete er freundlich, dennoch reserviert.

„Ja, es war nett dich kennen zu lernen, aber wir haben noch Pläne und waren gerade auf dem Sprung.“

„Klar, lasst euch nicht abhalten. Ach Eve.“ *Bitte sprich mich nicht auf die Mittagspause an. Nicht vor Jonas. Bitte lieber Gott, lass es ihn nicht aussprechen.*

„Ja?“, fragte ich leise und versuchte ihn mit meinen Blicken davon abzuhalten.

„Wir sollten das Mittagessen wiederholen. Nächstes Mal woanders. Ich lade dich gern wieder ein. Ich wünsche euch einen schönen Abend ihr zwei, du hast Glück mit ihr.“ Damit drehte er sich um und ich stand, wie angewurzelt vor dem Auto und konnte mich nicht rühren. Ich spürte Jonas Blicke in meinem Rücken und überlegte panisch, was ich jetzt tun sollte um den Abend noch zu retten. Ich schluckte und setzte mich kommentarlos ins Auto. Er stieg neben mir ein und starrte mich an. Ich sah, wie er seine Hände in das Lenkrad krallte und seine Lippen strafte. Das tat er immer, wenn er wütend wurde.

„Ihr wart also zusammen Mittagessen, ja?“ Seine Nasenflügel blähten sich auf und die Muskeln spannten sich unter dem schwarz-weiß karierten Hemd an. Ich konnte ihm ansehen, dass er verzweifelt versuchte nicht die Beherrschung zu verlieren.

„Ja, als Freunde. Nicht das was du jetzt denkst. Es waren nur 30 Minuten Schatz.“

„Ja, mit ihm zusammen.“

„Wir haben nur zusammen gegessen. Das tue ich jeden Tag mit irgendwelchen Kollegen.“

„ER ist aber nicht irgendein Kollege, stimmt‘s? Er ist der Chris von der verdammten Feier.“

Ich verdrehte die Augen. Das konnte nicht wahr sein.

„Ja, das ist er. Er bedeutet mir nichts, wieso muss ich mich immer für alles rechtfertigen Jonas? Ich habe es so satt."

„Steig aus!"

„Wie bitte?"

„Ich habe gesagt steig aus!"

„Und wie soll ich nach Hause kommen?" Er hatte einen Knall.

„Frag doch deinen Chris, ob er dich nach Hause chauffieren kann. Ich jedenfalls werde dir nicht den Hintern hinterhertragen. Also raus!"

Ich stieg völlig perplex aus und sah zu, wie er mit quietschenden Reifen davonfuhr und mich stehen ließ, als wäre ich ein Niemand.

∞

Nach ein paar Minuten veränderte sich mein Gefühlszustand von Enttäuschung zu Wut. Was genau hatte ich seiner Meinung nach eigentlich verbrochen, außer mit meinem Kollegen zu Mittag zu essen? Er konnte nicht über mich bestimmen. Meine Liste der Streitereien wurde immer länger und länger. Ich musste mit jemandem reden, aber mit wem?

Ich ging meine Kontaktliste durch und stieß auf meine Freundin Emily. Ich musste etwas zur Beruhigung trinken. Wir verabredeten uns in unserer Lieblingscocktailbar in der Innenstadt in einer halben Stunde. Statt etwas zu essen, bestellte ich mir einen Blue Sunrise und einen Tequila Shot dazu. Mir war danach zu vergessen, nicht mehr an den furchtbaren Tag zu denken. Wir saßen in einer Couchecke. Ich erzählte ihr von meinem Streit mit Jonas und dem ewigen Ärger und von Noah, und von Chris. Manchmal dachte ich, mein Leben wäre ein furchtbar schrecklicher Kitschroman.

Das Sweetheart war eine typische Cocktailbar und ein beliebter Treffpunkt zum Ausklingenlassen des Abends im Herzen der Stadt. Nur wenige Tische waren an diesem Abend besetzt, nur ein paar Typen und zwei Pärchen waren zu sehen. Eben ein typischer Dienstagabend.
„Süße, Kopf hoch! Das wird schon wieder."
„Das sagst du so einfach. Es ist furchtbar. Wie soll ich mit ihr umgehen? Sie ist Noahs Freundin, ich ertrage ihre Nähe nicht. Kannst du das nicht verstehen?"
„Doch, klar. Was gedenkst du wegen ihr zu unternehmen?"
„Wie meinst du das?" Sie rückte ein Stück vor und beugte sich zu mir herüber.
„Naja. Sie ist seine Freundin. Was willst du dagegen tun?"
Ich deutete auf mich selbst. „Ich? Gar nichts, sein Leben geht mich nichts mehr an. Und das ist auch besser so."
„Ist das so?"
„Ja." Sagte ich entschlossen. „Ich muss die Vergangenheit ruhen lassen und darf mich nicht benehmen, wie ein Teenager."
„Aber du liebst ihn." Das war keine Frage. Natürlich liebte ich Noah nach, wie vor. Trotzdem konnte ich Natalie die nächsten drei Wochen nicht, wie Dreck behandeln, denn schlussendlich hatte ich mich von ihm

getrennt und er hatte jedes verdammte Recht der Welt sich jemand Neuen zu suchen. Aber wieso ausgerechnet so früh? Ich trank meinen Cocktail aus und bestellte mir sofort einen Zweiten, als die Kellnerin bei uns vorbei kam.

„Jumbo oder Normal?"

„Jumbo." Sagten wir gleichzeitig. Auf Emily konnte ich mich wirklich
verlassen, wenn es ums Feiern ging oder um den allgemeinen
Alkoholkonsum. Zwischendurch checkte ich mein Handy, keine Anrufe
von Jonas. Wenn er erwartete ich würde mich nach dieser Aktion bei
ihm entschuldigen, dann hatte er sich geschnitten.

Nach einem weiteren Blue Sunrise spürte ich die erwartete Wirkung des
Wodkas. Die Lichter um mich herum begannen zu verschwimmen und
mein Körper fühlte sich leichter an. Zwei dunkelhaarige Typen mit
starkem Bartwuchs starrten uns an. Emily winkte sie zu uns heran. Ich
lachte nur und haute ihr gekünstelt gegen die Brust um sie zu tadeln.
„Hi. Ich bin Mark und das ist mein Kumpel Leon. Dürfen wir uns zu
euch setzen?"
„Na klar", rief sie ihnen entgegen. Der Typ mit dem Namen Leon setzte
sich links neben mich auf die Couch und sein Freund daneben. Er
winkte die Kellnerin herbei.
„Die nächste Runde geht auf uns. Was möchtet ihr trinken?"
„Sex on the Beach", presste ich heraus. In meinem Kopf begann sich
langsam alles zu drehen, aber ich wollte noch nicht nach Hause gehen.
Dave hatte versucht mich zu erreichen, doch ich ignorierte seine
Anrufe. Bestimmt hatte Jonas ihn darauf angesetzt herauszufinden wo

ich war und das ging ihn nach dieser Scheiß Aktion überhaupt nichts an.
„Für die Ladies einen Sex on the Beach, einen Swimming Pool und für
uns Wodka Lemon." Emily war ganz angetan von Mark und beugte sich

zu ihm hin. Dabei fielen ihr beinahe die Brüste aus dem BH heraus. Ich zeigte auf ihre Brüste. „Oops. Das wäre beinahe schiefgegangen." Sie lachte und Mark stimmte ein. Sie flirteten heftig miteinander, als unsere nächste Runde kam. Die Kellnerin brachte uns noch Nüsse als kleinen Snack dazu. Leon starrte mich an, als würde er darauf hoffen, dass ich irgendetwas sagen würde.

„Ich habe einen Freund." Prustete es aus mir heraus. Danach nahm ich den Strohhalm zwischen die Lippen und begann die Flüssigkeit aufzusaugen. Der Pfirsischlikör schmeckte köstlich und ich spürte die Wirkung des Alkohols immer mehr, je mehr ich trank. Ich spielte mit den Fingern an dem kleinen Schirmchen und genoss die gute Stimmung. Vielleicht musste Leon sich erst genügend Mut antrinken um mich anzusprechen. Ich hatte zwar einen Freund, doch war flirten nicht gänzlich verboten. Jonas interessierte es sowieso nicht, wie ich mich fühlte. Schließlich war er derjenige, der mich im Dunkeln alleine stehen lassen hatte. Was erwartete er eigentlich von mir? Ich war immer noch wütend auf ihn, doch allmählich wurde ich emotional durch den Alkohol. Ich dachte an Noah. „Bitte entschuldigt mich einen Moment." Emily und Mark waren so sehr damit vertieft sich gegenseitig zu befummeln, dass ihnen gar nicht auffiel, dass ich ging. Leon nickte nur stumm. Ich ging, bzw. taumelte auf die Frauentoilette und schloss die Tür hinter mir zu. Noah. In meinem Handy suchte ich nach seiner Nummer, die ich zuletzt gelöscht hatte. Irgendwo fand ich eine alte Nachricht, in der seine Nummer ohne Namen angezeigt wurde.

Ich lehnte mich an der Tür an und hoffte inständig er würde drangehen. Es klingelte, und klingelte. Ich versuchte es ein zweites Mal, bis er endlich abhob.

„Eve? Was gibt's so dringendes?"

„Hallo Noah." Ich lallte schon ein wenig, als ich seinen Namen überspitzt aussprach.

Er raunte. „Was willst du?"

„Ich weiß auch nicht. Ich habe an dich gedacht und wollte hören, wie es dir geht."

„Ist das dein Ernst?"

*Pfff*. Natürlich sonst hätte ich ja nicht angerufen. „Mhh ja. Also?"

„Evelyn. Wir sind kein Paar mehr."

„Deshalb kann ich doch trotzdem fragen, wie es dir geht?"

Ich lehnte meine Stirn an der Tür an und schloss meine Augen um mich ganz auf seine Stimme zu konzentrieren. Mir kam ein wollig warmes Gefühl, wenn ich ihn meinen Namen aussprechen hörte.

„Eve, bitte, ruf mich nicht mehr an."

„Wegen deiner Freundin?"

„Ja, auch. Wir." Er stockte und ich hörte, wie er ein und aus atmete. So sehr er mir Weis machen wollte, dass er nichts mit mir zu tun haben wollte, hörte ich es am Ton seiner Stimme, dass er mich vermisste.

„Noah. Ich vermisse dich." Mir standen die Tränen in den Augen. Der Tag hatte mich vollkommen überfordert. Natalie, Jonas, Chris. Ich wollte nur noch in Noahs Arme um mich endlich sicher zu fühlen, denn im Moment fühlte ich mich verloren. Ich konnte genau hören, wie er schluckte. Damit konnte er nicht gerechnet haben.

„Ich. Du hast Jonas."

Inzwischen weinte ich. Vor der Toilette wurde es lauter. Immer wieder klopfte es an der Tür, dennoch öffnete ich nicht. Ich konnte nicht. „Bitte wein doch nicht."

„Ich kann nicht anders", schluchzte ich.

„Was ist passiert?"

„Nichts. Ich vermisse dich einfach so sehr."

„Eve, du hast dich damals gegen uns entschieden und für Jonas entschieden. Also bleib bei deiner Entscheidung. Eine dritte Chance gibt es bei mir nicht. Wir werden nie wieder ein Paar werden, okay?" Mein Herz fühlte sich schwer an. Seine Worte taten mir weh und trafen mich genau an meiner schwächsten Stelle.

„Ich weiß. Das will ich doch auch gar nicht. Es ist nur so, dass ich mir Sorgen um dich mache. Und, ach ich weiß doch auch nicht."

„Hast du getrunken?"

„Was, wieso?" Woher wusste er das bloß?

„Evelyn, ich bitte dich. Wo bist du?"

Ich rollte die Augen. „Das geht dich nichts an!"

„Du hast mich angerufen. Nicht andersherum. Also, wo bist du?" Ich legte auf und schaltete mein Handy auf stumm. Das würde ihm so passen. Es ging ihn nichts an und die Idee ihn anzurufen. Ich nahm mir ein paar Blätter von dem Toilettenpapier und versuchte das Gröbste zu retten. Vorsichtig öffnete ich die Tür in Erwartung eine Horde wütende Frauen vor der Tür stehen zu sehen, aber der Flur war leer. Im Spiegel sah ich was meine Tränen angerichtet hatten. Meine Augen waren komplett verschmiert und zogen einen schwarzen Tränenrest über meine Wangen bis hin zum Hals. Schnell feuchtete ich etwas Papier an und tupfte die schwarzen Ränder weg, bis mein Gesicht errötet war.

Als ich wieder zurück zum Tisch ging, saß nur noch Leon am Tisch und starrte die dunkle Backsteinmauer fasziniert an. Von Emily und seinem Kumpel war weit und breit nichts mehr zu sehen. Ich überlegte, ob sie mich ernsthaft mit einem fremden Typen alleine lassen würde und kam zu dem Ergebnis, dass es so sein musste. Ihre Jacken waren verschwunden, nur meine lag neben Leon. Als er mich bemerkte sah er zu mir auf und lächelte schwach. „Da bist du ja wieder. Ich soll dir von deiner kleinen Freundin sagen, dass sie wegmusste. Dringend und dass ich dich lieb grüßen soll." *Wie reizend.*

Ich hatte zu 100% keine Lust hier auch nur noch eine weitere Sekunde meiner Zeit zu verschwenden. „Ja. Danke, dass du gewartet hast, Liam."

„Leon."

Ich hielt mir gekünstelt die Hand vor den Mund. „Richtig, Leon. Ich muss jetzt wirklich nach Hause."

Er sprang unaufgefordert von der Couch auf und gab mir meine Jacke. „Ich begleite dich. Es ist schon spät."

Mit der Jacke in der Hand starrte ich ihn an, während er die Kellnerin herbeirief und unsere Getränke zahlte. In seinem Geldbeutel konnte ich eine ganze Menge hundert Euro Scheine sehen und wunderte mich darüber, woher er so viel Geld hatte. Er zog mich am Arm nach draußen. „Eh, danke. Du hättest das wirklich nicht alles zahlen müssen."

„Na, das ist doch Ehrensache. Für eine schöne Frau, wie dich zu zahlen. Außerdem habe ich ausreichend Geld." Seine Augen glänzten vom Alkohol. Obwohl ich selbst betrunken war oder eher stark angetrunken, wusste ich, dass er mit mir mehr machen wollte, als mich nur nach

Hause zu bringen. Er machte Anstalten mich zu küssen, als wir ein Stück zusammen gingen. Sofort fuhr meine Hand abwehrend nach oben. „Leon, ich habe einen Freund."

Er grinste hämisch. „Das ist ein Grund, aber kein Hindernis." Nüchtern bekam er kaum die Zähne auseinander und betrunken aufdringlich. Solche Typen konnte ich nicht leiden.

„Nochmals danke für die Einladung. Aber ich werde jetzt gehen. Mein Freund holt mich ab." Die Lüge könnte er mir glauben oder auch nicht. Ich wollte nur noch nach Hause und war im Inbegriff ein Taxi zu nehmen, als er mich ein paar Schritte später zurück zog und gegen eine Hauswand drückte. Ich spürte, wie er mir gegen meinen Willen die Zunge in den Mund presste und ich heftig nach Luft schnappen musste. Ich versuche mich gegen seinen festen Druck zu wehren, aber ich hatte keine Chance gegen ihn. Er verstärkte den Druck auf meine Handgelenke und ließ nicht von mir ab. Mir gingen in dem Moment tausend Gedanken durch den Kopf. Wieso war ich nur hierhergekommen und wieso half mir niemand? Noah hätte mich beschützt, wenn ich es ihm gesagt hätte. Ich versuche meine Lippen so fest aufeinander zu pressen, wie ich nur konnte, doch er fand wieder einen Weg zu meinem Mund. Sein Stöhnen war kaum zu überhören. Dieses Geräusch würde ich vermutlich nie wieder aus meinem Kopf bekommen. Er genoss das hier richtig. Und ich fühlte mich, wie in einem schlechten Film. Während er seine Zunge ein weiteres Mal in meinen Mund schieben wollte, ergriff ich die Gelegenheit und biss so fest zu, wie ich nur konnte. Beim ersten Mal hatte er mich überraschend erwischt, die Genugtuung würde ich diesem Schwein nicht noch ein zweites Mal geben. Er ließ urplötzlich ab und schrie mit schmerzverzerrtem Blick auf. Seine Zunge blutete ein wenig. „Bist du total geisteskrank?“

„FASS MICH NIEMALS WIEDER AN DU DRECKIGES SCHWEIN. Hast du mich verstanden? Du bist ekelhaft!!“ Ich nahm meine Tasche, die bei seiner Attacke auf den Boden gefallen war und rannte so schnell ich konnte zum Taxistand. Ich setzte mich auf die Rückbank eines freundlich aussehenden Taxifahrers und wies ihn an umgehend loszufahren. Ich war panisch vor Angst, dass er mich verfolgen könnte. Der Taxifahrer betrachtete mich kurz im Rückspiegel und fuhr dann los. „Alles okay bei Ihnen?“

Ich versuchte die Tränen aufzuhalten, aber mir gelang es nicht. Ich weinte den ganzen Schmerz aus. Dieser widerliche Typ wollte mir an die Wäsche, gegen meinen Willen. Ich spielte die Szene der letzten fünf Minuten immer und immer wieder in meinen Gedanken ab. Mein ganzer Körper fühlte sich dreckig an. Nichts anderes als zu duschen, wünschte ich mir. In meiner Nase lag der widerliche Geruch seines After Shaves. Seine Hände, wie er meine Handgelenke so festdrückte, dass sie brannten. Hätte ich meinen Kopf nicht nach vorne gezogen, wäre ich mit dem Kopf an der harten Mauer aufgeprallt und hätte mir womöglich noch eine Platzwunde zugezogen. Ich rieb vorsichtig meine Handgelenke an der Stelle, die er gedrückt hatte. „Ja, sicher.“ Schniefte ich. Er reichte mir eine Packung Taschentücher an. „Dankeschön, das ist sehr nett von Ihnen.“

„Was auch immer es ist, es wird schon wieder.“ Sein Versuch mich aufzuheitern scheiterte, aber die Geste zählte zumindest. „Sicher“, murmelte ich und schloss die Augen. Irgendwann versiegten die Tränen. Die Fahrt fühlte sich an, wie eine Weltreise. Ich wollte nur noch den Dreck von meinem Körper abwaschen und seinen Geruch aus der Nase bekommen.

Das Taxi hielt an, ich stieg aus und gab ihm sein Geld. „Schönen Abend noch“, sagte er freundlich. „Ihnen auch, und danke nochmal für die Taschentücher.“

Er nickte und fuhr davon.

Jetzt musste ich nur noch in die WG schleichen, hoffen, dass mein Bruder bereits schlief und mich nicht befragte, wo ich war. Die Treppen zu unserer Wohnung fühlten sich an, wie den Mount Everest zu besteigen. Ich fühlte mich fürchterlich. Die Kopfschmerzen setzten bereits ein und ich konnte nicht aufhören an Leons Gesicht zu denken. Irgendwie zog ich das Chaos an. Erst Jonas, dann Noah und dann Leon. Ich wollte nicht mehr daran denken, wie elendig dieser Tag zu Ende gegangen war. Die Wohnung war dunkel, als ich den Lichtschalter betätigte und auf Zehenspitzen ins Badezimmer ging. Dort streifte ich meine Klamotten augenblicklich ab und ließ eine halbe Stunde lang heißes Wasser auf meine Haut rieseln. Ich schrubbte meinen Körper drei Mal ab, bis er rot wurde und putzte dabei zwei Mal meine Zähne und spülte nach, bis ich endlich das Gefühl von Reinlichkeit hatte. Die Klamotten wollte ich nur noch loswerden, sie würden mich immer

daran erinnern was er mit mir tun wollte. Während ich nackt unter der Dusche stand betrachtete ich meine geschundenen Handgelenke. Seine Griffspuren konnte ich deutlich erkennen. Dieser Mistkerl. Doch ich konnte nicht mehr weinen. Irgendwann stellte ich den Wasserhahn ab und wickelte meinen Körper in ein warmes Baumwollhandtuch ein, das mir meine Mutter zum Einzug geschenkt hatte. Ich setzte mich vor die Badewanne und lehnte mich im Schneidersitz daran an. Am liebsten hätte ich Jonas angerufen und ihm von meinem Erlebnis erzählt; er hätte Leon gezeigt wie man mit einer Frau umging. Nichts anderes hatte dieser Kerl verdient. Mir blieb aber nichts anderes übrig, als zu schweigen, denn diese Situation war mir mehr, als peinlich. Jonas hätte vermutlich noch geglaubt ich hätte ihn angebaggert, so wie er dachte, ich hätte noch immer eine Affäre mit Chris. Dabei hatte ich niemals eine Affäre mit ihm. Die Genugtuung konnte und wollte ich ihm nicht geben. Hoffentlich erstickte dieser Leon an seinem Geld. Nach einer Weile schlich ich in mein Zimmer und zog mir meinen kuscheligen Pyjama und ein Paar Wollsocken über. Meine Haare waren immer noch klitschnass, aber das war Nebensache. Zumindest fühlte ich mich ein klein wenig besser, gesäubert. Ich wollte mit jemandem über die letzten zwei Stunden sprechen, doch mit wem sollte ich darüber reden? Alle meine Freundinnen konnten das Thema Noah nicht mehr hören. Dabei schreite ich innerlich so sehr. Konnte denn wirklich niemand verstehen, dass ich ihn immer noch liebte? Ich wollte nur noch vergessen. Auf Zehenspitzen öffnete ich meine Zimmertür und horchte auf, ob ich etwas hören konnte, doch es war still. Dave schlief anscheinend bereits. Im Kühlschrank bewahrte ich immer eine Notflasche Sekt auf; natürlich nur für alle Fälle, dass ich einen äußerst beschissenen Tag haben würde. Ich erlaubte mir diesen Tag offiziell als beschissen zu benennen. Die Flasche musste dran glauben. Wenn ich intelligent wäre, dann hätte ich es nicht getan, die Flasche halbtrockenen Sekt nicht aus dem Kühlschrank genommen, mir ein Kristallglas von Rosenthal aus dem Schrank genommen und das Glas bis zum oberen Rand gefüllt. Im Wohnzimmer suchte ich nach meinen Kopfhörern. Die Kopfhörer verbanden sich automatisch mit iTunes. Ich wählte meine Herz-Schmerz-Playlist aus und die ersten Zeilen von *„Broken“* von Leona Lewis strömten in meine Ohren. Ich drehte die Musik so laut auf, bis ich nichts mehr hörte, außer der Musik. Alles was ich zurzeit anpackte verwandelte sich automatisch zu Staub. Ich setzte mich auf den Boden und lehnte mich an der Couch an. Mit dem Sektglas in der Hand und der traurigen Musik auf den Ohren gab ich mich meinem Kummer vollkommen hin und weinte die Demütigung aus. Den Schmerz wegen Noah und die Enttäuschung wegen Jonas Verhalten. Die grobperlige Flüssigkeit ging runter, wie Wasser und betäubte den Schmerz für eine Weile. Wahrscheinlich hatte ich es nicht besser verdient. Wenn ich einfach nach Hause gefahren wäre, anstatt mich, wie ein beleidigtes Kind mit einer Freundin mitten in der Woche zu treffen um mich zu betrinken, dann wäre mir der ganze Schlamassel erspart geblieben. Aber wie immer wusste ich es besser und musste es mir und den Anderen beweisen, dass ich prima allein zu Recht kam. Im Endeffekt war ich genau an dem Punkt angekommen, von dem ich mich soweit, wie möglich entfernen wollte. Meine Lippen fühlten sich immer tauber an, je mehr Zeit verging. Mit wackelnden Beinen stand ich auf und versuchte mich dabei an der Couch festzuhalten. „Was für eine grässliche Couch!“ Sagte ich laut. Natürlich würde mir keiner antworten. Sie gefiel mir nicht. Dave hatte sie zusammen mit seiner Ex

Freundin gekauft und sie von ihr geerbt, als sie sich trennten. Sie war aus hässlichem beigen Kort und verunstaltete das gesamte Wohnzimmer. Ich goss mir schwankend ein neues Glas Sekt ein und wackelte zum Wohnzimmerschrank herüber. Dave hatte sich noch nie für die Ordnung in unserer Wohnung interessiert. In einem Karton unter einem Stapel Schreibkram versteckte ich meine Geheimnisse vor ihm. Ich stellte das Glas auf dem Schrank ab. „Scheiße." Beinahe hätte ich das Glas verschüttet. „Das will ich noch trinken." Langsam wurde ich verrückt. Ich griff nach dem Karton und schmiss meine ganze Ordnung durcheinander. Doch das war egal. Darum ging es in diesem Moment nicht. Es ging um mein Geheimnis, das ich vor Jonas verbarg. Diese kleine gepunktete Schachtel war ein Teil meiner Vergangenheit, ein Teil von ihm. Ich lachte auf, als ich die Fotos sah. Vorsichtig betrachtete ich den Mann, der mich glücklich anlächelte und dabei eine Frau liebevoll auf die Wange küsste. Er hielt einen Strauß Rosen in seiner rechten Hand und übergab sie ihr mit einem kleinen Kuss. Sie sah so unglaublich glücklich aus, als stünde nichts und niemand zwischen ihnen. Ich erinnerte mich an diesen Tag, als wäre es gestern gewesen. Wir waren mit Freunden zusammen in der Stadt, am Rheinufer bei bestem Wetter und hatten unendlich viel Spaß zusammen. Noah überraschte mich mit einem Strauß Rosen. Noch kurz zuvor hatte ich mich bockig, wie ich sein konnte bei ihm darüber beschwert, dass er sich keine Mühe machte mir etwas zu schenken. Er hatte mir eine Überraschung versprochen, ich konnte es kaum erwarten. Dann kam er mit dem Strauß Rosen wieder und küsste mich, als er ihn mir gab. In dem Moment machte Emily ein Bild von uns und hielt diesen wunderbaren Moment fest. Ich legte das Bild weg und sah mir weitere Bilder von ihm und mir an. Von zwei Jahren mit Höhen und Tiefen. Bilder von unseren Urlauben, von glücklichen Momenten mit seiner Familie. Mit seinem Hund Emma, wie sie sich an uns gekuschelt hatte, als es draußen blitzte und donnerte. Sie hatte ganz fürchterlich gewimmert. Normalerweise war sie alles andere als zutraulich, aber an diesem Nachmittag war sie ängstlich. Da hatte ich das erste Mal gesehen, was für ein kleiner lieber Hund, die zottelige Maus sein konnte. Mit ihrem weißen krausigen Fell, das ihr manchmal in die schwarzen Knopfaugen fiel. Wie sie aussah, wenn sie frisch aus der Badewanne kam und eingewickelt in einem großen Handtuch vor dem Kamin lag und ganz verschüchtert schaute wer den Raum betrat, während Noahs Eltern auf der Couch saßen. Ich schürzte meine Lippen, als ich das letzte Bild betrachtete. Die Fotos von dem Fotoshooting, das er mir zu unserem zweiten Jahrestag geschenkt hatte in schwarz-weiß. Er trug einen schicken Anzug und ich ein schwarzes knielanges Kleid mit besticktem Ausschnitt und dazu passenden schwarzen Pumps. Mit den Schuhen ging ich ihm genau bis zum Kinn. Wir sahen auf dem Bild in irgendeine Richtung und lächelten zufrieden, aber eigentlich war ich es zu diesem Zeitpunkt schon gar nicht mehr. Ich fühlte mich leer, eingesperrt und nicht mehr, wie ich selbst. Trotzdem versuchte ich alles um ihn weiterhin glücklich zu machen. Gemeinsam hatten wir die Bilder ausgewählt und jeder hatte drei Bilder für sich behalten. Ich selbst konnte die Leere auf meinen Portraitbildern erkennen. Die Angst in meinen Augen mich selbst zu verlieren. Nach dem Shooting spazierten wir durch das Zentrum. Er erzählte mir von seinem Tag, ich hingegen schaltete vollkommen auf Standby, als würde mein Gehirn nicht mehr mitarbeiten. Meine Psychologin empfahl mir alle Bilder von uns zu verbrennen. Das hatte sie in unseren ersten Sitzungen gesagt, als ich unruhig auf meinem Stuhl hin und her gerutscht war, weil ich mich unwohl fühlte in dem Raum.

# Kapitel 7

Etwa ein halbes Jahr vor dieser grauenhaften Nacht, hatte ich eine wichtige Entscheidung getroffen. Ich nahm all meinen Mut zusammen und vereinbarte ein Gespräch mit meinem Chef. Meine Hände zitterten und meine Kehle fühlte sich wie zugeschnürt an, als ich mich dazu entschied mit ihm zu reden. Ich ging von meinem Büro in seines und schloss die Glastür hinter mir. Sein Büro war relativ übersichtlich, und eher klein für einen Geschäftsführer. John sah mich fragend an, als ich die Tür schloss. Wir hatten in der Firma eine eher unkonventionellere Leitung. Eine „offene Tür Politik".

„Darf ich?", fragte ich, als ich Anstalten machte mich auf einen der weißen Stühle vor seinem Schreibtisch zu setzen.

„Sicher. Setz dich bitte."

Er war beunruhigt bei dem Blick der auf meinem Gesicht lag, das wusste ich, denn ich arbeitete schon sehr lange für ihn.

„Also, ich weiß gar nicht, wo ich anfangen soll." Mir blieb die Spucke weg. Ich starrte auf seinen Füllfederhalter um nicht die Fassung zu verlieren.

„Du willst doch nicht kündigen Schätzchen?"

„Ich? Nein, das ist es nicht."

„Da bin ich ja beruhigt. Was ist es denn dann?"

Er stand auf, öffnete die kleine Minibar, die in seinen Schrank eingebaut war und nahm zwei kleine Wasserflaschen heraus.

Ich nickte, als er mir eine der beiden Flaschen anbot.

„Eh, danke. Ich…"

„John, mir geht es nicht gut."

„So schlimm?" Er öffnete unsere Flaschen und reichte mir meine an.

Ich sah auf und nickte wieder. „Also John." Ich nahm all meinen Mut zusammen. Er musste als mein Boss erfahren, was nicht stimmte. „Ich weiß nicht, wie ich anfangen soll und wie ich dir das Ganze erklären soll, aber ich weiß, dass ich ehrlich zu dir sein sollte, du hast so viel für mich getan." John wippte nervös auf seinem Stuhl herum und strich sich durch die Haare. Mit seinen Händen ließ er immer wieder einen Kulli klicken, bis ich beinahe wahnsinnig wurde.

„Mir geht es nicht gut. Ich glaube, dass ich eine schwere Depression habe." Damit verstummte ich und hielt mir entsetzt über meine ehrlichen Worte die Hände vor den Mund.

„Was sagst du da?" In einem Zug kippte er das ganze Wasserglas herunter.

„Ich meine, wieso? Ist irgendetwas passiert?"

*Ja, Noah ist passiert.* „Nein, nein. Es ist nichts passiert. Jedenfalls nicht in der letzten Zeit. Ach…" Ich wusste nicht, wie ich es ihm erklären sollte, wie es in mir aussah, wenn ich es doch nicht einmal selbst verstand.

Er stand auf und stellte sich hinter mich. „Du musst nichts sagen. Ich kenne mich nicht damit aus, aber ich denke du solltest dir Hilfe suchen, wenn du es nicht alleine schaffst daraus zu kommen. Es tut mir so wahnsinnig leid für dich Schätzchen. Wenn ich dir irgendwie helfen kann, du weißt ich bin hier." Ich stand auf und umarmte ihn. Er war mehr, als ein Chef für mich. Ein Freund, auf den ich mich bedingungslos verlassen konnte.

„Eve, es gibt da etwas, das ich dir vermutlich noch nie gesagt habe und ich denke jetzt ist der rechte Moment gekommen."

Ich sagte nichts und sah ihn gespannt an. „Ich schätze dich sehr Liebes. Du bist ein ganz wunderbarer Mensch und hast ein grundehrliches Herz. Ich bin sicher, dass es nicht viele Menschen gibt, die sehen können, was für ein wunderbarer Mensch du bist. Und über eine Sache bin ich sicher. Wärest du nicht so emotional im Inneren, wie ich es sehe, dann würdest du nicht hier in meinem Büro sitzen und mit dir selbst kämpfen. Es gibt absolut keinen Grund sich dafür zu schämen." Mir kamen bei seinen rührenden Worten beinahe die Tränen. Doch ich hatte in letzter Zeit genug geweint. Mit bebenden Lippen drückte ich ihn an mich. „Danke", flüsterte ich und schluckte taub.

Ich wusste wir konnten beide kein weiteres Wort über die Lippen bringen, also löste ich mich sanft aus der Umarmung, sah ihn noch einen kurzen Moment an und verließ mit einem Lächeln auf den Lippen sein Büro. Danach fühlte ich mich, als wäre eine gigantische Last von meinen Schultern abgefallen.

∞

Mir kam die ganze Zeit danach, wie ein Traum vor. Ein Albtraum, aus dem ich nicht mehr aufwachte. Ich wollte darüber nicht mehr nachdenken. Ich legte den Deckel wieder auf die Kiste und versteckte sie wieder im Schrank. Mit brennenden Augen lehnte ich mich an den Schrank an und lauschte der Musik. Ich goss mir ein weiteres Glas Sekt ein und hoffte darauf endlich zu vergessen. Mein Leben lang hatte ich darüber nachgedacht, warum es Menschen gab, die ihre Probleme mit Alkohol betäubten und malte mir aus, wie schrecklich ihr Leben sein musste. Ich konnte mir einfach nicht vorstellen, was irgendjemand daran finden konnte große Mengen Alkohol zu trinken und das täglich. Doch in Augenblicken, wie diesen fand ich eine Antwort darauf. Wenn man sich zu lange selbst vorgemacht hatte, dass man kein Problem hatte und zu ängstlich war mit jemandem darüber zu reden, wie dunkel die eigene Seele geworden war und dass man den Schmerz nicht mehr ertragen konnte, dann und nur dann kam die Hoffnung sich mit etwas zu betäuben. Ich konnte eine ganze Zeit mit niemandem darüber reden, wie sehr ich litt. Welche innerlichen Schmerzen ich Tag für Tag erlitt. Wem hätte ich erzählen sollen, dass ich nicht verstand was in mir passierte? Dass ich Ängste entwickelte, die ich nicht verstehen konnte.

Nein, daran wollte ich nicht mehr denken. Ich stand auf und warf das Sektglas aufgebracht gegen die Wand. „SCHEISSE!" schrie ich und hielt mir entsetzt die Hand vor den Mund.

Wenige Sekunden später stand Dave im Wohnzimmer und starrte mich entsetzt an. Er wollte etwas sagen, als er die Wand ansah und danach zu mir sah. Ich starrte ihn an und spürte, wie mein Herz pochte. Egal was er sagen wollte, er kam zu mir und zog mich in seinen Arm. Erst dann begann ich endlich den Schmerz auszuweinen. Ich verlor den Boden unter den Füßen und ließ mich fallen. Er kniete sich gemeinsam mit mir

auf den Parkettboden und streichelte mein Gesicht. „Was ist passiert?"
Doch ich konnte mich nach diesem Abend nicht mehr beruhigen. Ich
fühlte mich immer noch dreckig und benutzt. „No…"
„No?" Ich versuchte verzweifelt Luft zu holen und schlug mit der Faust
auf seine Oberschenkel. „Nein, neiiiin." Ich konnte mich nicht
beruhigen. Meine gesamten Gefühle strömten an die Oberfläche und
zogen mich in eine endlose Spirale aus Schmerz und Enttäuschung.
„Hey. Schwesterherz, Eve, alles wird gut. Ich verspreche es dir."
„Nein!! NEIN! Nein. Es wird niemals aufhören."
„Eve, ich verstehe nicht was du meinst." Ich verstand meine eigene
Stimme selbst kaum. Es hörte sich an, wie ein dumpfes Geräusch.
Meine Stimme brach und es blieb nur mein lautloses Weinen. Ich bohrte
meine Nägel in Daves Shirt.
Ich fühlte, wie es durchgeweicht wurde von meinen Tränen.
Dave blieb still und strich mir durch die Haare, während ich weinte und
schrie. Ich wollte nicht sprechen, sondern nur dort sitzen in der Stille
und von jemandem gehalten werden. Ich wünschte so sehr, dass er mich
verstand, auch wenn keine Worte notwendig waren. Irgendwann wurde
ich schläfrig und spürte, wie er mich in mein Bett trug und mich
zudeckte. „Ich passe auf dich auf, immer. Das verspreche ich dir."
Seine Stimme klang, wie in einem Traum.

∞

Die nächsten Tage vergingen, wie üblich ereignislos. Ich duldete
Natalie, die gegenüber Lou immer offener wurde und zwischendurch
den ein oder anderen Witz machte. Jedes Mal, wenn ich in ihr Gesicht

sah, sah ich nur Noah. Freitagmorgen war meine Laune am absoluten Tiefpunkt angelangt. Als ich in mein Büro kam, saß Natalie bereits auf dem kleinen Plastikstuhl neben Lous Schreibtisch, zu meinem Pech war Lou noch nicht da. Überengagiert wie sie war faltete sie sorgfältig das Mailing, mit dem sie beauftragt wurde. Sie trug seit ein paar Tagen Hosenanzüge in verschiedenen Farben. Meistens grau, azur blau oder schwarz. Heute hatte sie noch einen oben drauf gelegt. Sie trug eine weiße Spitzenbluse mit einem schwarzen Bleistiftrock und die langen Haare hatte sie streng nach hinten gebunden, jetzt fehlte nur noch die Brille und sie wäre meine perfekte Kopie. Ganz die Business Frau. Mir kam die Galle hoch bei dem Gedanken daran, wie Noah sie in ihrem Outfit womöglich angesehen hatte und kaum die Finger von ihr lassen konnte. Sie stand auf und übergab mir einige Unterlagen und faselte dabei etwas. Ich ignorierte sie und konnte nur auf die billigen, schwarzen High Heels achten, die sie trug. Gina hatte ihr wahrscheinlich die Styling Tipps der Schlampe des Monats gegeben. Ich griff nach dem Ordner und warf ihn wortlos auf den Tisch in die letzte Ecke. Ihre übertriebene Freundlichkeit nervte mich. Ich rieb mir die Schläfen und setzte meine Beats Kopfhörer auf um den Klang ihrer Stimme zu vergessen. In meiner iTunes Playlist fand ich einige Songs von Linkin Park und öffnete die Datei. *Leave out all the rest* kam durch die Kopfhörer. Ich wusste sie sah mich an und fragte sich was sie mir getan hatte. Wenn Noah nur ein wenig mehr Courage gehabt hätte, hätte er ihr die Wahrheit gesagt und ich müsste nicht darüber nachdenken, wie ich sie am Schnellsten loswerden würde. Der dumme Trottel wusste vermutlich nicht einmal, dass ich in dieser Agentur arbeitete. Dass ich

Texterin war wusste er, doch ich hatte nicht über mehr mit ihm gesprochen. An meinem rechten Ringfinger stach der glänzende Silberring hervor, den er mir zu unserem ersten Jahrestag geschenkt hatte; ich trug ihn, wie einen Talisman. Am liebsten hätte ich ihn ihr gegen den Kopf geworfen.

Für einen Moment schloss ich die Augen um meine Wut zu sammeln. Ich sah es, wie er sie aufs Bett zog und an den oberen Knöpfen ihrer Bluse spielte und ihre Brüste liebkoste, so, wie er es bei mir getan hatte. *Schau sie nicht an Evelyn. Hör auf dich so zu quälen.* Ich konnte es nicht lassen und hob den Blick an, direkt auf ihre Bluse. Mein Magen zog sich zusammen. Die oberen zwei Knöpfe trug sie aufgeknöpft. Mit aller Kraft wandte ich den Blick von ihr ab und versuchte mich ausschließlich auf die Arbeit zu konzentrieren. „*Saphire*". Am Montag war das Fotoshooting.

„Wo ist die Agenda?", fragte ich sie barsch und zog die Kopfhörer herunter.

„Entschuldigung?"

„Die Agenda, für das „*Saphire*" Fotoshooting am Montag. Sie waren damit beauftragt soweit ich weiß."

Sie stotterte vor sich hin. „Ich, ich… glaube, dass ich die Agenda bei Ihnen auf den Schreibtisch gelegt habe."

„Glauben Sie es oder wissen Sie es Natalie?"

Irgendwie gefiel mir dieses kleine Machtspielchen mit ihr. „Ich bin mir sicher."

In dem Moment wurde die Tür geöffnet.

„Guten Morgen die Damen."

„John, wie schön dich zu sehen." Ich sprang auf und gab ihm die fertige Mappe exklusive der Agenda.

Er öffnete die Mappe und blätterte die Seiten durch. „Die Agenda?"

Gut. Sehr gut. Ich spielte mit meinem Ring und sah zu einer sehr nervösen Natalie herüber. „Das klärst du am besten mit Natalie. Ich habe aktuell sowieso nichts für sie zu tun."

„Das heißt Sie sind entbehrlich?"

Sie zupfte sich an ihrem Pferdeschwanz. „Ich denke schon. Ja Sir."

„Wunderbar. Ich bräuchte an einigen Ecken Unterstützung. Meine Assistentin ist wegen eines unsäglichen Bandscheibenvorfalls krankgeschrieben. Fürchterliche Sache. Die Arme wurde erst am Knie operiert. "

Sie zögerte nicht und sprang augenblicklich auf. „Vergessen Sie Ihre Klamotten nicht Natalie." Ich konnte meine Freude über ihren Abgang kaum verbergen, John konnte ich nichts vormachen. Er sah es in meinen Augen. „Gut. Evelyn. Der Jour Fixe um 15 Uhr in meinem Büro mit Louisa steht?"

„Natürlich. Wir sehen uns später. Ich muss bis dahin noch ein paar Telefonate erledigen und danach komme ich dann zu dir."

Er nickte und schloss die Tür hinter sich. Lou nahm sich den Vormittag frei um mit ihrem Sohn zum Arzt zu gehen. Ihr kleiner Sohn Benjamin wurde vor einigen Tagen drei Jahre alt. Sie zog den Kleinen ganz allein auf. Er verbrachte die meiste Zeit in unserem Betriebskindergarten mit anderen Kindern der Angestellten.

„Hi Roy", sagte ich als mich die Assistentin des Regisseurs für die Videoaufnahmen von „*Saphire*" verband. Die Aufnahmen wurden bereits nächsten Montag nach dem Shooting gedreht in einem alten Schloss aus der Barockzeit direkt am Rhein. Lou brachte mich darauf uns das alte Schloss anzuschauen. Und sie hatte nicht zu viel versprochen, es passte perfekt in unser Konzept. Als wir im Ballsaal standen spürte ich es. Die Magie. Für einen Moment schloss ich die Augen und hatte meine Idee vor Augen. Die schöne Frau in dem anmutigen weißen Kleid, wie sie eine verschnörkelte Treppe herunter ging, die Ornamente an den Wänden und Decken. Wie sie sich dabei alle Zeit der Welt ließ. Der Ballsaal wäre gefüllt mit Menschen in schicker Abendkleidung. Die Frauen in wunderschönen Ballkleidern und die Männer im Smoking. Der alte Holzboden knarzte unter meinen Füßen; es war still, man hörte nur den Wind und sonst nichts. Der Ballsaal hatte ein ungefähres Fassungsvermögen von mehreren hundert Personen. Aber darum ging es nicht. Vorrangig interessierte mich die Treppe. Es war, als würde ein Film direkt vor meinen Augen ablaufen. Ich sah es, wie sie die letzte Stufe betrat und sich dabei am Geländer festhielt. Am Treppenende der Mann, der sie vollkommen fasziniert ansah. Dann gab es nichts mehr außer ihm und ihr. *„Kiss me“* von Ed Sheeran war das einzige Geräusch, das zu hören war auf dem Klavier oder *„Beneath your beautiful“*, ich wusste es noch nicht. Man konnte sich vorstellen, wie sein Herz schlug, als er sie zum ersten Mal sah. Es war nicht beschreibbar, denn es war Liebe auf den ersten Blick. Ihr erging es genauso, wie ihm. Auf ihrem perfekten Gesicht bildete sich eine leichte Röte, als sie ihm in die Augen sah und dabei etwas sah, dass sie noch niemals zuvor in den Augen eines Mannes gesehen hatte. Es war so klar und doch so unbeschreiblich. Ihr Herz klopfte ihr bis zum

Hals. Sie liebte ihn augenblicklich, genauso, wie er sich augenblicklich in sie verliebte.

Dieses Schloss brauchten wir um genau diese Magie für den Werbespot rüberzubringen. Es sollte schließlich kein einfacher Spot werden. Die Zuschauer sollten es ebenso fühlen können, wenn sie „*Saphire*" sahen, wenn sie den hinreißenden Mann sahen. Zu sehen, wie die beiden sich ineinander verliebten. Bei dem Gedanken an diese Liebe, begann mein eigenes Herz, wie wild zu schlagen. In dem Augenblick dachte ich nicht nur an Jonas oder Noah, sondern an einen Menschen, dem ich in einem früheren Leben begegnet war. Jemanden, dessen Namen ich kaum aussprechen konnte, ohne, dass meine Beine begannen zu zittern und mein Herz beinahe aus der Brust sprang. Ich wusste es, wie es sich anfühlte jemanden zu lieben, auch ohne ihn überhaupt zu kennen. Da gab es diesen einen unwirklichen Moment, in dem man ihn plötzlich sieht und das ganze Universum beginnt sich zu drehen. Ich biss mir auf die Zunge, als ich an ihn dachte. Denn egal, wie sehr ich mir einreden wollte, dass ich wusste, wie man einen Mann liebte, ich wusste es vergleichsweise zu ihm nicht. Ben. Er war nicht mein erster Freund, er war noch viel mehr als das. Die erste große Liebe meines Lebens, und wenn ich eines daraus gelernt hatte, dann konnte ich mit Gewissheit sagen, ich hatte zuvor und würde in Zukunft niemanden wieder so bedingungslos und leidenschaftlich lieben, wie ihn. Dieser Augenblick, als ich ihm begegnete. Einem absolut fremdem Menschen, mit dem ich noch niemals zuvor ein Wort gewechselt hatte, und der mir in einem Moment begegnet war, in dem ich dachte, ich würde nie wieder glücklich werden. Mein Herz begann zu klopfen, als ich mich an den

Zeitpunkt vor so vielen Jahren zurückversetzte. Ich stand in einer Bar mit meinen Freundinnen und sah ihn. Er kam auf uns zu, da er der beste Freund des Freundes einer meiner Freundinnen war. Seine tiefblauen Augen strahlten mich von weitem mit einer Freundlichkeit an, die ich noch nie zuvor gesehen hatte. Das war der Moment, in dem ich wusste, dass ich niemals wieder einen anderen Mann auf genau dieselbe Weise ansehen würde. Als sich unsere Blicke trafen flogen die Funken, als wäre eine Sternschnuppe an uns vorbeigezogen. Es war der reine Gefühlsausbruch. Meine Lippen zitterten, mein Herz schlug und mein Körper fühlte sich, wie Wackelpudding an. Da wusste ich es war Liebe.

Ich öffnete die Augen und drehte mich zu Lou. „Das ist es. Diese Halle. Dieses Schloss. Wem gehört es?"

„Der Stadt. Hier wohnt niemand, noch nicht. Sie suchen verzweifelt nach einem Käufer. Dieses atemberaubende Anwesen hat einen Verkaufswert von 3,5 Millionen Euro meine liebe Evelyna."

„Evelyna?"

Sie zuckte mit den Schultern. „Wärest du eine Prinzessin, dann würdest du bestimmt Evelyna heißen."

„Lou, du bist verrückt."

„Hier müssen wir drehen und die Fotos aufnehmen. Das Fotoshooting muss genau hier stattfinden. Okay, also wir müssen mit unserer Rechtsabteilung sprechen. Wie heißt noch einmal dieser seltsame Typ mit der Stirnglatze?"

„Daniel Russo."

„Nicht dieser seltsame  Typ mit der Stirnglatze. Hahaha. Der Grinch Typ. Michael Fa… Fee. Ich kann mir seinen Namen nicht merken."

„Fenkler.“

„Genau. Der kümmert sich doch um Vertragsanfragen oder? Und wir sollten…“

„Eve.“

„Ja?“

Sie packte mich an den Schultern damit ich stehen blieb. „Alles erledigt. Ich war so frei schon einmal anzufragen mit welchen Kosten wir kalkulieren können und ob es überhaupt möglich ist.“

„Und?“ Ich sah sie mit großen Augen an.

„Sie warten auf unsere Zusage!“

„NEIN! WAS?“

Ich sprang ihr in die Arme. „Du bist unglaublich, ich könnte dich küssen.“

„Vielen Dank für das reizende Angebot, mir reicht ein Kaffee.“ Wir lachten beide und verließen den Saal.

∞

„Gut. Ich schicke Ihnen dann den Ablaufplan per Mail. Und Roy der Dreh beginnt um 09:30 Uhr. Dann sind wir alle frisch und gut ausgeschlafen. Falls Sie Anmerkungen haben, sagen Sie Ihrer Assistentin sie soll mich anrufen, ich bin zu sprechen…. Gut. Ich freue mich.“ Dann legte ich auf und sendete ihm, wie besprochen die Mail zu. Ich verabredete mich mit Lou bei Laura im Café.

Laura begrüßte mich anders, als sonst, als ich ins Café kam und wie immer Tee bestellte. „Willst du nicht mal was Neues testen?“

„Nein, danke, ich bin mit Tee und Muffins ziemlich zufrieden. Alles okay bei dir?“

„Sicher“, sagte sie und schrubbte dabei geistesabwesend den Tresen.

„Darf ich?“ fragte sie, als sie mich mit dem Lappen berührte und ich automatisch einen Schritt nach hinten gehen musste. „Da hinten sind noch Tische frei. Ich bring dir den Tee. Hier ist der Muffin.“ Sie nahm einen Chocolate Chip Muffin aus dem Kühlschrank und reichte mir den Teller an. Wow, ich hatte sie noch nie so schlecht gelaunt gesehen.

Ich setzte mich an einen Tisch direkt am Fenster und wartete ungeduldig auf Lou. Laura kam mit dem Tee und stellte ihn mir laut krachend auf den Tisch, sodass beinahe das Porzellan zerbrach. Ich hielt sie am Arm fest. „Okay, was soll das hier?“

„Ich weiß nicht wovon du sprichst.“

„Ach nein?“

„NEIN! Ich habe viel zu tun, entschuldige mich bitte.“ Ich sah mich um. Außer mir war das Lokal leer. Für mich sah es nach geringer Arbeit aus. Ich stand auf und ging ihr nach. Sie räumte Kartons hinter der Theke um. Vorsichtig lehnte ich mich nach vorne. „Laura, wir kennen uns doch schon eine Weile. Wenn du ein Problem mit mir hast, dann spuck es aus. Das ist doch kindisch.“

Sie stand auf. Ihr Gesicht war puterrot. „Kindisch. Ein gutes Wort.“ Sie fuchtelte wild mit den Händen in der Luft und stieß beinahe herumstehende Kaffeetassen um. „Was ist los?“

„Das frage ich dich!“

Sie konnte nur von Natalie sprechen. Natürlich, sie war immerhin Lauras Mitbewohnerin, und es hätte mich auch ehrlich gewundert, wenn sie sich Zuhause nicht über mich ausgelassen hätte. „Es geht um

Natalie." Bemerkte ich trocken. Es ging doch immer um sie.

„Ich mische mich da nicht ein." Sie drehte sich von mir weg und begann das Kaffeeregal zu sortieren, als würden wir hier nicht über ein wichtiges Thema sprechen. Sie hatte doch damit angefangen.

„Sag was du zu sagen hast. Hat sie sich etwa beschwert?"

Immer noch mit dem Rücken zu mir gewandt sagte sie: „Ich sagte bereits, dass es mich absolut nichts angeht. Kann ich noch etwas für dich tun oder willst du bezahlen? Ich arbeite hier nämlich."

„Laura, bitte."

Sie drehte sich um und wirkte wütend. „Ich habe ihr geschworen dich nicht darauf anzusprechen, aber ich verstehe dein Verhalten nicht. Wir kennen uns jetzt seit knapp zwei Jahren und ich mag dich ehrlich. Wie kommt es also, dass du sie so mies behandelst? Was hat sie dir getan?"

„Sie…" nein. Ich konnte ihr nicht die Wahrheit sagen. Wenn Noah es nicht tat, würde ich es ebenfalls nicht tun. Mir war von Anfang an klar, dass es unfair war Natalie so niederträchtig zu behandeln, nur hielt ich es nicht aus in ihrer Anwesenheit. Meine Kreativität ließ zu wünschen übrig seitdem sie Tag für Tag in meiner Nähe war und ich nur noch Noah sah. Ich konnte mich kaum darauf konzentrieren meiner Arbeit nachzugehen. Manchmal saß ich stundenlang vor dem PC und starrte einzelne Wörter an und empfang nichts als Leere in meinem Kopf, weil ich immer daran dachte, wie Natalie und Noah womöglich ihren Abend verbrachten, wie ihre gemeinsamen Nächte waren und wie er sie morgens früh anlächelte und sich dachte, was eine wunderbare Frau neben ihm lag.

Sie sah mich erwartungsvoll an, doch ich konnte nicht. Aus meiner

Jackentasche zog ich einen fünf Euro Schein und warf ihn ihr auf die Theke. „Ich bin spät dran." Als ich gerade das Café verlassen wollte, kam mir Lou entgegen.

„Hey, ich dachte wir haben Zeit für einen Cappuccino."

„Nein, ich muss zurück zur Arbeit. Es gibt noch viel vorzubereiten für das Shooting und den Dreh." Ich wollte nicht, dass sie etwas merkt, also zog ich sie am Ärmel und versuchte zu lächeln. „Ich habe eben mit Roy telefoniert, Roy Steven. Dem Regisseur, der *„Saphire"* nächste Woche drehen wird und habe ihm vom der Location erzählt." Wir liefen durch die kleinen Altstadtgassen. Der Boden war durch den Regen am Vormittag vollkommen durchnässt und das Wetter ließ zu wünschen übrig. Ich fühlte mich genauso grau, wie das Wetter. „Okay, das klingt gut. Warte, ich hole mir noch einen Cappuccino to go." Sie öffnete die Tür zum Starbucks und war verschwunden. Ich nutzte die Gelegenheit um Jonas anzurufen. Er hatte es heute Morgen drei Mal versucht, hoffentlich um sich zu entschuldigen für sein Arschloch Verhalten. Beim zweiten Klingeln nahm er ab.

*„Na endlich. Ich habe mir Sorgen um dich gemacht. Dave hat sich heute seltsam verhalten."*

*„Mir geht's gut. Ich habe nur viel zu tun mit der Kampagne und der Uni."* Wenn ich überhaupt Zeit fand um in die Uni zu gehen.

*„Gut, gut. Das freut mich."* Das freut ihn? Ernsthaft?

*„Hast du mir sonst nichts zu sagen?"*

*„Doch, ich... es tut mir leid, dass ich sauer geworden bin, Baby."*

*„Sauer? Du bist ausgeflippt und hast mich einfach alleine stehen gelassen, wegen nichts. Ich habe dir gesagt, dass Chris und ich nur*

*Kollegen sind.*" Und danach wurde ich fast vergewaltigt. Bei der Erinnerung an dieses miese Schwein bekam ich eine Gänsehaut.

*"Ja, ja. Das habe ich begriffen. Sorry, Schatz. Ich habe mir gedacht, ich mache es wieder gut. Hast du heute Abend schon was vor?"*

*"An was hast du gedacht?"*

*"Wir gehen essen, ich lade dich ein. Dann muss keiner kochen und abwaschen. Na wie klingt das?"* Als ob du ein riesen einfallsloses Arschloch wärest. Ich verdrehte genervt die Augen und willigte des Friedens halber ein.

Ich legte auf und ging mit Lou zurück in die Agentur. In einer halben Stunde hatten wir unseren letzten Jour Fixe bei John vor dem Shooting. Unter einem Stapel Unterlagen fand ich die Agenda für das Shooting und scannte sie ein. Die Datei war wichtig, also legte ich sie auf meinem Desktop unter dem Ordner *"Saphire"* ab. Danach ging ich meine eigenen Punkte durch. Die Modelagentur. Ich nahm den Hörer ab und ließ mich mit Big City Models verbinden. Wir hatten bereits unzählige Male mit der Agentur zusammen gearbeitet und das durchweg positiv. Die Chefin der Agentur, Lucy Rosen und ich gingen gemeinsam die einzelnen Set Cards der potentiellen Models durch. Am Ende entschied ich mich für ein dunkelblondes Model mit glattem Haar und einem bildschönen Gesicht. Leicht rosige Wangen, blau-grüne Augen mit weiblichen Rundungen. Das männliche Model, das sie vorschlug übertraf meine Erwartungen noch. Er war etwa 1,90m groß, breitschultrig, gut trainiert, hellblaue Augen und dunkle Haare. Als ich seine Set Card gesichtete hatte, wusste ich es bei dem Blick in seinen

Augen. Ein dichter Wimpernschleier umrandete seine ozean- blauen Augen. Zudem hatten Lou und Natalie in meinem Auftrag in der Stadt nach Komparsen gesucht. Dazu sprachen sie vorrangig junge Leute, auch Paare an, die sich für die Szene eigneten. Hiervon hatte Lou einige Schnappschüsse gemacht, die ich aufbereitete an meinem Laptop. Sie waren alle für acht Uhr bestellt, 85 Komparsen, die Kleider und Smokings gestellt bekamen. In Zusammenarbeit mit einem großen Modehaus, konnten wir uns die Kleider ausleihen für den Dreh und das Shooting. Ich schrieb mir einen Erinnerungszettel für die restlichen Erledigungen.

Lou machte mich auf unseren Termin aufmerksam, als ich noch immer in die Model Set Cards vertieft war. Ich schnappte mir meine Unterlagen und ging mit ihr gemeinsam zu Johns Büro. Natalie saß an Johns Besprechungstisch und tippte wild irgendwelche Dinge in den Laptop ein. Als wir die Tür öffneten, starrte sie uns an. John stand auf. „Danke, Natalie. Das wäre dann fürs Erste alles. Machen Sie eine Pause, essen Sie etwas oder wie auch immer. Ich habe jetzt einen Termin mit den beiden Damen. In etwa einer Stunde sollten wir durch sein." Er deutete an, dass wir uns setzen sollten.
„Natürlich. Ich komme dann in einer Stunde wieder."
„Sehr gut." Er nickte ihr freundlich, aber bedacht zu.

Der Termin verging, wie in Lichtgeschwindigkeit. John stimmte den letzten Änderungen für den Dreh zu. Lou diskutierte mit ihm über den Ablaufplan und dass wir die Komparsen eine halbe Stunde früher zu dem Schloss bestellt hatten. Sie kamen jetzt bereits um halb acht, damit wir nicht in Zeitdruck gerieten. Das Catering war bestellt, die Rechnung legte ich ihm zur Unterschrift vor.

„Für Montag steht alles. Lou und ich kümmern uns noch um einige letzte Kleinigkeiten, aber ich bin sicher, dass alles reibungslos von Statten gehen wird. Wir haben das Budget um 5.000 Euro überschritten, John. Ich habe mir die Freiheit erlaubt, diese Überschreitung abzunicken. Ich hoffe das liegt auch in deinem Interesse.“

Er fuhr sich mit dem Daumen über die Lippen und hielt einen Moment inne. „Wo genau liegt die Kostenüberschreitung?“

„Das Kleid für das Model ist teurer, als erwartet, aufgrund der Sonderanfertigung. Ich habe bereits mit Mister Linehan von British Five gesprochen bezüglich der Überschreitung und den Herren entsprechende Bilder zukommen lassen. Sie waren mit unserer Wahl sehr zufrieden. Nur da wir in Vorkasse treten, wollte ich es noch einmal mit dir besprechen. Ich war unter Zeitdruck, und da ich dich telefonisch nicht erreichen konnte, habe ich der Preisanpassung zugestimmt.“

„Verstehe. 5000 Euro sind eine sehr große Preisanpassung, findest du nicht?“

„Doch, das sehe ich ein, aber es ist ein wunderschönes Kleid. Du wirst schon sehen und es ist ein Unikat.“

Er stand auf und setzte sich an seinen Schreibtisch. Er klickte einige Male mit der Maus. „Gut, ich vertraue dir. Ich bin gespannt auf das Ergebnis eurer Arbeit.“

„Ja, das sind wir auch.“ Lou und ich lächelten uns an. „Prima, dann sind wir durch.“ Es klopfte an der Tür, als wir gerade aufstehen wollten um zu gehen.“

Natalie öffnete vorsichtig die Tür. Ihre High Heels hallten auf dem Boden wider, als sie zu John ging.

„Geben Sie uns bitte noch fünf Minuten? Holen Sie sich doch einen Kaffee." Seine Ansage passte ihr offenbar nicht sonderlich. Sie verzog das Gesicht, als sie das Büro verließ.

„Louisa, würdest du Evelyn und mich einen Moment allein lassen?"

„Klar. Dann bis gleich." Ich winkte ihr zu und stellte mich vor Johns Schreibtisch.

„Was gibt's?"

„Setz dich. Es macht mich nervös, wenn du stehst." Ich folgte seinen Anweisungen und schnappte mir einen Stift von seinem Schreibtisch, den ich zwischen meinen Fingern hin und her schob. „Eve, ich habe eine Frage an dich. Nenn mich argwöhnisch, aber ich habe das Gefühl du hast ein persönliches Problem mit unserer neuen Praktikantin." Dem Mann konnte man wirklich nichts vormachen, er hatte einfach ein gutes Gespür. Nur ging es niemanden etwas an, warum ich mich Natalie gegenüber, wie ein Miststück verhielt. Das kleine Flittchen hatte meine Laune bereits heute Morgen verdorben. Daniel Russos Verhalten ihr gegenüber machte es nicht leichter sie zu akzeptieren. Wenn die beiden zusammen über den Flur gingen und sie über seine dämlichen Witze lachte. Er bevorzugte sie aus unerklärlichen Gründen und machte mich damit wütender, denn je. Russo in seinen bescheuerten Anzügen und daneben Natalie in ihrem „möchte gern" Business Look.

„Es ist nichts." Bemerkte ich trocken. Ich starrte die Wand an um seinem Blick auszuweichen. Er lehnte sich nach vorne und sah mich an. „Evelyn, die Wahrheit bitte."

Ich überlegte hin und her, ob ich ihm davon erzählen sollte. Schließlich gab ich mich geschlagen. „Na gut. Sie ist die neue Freundin von Noah."

„Deinem Noah? Dein Ex Freund Noah?"

„Ja, genau der Noah."

Er ließ sich in seinen Lederstuhl zurückfallen und fuhr sich durch die braunen Haare. „Oh." Mehr sagte er nicht. Ja, genau so erging es mir auch, als ich sie hier sah.

„Ja." Fügte ich beinahe flüsternd hinzu. „Das nenne ich mal einen Zufall."

„Beschissener Zufall. Ich ertrage es kaum sie zu sehen und jetzt sitzt sie jeden Tag in meinem Büro, mir gegenüber und flötet fröhlich und freundlich. Als wäre das noch nicht alles will sie mit mir über meine Beziehung reden und versteht sich blendend mit deinem Bruder, bei dem sie das Praktikum eigentlich machen sollte. Wieso zur Hölle habe ich sie jetzt an der Backe?" Die Worte sprudelten nur so aus mir heraus. Ich würde sie so gerne erwürgen, ihr die Meinung geigen und ihr sagen, dass sie sich hier nie wieder blicken lassen sollte. Wir brauchten keine Zahlen Besessene in der Kreativabteilung.

„Und dann dieses dümmliche Grinsen, die knappen Outfits. Ich hasse sie so sehr."

„Wow. Ich bin beeindruckt von deiner Ehrlichkeit."

Ich war ja so ein Idiot. Wie konnte ich meinem Chef, auch wenn wir uns super verstanden erzählen, dass ich eine Angestellte hasste aus persönlichen Gründen. Mein Verhalten war durchweg unprofessionell und ich sollte es besser wissen, als meinen Mund aufzumachen und alles zu sagen, das ich seit Wochen mit mir herumschleppte.

„Hör zu John. Es tut mir leid. Vergiss was ich gesagt habe." Ich machte Anstalten aufzustehen, da winkte er mich mit der Hand zurück.

„Du musst dich für nichts entschuldigen. Ich wollte hören was los ist und du hast mir eine ehrliche Antwort gegeben. Dass ich mit dieser Krise nicht gerechnet habe, war mir sicherlich anzusehen. Aber ich bin dein Chef und wenn es einer meiner Mitarbeiterinnen nicht gut geht, bin ich der richtige Ansprechpartner um etwas dagegen zu tun. Pass auf. Ich spreche mit meinem Bruder und sorge dafür, dass ihr nicht mehr miteinander zusammenarbeiten müsst. Wie du schon richtig festgestellt hast war ihr Praktikum für das Key Account Management bestimmt und dahin wird sie gehen müssen. So oder so."

Ich konnte nicht fassen, was er mir gerade gesagt hatte. Eher rechnete ich damit, dass er mich zurechtwies und mir sagte, dass ich mich so nicht benehmen durfte. „Eh, danke." Ich bekam keinen weiteren Satz heraus, denn ich verspürte tiefe Dankbarkeit.

# Kapitel 8

Wenn ich mir vorstellte, dass das Schicksal für mich an eine Art Aberglauben grenzte, wurde ich eines Besseren belehrt. Nach der Arbeit zog ich meine Jacke über und machte mich, wie jeden Tag auf den Weg zur U-Bahn. Meine Haare wurden durch den Wind in alle Richtungen gewirbelt, während ich über die große Treppe vor der Agentur lief. Zu allem Übel, fiel meine Handtasche auf den pitschnassen Boden. Ich hatte vergessen den Reißverschluss zu schließen und so lag mein komplettes Make-Up, inklusive Portmonee und Schlüssel auf dem Boden. Jetzt fehlte nur noch strömender Regen und ein Scheiß Herbsttag ging zu Ende. „Verdammte scheiße!" brüllte ich und kniete mich hin und meine Sachen aufzuheben. Ich verschloss die Tasche und versuchte meine Haare gleichzeitig zu bändigen, da ich nichts mehr sehen konnte, dabei krachte ich mit irgendjemandem zusammen, der im Inbegriff war in meine Richtung zu gehen. Hatte der Idiot keine Augen im Kopf? „Sind Sie blind?" Brüllte ich ihn an, bis ich sah, wer mir direkt in die Arme gelaufen war. Ich ließ die Tasche vor Schreck wieder auf den Boden fallen und stand mit offenem Mund vor ihm. Ich konnte es nicht fassen, dass er nach so vielen Monaten direkt vor meiner Nase stand und mich anschwieg. Mein Herz begann, wie wild zu pochen, als

ich ihm in die Augen sah. Er sah gut aus. Er trug eine zerrissene blaue Jeans, darüber eine Lederjacke und ein einfaches schwarzes Shirt ohne Print. Meine Blicke glitten über seinen Körper, dabei waren wir uns so nah, dass ich seinen Duft einatmen konnte. Mein Körper war steif, als wäre jedes Leben aus mir verschwunden. Tausende Gedanken prasselten auf mich ein. Schon oft hatte ich überlegt, wie es wohl wäre, wenn wir uns wiedersehen würden, doch waren dies nur theoretische Überlegungen. Ich hätte damit rechnen müssen, dass er hier irgendwann auftauchen würde um Natalie abzuholen. Zu gern hätte ich gewusst, was er dachte. Wie es ihm ging, wenn er mich ansah, denn ich wusste, wie beschissen ich mich in diesem Moment fühlte. Als wäre keinerlei Zeit vergangen. Sein Bart ließ ihn männlich wirken, viel älter und reifer als früher. Auch die Haare trug er jetzt anders, auf dem Kopf etwas länger und an den Seiten kürzer. Ich sah seine vollen Lippen an, wie sich sein Adamsapfel bewegte, als er hektisch schluckte, seine Hände, mit denen er mich gehalten hatte. Alle Erinnerungen strömten auf mich ein.
„Noah." Flüsterte ich. Er sagte weiterhin nichts und starrte mich einfach nur an. Endlose Minuten vergingen, bis er mich ein letztes Mal ansah, mir meine Tasche gab und wortlos an mir vorbei ging, als wäre ich eine Fremde. „Noah, bitte!" Flehte ich ihn an.
„Was ist?"
„Du kannst doch nicht einfach an mir vorbei gehen."
„Wie du siehst kann ich es doch!"
Er drehte sich um und wollte die Treppen hochgehen. Ich lief ihm hinterher und versperrte ihm den Weg. „Was soll das? Du benimmst dich, wie ein kleines Kind."

„Ich will einfach nicht mit dir reden. Akzeptier das!“

Doch ich wusste eines mit Gewissheit, er war noch immer tief verletzt von meinem Betrug.

„Geh weg!“, brüllte er mich an.

„Noah bitte.“ Meine Stimme war voller Verzweiflung.

„Nein, ich habe keine Zeit, also geh mir aus dem Weg.“

„Warum benimmst du dich so, nach all dem was wir zusammen erlebt haben?“

Er funkelte mich wütend an. „Warum? Fragst du mich allen Ernstes warum?“ Er kochte vor Wut. Wie er vor mir stand und sein Gesicht rot anlief. Er ballte seine Fäuste wütend vor seinem Körper und fixierte mich mit seinem Blick.

„Geh jetzt weg. Ich bin verabredet.“

„Mit deiner Freundin?“

„Ja.“

„Mach doch was du willst.“

„Mache ich auch. Darf ich jetzt vorbei?“

„NEIN!“

„Also gut, worüber sollen wir reden?“

Was für eine dumme Frage. „Warum behandelst du mich so, wenn du im April noch zu mir gesagt hast, dass du eine zweite Chance willst und mich immer noch liebst?“ Mir kamen die Tränen bei meinen eigenen Worten. Es schmerzte so sehr an ihn und Natalie zu denken. Wie glücklich sie womöglich waren. Mein Herz spannte sich in meiner Brust. Am liebsten wäre ich weggerannt und hätte diese Unterhaltung abgebrochen, aber ich brauchte Antworten um endlich mit ihm abzuschließen.

„Über das was passiert ist."

„Das ist jetzt unwichtig. Du hast mich verlassen und uns aufgegeben."

„Aber ich musste dich aufgeben, weil ich dich nicht glücklich gemacht hätte. Ich hatte immer das Gefühl nicht besonders genug für dich zu sein. Ich…"

Er fiel mir wutentbrannt ins Wort. „Du warst alles für mich. ALLES. Ich habe dich so sehr geliebt, wie ich nie wieder eine Frau in meinem Leben lieben werde. Ich wollte, dass du meine Frau wirst, die Mutter meiner Kinder. Ich hätte alles für dich getan und du hast mich weggeworfen für ein bisschen Spaß."

Ich konnte nicht fassen was er da sagte. Denn er traf genau ins Schwarze. Es war einzig und allein meine Schuld. Und nur ich musste dafür grade stehen. Ich hockte mich hin und er ebenfalls, als er meine Tränen sah und nahm meine Hand. Ich weinte so sehr, dass ich nichts mehr sehen konnte außer meinem Tränenschleier. Ich hielt mir die Hände vors Gesicht, weil ich mich schämte. Weil er mir fehlte und mir alles wahnsinnig leidtat. Dieses Treffen hatte mir den Boden unter den Füßen weggezogen, weil mir bis zu diesem Moment nicht klar war, wie sehr ich ihn noch immer liebte.

„Eve, hör auf zu weinen. Bitte." In seiner Stimme lag die pure Verzweiflung. Die Leute um uns herum starrten uns an. Unsere Geschichte war beinahe eine Tragödie. Ich strich mir die Haare aus dem Gesicht, die an meiner Wange festklebten. Dann nahm ich wieder seine Hand und sah ihn an. In seinen Augen standen ebenfalls die Tränen, doch er versuchte sie vor mir zu verbergen, weil wir beide wussten, wenn er einknicken würde, gab es kein Zurück mehr. Und deshalb kämpfte er gegen mich an.

„Ich versuche jeden einzelnen Tag nicht mehr an dich zu denken und es wird von Tag zu Tag einfacher." Doch ich wusste, dass er log. Er liebte mich immer noch. „Liebst du mich noch?"

Er sah auf das Armaturenbrett und schwieg. Also lag die Antwort auf der Hand. „Ich will es nicht mehr", flüsterte er.

„Ich auch nicht. Aber ich tue es trotzdem." Hatte ich das gerade wirklich ausgesprochen?

„Liebst du sie?"

Er zuckte mit den Schultern. „Sie tut mir gut, und ich mag sie sehr. Wir sind glücklich." Er mochte sie also sehr. Mögen ist nicht lieben, ob er sie wohl liebte?

„Aber es ist nicht das Gleiche, wie mit mir." Das war keine Frage. Ich sah, wie sich seine Gesichtsmuskeln anspannten und er dabei die Zähne aufeinander presste. Ich kannte ihn so gut und er wusste, dass es sinnlos war mich zu belügen. Intuitiv wusste ich, wenn er log oder etwas verheimlichen wollte.

„Das kann man nicht miteinander vergleichen. Ihr seid vollkommen unterschiedlich. Sie tut mehr für mich."

Jetzt wurde ich wütend. Ich hatte in den zwei Jahren sehr viel für ihn getan um ihn glücklich zu machen. Nur weil ich es zum Ende hin nicht mehr konnte, konnte er mir unmöglich sagen, dass ich mich nicht gut genug um ihn gekümmert hatte.

„Hör auf mich mit deinen großen Bambi Augen anzusehen."

„Wieso?"

„Weil du mir dann zu nahe bist."

„Ich habe so viel Gutes für dich getan. Für uns getan. Stell mich nicht als Arschloch dar, nur weil du nicht zugeben kannst, dass unter deiner Fassade immer noch Liebe für mich ist. Ich sehe es in deinen Augen."

„Was siehst du?"

„Dass du nie aufgehört hast mich zu lieben."

Er fuhr automatisch in die Höhe und ließ meine Hand los. Ich betrachtete die Leute, die sich um uns herum versammelt hatten und gafften. „Du bist ein grauenhafter Mensch Evelyn. Merk dir das." Er zeigte mit dem Finger auf mich. Seine Brust bebte heftig, als er versuchte etwas zu sagen. „Ich hasse dich!"

Ich ging auf ihn zu und schlug ihm meine flache Hand mit voller Wucht ins Gesicht. Es kam so über mich im Eifer des Gefechtes. Dann drehte ich mich zu den Leuten um und brüllte sie an. „Habt ihr nichts Besseres zu tun, als zu gaffen? Das hier geht niemanden etwas an, außer ihn und mich!"

Mir war vollkommen egal, was sie redeten und wie sie über mich schimpften. Ich wollte nur weg, weg von der Agentur, weg aus meinem eigenen Leben.

Als ich mich zurück zu Noah drehte rieb er sich über die Stelle, auf der ich einen leicht rosa Handabdruck hinterlassen hatte. Ich ging näher auf ihn zu und drückte meine Hand gegen seine Brust. „Ich lasse mir von dir nicht einreden, dass ich nichts gegeben habe. Du weißt, dass ich krank bin. Wie kannst du mir sowas vorwerfen?"

Meine Lippen bebten vor Enttäuschung und Wut. Er versuchte mir einzureden, dass ich ein schlechter Mensch war, nur damit er damit klar kam mich verloren zu haben. Und da war noch etwas. Ich wusste mit absoluter Sicherheit, dass er sich in seinem Ego verletzt fühlte, da ich mich für Jonas entschieden hatte und gegen ihn. Dabei leugnete er die Wahrheit. Ich hatte mich nicht gegen ihn entschieden, ich hatte mich für Jonas entschieden, weil er es mir leichter machte glücklich zu sein. Bei Noah hatte ich immer das Gefühl für alles kämpfen zu müssen. Dazu hatte ich mit meiner Erkrankung keine Kraft. Dass ich ihn liebte, konnte ich ihm nicht sagen, denn sonst wäre es noch schwerer gewesen. Noah war so unglaublich stur und selbstkritisch. „Wieso hat sie mich angerufen?"

„Wen meinst du?"

„Deine Oma, als du in der Klinik warst."

„Weil ich dich gebraucht habe." Ich flüsterte, so nah stand ich bei ihm. Ich spürte seinen Atem auf meiner Haut und erstarrte. Die kleinen Härchen auf meiner Haut stellten sich auf. Ich versuchte ruhig zu atmen. „Ich habe dich gebraucht und du warst nicht da."

Ihm lief eine einzelne Träne über die Wange. Danach gab mein Körper nach und ich fiel in seine Arme. Er drückte mich ganz fest an sich und ich wollte, dass es niemals aufhörte. Die Wärme, die Nähe und die Zuflucht. Er gab mir alles in einem Moment. „Ich wollte sofort zu dir kommen, glaub mir, ich war drauf und dran zu dir zu kommen. Mein ganzer Körper wollte dich beschützen, bei dir sein und auf dich aufpassen, aber mein Verstand hat sich dagegen entschieden. Evelyn, ich konnte nicht wieder nachgeben. Ich versuche so sehr glücklich zu werden ohne ständig an dich zu denken, aber du machst es mir so schwer." Ich sah ihn an. Er presste die Lippen angestrengt zusammen und fuhr mir über die Wange. „Ich weiß. Es ist so schwer loszulassen. Ich kann dich nicht verlieren."

„Aber Eve." Er lächelte schwach. „Das hast du doch bereits, weil du es so wolltest." Ich ließ von ihm ab, hob meine Tasche an und hielt seine Wange einen kurzen Moment lang. Der Himmel zog sich immer mehr zu und ich spürte die Regentropfen auf meiner Haut. „Ich liebe dich, aber ich muss dich loslassen. Es tut mir leid, ich muss gehen. Mach's gut Noah." Ich drehte mich um und atmete die Tränen ein, die sich mit dem strömenden Regen vermischten. Ich rannte über den Asphalt immer weiter und weiter, bis der Regen irgendwann aufhörte und meine Lunge vor Schmerz brannte. Mein Handy klingelte immer wieder und wieder, doch ich ignorierte das Geräusch. Ich wusste, dass es Jonas war, doch ich konnte unmöglich mit ihm sprechen, dafür war ich zu aufgelöst. Aber wo sollte ich hin? Ich hatte Angst, dass Jonas Zuhause auf mich wartete. Nach einer Ewigkeit blieb ich endlich stehen und stützte mich an einer Steinmauer ab. Ich hatte völlig die Orientierung verloren und lief beinahe blind durch die Gegend. Mitten in einem Wohngebiet suchte ich nach dem Straßennamen. Ich nahm zitternd mein Handy aus der Jackentasche und sah die verpassten Anrufe, die unzähligen Nachrichten von Jonas. Doch das interessierte mich im Moment nicht, ich wollte herausfinden wo ich mich befand. Meine Haare und Klamotten waren komplett durchnässt und mir wurde allmählich kalt. Die rosa Daunenjacke klebte, wie eine zweite Haut an meinem Körper. Ich war laut meinem Handy immer noch in der Innenstadt, etwa sieben Kilometer von der Agentur entfernt. Meine

Finger liefen bereits blau an von der Kälte. Ich entdeckte zwei Straßen
weiter ein Taxi und stieg ein. Der Fahrer sah mich verächtlich an, weil
ich seine Sitze durchnässte, doch das war mir egal, ich wollte nach
Hause in die Badewanne, meine nassen Klamotten ablegen und einfach
für mich sein. „Sie müssen in Richtung des Außenbezirkes fahren.
Nehmen Sie die Bundesstraße und halten sich rechts, danke." Der
ausländisch wirkende Mann nickte nur und murmelte unverständlich auf
Arabisch. Ich zitterte am ganzen Körper. „Können Sie bitte die Heizung
hochdrehen?"

Er nickte wieder zustimmend und drehte an den Knöpfen. Ein warmer
Luftzug zog durchs Auto und mir wurde langsam aber sicher wärmer.
Ich sah aus dem Fenster und betrachtete die Lichter der Stadt, wie sie
langsam an mir vorbeizogen und im Nebelschleier verschwanden.
Noah. Das Schicksal hatte uns zusammengetrieben, aber wieso nur? Es
fühlte sich so falsch an und doch so richtig in seiner Nähe zu sein. Seine
Abneigung fühlte sich grauenhaft an, damit konnte ich nicht leben. Die
Wut und die Enttäuschung in seinen blauen Augen. Ich vermisste ihn so
sehr. Meine Arbeit war wichtiger, als all die Probleme. Natalie. Ich
hoffte inständig, dass John sich darum gekümmert hatte. Doch da war
sie in meinen Gedanken, die offene Bluse, die Knöpfe, das billige
Parfum und meine Abneigung gegen sie.

∞

Vor meiner Haustür starrte ich auf die weiße Tür und fragte mich, ob
ich einfach reingehen sollte um mich Jonas zu stellen. Wenn er nur die
leiseste Ahnung gehabt hätte, warum ich so aufgelöst war. Sah er es mir

145

womöglich an, dass meine Kehle sich, wie zugeschnürt anfühlte und dass meine Beine nachgaben, wenn ich den Namen Noah nur hörte? Meine Mascara war vermutlich komplett verschmiert; das Problem könnte ich mit einer Lüge aus der Welt schaffen, immerhin regnete es auf dem Weg nach Hause, als würde die Welt untergehen. Vorsichtig steckte ich den Schlüssel in das Türschloss und drückte die Tür auf. Doch zu meiner Überraschung saß nur Dave im Wohnzimmer. „Hi. Jonas hat nach dir gesucht.“

„Ja, das dachte ich mir, er hat versucht mich zu erreichen. Ich hatte gehofft er wäre bei dir.“ Eher befürchtet, als gehofft. Die Wahrheit konnte ich Dave nur leider nicht erzählen, da ich wusste, dass er auf Jonas Seite stand. Diese dämliche Bro Code unter Männern machte mich verrückt, vor allem, wenn es um meinen Bruder ging, der sich immer für Jonas stark machte. An manchen Tagen hatte ich das Gefühl, ich wäre ganz allein auf der Welt, und konnte niemandem meine Geheimnisse anvertrauen. Obwohl es eine Person gab, bei der ich wusste, sie würde niemandem etwas sagen oder mich zurechtweisen und das war Lou. Sie war bei weitem mehr, als nur eine Kollegin. Sie hatte mich schon oft aufgebaut und mich zum Lachen gebracht, wenn ich mich fühlte, als wäre ich der schlimmste Mensch der Welt. Und dafür liebte ich sie. Außerdem konnte man Lou unmöglich böse sein. Sie war optisch schon viel zu lieb mit ihren rotblonden Locken, der kleinen Stupsnase und den warmen braunen Augen.

Dave steckte sich immer wieder Hände voller Nachos mit Käsedip in den Mund und starrte auf den Fernseher. Für Fußball ignorierte er sogar mich.

„Ach übrigens, unsere Mutter hat angerufen. Du siehst beschissen aus.“

„Wirklich reizend von dir David. Ach ja, wann denn?“ Von ihr hatte ich seit Wochen nichts mehr gehört. Jetzt wo er über sie sprach, dachte ich über den Grund dafür nach. Normalerweise hatte ich sie mindestens einmal die Woche für mindestens zwei Stunden am Telefon. Darauf bestand sie, und wehe ich war nicht da. Dann war etwas los.

„Vor einer Stunde glaub ich. Sie war nicht begeistert, dass du nicht zu sprechen warst, ich habe sie hingehalten.“

Ich musste lachten. „Was hast du ihr denn gesagt?“

„Dass du länger arbeitest, wegen deinem großen Projekt Ding mit den Diamanten.“

„*Saphire*!“, betonte ich empört.

„Ja, ja, mir egal. Du sollst sie jedenfalls anrufen.“

„Puh, das war zu erwarten.“ Ich wollte an ihm vorbei gehen ins Bad.

„Was ist eigentlich mit dir passiert?“ Mit dem Bier in der Hand stand er auf und kam zu mir. „Nicht, dass ich mich mit sowas sonderlich gut auskenne, aber hast du geweint?“

„Ich? Nein. Es regnet.“

„Fein.“ Er zuckte mit den Schultern. „Ich blockiere das Wohnzimmer übrigens noch für ein paar Stunden. Bundesliga läuft und die Jungs kommen vorbei.“ Er lächelte schief und schmiss sich zurück aufs Sofa. Seine „Jungs“ waren die Fußball Freunde, die ich seit der Frühstücksaktion nicht mehr gesehen hatte. Seitdem Dave in ihrer Mannschaft spielte, sah ich die Nervensägen ständig.

„Tu was du nicht lassen kannst. Ich rufe unsere Mutter an, nachdem ich baden war.“

Nachdem ich mir trockene Klamotten angezogen hatte und frisch gebadet war, rief ich sie an.

Meine Mutter konnte sich gar nicht halten vor Freunde über meinen großen Auftrag, obwohl sie mir mehr als deutlich machte, dass sie es absolut unerhört empfand als letzte davon zu erfahren (was im Übrigen nicht einmal der Wahrheit entsprach.) Während des Telefonates räumte ich die Wohnung auf und schaffte es sogar noch das Badezimmer auf Hochglanz zu polieren.

„Evelyn, Kind. Ich mache mir ernsthaft Sorgen um dich." Ich war gerade im Begriff noch die Küche zu reinigen, als sie ihren inneren Monolog endlich beendet hatte. „Ich lade dich morgen zum Bruch bei mir ein. Sei pünktlich um 9 Uhr da."

„Mutter, ein Brunch beginnt erst später, außer du willst frühstücken." Ich sah im Geiste, wie sie die Servietten bereits faltete und ihr kostbarstes Porzellan aus der Vitrine nahm damit ich beeindruckt war von ihrer Mühe.

„Du hast Recht." *Ach ja? Seit wann?* Mein Unterbewusstsein lachte über diesen Gewinn. „Sei um 10 Uhr da. Ich bereite alles vor, du musst nichts mitbringen. Und bring Hunger mit, bei dir Zuhause gibt es soweit ich weiß nichts Gesundes zu essen."

Ich verdrehte genervt die Augen. Sie war unverbesserlich. Ich kaufte immer frisches Obst und Gemüse ein, damit Dave aus unserer Wohnung kein McDonalds to-go machte. Sie hätte mir ohnehin widersprochen von daher stimmte ich zu. „Sehr gut Kind. Wir sehen uns dann morgen.

Und sag deinem Bruder er könnte sich ruhig zwischendurch mal melden." Dann legte sie auf und ich stand mit Putzlappen und Einweghandschuhen am Herd und schrubbte die Fettflecken weg. Den restlichen Abend verbrachte ich damit das Geschirr zu spülen, die Küchenmöbel zu verstellen und die Küche nass zu wischen, bis alles glänzte. Ich rief zwischenzeitlich bei Jonas an, der mit den anderen Jungs ohnehin vorbeikam. Wir gingen uns weitestgehend aus dem Weg, da ich in Ruhe aufräumen wollte und die Herren mit Fußball schauen und rumgrölen beschäftigt waren. Je mehr ich mich abzulenken versuchte, desto weniger dachte ich über die Begegnung mit Noah nach. Ich konnte nur daran denken, wie nahe wir uns waren und dass ich ihn küssen wollte. Seine Lippen berühren und mich in ihm verlieren. Doch das waren nur Phantasievorstellungen, ich sollte allmählich lernen in der Realität zu leben und nicht mehr an Prinzen, die auf einem weißen Ross angeritten kamen, glauben.

*Kapitel 9*

Meine Mutter öffnete die Tür in einem braunen Hosenanzug aus Baumwolle. Bei ihrem Anblick wusste ich kaum wo ich hinschauen sollte. Darunter trug sie eine dünne Strumpfhose, sowie schwarze Pumps und hatte ihre kurzen, blonden Haare frech in alle Richtungen gestylt. Die Gegensätze, die sich mir boten waren nicht zu fassen. Sie trug allen Ernstes Pumps in ihrer eigenen Wohnung. Man könnte meinen sie würde jeden Moment den Präsidenten der Vereinigten Staaten von Amerika oder die Kanzlerin empfangen für eine Teestunde, wie die Engländer. „Kind, wie schön dich zu sehen." Bei der Umarmung strich sie mir die Haare aus dem Gesicht hinter die Ohren und hielt danach mein Gesicht zwischen ihren manikürten Fingern fest. „Du bist dünn geworden Evelyn. Muss ich mir Sorgen machen?"
Ich verdrehte die Augen. Sie machte mich wahnsinnig. „Nein, Mutter, es ist alles bestens. Darf ich jetzt reinkommen?"
Wir standen immer noch auf der Türschwelle. „Du hast einen neuen Türvorleger", bemerkte ich wenig begeistert.
„Ja, ich war neulich mit Susan in diesem neuen Laden in der Innenstadt. Irgendetwas Amerikanisches, ich komme wirklich nicht auf den Namen." Sie ging durch den Flur. Im Esszimmer setzte sie sich an die Tischspitze, so, wie sie es immer tat und bat mich, mich neben sie zu

150

setzen. „Jedenfalls gibt es dort tolle Antiquitäten, aber auch ganz moderne Möbelstücke und Accessoires. Du weißt ja, wie gerne ich einkaufe." Seitdem sie und mein Vater geschieden waren, verprasste sie den Unterhalt, den sie von ihm bekam so schnell, wie möglich für den größten Unsinn. Ihre Kleiderschränke platzten beinahe und auch ihre Wohnung stand voller Müll. Vor zwei Monaten kam ihr urplötzlich die Idee das gesamte Mobiliar ihrer erst vor drei Jahren neu eingerichteten Eigentumswohnung zu entsorgen, bzw. wie sie es nannte, den Armen zu spenden. Seitdem shoppte sie nach allem, das ihrer Meinung nach zu ihrem neuen Lebensstil passte. Ich hatte das Gefühl, dass die Wohnung seit dem letzten Besuch anders aussah. „Kind, hörst du mir zu?" Ich starrte geistesabwesend auf den üppig gedeckten Tisch. Hiervon würde jedes dritte Welt Land satt werden. „Evelyn?" betonte sie, als ich noch immer nichts sagte.

„Amerikanischer Laden, tolle Antiquitäten, ich habe dir zugehört."

„Gut. Da habe ich diesen wunderbaren Türvorleger erworben zu einem tollen Preis. Es handelt sich um ein Unikat aus Missouri."

„Und was hat dich dieses Unikat gekostet?" Sie hatte vermutlich ein Vermögen in dem Laden gelassen.

„Sei nicht so schnippisch. Es war ein Supersonderangebot. 300 Euro, kannst du das fassen?" Ich konnte es natürlich nicht fassen, wie sehr sie sich übers Ohr werfen lassen hatte für einen bescheuerten Türvorleger.

„Kaum zu fassen." Ich tat interessiert und würde nie wieder nach ihren neuen Möbeln fragen, es sei denn ich wollte mir eine lange Geschichte über ihren Wocheneinkauf anhören.

„Hast du schon die neuen Pflanzen gesehen? Ich habe einige tolle

Pflanzen im Gartencenter gekauft."

„Wieder mit Susan?"

„Natürlich Kind. Sie ist eine großartige Shopping Begleitung.
Besonders, weil sie so ein gutes Auge für Details hat. Ihr Geschmack ist
erstklassig." Ich verschluckte beinahe ein Stück Ei, das ich mir in den
Mund gesteckt hatte. Susan hatte mit Abstand den abscheulichsten und
hässlichsten Ehemann, den ich jemals in meinem Leben gesehen hatte.
Er hatte beinahe eine Glatze, wobei noch ein halber ovaler Rest Haar an
seinem Hinterkopf übrig waren und dort wo andere Menschen, die mit
Haaren gesegnet wurden ihren Haaransatz hatten, bestand sein restliches
Haar aus fünf lockigen Strähnen. Seine Zähne waren krumm und schief
und er hatte grauenhafte Falten für seine gerade einmal 55 Jahre.
Außerdem war er dick und ernährte sich ausschließlich von Pizza und
Fast Food. Susan an sich sah ganz in Ordnung aus. Sie war eher eine
graue Maus, ging regelmäßig zusammen mit meiner Mutter zum Friseur
blonde Strähnchen ziehen und trug schlichte schwarze Kleidung und
niemals hohe Schuhe. Das war nicht gut für ihren Rücken, betonte sie
immer, wenn ich sie durch Zufall bei meiner Mutter antraf.

„Alles in Ordnung?"

„Ja." Hustete ich und spuckte das Ei aus. „Sicher. Erzähl weiter."

„Ich habe mir Orchideen gekauft, schlicht in Weiß. Orchideen sind so
friedliche Pflanzen." Ich ließ die Gabel fallen. Meine Mutter hatte
offenbar den Verstand verloren. Seitdem sie ihr bescheuertes Yoga Chi
Chi machte drehte sie durch. Bei meinem letzten Besuch erzählte sie
mir davon, dass man das Wasser spüren konnte, wenn es durch die
Leitungen fließt. Dann stand sie vor der Wohnzimmerwand und horchte

daran. Am liebsten hätte ich ihr eins übergezogen und ihr klargemacht, dass sie verrückt wurde. Ihre Freundin Susan machte sie nur noch verrückter.

„Ja, ganz zauberhaft. Willst du nichts essen?" versuchte ich sie abzulenken.

„Sicher. Reichst du mir bitte das Rührei an und den Brotkorb?"

„Na klar."

„Sag mal Evelyn. Wie geht es meinem Liebling?" Sie bezeichnete Jonas immer als ihren Liebling. Sicherlich sagte sie immer sie würde keine Favoriten aussuchen, aber insgeheim wussten David und ich, dass sie Jonas unter meinen Freunden ganz klar bevorzugte. Mir konnte sie nichts vormachen, dafür durchschaute ich meine Mutter zu gut. Sie tat zwar immer, als wäre sie überperfekt, aber in ihrem Inneren sah es anders aus. „Es geht ihm bestens. Er ist bei mir Zuhause und entspannt."

„So? Wie läuft es zwischen euch?" Ich hatte bei ihr immer das Gefühl, dass sie fürchterliche Angst hatte, dass ich Jonas verlassen würde.

„Alles bestens." Ich versuchte etwas verkrampft zu lächeln, damit sie keine weiteren Fragen mehr stellte.

„Ach das freut mich ja so für euch." Sie nahm meine Hand und drückte sie einmal fest. „Dieses absurde Noah Thema musste ja irgendwann vom Tisch sein. Ihr habt einfach nicht zusammengepasst, das hat nun wirklich jeder gesehen." Ich versuchte nicht wütend zu werden. Sie konnte Noah nicht leiden, weil er ihr im Gegensatz zu Jonas nicht den Hintern hinterher trug. Ehrlich gesagt war ich immer von Noahs gewisser Abneigung ihr gegenüber fasziniert. Daher konnte ich das

Thema nicht mehr hören, dass sie es mir ja von Anfang an gesagt hatte. Damit wollte sie wieder einmal sagen: *Kind ich habe es dir ja gleich gesagt, hättest du doch bloß auf mich gehört.* Ich steckte mir ein Stück Brot in den Mund um meine Missgunst ihr gegenüber zu verstecken. Sie würde es nie lernen. „Ach ja, du hast bisher leider viele Frösche geküsst. Dieser Ben war auch nicht besser." Ich sah sie mit großen Augen an und versuchte anzudeuten, dass sie die Klappe halten sollte. Besänftigend hielt sie die Hände in die Luft. „Ich weiß, ich weiß. Du bist der Auffassung, dass Ben deine erste große Liebe war. Aber jetzt mal unter uns Evelyn. Du warst doch noch ein Kind, als ihr zusammen wart. Diese Jugendlieben zählen nicht. Du wusstest noch nicht einmal was Liebe bedeutet." Okay, das reichte. Ich sprang auf und ließ das Besteck auf den Porzellanteller fallen, sodass er schließlich zerbrach. „Das reicht! Wenn du nicht augenblicklich deinen Mund hältst verschwinde ich. Dann kannst du dir weiterhin einreden, dass du ein perfektes Leben führst, in deiner perfekten Wohnung mit deinem überteuerten Designerscheiß, den dir mein VATER finanziert! Misch dich nicht in mein Leben ein, Mutter! Es ist mein Leben und nur ich bestimme, wie ich es lebe und mit wem. Haben wir uns da verstanden?" Meine Halsschlagader pulsierte und ich spürte, wie schnell sich meine Brust anhob. Das Maß war voll.

Sie hielt sich eine Serviette vor den stark geschminkten Mund. „Evelyn, wie sprichst du denn mit mir? Ich bin deine Mutter."

„Ja, du bist meine Mutter und ich liebe dich. Aber du solltest anfangen mich zu respektieren. Das ist die Aufgabe einer Mutter."

„Ich habe ausschließlich meine Meinung geäußert."

„Nein, das hast du nicht. Du mischst dich in mein Leben ein. IMMER!
Ich habe die Nase voll davon. Weißt du was? Das hier bringt nichts. Ich
wünsche dir mit deinem perfekt gedeckten Tisch noch viel Vergnügen.
Auf Wiedersehen. Ach und lade am besten Susan mit ihrem tollen
Geschmack ein."

Ich ging in den Flur, nahm mir meine schwarze Billighandtasche vom
Boden und verschwand ohne mich nach ihr umzudrehen. Es war das
erste Mal, dass ich den Mut dazu hatte ihr meine Meinung zu sagen. Ich
war es leid mich immer vor ihr rechtfertigen zu müssen. Ben und Noah.
Wie konnte sie die beiden nur so in den Dreck ziehen? Bei Ben spürte
ich das erste Mal, wie es sich anfühlte jemanden aufrichtig zu lieben
und dieselbe Liebe zurückzubekommen. Er war so sanft und schüchtern.
Ich erinnere mich gerne an unsere Beziehung zurück und sah nicht
einen negativen Aspekt, denn er hatte mir beigebracht, wie sich wahre
Liebe anfühlte. Jugendliebe Hin oder Her, es war echt. Wir waren echt.
Genauso Noah, der in mein Leben trat, als ich bereits verletzt und
gebrochen war, den ich trotzdem über alles geliebt hatte, nur eben auf
eine andere Art. Die Leidenschaft, die zwischen Ben und mir war, die
konnte ich nicht mehr empfinden. Trotzdem, es war Liebe. Eine
erwachsene, nicht naive Liebe. Diese Gefühle ließ ich mir nicht
nehmen, von niemandem, noch nicht einmal von meiner Mutter, auch,
wenn sie nicht wusste was Liebe bedeutete. Ich lief die Treppen aus
dem zweiten Stock des Backsteinhauses herunter und fuhr spontan in
die Stadt um einige Erledigungen zu machen und den Kopf
freizubekommen.

Am späten Nachmittag kam mir der Gedanke ins Fitnessstudio zu fahren um mich auszupowern. Ich schaltete das Laufband zum Einlaufen ein, band mir meine Haare dabei zusammen und setzte die Beats Kopfhörer auf um dabei ungestört zu sein. Die Männer im Studio sahen mich an, als ich immer schneller wurde und bereits anfing heftig zu atmen. Das war genau die Auszeit, die ich jetzt brauchte. Nach einer halben Stunde klingelte mein Handy; ich stellte die Stufe auf 8.0 herunter und hob ab. Dave erzählte ich von dem missglückten Treffen mit unserer Mutter. Er war von ihrem Verhalten nicht sonderlich angetan. Jonas war bei ihm. Ich verabredete mich mit ihm zu einem romantischen Kinoabend. Dann legte ich völlig außer Atem auf und gab noch einmal Gas, bis mich meine Kräfte verließen. Mit einem Handtuch bewaffnet, trocknete ich mein Gesicht ab und dehnte mich noch ein wenig.

∞

Zuhause duschte ich rasch und machte mich für Jonas und mein Date fertig. Er wartete in seinem Auto vor unserer Wohnung auf mich und küsste mich schnell, als ich einstieg. „Die Dame hat einen Chauffeur Service bestellt?“

„Genau.“ Wie charmant von ihm.

„Wo darf ich die Lady hinfahren?“

„Zum Kino bitte, Sir.“ Ich küsste ihn galant auf die Wange und lehnte mich an seine Schulter, während er fuhr. Vor dem Kino parkte er ein, ging einmal ums Auto herum und öffnete mir Gentleman Like die Tür.

„Die Lady.“ Er reichte mir seine Hand und zog mich sanft aus dem

Auto. „Heute so höflich?"

„Wir haben in letzter Zeit viel gestritten und ich will das nicht mehr, ich liebe dich sehr Eve. Du bist meine Traumfrau." Ich war völlig überwältigt von seinen liebevollen Worten und zog ihn an mich um ihn zu küssen. So leidenschaftlich hatten wir uns seit Langem nicht mehr geküsst. Ich fuhr ihm langsam mit der Zunge über die Lippen und tastete mich dann weiter ran. Ganz vorsichtig spürte ich, wie er seine Zunge in meinen Mund schob. Unsere Zungen trafen sich leidenschaftlich und wir hielten uns einfach fest. Ich genoss diesen sinnlichen Augenblick und ließ mich komplett fallen. Das war es, das ich vermisste. Ich ließ von ihm ab und saugte noch kurz an seiner Lippe, bevor wir losgingen. „Wow", sagte er nur.

„Glücklich?"

„Ja, sehr." Jonas nahm meine Hand und wir gingen gemeinsam ins Kino. Er bestellte uns bei einer mürrisch wirkenden Frau Ende 30 Karten im VIP Bereich. Er streckte ihr kurz bevor wir gingen die Zunge raus, ich musste so sehr lachen, dass mir mein Bauch wehtat. Das Kino war voller Leute, typischer Samstagabend. Wir fuhren die Rolltreppe rauf und holten uns reichlich Süßigkeiten für den Abend. Er bestellte sich Nachos mit Käsedip und für mich Popcorn. Ich hielt seine Hand, als wir eine weitere Etage nach oben fuhren und auf dem Weg in den hintersten Kinosaal waren. Es dauerte einige Minuten bis wir endlich oben ankamen. „Kannst du das Popcorn halten? Ich muss dringend aufs Klo."

Er drückte mich an sich und gab mir einen Kuss auf den Kopf. „Wie immer. Gib her." Ich verschwand auf die Damentoilette und durfte mich direkt in eine Schlange einreihen. Die Toilettentüre öffnete sich und ich erstarrte bei ihrem Anblick. Wie konnte das Schicksal es nur so schlecht mit mir meinen?

„Evelyn. Ich meine Miss Evelyn. Hi." Stotterte eine ebenfalls sehr verdutzt aussehende Natalie, als sie sich am Gummizug ihrer blauen Jeggins zog.

„Hallo Natalie. Auch hier." Ich war wenig begeistert von dem Zufall. Mir reichte es bereits sie andauernd im Büro zu sehen.

„Und wie geht es Ihnen?" Auf den lästigen Smalltalk hatte ich keine Lust. Außerdem drängelten die wartenden Frauen hinter mir. „Ich muss." Sagte ich.

Ich schloss die Kabine und lehnte mich eine Sekunde daran an um darüber nachzudenken, ob sich jemand einen Spaß mit mir erlaubte. Konnte nicht ein Tag meines Lebens ohne Stress vorbeigehen?

Ich verließ die Kabine und schaute mich nach Natalie um. Sie war verschwunden. Gut. Ich wusch mir die Hände und zog meinen Lidstrich nach. Jonas lehnte an einer Wand, als ich auf ihn zuging. „Fertig."

„Das hat aber gedauert kleine Lady." Aus dem Augenwinkel sah ich, wie Natalie auf uns zukam, zu meinem Bedauern nicht alleine. „Hi, nochmal!" Sie lächelte fröhlich und hielt sich am Arm ihres Freundes fest. Meines Ex- Freundes, der nicht sonderlich begeistert wirkte.

„Das ist mein Freund, Noah." Er reichte zuerst Jonas die Hand, der ebenfalls seinen Namen sagte. Bei mir zögerte er einen Augenblick, bis Natalie zwischen uns hin und her sah, als wir uns anstarrten. „Noah, das ist Miss Evelyn, ich arbeite für sie. Ich habe dir doch von ihr erzählt." Er sah mich noch kurz an und danach sie. „Das ist die Frau, für die du arbeitest?“ Ich kannte Noah gut genug um innerhalb weniger Sekunden festzustellen, dass sie ihm schreckliche Dinge von mir erzählt haben musste.

„Ja, genau“, presste sie durch ihre zugebissenen Zähne hindurch. Natürlich hatte sie ihm gesagt, wie grauenhaft ich sie behandelte. Ich sah auch ihr an, dass die Situation peinlich für sie war, denn sie hatte offensichtlich Angst, dass Noah eine negative Bemerkung über mich fallen ließ.

„Eh, ja, freut mich dich kennenzulernen.“ Er hielt mir die Hand hin. Ich reichte ihm vorsichtig meine Hand und spürte, wie er sie fest drückte. Dabei sah ich ihm schüchtern in die Augen. Da war sie wieder, die Anziehungskraft. Ich vergaß beinahe, dass mein Freund direkt neben mir stand und auch seine Freundin. „Ebenfalls.“ Doch er hielt meine Hand weiterhin.

„Alles okay bei euch?“ fragte Natalie, als Noah meine Hand weiterhin drückte. Er ließ sofort von mir ab und widmete sich seiner Freundin.

„Ja, nett euch kennengelernt zu haben, wir müssen jetzt rein, der Film beginnt gleich.“ Ich drehte mich mit Jonas von ihnen weg und spürte ihre Blicke in meinem Nacken. „Was war das?“ flüsterte er mir zu.

„Was meinst du?“

„Kennt ihr euch?“

„Natalie und ich? Das hast du doch mitbekommen. Sie ist unsere Praktikantin.“

Er setzte sich in der obersten Reihe auf den breiten Ledersitz und stellte alles ab. „Die Alte meinte ich nicht.“ Da war er wieder, der typische Jonas, den ich kannte. „Sondern?“

„Diesen Noah.“

„Nein, wir haben uns eben erst kennengelernt.“ Meine Aussage klang ehrlich, das hoffte ich zumindest. Ich wollte ihm nicht erklären, dass „dieser Noah“ mein Noah war. Ich wusste, dass Jonas sich vor ihm fürchtete.

„Alles klar. Dann komm her Prinzessin.“ Er zog mich neben sich auf den Sessel und gab mir das Popcorn an. Ich sah, wie Natalie und Noah sich eine Reihe vor uns hinsetzten. Noah sah kurz zu mir hoch und schnell wieder weg, als Jonas ihn ansah. Ich entspannte mich jede Minute mehr, als es dunkel wurde und der Film begann. Wir sahen uns „Mord im Orient Express“ an. Ich war völlig geflasht von dem Inhalt und rätselte mit, wer den Passagier umgebracht hatte. Die Geschichte nahm mich so sehr mit, dass ich wie gebannt an den Lippen des Detektiv Hercule Poirot hing, wie er versuchte die Teilstücke zusammenzusetzen und die Leute der ersten Klasse befragte, wer schuldig an dem Mord war. Warum der Passagier so unbedarft umgebracht wurde. Er wurde durch zwölf Messerstiche getötet, doch niemand hatte etwas gehört oder gesehen. Die Frage lautete also, wer hatte ihn getötet? Ich kam nicht auf des Rätsels Lösung und wurde langsam unruhig. Jonas nahm zwischendurch meine Hand, als er sah, wie nervös ich auf meinem Sessel hin und her wippte und mir fragend die Finger an die Lippen legte. „Alles gut Baby?“

„Es ist so spannend. Ich überlege die ganze Zeit wer wohl der Mörder sein könnte. Aber ich komme nicht darauf.“

„Entspann dich. Dafür gibt es ein Ende.“ Ich ließ mich zurückfallen und verfolgte weiterhin gespannt den Film. Am Ende konnte ich kaum fassen, dass alle Passagiere ihn umbrachten und ich tatsächlich das ganze Popcorn alleine aufaß. „Unglaublich. Oder? Hättest du das erwartet?" fragte ich Jonas. Ich war vollkommen aufgeregt und begeistert von dem Film. „Toller Film."

„Ja, er war ganz okay."

„Ganz okay? Der Film war großartig." Banause. Er hatte keine Ahnung von guten Filmen. Jonas interessierte sich nur für Fußball und Filme in denen geschossen wurde. Vor der Tür rauchte er sich zwei Zigaretten, bevor wir überhaupt ins Auto einsteigen konnten. Ich dachte schon gar nicht mehr an Noah und Natalie, als sie uns im Parkhaus entgegen kamen. „Hey Leute, wie hat euch der Film gefallen?"

„Geht", ließ Jonas von sich.

„Das geht mir genauso." Natürlich, Natalie wirkte nicht gerade sonderlich intelligent. „Noah ist absolut begeistert von der Regie und dem Verlauf und des Ausganges des Films." Sie zuckte mit den Schultern. „Aber jedem das seine, nicht wahr?"

„Der Film war großartig. So etwas nenne ich einen Blockbuster Nat." Er nannte sie Nat? Wirklich?

„Naja, Schatz. Er war so vorhersehbar, nicht sonderlich spannend."

*Nenn ihn nicht Schatz du kleine….*

„Er war vorhersehbar? Du wusstest, wie er ausgehen würde?"

„Man konnte es in der ersten halben Stunde sehen. Das war mir jedenfalls klar." Ich musste lachen. Alle starrten mich an.

Ich musste Noah vor ihren dummen Aussagen verteidigen. Die Kuh hatte keinen Schimmer. „Der Film war absolut nicht vorhersehbar Natalie. Für jeden Krimi Fan, der das Buch oder den Film aus den 70ern nicht gesehen hatte, war er durchweg spannend und ergreifend. Wir müssen jetzt los. Schönen Abend euch."

„Euch auch", rief sie uns hinterher.

∞

In zwei Tagen würde ich sie wieder sehen, in einem ihrer schlampigen Outfits. Sie hatte es garantiert faustdick hinter den Ohren. Zwar tat sie mir gegenüber auf freundlich, doch wusste ich tief in mir drin, dass sie eine falsche Schlange war, die an Noah hing, wie die Katze an der Maus. Und ich würde es ihm beweisen, dass er etwas Besseres als die kleine Schlampe verdient hatte. Mit ihren braun gefärbten Haaren, den blauen Augen und dem immer freundlichen Gesichtsausdruck. Wenn John sich bei Daniel einsetzte, dann wäre ich die Kleine endlich los. Sie hatte schon genug angerichtet und mich verletzt mit ihrem Auftreten. Seitdem sie aufgetaucht war, war ich kaum in der Lage zu arbeiten und am Montag war der große Tag. Sie sagten für diesen Tag keinen Regen an, sondern Sonnenschein. Mit sehr viel Glück bewahrheitete sich die Wettervorhersage. Es gab keine bessere Perspektive, als den Sonnenlichteinfall durch ein altes, großes Fenster.

Jonas öffnete mir wieder die Tür zu seinem Wagen und stieg dann auf seiner Seite ein. „Kannst du das lauter machen?", fragte ich ihn um nicht reden zu müssen. Ich sah hinaus auf die dunkle Nacht und betrachtete die Straßenlaternen, wie wir an ihnen vorbeizogen. Dabei sang ich geistesabwesend die Lieder mit. Jonas schwieg ebenfalls. Ich stützte mich mit dem Ellenbogen am Fenster ab und grübelte vor mich hin. Über den Film, über den Grund, warum Noah mit der duseligen Natalie zusammen sein konnte und vor allen Dingen, warum es mich so sehr störte sie an seiner Seite zu sehen.

Wir fuhren über die Autobahn bis es immer dunkler wurde. Die Stadt entfernte sich immer mehr und war irgendwann nur noch ein kleiner Punkt auf dem Rückspiegel. „Hast du ein Taschentuch für mich?" „Klar." Ich wühlte in meiner Handtasche und gab ihm die ganze Packung. „Die ganz Weichen. Die riechen irgendwie nach Minze." „Gut erkannt, Sherlock", witzelte ich. Die Taschentücher erinnerten mich an Noah.

Eines kalten Wintertages in den ersten Monaten unserer Beziehung kam ich krank von der Arbeit. Meine Nase war zu und mein Kopf begann so heftig zu pochen, dass ich das Gefühl hatte er würde jeden Augenblick platzen. Ich kam nach einer endlos langen Heimfahrt in meiner alten Wohnung kurz vor der Stadt an und schloss die Haustüre auf. Ich liebte diese Wohnung mit den hohen weißen Decken und den kleinen Ornamenten, dem neu gelegten Parkettboden, der unter meinen Füßen quietschte. Beim Aufschließen hatte ich beinahe einen Herzinfarkt, da sie nicht verschlossen war und ich aus Sicherheitsgründen immer zwei Mal abschloss bevor ich zur Arbeit ging. Ausgesprochen vorsichtig lugte ich durch die Tür hindurch und ging ins Wohnzimmer. Noah saß auf der Couch und hatte ein Erste Hilfe Gesundheitskid für mich vorbereitet. Ich wollte etwas sagen, wurde jedoch von einem heftigen Hustenanfall davon abgehalten. Er sprang auf und schlug mir sachte auf den Rücken, bis ich so viel gehustet hatte, dass sich mein Hals, wie die

Sahara anfühlte. „Hier trink den." Er reichte mir eine volle Teetasse an, die grässlich nach Kräutern roch. „Was ist das Widerliches?"

„Salbei. Der hilft den Hals zu schmieren."

„Na, wenn du das sagst. Der riecht, als ob man damit Vampire vertreiben könnte."

„Du könntest dich einfach bedanken."

Ich trank einen Schluck und ließ meinen Kopf auf seinen Schoss sinken.

„Danke, du bist mein Held. Werde ich jetzt ein Vampir?"

„Das hättest du wohl gerne. Du willst ja nur glitzern!" Ich musste lächeln, als ich ihm in die Augen sah.

„OH JA! Wer wollte nicht immer schon einmal im Sonnenlicht glitzern? Gib es zu, egal, wie konservativ du bist, das findest du sexy."

„Soll ich, wie ein Werwolf für dich jaulen?"

„Hahaha. Werwölfe jaulen nicht, sie heulen!"

„Entschuldigung, Frau Fachexpertin in mystischen Figuren."

„Ich verzeihe dir."

„Gnädig die Dame. Brauchst du ein Taschentuch? Deine Nase läuft."

Ich nickte. Einen kleinen Moment schnupperte ich an dem Taschentuch, es roch gut.

„Pfefferminz?"

„Jup, hat mir die Apothekerin wärmstens ans Herz gelegt. Für meine Prinzessin nur das Beste." Nach dem Tee und den Taschentüchern, hatte er mich in die Badewanne für ein Erkältungsbad geschickt. Danach war ich auf seiner Brust eingeschlafen und hielt dabei seine Hand fest umschlungen.

„Erde an Eve. Wir sind Zuhause Baby.“

„Klar.“ Er riss mich aus meiner Erinnerung zurück in die nass kalte Realität. Der Regen wurde immer schlimmer, sodass ich auf einem einminütigem Weg zur Haustür pitschnass wurde, obwohl wir einen Regenschirm dabeihatten.

Ich stellte mich in meinem Zimmer vor den Spiegel und überlegte, ob ich wohl zugenommen hatte. Die Hosen saßen etwas enger als sonst und mein Gesicht wirkte breiter. „Schatz?“ rief ich Jonas zu mir, der es sich mit Dave im Wohnzimmer bequem gemacht hatte.

„Was gibt's?“

„Kannst du mal herkommen?“ Ich hörte sein genervtes Stöhnen. Sicher sahen sie sich die Zusammenfassung der Fußballspiele von dieser Woche an.

„Habe ich dir schon gesagt, wie umwerfend du heute aussiehst?“ Er drückte die Tür hinter sich zu und stellte sich hinter mich. Ich wusste was jetzt kommen würde. Er begann meine Brüste zu liebkosen und sah sich im Spiegel genau an was er tat. „Ich wollte von dir wissen, ob du findest, dass ich dicker geworden bin?“

„Oh.“ Hauchte er mir ins Ohr.

„Schau dir diese Rundungen an. Du bist perfekt.“ Er begann seine Finger über meinen Hals gleiten zu lassen, Kurz vor meinen Brüsten hielt er inne. „Sieh dir diese prachtvollen Brüste an.“ Ich sah ihm zu, wie er die einzelnen Regionen meines Körpers berührte. Ich trug ein enges schwarzes Shirt und darunter eine einfache Denim Jeans, die eng an meinen Beinen auflag. „Und dann diese schmale Taille, die Hüfte und meine Lieblingsstelle.“ Er versuchte mich da unten zu berühren, in

der gefährlichen Zone. Ich drehte mich zu ihm um und schubste ihn aufs Bett. „Jonas? Bitte sei ehrlich. Ich habe zugenommen, oder?"
Er ließ sich nach hinten fallen. „Na toll. Jetzt ist er klein." Das konnte er doch unmöglich ernst meinen. „Weißt du was? Ich gehe jetzt zurück zu Dave und schaue mir die Spiele an. Hier gibt es ja ohnehin nichts für mich zu tun." Ich stand völlig vor den Kopf gestoßen mit dem Rücken zum Spiegel und starrte auf mein leeres Bett. Dieser Typ brachte mich noch um den Verstand.

Da ich ohnehin nicht viel machen konnte, wenn die Herren sich die Spielzusammenfassung ansahen, nahm ich mein Tagebuch aus dem Schrank und setzte mich aufs Bett. Es war lange her, seitdem ich das letzte Mal meine Gedanken aufschrieb. Als ich die ersten Worte niederschrieb, wusste ich wieder, wieso ich so gerne alles aufschrieb, das mir in den Sinn kam.


*Liebes Tagebuch,*

*mein Leben kommt mir aktuell so unwirklich vor. Jonas und ich versuchen hart an unserer Beziehung zu arbeiten. Vielleicht liegt es ja an mir, dass wir uns so oft streiten. Wir waren heute Abend im Kino, er hat mich eingeladen und es war wunderschön. Blöderweise haben wir unsere neue Praktikantin Natalie getroffen, die mit meinem Noah zusammen ist. Wieso bin ich nur so egoistisch und gönne den Zweien nicht ihr Glück? Wenn ich sie sehe, würde ich am liebsten ihren Kopf nehmen und gegen die Wand schlagen. Diese Wut kenne ich gar nicht mehr von mir. So eifersüchtig war ich seit einer gefühlten Ewigkeit nicht mehr. Was mache ich nur? Ich bin so ratlos. Es ist so….*

Ich kam nicht zum weiter schreiben, da Dave in mein Zimmer kam und wissen wollte, ob ich auch Lust auf eine Pizza hatte.

„Klar. Funghi mit Knoblauch, wie üblich."

„Ai, ai. Kommst du rüber? Fußball ist vorbei." Ich legte das Tagebuch unter mein Kissen und gesellte mich zu ihnen auf die Couch. Wir sahen uns „das Gesetz der Rache" an und aßen gemütlich unsere Pizza, die 30 Minuten später geliefert wurde. Ich bekam nur noch mit, wie Gerald Butler im Gefängnis ein Steak serviert bekam und schlief dann übermüdet auf dem Sofa ein. In der Nacht träumte ich von Steaks im Orient Express und Kleidern aus den 20er Jahren.

# Kapitel 10

Ich war der festen Überzeugung, dass es keinen Menschen auf der ganzen Welt gab, der mich noch überraschen konnte, wäre da nicht John Summerholt gewesen, der mir Montag nach dem Shooting verkündigte, dass er für Freitag eine riesige Firmenfeier zwecks des Riesendeals mit British Five organisieren ließ. Eine *„Saphire"* Release Party. Am Montagmorgen stand ich pünktlich um 7 Uhr vor dem großen Stahltor vor dem Schloss, das bereits in die Jahre gekommen wirkte. An einigen Stellen zeigte es die Spuren der Jahreszeiten, durch Rostflecken. Für mich persönlich zeigte es nur den Charakter des Schlosses, das durch eine lange von Bäumen gesäumte Allee zu erreichen war. Zusammen mit Lou klingelten wir den Portier wach, der so tat, als würde er arbeiten in seiner 3 x 3 Meter Kabine, durch die klar ersichtlich wurde, dass der Schnauzbärtige Mann auf seinem kleinen Holzschreibtisch eingeschlafen war. Der Mann sprang hektisch auf und wirkte verwirrt. Ich klopfte gegen die Glasschreibe um ihn auf uns aufmerksam zu machen. Der arme Mann sah genauso, wie das Tor in die Jahre gekommen aus. Er war sicherlich um die 80. Ich lächelte freundlich um ihn aufzumuntern. Er öffnete die Tür zu seinem Führerhaus und trat einen Schritt hinaus. „Was kann ich für die jungen Damen um diese Uhrzeit tun?" Zum Beispiel wach sein und uns wie besprochen ins

Schloss reinlassen.

„Wir sind hier für den Videodreh im großen Ballsaal." Lou kramte ihre Identity Card aus ihrer Jackentasche und reichte sie ihm an.

„Suuhmerhohlt." Las der Mann laut vor.

„Summerholt, genau." Korrigierte ihn Lou höflich. Wir haben den Ballsaal für die nächsten vier bis fünf Stunden angemietet für unser Shooting. „Unser Chef, John Summerholt wird in etwa einer halben Stunde vor Ort sein. Wir würden Sie bitten das Tor geöffnet zu lassen. Unser Kamerateam ist auf dem Weg hierher, genauso, wie einige weitere Personen, die uns bei diesem wichtigen Termin unterstützen. Verstehen Sie mich?" Ich sprach die Worte extra lang und deutlich aus, damit er mir folgen konnte.

„Kindchen, ich habe zwar ein Hörgerät und höre nur schwer." Dann deutete er auf sein rechtes Ohr. „Aber dennoch, bin ich nicht von gestern. Ich rufe meinen Vorgesetzten an und lasse ihre Angaben bestätigen. Augenblickchen." Im Schildkrötentempo ging er zurück in sein Häuschen und tippte eine Nummer ein. Dann war das laute Klirren des Tors zu hören, als es sich langsam öffnete. „Vielen Dank auch." Rief ich ihm zu und winkte kurz.

∞

Der Fußweg zum Schloss zog sich über einen achtminütigen Gehweg über Kies und entlang an wunderschön gezüchteten Rosenbeten. Je näher wir dem Haupteingang kamen, desto mehr freute ich mich auf das Shooting und den Dreh. Ich hatte mit Roy ausgemacht mit ihm die Regie zu betreuen. Ich wollte aus erster Hand erfahren, wie unser Dreh wird. Am Eingang erwartete uns bereits ein Mann Mitte 50 mit Schnurbart und kurzen, gepflegten Haaren. „Guten Morgen zusammen. Frau Rosenbaum?"

„Louisa Rosenbaum. Guten Morgen Herr Suko?"

„Richtig. Dann haben wir miteinander gesprochen. Es freut mich Sie kennenzulernen. Und Sie sind?"

„Ich bin die Kollegin. Freut mich", sagte ich und hielt ihm die Hand hin. „Dann kommen Sie bitte rein. Ich habe mir erlaubt den Ballsaal komplett ausreinigen zu lassen. Bitte folgen Sie mir, ich zeige Ihnen wo Sie die Garderobe und Maske einrichten können. Dieses Schloss müssen Sie wissen steht an genau der Stelle, an der das ursprüngliche Haus Mickeln stand, das leider, zu meinem Bedauern im Jahre 1836 abbrannte. Danach wurde es erneut aufgebaut und dienste als Sommerresidenz des Herzogs Ludwig von Arenberg. Das heißt Sie betreten hier ein Stück Geschichte, die bis ins Jahr 1210 zurückgeht. Haben Sie jemals von Josef Niehaus gehört?" Bevor wir auch nur ein Wort sagen konnten, fuhr er mit seinem Monolog fort. „Er war der Architekt, der dieses prächtige Schloss neu errichten ließ und dabei hat er meiner persönlichen Meinung nach fantastische Arbeit geleistet. Oder was meinen Sie?"

Wir schwiegen und sahen uns im Ballsaal um. Ja, es war perfekt, genauso, wie ich es mir vorgestellt hatte. Zwar ging die Sonne gerade erst auf, aber ich war sicher, dass das Licht würde perfekt fallen würde auf die weiße Treppe. „Einfach ganz toll", bemerkte Lou. Sie war durchweg höflich. „Ja, ganz meiner Meinung. Ich würde Ihnen dann gerne die angrenzenden Räumlichkeiten zeigen." Wir nickten und liefen ihm hinter. Es waren zwei mittelgroße Räume mit weniger hohen Decken, als der große Ballsaal, dennoch ausreichend als Garderobe, Maske und für das Catering.

Nach und nach traf das Regisseur Team mit Roy, die Fotografen, Make-Up Artists, Models und Stylisten ein.

Ich musste sie nicht sehen um zu wissen, dass sie da war. Lucy Rosen liebte große Auftritte. Sie rief nach mir und durch die hohen Decken hallte ihre schrille Stimme wider. „Evelyn meine Liebe." Sie kam zu mir und deutete auf meiner rechten und linken Wange Küsse an, so, wie es die Franzosen taten. Ihr Fellmantel wirkte schwer und roch nach einer Menge Parfum. „Es ist wunderbar dich zu sehen." Hinter ihr standen ein großer Mann, unser männliches Model und die junge Frau, für die ich mich entschieden hatte.
„Evelyn, das sind Derek und Ravina, die beiden Hauptdarsteller."
„Hi", sagte ich höflich. „Schön, dass ihr da seid." Ich schaute auf meine Uhr um festzustellen, dass es bereits viertel nach acht war. Die Komparsen wurden bereits in ihre Kleider und Anzüge gesteckt. „Wir kommen sonst in Zeitnot. Regina, nimmst du bitte Ravina mit und übergibst Derek an Ambrielle?"
„Klar. Kommt bitte mit."
Ich beobachtete mit Lou zusammen, wie die Kameraausrüstung aufgestellt wurde und sie Lichttests durchführten. Dabei wurden Probefotos geschossen. Die Treppe war bereits hell belichtet, als die ersten Sonnenstrahlen auf das Parkett fielen und somit auch auf die untersten Treppenstufen. John kam etwa um viertel vor neun und wirkte

gestresster denn je. „Kaffee?", fragte Lou, als er auf uns zugestürmt kam und seine Mappe dabei auf den Boden warf.

„Nichts lieber als das. Du bist ein Engel." Lou verschwand in Richtung des Caterings. „Alles in Ordnung bei dir?"

„Sicher Liebes. Sicher. Sag wie läuft es?" Er ließ den Blick durch den Ballsaal schweifen und wandte sich dann seinen Unterlagen unverzüglich zu. „Die Komparsen sind fertig." Bemerkte er.

„Komm an den Tisch da drüben." Ich fasste ihn an seinem Unterarm und versuchte ihn zu beruhigen. „Es läuft alles nach Plan. Wir sind gut in der Zeit, die Models sind in der Maske und werden danach in die Garderobe geschickt. Das Team macht bereits die letzten Probeaufnahmen. John, es wird alles funktionieren, da bin ich sicher."

Die Leute vom Catering liefen mit Häppchen herum und stellten ein großzügiges Buffet im Eingangsbereich des großen Ballsaales bereit. Alles wirkte perfekt aufeinander abgestimmt und bisher hatte ich keinerlei Sorge, dass irgendetwas schieflaufen könnte. „Wie sieht sie aus?"

„Wer?"

„Das weibliche Model, unsere *„Saphire"*."

„Sie ist umwerfend schön, goldblondes Haar, schüchterner Blick, blaue geheimnisvolle Augen und eine unverbrauchte Ausstrahlung. Du wirst sie lieben."

„Ich bin gespannt sie zu sehen, wenn sie hinter der Kamera steht. Fangen wir mit dem Shooting oder dem Dreh an?"

„Shooting, danach der Dreh. Ich möchte, dass alles im Kasten ist."

„Na, habe ich etwas verpasst?"

Lou stellte John den Becher auf den Tisch. „Wir haben uns über das weibliche Model unterhalten.“

„Ja, sie hat so einen nordeuropäischen Namen. Ravenna?“

„Ich glaube sie heißt Ravina, Lou. Klingt für mich eher osteuropäisch.“

„Wie auch immer europäisch oder nicht europäisch sie ist. Hauptsache sie ist schön und professionell, sonst sind wir am Arsch.“ Ich drehte meinen Kopf zu John um der genüsslich an seinem Kaffee schlürfte. Der Mann, der die Freundlichkeit buchstäblich erfunden hatte, sagte Arsch. Ich konnte es nicht fassen. „Wo warst du eigentlich?“, harkte Lou nach.

„Du kommst niemals zu spät.“

Er wurde augenblicklich rot und verschluckte sich an seinem Kaffee.

„Sachte Chef, der Kaffee ist heiß.“

„Heiße Affäre?“

Er zeigte auf sich selbst. „Ich habe keine Zeit für sowas, das wisst ihr doch.“

Er konnte sein Grinsen nicht verstecken. Mein Chef, John Summerholt war frisch verliebt. „Okay, er ist wahnsinnig sexy. Groß, muskulös, irgendwie engstirnig, aber das finde ich toll. Ach, ich weiß nicht, was ich sagen soll.“

„AHHHHHHHHH! OH MEIN GOTT, OH MEIN GOTT!“

Unser eben noch so entspanntes, lustiges Gespräch wurde durch einen lauten Schrei durchbrochen. Es war so, als könnte Glas von ihrem Schrei zerspringen. Mich überkam ein Schauer, doch meine Beine rannten los, noch bevor mein Kopf hinterherkam. Ich stand in der Maske und sah, wie Ravina sich ein weißes Samthandtuch vors Gesicht hielt und panisch hineinschrie. Die Visagistin starrte sie durch den aufgebauten Spiegel völlig fassungslos an, sie stand offenbar unter Schock und bekam kein Wort heraus. Lou und John standen neben mir und beobachteten das Szenario. Hinter ihm kam Lucy an. „Was ist hier im Herrgotts Namen passiert? Ravina?"

Sie hörte nicht auf zu weinen und drückte das Handtuch noch stärker auf ihr Gesicht. „Machen Sie etwas, sie bringt sich damit noch um."

Lucy ging zu ihr hinüber und hocke sich vor ihren Schützling. „Ravina, Liebes. Bitte nimm das Handtuch von deinem Gesicht."

„Auf keinen Fall", schrie sie.

„Bitte Liebes, du tust dir doch nur selbst weh."

„Geh weg!", heulte sie.

„Nimm dieses Handtuch weg, Ravina. Ich bitte dich." Sie sprang auf und lief orientierungslos umher und warf dabei einen Stuhl um. Als sie das Handtuch ein Stück herunterzog, sah ich rote Flecken, aber da war sie bereits verschwunden. „Ich gehe ihr hinterher." Lucy Rosen war verzweifelt, das sah ich ihr an.

Alle Augen hingen jetzt an der Visagistin. „Okay, was zum Teufel ist hier passiert?" John wirkte aufgebracht, dabei sagte mir meine Intuition, dass sie nichts dafürkonnte.

„Ich schwöre Ihnen, dass ich sie nur geschminkt habe. Wir nutzen ausschließlich hochwertige Markenprodukte und ich habe sie vorher extra gefragt, ob sie irgendeine Allergie hat, Hautkrankheit oder Ähnliches. Glauben Sie mir, das ist mein Beruf, ich muss diese Fragen stellen und auch in ihrer Kartei stand keine Allergie."

„Was heißt das jetzt?"

„Es war alles okay. Als ich gerade mit ihren Haaren fertig war, begann sie hysterisch zu schreien. Ihr gesamtes Gesicht war voller roter Pusteln, wie ein plötzlicher Ausschlag." Sie schüttelte völlig entsetzt den Kopf, als wollte sie die Bilder aus ihrem Kopf loswerden. „Ihre Augen wurden dick, bis hin zu den Ohren zieht sich der Ausschlag."

„Ich wiederhole. Was heißt das jetzt für uns?"

„Es tut mir schrecklich leid, sie kann unmöglich fotografiert werden. Sie muss sofort zu einem Arzt." Mein Kopf fühlte sich an, als würde er jeden Moment platzen. Das konnte nicht wahr sein. Während wir in der Maske standen, kam Derek aus der Anprobe und sah hinreißend aus.

„Okay, keine Panik", widerholte Lou immer wieder. „Zugegeben ist die Situation nicht sonderlich positiv."

„Nein, sie ist beschissen!", betonte ich.

„Holt uns Miss Rosen hierher. Vielleicht steht ein anderes weibliches Model auf Abruf bereit."

„Ein anderes Model? Sie ist perfekt. Wir wollen niemand anderen."

„Eve, wir können es uns gerade nicht aussuchen!"

„Und wenn wir das Shooting verschieben?", fragte ich John.

Er schüttelte augenblicklich den Kopf. „Die Kosten würden uns ruinieren und womöglich würde der Kunde abspringen, wegen Unzuverlässigkeit. Das kann ich unter keinen Umständen verantworten. Wir holen Miss Rosen und beten auf ein Wunder."

Lou und ich rannten los um nach Lucy zu suchen, die wir zusammen mit Ravina vor dem Eingang fanden. „Liebes, das wird schon wieder. Ich rufe dir ein Taxi und du fährst umgehend zum Arzt, in Ordnung?"

„Ja. Danke Miss Rosen."

„Entschuldigung Lucy. Ich möchte euch wirklich nicht unterbrechen, aber wir müssten dich bitte sprechend, alleine."

„Natürlich. Entschuldige mich bitte Liebes." Sie zog die Nase hoch und weinte immer noch. Ihr Gesicht sah genauso furchtbar aus, wie ich es mir gedacht hatte. „Wir brauchen einen Ersatz für Ravina, sofort!"

Es gab an dieser Stelle keine Nettigkeiten, in zehn Minuten sollte der Dreh beginnen und wir hatten die Komparsen und das männliche Model. „Es tut mir leid, alle meine Models sind gebucht. Ich habe niemanden."

Ich schloss die Augen und betete in Gedanken, dass ein Wunder geschah. Doch darauf konnte ich nicht hoffen. Niedergeschlagen gingen wir zu John zurück und überbrachten ihm die Nachricht.

Er ließ sich auf den Stuhl sinken, auf dem eben noch Ravina saß. „Was sollen wir nur tun?"

„Eve könnte es machen!" Ich drehte mich zu Lou um und starrte sie völlig entsetzt an. Waren wir hier beim Kindershooting? „Guter Witz." Sagte ich und lachte dabei gekünstelt. „Was starrst du mich so an?"

John stand auf und hörte nicht auf mich anzusehen. „John, du machst mir Angst. Ich passe gar nicht in die Rolle. Ich bin weder blond, noch super schlank noch habe ich blaue Augen. Ich wäre die absolute Fehlbesetzung." Meine Beine begannen zu zittern. „Sie hat Recht. Die Idee ist gut, Lou."

„WAS? Auf keinen Fall." Ich stellte mir abwehrend vor ihn.

„Habt ihr mir nicht zugehört? Ich bin kein Model. Und nicht blond."

„Dagegen können wir etwas tun!" Wand die Visagistin ein. „Kleinen Augenblick." Wenn sie vorhatte mir die Haare zu färben, würde ich sie umbringen und John gleich mit ihr. Sie kam wieder mit einem Paket, sie öffnete den Deckel und zog eine blonde Perücke heraus. „Ich übe daran Hochsteckfrisuren, sie ist aus Echthaar und wirkt wirklich echt. Du solltest sie aufsetzen."

Ich wand mich an John. „Bitte, ich bin kein Model, ich würde die Bilder nur versauen, glaub mir, das kann ich nicht."

„Leute, lasst uns bitte einen Moment allein, ich möchte mit Eve unter vier Augen sprechen." Die Visagistin stellte ihre Perücke inklusive der Figur auf ihren Schminktisch und verschwand hinter dem Rest.

„Eve, ich flehe dich an. Bitte hilf uns! Du bist wunderschön, dein Gesicht ähnelt einer Porzellan Puppe. Probiere es zumindest, für mich. Ich kann dich nicht dazu zwingen, aber wir brauchen dich, ich brauche dich. Bitte tu mir den Gefallen, es könnte die Firma in den Bankrott treiben, wenn wir diesen Kunden verlieren. Außerdem bedenke, niemand kennt die Szenen so gut, wie du, denn sie sind in deiner Phantasie entstanden."

„Aber ich weiß doch gar nicht, wie ich mich verhalten muss."

„Kindchen!" rief Lucy, als sie zu uns in die Garderobe kam, ohne vorher gefragt zu haben. Sie trat neben mich. „Ich habe von der Idee gehört und wollte dir dazu meine Meinung als Profi sagen."

„Du hältst es für eine Schnapsidee."

„Nein, ganz im Gegenteil, es ist brillant. Du bist jung und unverbraucht, genauso, wie Ravina. Niemand kennt dein Gesicht, du bist zauberhaft Liebes. Ich helfe dir. Versprochen. „DEREK!" rief sie.

Er kam augenblicklich zu uns. „Miss Rosen?"

„Derek, Eve wird mit dir zusammen modeln. Sie hat noch nie zuvor vor der Kamera gestanden, als Modell, hilf ihr bei den Aufnahmen. Alles, wie besprochen. Du schreitest zur Treppe, sobald du sie siehst."

„Als würde die Zeit angehalten werden", flüsterte ich. „Okay, ich versuche es." Ich gab erschöpft nach. John, Lou und Lucy klärten alles Weitere. Ich setzte mich augenblicklich zu Regina in die Maske und ließ mich von ihr pudern. Ich spürte, wie sie mir einen Lidstrich zog und vorher meine Augenlider schminkte, zum Schluss nach einer endlosen Tortur und Anweisungen durch John und die Regie, schminkte sie meine Lippen Bordeaux Rot. „Fertig. Du siehst wunderschön aus." Ich öffnete die Augen und sah eine neue Version meiner selbst. Eine perfekt geschminkte Version von mir. Ich fühlte mich, als würde ich eine Maske tragen mit der ich selbstbewusster sein konnte, schöner und erfolgreicher. „Wenn du zufrieden bist, würde ich dir jetzt die Haare zusammen stecken und dir das Perückenkissen aufsetzen, bevor wir die Perücke aufsetzen können. Sie ist bereits frisiert. Ich habe die Frisur, die ich Ravina verpasst habe, vorher an der Perücke geübt. „Entspann dich, du brauchst deine Kräfte für später." Ich schloss wieder die Augen und lehnte mich zurück. Es fühlte sich seltsam an, wie sie meine Haare streng nach hinten kämmte und mit etwaigen Haarnadeln an meiner Kopfhaut feststeckte. Die Nadeln zwickten zwischendurch immer wieder, sie fixierte meine zusammengesteckten Haare mit so viel Haarspray, dass ich davon husten musste. „Jetzt kommt das Netz. Bitte beweg dich nicht." Ich atmete vorsichtig ein und aus, da ich Angst hatte, dass sie wegen mir verrutschte.

Die Perücke fühlte sich seltsam an, als würde ein Fremdkörper auf meinem Kopf befestigt werden. „Lass mich mal sehen. Perfekt." Ich betrachtete mich selbst im Spiegel und erkannte mich nicht mehr, das Make-Up war die eine Sache, aber die Perücke machte aus mir eine Fremde in meinem eigenen Körper. Lou kam mit einem Ordner zu uns und sprach ununterbrochen, bis sie mich endlich ansah. Sie stockte und stand mit offenem Mund vor mir. „Wer zur Hölle sind Sie und was haben Sie mit meiner Freundin gemacht?"

Sie konnte nicht aufhören mich anzustarren. „Ich brauche einen Schnaps", rief sie. Eine Frau vom Catering brachte ihr ein Aperitif. Sie kippte die durchsichtige Flüssigkeit in einem Zug runter. „Ist ja widerlich. Trotzdem danke. Können Sie uns etwas zu trinken bringen, anti-alkoholisch nach Möglichkeit. Wir müssen hier ja noch arbeiten."

„Ich kann es kaum fassen, wie ich aussehe. Vielleicht gehe ich ja als neue Marylin Monroe mit dickem Arsch durch."

„Sag nicht Arsch, Eve."

„So Kinder, seid ihr soweit?" John sah mich an und wirkte zufrieden. „Du siehst zauberhaft aus. Komm, es ist zehn Uhr. Wir sind bereits in Verzug."

Roy ging mit mir den Ablauf für die Aufnahmen durch. Wir begannen mit dem Dreh und würden danach das Shooting machen, entgegen der ursprünglichen Planung. Er erklärte mir, wie ich mich bewegen sollte, damit die Kamera die bestmöglichen Aufnahmen auffing. Dabei erzählte er mir im Prinzip meine Vorstellungen, denn es war meine Kreation, und Lous. Wir hatten „*Saphire*" erschaffen. „Stell dich ganz oben auf die Treppe, in den Schatten, wenn ich es dir sage gehst du los okay?" Ich zeigte ihm den Daumen nach oben, und versuchte auf den

High Heels nicht umzufallen. Sam, aus der Garderobe, zog zehn Minuten lang an dem Abendkleid, bis es endlich perfekt saß. Schließlich war es nicht für mich angefertigt worden und saß ziemlich eng. Den Reißverschluss fixierte Sam mit Sicherheitsnadeln.

„Sie braucht Musik", rief Lou Roy zu.

Woher wusste sie das? Ich hatte ihr nichts dazu gesagt. Sie kannte mich einfach zu gut. Dem Soundtechniker flüsterte sie irgendetwas zu. Er tippte irgendetwas in sein Mac ein und dann hörte ich wie *„Hurricane"* durch die aufgestellten Lautsprecher dröhnte. Ich verdrückte beinahe eine Träne, als ich den Song hörte. 30 Seconds to Mars gehörte zu meinen absoluten Lieblingsbands, und besonders der Song *„Hurricane"* berührte mich tief in meiner Seele. Das wusste Lou, daher war der Song die beste Wahl um mich emotionaler wirken zu lassen. „3…2…1.. und ab!" rief mir Roy zu.

Der Soundtechniker startete den Song erneut, ich setzte vorsichtig einen Fuß vor den Anderen und versuchte den Kloß in meinem Hals herunterzuschlucken. *Tell me would you kill to prove your right….* Der Song ließ mich in eine Phantasiewelt abtauchen. Ich verinnerlichte die Rolle als Saphire und schritt eine Stufe nach der anderen herunter und betrachtete die Tanzpaar, wie sie sich im Kreis drehten und sich dabei so nahe waren. Auf ihren Gesichtern erkannte ich Zufriedenheit. Ich ließ meinen verschwommenen Blick durch den ganzen Raum schweifen und vergaß dabei, dass ich eine Perücke trug und dass ein Filmteam jede meiner Bewegungen aufnahm. Dann sah ich ihn. Wie er mich ansah. Seine großen ozeanblauen Augen trafen mich, wie ein Stich in meinem Herzen. Ich konnte nicht aufhören ihn anzustarren. Seinen maskulinen Körper, die kleine Stupsnase, die vollen Lippen. Er schritt mir entgegen, als ich die letzte Stufe mit meinen Schuhen berührte und dabei beinahe den Halt verlor. Höflich streckte er seine Hand nach mir aus, ich legte meine Hand in seine.

„Wer bist du nur?", fragte er auf Englisch.

Jetzt war ich an der Reihe. Das war der einzig wichtige Satz. Nicht nachdenken, Evelyn. Sprich es aus. „Ich bin Saphire." Dabei ließ ich den Blick nicht mehr von ihm ab. „UND CUT!" Meine kleine Phantasieblase platzte augenblicklich. Ich sah mich nach John und Lou um und sah die Tränen in ihren Augen. Die Musik spielte in meinen Ohren weiter, wie ein Konzert, das niemals aufhören würde. „Bist du sicher, dass du noch nie gemodelt hast?", fragte mich Derek, der mich in die Maske führte. „Wir brauchen etwas zu trinken. Ich verdurste jeden Moment." Witzelte er.

Wir warteten, und warteten bis John endlich zusammen mit Roy zu uns kam. Roy sah nicht sonderlich zufrieden aus. Wenn ich noch einmal diese Treppe hinunterlaufen musste, würden meine Beine versagen. Meine Füße brachten mich in diesen Schuhen beinahe um. „Und?" harkte Derek nach.

Seine Miene hellte auf. „Ich bin sehr zufrieden mit den Aufnahmen. Wir würden sie gerne schneiden, bevor wir sie euch präsentieren, aber ich denke ein Nachdreh ist nicht notwendig. Oder was meinen Sie?"

„Ich finde ihr zwei wart absolut fantastisch. Jetzt müssen wir nur noch das Shooting hinter uns bringen, dann sind wir durch. Und ich bin sicher wir finden sicherlich einige Aufnahmen, die wir dem Kunden präsentieren können." Mein Herz machte einen kleinen Sprung vor

Glück.

„Ben steht bereit, sie bauen gerade noch einmal die Ausrüstung um. Ich weiß es war etwas anders geplant."

„Entschuldigen Sie Sir, wissen Sie, wie es Ravina geht?"

„Sicher Derek, sie ist beim Arzt mit Miss Rosen. Wir haben eben miteinander telefoniert, sie bekommt eine Salbe und Antihistamine, dann ist sie bald die Alte. Machen Sie sich bitte keine Sorgen."

Während des Shootings fühlte ich mich viel wohler, als erwartet. Derek half mir dabei die Nervosität fallen zu lassen. Dabei sah ich ihn die ganze Zeit an und die Tanzpaare. Das Schloss, der Ballsaal, wir, alles wirkte so echt, als wären wir aus dieser Epoche und würden, wie ein Prinzenpaar genau hierher gehören. Ich genoss die Aufmerksamkeit, die auf mich gerichtet war. Denn das gesamte Team war nur auf uns fokussiert. Die Bilder wurden eine Dreiviertelstunde lang geschossen, bis der Fotograph endlich das Zeichen gab, dass die Aufnahmen seiner Zufriedenheit entsprachen. Ich setzte mich völlig erschöpft auf die Treppe und zog mir die rosé farbigen High Heels mit den kleinen Schnürriemen aus. Meine Füße waren inzwischen eine ganze Nummer größer. Derek ließ sich neben mich fallen. „Wir sollten auf diesen gelungenen Tag anstoßen."

„Es ist 12 Uhr."

„Und? Auch um 12 Uhr kann man Alkohol zu sich nehmen oder musst du noch arbeiten?"

„Ja, natürlich, ich muss mich um die Nacharbeiten kümmern, mit Herrn Suko sprechen und die ganzen Unterlagen noch einmal durchgehen."

„Oh nein, du machst heute gar nichts mehr. Du hast uns den Hintern gerettet Süße. Hier ist deine Mappe. Ich wette du hast sie schon gesucht. Übrigens, dein Kleid ist wunderschön."

„Lou, du weißt dass nur John darüber entscheiden kann, wenn er…"

„… er hat diese Entscheidung getroffen. Du warst wunderbar Eve. Wir sind dir etwas schuldig." Ich schluckte die Tränen herunter. „Hört auf, das schöne Make-Up verschmiert sonst noch."

„Komm, wir ziehen uns um und stoßen dann mit Champagner an. Ja?"

„John, seit wann dürfen unsere Mitarbeiter in ihrer Arbeitszeit Alkohol konsumieren?" Wir drehten uns alle irritiert um und sahen Daniel Russo.

„Daniel, was willst du hier?"

„Ich bin der Key-Account Manager und Geschäftsführer dieser Firma, wie du weißt und ich habe das Recht zu sehen in welche Angelegenheiten unsere Investitionen fließen. Dabei habe ich rein zufällig mitbekommen, dass du unseren Mitarbeitern gestattest alkoholische Getränke zu konsumieren. Ist das richtig?"

Der Kerl war wirklich unausstehlich. Heute trug er immerhin einmal einen halbwegs normalen Anzug in rot. Sein Handy klingelte, er nahm es aus seiner Sakko Tasche. „Ja, kommen Sie rein. Genau, nein, kein Problem. Das habe ich Ihnen doch gesagt." Die Tür öffnete sich und Natalie kam herein. Daniel Russo wollte mir definitiv eins auswischen, wenn er ausgerechnet sie hierher brachte. Die Lust zum Anstoßen war mir augenblicklich vergangen.

„Darf ich Ihnen meine Praktikantin Natalie vorstellen?" Er hielt sich die Zeigefinger an die Stirn. „Ach, wie dumm von mir. Sie kennen sich ja bereits. Mein Bruder war so frei Sie in meine Abteilung zu schicken. Aus welchem Grund nochmal, John?"

Wegen mir, dachte ich mir. Am liebsten wäre ich in einem Loch versunken und wäre nie wieder heraus gekommen. „Ich denke nicht, dass ich die Gründe hier noch einmal mit dir besprechen muss. Sie ist Praktikantin im Key-Account Management, nicht wahr?" Konterte er. Eins musste man John lassen. Er verlor selten sein professionelles Auftreten und blieb bei den verbalen Attacken seines Bruders immer ruhig und gefasst. Natalie stand neben ihm und kaute an ihren Nägeln, als wäre ihr die Situation peinlich. „Natalie, soll ich Ihnen das Set zeigen?", fragte Lou ruhig.

„Ja, sehr gerne, wenn es für Sie in Ordnung ist Mister Summerholt?"

„Gehen Sie nur." Russo verschwand mit John in irgendeinen Saal. Die beiden hatten sicherlich einige Dinge zu besprechen. Ich hatte mir in den Schuhen Blasen gelaufen und humpelte ein wenig auf dem Weg zur Garderobe. „Oh, lass mich mal sehen. Das sieht aber gar nicht gut aus. Trägst du sonst keine hohen Schuhe?"

„Ich bin beinahe 1,80m groß, da muss ich nicht noch größer wirken. Also nein."

„Setz dich, ich kümmere mich darum." Sie verband mir die etwas wunden Füße und desinfizierte die wund gelaufenen Stellen vorher. „Danke Derek, ich meine für deinen Support bei den Aufnahmen, ich war viel weniger nervös."

„Nichts zu danken. Thats Business girl! Man hat gemerkt, dass du immer entspannter wurdest, es hat Spaß gemacht." Ich überlegte, ob er wohl schwul war, so schön, wie er aussah. Ich hatte selten einen so schönen Mann gesehen. Ich konnte an nichts anderes mehr denken, als nach Hause zu fahren um mich unter eine schöne warme Dusche zu stellen und mich danach in mein Bett zu verkriechen zusammen mit Jonas, der mich im Arm hält und mir sagt, wie stolz er auf mich ist. Ich wollte ihn unbedingt anrufen um ihm von der Planänderung zu erzählen; wie aufregend die letzten Stunden waren und wie stolz es mich machte etwas Gutes für die Agentur getan zu haben.

„So, die Jungs und Mädels packen zusammen. Alles in Ordnung bei dir, Eve?", fragte John.

„Die hohen Schuhe, aber du kennst das Problem ja." Seine finstere Miene hellte sich augenblicklich auf und wir mussten beide lauthals lachen.

„Was gibt es hier zu lachen?" fragte Daniel Russo, als er ungefragt in die Garderobe kam. Der rote Anzug wirkte, wie ein Warnschild. Bitte fernhalten!

„Du verstehst diese Art von Humor ohnehin nicht Daniel. Würdest du uns bitte entschuldigen."

„Ich denke deine kleine Assistentin sollte sich vorher entkleiden. Dieses Kleid hat die Agentur sicherlich ein Vermögen gekostet und ist somit Eigentum der Firma."

„Keine Sorge, hier wird schon niemand etwas Wertvolles mitgehen lassen. Wo ist eigentlich deine Praktikantin hin verschwunden?" Er bauschte sich künstlich vor seinem Bruder auf. „Sie unterstützt die Kameraleute beim Abbau und tut im Gegensatz zu euch etwas Nützliches."

„Und was tust du dann noch hier? Vielleicht solltest du auch etwas

Nützliches tun und hier verschwinden. Gibt es für dich keine Zahlen mehr zu überprüfen oder ist dir der Kaffee ausgegangen?"

„Vorsichtig, wie du mit mir redest Jonathan. Ich bin der erste Geschäftsführer der Firma."

„Tu uns einen Gefallen, und geh einfach. Ich bitte dich um ein wenig Würde. Pack deine Praktikantin ein und setz dich in deinen teuren Porsche."

„Wir sind noch nicht miteinander fertig, John. Das schwöre ich dir!" Dabei zeigte er auf ihn und wirkte gefährlich. Daniel Russo hatte etwas Unheimliches an sich, beinahe gewalttätig, wie die Art von Mensch, der einen Killer beauftragen würde um seinen Bruder umlegen zu lassen. Ich bekam einen fiesen Schauer bei dem Gedanken daran.

„Dein Bruder ist unheimlich", bemerkte ich.

„Lass ihn. Er ist nur etwas temperamentvoll."

„Ja, so kann man es auch nennen, wenn man nett ist. Wäre er mein Bruder, ich würde ihn…."

Ich sah Regina an, die gerade ihre Sachen zusammenpackte und dabei die Bemerkung fallen ließ. „Ich denke wir sollten gehen", legte John noch einmal nach. „Ja, wir holen dich erst einmal aus dem teuren Designerstück heraus, nicht, dass du das teure Stück noch ruinierst." Ihre ironische Art, war mir sympathisch, denn sie erinnerte mich dabei sehr an Lou.

„Wir sind fertig", rief uns Roys Team zu. Als ich aus der Kabine kam wurde bereits die Maske abgebaut und das restliche Team, war bis auf Lou und John verschwunden, die in einer Unterhaltung vertieft waren.

„Hey!" rief Lou mir zu. „Da ist ja unser Star des Tages."

„Du wieder.“

„Sei nicht so bescheiden Evelyn, du warst wirklich toll.“

∞

Mein Abend verlief, wie ich es mir vorgestellt hatte. Jonas empfing mich Zuhause mit einem leckeren Essen, das er sogar selber gekocht hatte. Er warf Rindersteaks und Backkartoffeln auf den Grill und servierte auf mein ewiges Gerede über gesundes Essen sogar einen Paprika, Möhren und Champignonmix. Danach ließ ich uns ein heißes Bad ein; und er wusch das Geschirr ab. Wir badeten eine halbe Stunde und ich erzählte ihm im Detail von dem Shooting und wie viel Spaß es mir gemacht hatte. „Du kannst dir gar nicht vorstellen, wie es sich angefühlt hat „*Saphire*“ zu spielen. Sie ist in meinen Vorstellungen entstanden. Und um ehrlich zu sein, habe ich mich besonders gefühlt, als ich dort oben auf der Treppe stand und wie eine Prinzessin die Stufen heruntergegangen bin. Es fühlte sich großartig an. Ich weiß auch nicht.“ Jonas bedeckte meinen Körper mit Schaum, ich ließ meinen Kopf an seine Brust sinken. „Aber Baby, das ist doch wunderbar, es freut mich, dass dir der Tag so viel Spaß gemacht hat.“
Ich bemerkte, dass er ungeduldig wurde. „Alles gut?“

„Ja, schon, es ist nur verdammt heiß hier drin. Können wir raus gehen und uns einen Film ansehen?“

„Ja, klar.“

„Super!“ Er sprang auf und stieß mich beinahe mit dem Kopf gegen die Badezimmergarnitur. Ich rollte die Augen und wollte ihn am liebsten schlagen, aber sicher hatte er sich dabei nichts gedacht. „Handtuch?“

187

„Ja, leg es einfach auf die Waschmaschine, ich wasche mir noch schnell die Haare und komme dann."

„Gut, ich suche uns dann einen Film aus." Er wickelte das Handtuch um seine Hüfte und stampfte mit nassen Haaren und nacktem Oberkörper in Richtung Schlafzimmer. Der Mann kannte einfach keine Romantik. Allerdings hatte ich bislang keinen Mann kennengelernt, der gerne zusammen baden ging, da es zu eng, zu heiß oder zu langweilig für ihn war. Ich lehnte mich zurück in die Wanne und verband mein iPhone mit den Lautsprechern. Ich tippte auf die Entspannungsplaylist und ließ Klaviermusik laufen. Bis auf Natalies und Daniels Auftritt war der Tag wunderbar verlaufen. Endlich wieder ein Tag, den ich durch und durch genießen konnte. Ich konnte den Neid an ihren Blicken sehen, als sie mich in dem Designerkleid sah. Ich bekam eine Gänsehaut, wenn ich darüber nachdachte, dass sie eines Tages womöglich ein ebenso schönes Kleid tragen würde, wenn sie Noah heiraten würde. Das Szenario war ganz klar vor meinen Augen, Noah in einem schwarzen schlichten Anzug mit schwarzer Krawatte und weißem Hemd. Die schwarzen Lackschuhe, ganz traditionell. Er würde vor dem Altar stehen, neben ihm seine ältere Schwester uns seine Mutter, die weinten, als sie ihren Jungen sahen, wie erwachsen er wurde. Die massiven Tore der Kirchentür öffneten sich, durch die bunten Glassteinfenster strahlte die Sonne auf sie hinab, als sie die Kirche betrat. Der Chor begann zu singen im Einklang mit der Orgel, die die Kirche bis in die letzte Ecke ausfüllte. Alle drehten sich zu ihr um. Sie trug einen langen Schleier über ihrem Gesicht. Das Kleid, hinreißend schön, im Korsettschnitt mit wunderschöner Blumenspitze in creme, so wie ich mir mein Kleid vorstellte. Der Reifrock ließ das Kleid an ihren Beinen weiter wirken und viel noch ein Stück auf den Boden. Sie zog es hinter sich her, ihre Mutter führte sie in die Kirche und konnte die Tränen nicht aufhalten. Sie hielt ihre Hand. Hinter ihr vier Reihen Blumenkinder. Seine kleine Cousine und sein kleiner Cousin chic angezogen für ihren großen Tag. Unter ihrem Schleier konnte man ihr breites Lächeln erkennen. Zweifelsohne würde Noah sie heute zur glücklichsten Frau auf der Erde machen.

Ich ließ mich unter das Badewasser gleiten und hielt für einen Moment die Luft an und hoffte damit die Gedanken zu vertreiben. Doch alles was ich sah, war die Zukunft, die ich mir gewünscht hatte.

Nach dem Bad wollte ich nur noch in Jonas Arme und meine Gedanken vertreiben. Meine wahnsinnige Eifersucht machte mir inzwischen wirklich zu schaffen. Ich trocknete mich eilig ab, zog mir etwas Warmes an und kroch danach neben Jonas ins Bett. Wir sahen uns einen Aktion Film an, den ich noch nicht kannte. „Tabletten genommen?“, harkte er nach, da ich schusselig war, was das Thema betraf. „Hmm, erwischt!“

Ich stand noch einmal auf und holte mir eine der kleinen ovalen Tabletten aus dem Schrank, danach schlief ich besser und mir ging es besser.

„Ich liebe dich Eve.“ Flüsterte er mir ins Ohr, als ich mich auf seine Brust legte und dabei war einzuschlafen. „Und ich dich.“ Ob er danach noch etwas sagte, wusste ich nicht, denn ich schlief friedlich ein und erlebte das erste Mal seit einer Weile eine traumlose, ruhige Nacht.

*Kapitel 11*

Donnerstagabend um 23 Uhr wurde ich von Johns penetranten Anrufen wach. „Ja?" murmelte ich schlaftrunken ins Telefon.

„Eve, wer ist das um die Uhrzeit?"

„Mein Chef." Ich pellte mich aus dem Bett und irrte in die Küche. Meine Blicke waren verschlafen. Jonas hatte mich um halb zehn ins Bett getragen, nachdem ich wieder einmal erst um Viertel nach Acht nach Hause kam wegen der Nachbereitung des Drehs und nach dem Essen sofort einschlief.

„Hast du schon geschlafen?"

„Hmm, mhhh. Ja." Aus meinem Mund kamen nur unverständliche Laute.

„Entschuldige bitte. Kannst du morgen früher, als sonst im Büro sein?"

„Ist irgendetwas passiert?" Ich lehnte mich gegen den Kühlschrank und versuchte mich angestrengt zu konzentrieren, denn mein ständiges Gähnen lenkte mich ab.

„Die Aufnahmen sind fertig und kommen morgen früh per Kurierzustellung um sieben Uhr. Ich würde sie mir gerne mit Lou und dir ansehen. Sagen wir halb sieben in meinem Büro?"

„Ist gut."

„Dann ab mit dir ins Bett, tut mir leid für die späte Störung. Schlaf gut."

„Du auch!" Ich legte mein Handy in der Küche ab und versteckte mich im Bett unter einer Lage Decken. „Baby, alles okay?"

„Ja, schlaf! Ich bin wahnsinnig müde." Er beugte sich zu mir herüber und küsste mich auf die Wange. „Schlaf gut Prinzessin."

∞

Um halb sechs wurde ich ohne Wecker wach und sprang voller Tatendrang auf. Ich erinnerte mich an das Telefonat mit John und suchte mir etwas Schickes aus dem Schrank. Ich wollte umwerfend aussehen, wenn die Bilder und der Schnitt ankamen. Es war verrückt, aber ich war die Hauptfigur und mein Unterbewusstsein wollte es so. Ich entschied mich für einen Hosenanzug in der Farbe rosé und dazu ein schwarzes schlichtes Top und schwarze Pumps. Klassisch, aber dennoch elegant. Ich ging ins Bad und begann meine Haare einzudrehen, die Wimpern etwas betonter, als üblich zu schminken und trug meinen Lieblingslippenstift in Beere von NYX auf, der gut zu meinem Hosenanzug passte. „Na gut. Dann wollen wir mal sehen, wie die Aufnahmen geworden sind." Ich sah in den Spiegel und predigte mir die Worte ein.

John goss sich gerade eine Tasse Kaffee ein, als ich um kurz vor halb sieben an seine Tür klopfte. „Darf ich?"

„Sicher, komm rein und setz dich. Kann ich dir etwas anbieten? Tee, Wasser, Saft?"

„Ein Tee wäre toll. Komm ich helfe dir."

„Nichts da, du setzt dich." Wieder klopfte es. „Mister Summerholt der Herr vom Kurierdienst ist da."

„Schon? Er sollte doch erst in einer halben Stunde eintreffen."

Sie zuckte mit den Schultern. „Naja, er ist auf jeden Fall am Empfang und hat das besprochene Paket dabei."

„Danke Rebecca. Ich komme mit Ihnen." Sie sah kurz zu mir herüber und verließ das Büro. „Ich schütte mir den Tee schon selber ein, keine Sorge, ich bin schon groß."

Ich nahm mir einen frischen Teebeutel aus Johns Tee Regal. Als ich gerade zwei Monate bei Summerholt angestellt war, wollte John mit mir gemeinsam einen Cappuccino trinken, damit wir uns besser kennenlernen konnten. Ich eröffnete ihm, dass mich Kaffeespezialitäten anekelten und dass ich ausschließlich Türkischen Apfeltee und in Ausnahmefällen Früchtetees trank. Drei Tage später ließ er sich eine Auswahl verschiedener Apfeltees bringen und richtete sich ein Tee Regal mit anderen Sorten ein. Ich konnte davon ausgehen, dass ich jede Sorte Apfeltee probiert hatte, die es auf der Welt zu kaufen gab. Ich goss mir den Tee ein und setzte mich hin.

Wieder klopfte es. „Guten Morgen Ihre Majestät", witzelte Lou, als sie in ihrem grauen Baumwollkleid in Johns Büro stolperte. „Ich habe eine Audienz bei Ihnen?"

„Lou, bist du blöd?"

„Wie Majestät wünschen, ja, ich bin blöd." Sie kniete sich auf den Boden. In diesem Moment öffnete John die Tür und stolperte beinahe über die kniende Lou. Beide sahen sich erschrocken an. Ich bekam einen derartig lauten Lachanfall, dass mir die Tränen kamen. „Louisa, was zur Hölle machst du da?"

„Ich? Ich habe nur einen Ohrring gesucht."

„Du trägst beide Ohrringe."

„Ehm, ja, das ist… ist… korrekt. Ich habe ihn gerade wieder an mein Ohr gesteckt, als du über mich gestolpert bist."

„Das hätte wirklich ne Nummer werden können", ließ ich lachend von mir. Ich hielt mir die Hand vor den Mund um mich etwas zu beruhigen. „Entschuldigung, aber diese Aktion sah so lustig aus."

„Schon gut. Können wir dann die Damen?"

Wir nickten. Lou stand auf und zog ihr Kleid zurecht, das an den Knien etwas schmutzig war. „Du solltest dich wirklich beim Zirkus bewerben", flüsterte ich ihr zu, als sie sich neben mich setzte.

„Sehr witzig du Komikerin."

„Ich sag´s ja nur." Ich strahlte. „Rebecca, die neue Empfangsdame war so freundlich alles für unsere Präsentation vorzubereiten."

„Wir haben eine neue Empfangsdame? Was hast du mit Gina angestellt?"

„Sie wurde von Daniel zu seiner Projektassistentin befördert." Ich spuckte meinen Tee aus. „Was?"

„Ich konnte es selbst nicht glauben."

„John, Gina kann nicht einen Satz richtig schreiben, geschweige denn irgendein Projekt betreuen. Sie ist völlig unfähig."

„Ja, ich weiß. Aber es soll nicht unser Problem sein. Wenden wir uns nun dem Video zu."

Auf dem Bildschirm erschien meine Silhouette. Ich konnte kaum fassen, dass der blonde Mensch, der die Treppe hinunterglitt tatsächlich

ich selbst war. Ich war völlig gefangen von dem Mitschnitt, es waren nur 30 Sekunden, die zusammengeschnitten wurden, doch diese 30 Sekunden genügten mir um von dem Produkt „*Saphire*" überzeugt zu sein. Da war sie, die kleine Parfumflasche in meiner Hand. In einem altmodischen Flacon und man erkannte darauf die abgezeichnete Silhouette von „*Saphire*" *in* Saphir grün. Derek und ich, „*Saphire*" und der atemberaubende Mann.

*Erleben Sie sinnliche Momente mit Saphire, dem neuen Damenduft von*

*B5*

Und der Bildschirm wurde schwarz. John klatschte in die Hände. „Es ist fantastisch. Ich bin sehr, sehr zufrieden meine Liebe."
„Ich bin völlig… sprachlos. Es ist viel besser, als ich dachte. Lou, was meinst du?"
„Wie eine Prinzessin. Du bist die Ballkönigin."

Danach sahen wir uns gemeinsam die Bilder von dem Shooting an. John diskutierte mit Lou darüber, welche Bilder besonders gut waren. Ich ließ sie alleine, da es bereits acht Uhr war und ich zu einem Meeting für ein neues Projekt unterwegs sein musste. An diesem Projekt arbeitete ich mit meiner Kollegin Sarah gemeinsam, da Lou sich um die restlichen Arbeiten für „*Saphire*" kümmerte. Daniel Russo hatte das Projekt für die Firma an Land gezogen, daher war er der Hauptansprechpartner und leitete den Gesprächstermin als Finanzler und ich als Head of Creative Direction, als Vertretung für John. Ich fuhr gemeinsam mit Sarah zu dem Termin in Köln mit. Wir standen eine halbe Stunde im Stau, bis wir endlich in der Innenstadt an dem großen Glasgebäude eintrafen. Ich wusste bisher nur, dass es um ein neues Fitnessprodukt ging. Das Gespräch verlief etwas holprig, da ich der Meinung war, dass es genügend Fitnessdrinks auf dem Markt gab, die Wünsche des Herstellers in Richtung Mainstream gingen und der akuellen Werbung von Almased und Yokebe zu sehr ähnelte. Dabei versicherten sie uns, dass es sich um eine gesündere, ökologischere Form eines Drinks handelte und in Richtung eines Smoothies ging, der aus verschiedenen Geschmacksrichtungen bestand, hauptsächlich Apfel.

Natalie saß an dem ovalen Tisch im Präsentationsraum von Cater & Sons neben Daniel und tippte fleißig mit.

„Wissen Sie Mister Cater, was mich brennend interessiert ist, ob die Produkte bereits getestet wurden und ob Sie uns die entsprechenden Unterlagen vorlegen können, damit der Markteinführung nichts mehr im Weg steht." Er schob mir eine Präsentationsunterlage über den Tisch. „Wie Sie feststellen werden stammen alle unsere Produkte aus reinem bio Anbau und sind mehrfach durch ein entsprechendes Fachlabor getestet wurden. Die Tests sind, wie Sie der Unterlage auf Seite 5 entnehmen können einwandfrei verlaufen."

„Ist das so?" Ich blätterte durch die Unterlagen und musste feststellen, dass sie tatsächlich einwandfrei waren. Sie beinhalteten unterschiedliche Testergebnisse, die durchweg zufriedenstellend waren. Doch ich hatte ein ungutes Gefühl, das ich nicht erklären konnte und mich nervös machte. Meine Intuition hatte mich bisher nur selten getäuscht. „Was Miss Meyer damit sagen wollte ist, dass wir bemüht sind alle Aufträge sorgfältig zu prüfen. Aber wie ich sehe ist alles in bester Ordnung. Ich denke wir haben verstanden, was Sie sich wünschen, nicht wahr Miss Meyer?"

„Genau. Mister Russos Assistentin Natalie wird sich mit Ihnen zwecks Terminvereinbarung für den Pitch in Verbindung setzen."

Die Herren standen auf um sich von uns zu verabschieden. „Sollten Sie noch Unterstützung benötigen oder Unterlagen, zögern Sie bitte nicht uns anzurufen. Hier ist meine Karte." Ich steckte sie ein ohne darauf zuschauen. Er nahm meine Hand und zog mich leicht zu sich. „Denken Sie dran. Sie können mich immer erreichen."

„Danke." Gab ich zurück und zog meine Hand weg. Widerlicher Kerl.

„Wie blöd bist du denn?", fragte Sarah mich, als wir die Agentur verließen."

„Was willst du von mir?"

„Der Typ ist heiß. Der absolute Volltreffer und du pampst ihn an."

„Ich bin vergeben, Sarah. Ende. Wir müssen uns etwas überlegen, die Wünsche des Kunden sind nicht umsetzbar."

„Natürlich sind sie das." Brüllte mich Daniel Russo an, der hinter uns zusammmen mit Natalie das Gebäude verließ. Die beiden kreuzten heute gemeinsam im Zebra Look auf. Ich schüttelte nur den Kopf und versuchte mich auf die Arbeit zu konzentrieren.

„Evelyn, kann ich Sie unter vier Augen sprechen? Sofort!"

Ich antwortete nicht. Im Gegenteil wartete ich ab, was er vorhatte.

„Lassen Sie uns bitte allein?"

„Darf ich bei Ihnen mitfahren, Sarah, richtig?"

„Genau. Klar. Wir sehen uns dann später. Und Evelyn, nichts für Ungut."

Ich stand unter einem Glasdach und sah, wie die beiden durch den Regen liefen in ihren hohen Schuhen und dabei, wie kleine Mädchen schrien.

„Also, Mister Russo, was gibt es denn so Dringendes?"

Er fasste mich am Handgelenk und drückte fest zu, bis mein Arm brannte. „Jetzt hören Sie mir mal genau zu Sie respektloses kleines Ding. Nur weil Sie ein Stein im Brett bei meinem Bruder haben, bedeutet das noch lange nicht, dass Sie sich hier aufführen können wie Sie möchten."

„Lassen Sie mich sofort l....."

„Ich war noch nicht fertig. Ich verbitte mir so vor einem Kunden vorgeführt zu werden. Sie denken vielleicht Sie können sich hier alles erlauben, nur weil mein Bruder denkt Sie hätten irgendein Talent, aber das Gegenteil ist der Fall. Und sollten Sie sich mir in den Weg stellen, dann werde ich dafür sorgen, dass Sie nie wieder Fuß in irgendeiner deutschen Agentur fassen werden. Ist das klar?"

Ich versuchte so kraftvoll, wie möglich mein Handgelenk wegzuziehen, aber er hielt es nur noch fester. „Ob wir uns verstanden haben?"

„Ja! Lassen Sie mich los!"

„Gut." Er ließ von mir ab und zog ein Taschentuch aus seiner Sakkotasche um sich die Hände abzuwischen. „Dann mal zack zack an die Arbeit oder wollen Sie die Zeit von Ihrer Arbeitszeit abgezogen bekommen?"

Ich stand, wie angewurzelt vor dem Gebäude und versuchte mich zusammenzureißen, als ich sah, wie er in seinen schwarzen Porsche stieg und mit lautem Motor davon raste. Mein Herz schlug mir bis zum Hals und die Stelle, die er so fest gedrückt hatte, dass mir das Blut stehen blieb, brannte, wie eine Narbe. Ich spürte sie nicht nur, sondern sah die Abdrücke die seine Finger an meinem Handgelenk hinterließen. Vorsichtig rieb ich an der Stelle und zog meine Jacke darüber, damit niemand sah, was er mit mir gemacht hatte. Am liebsten wäre ich nach Hause gefahren und hätte mich weinend in meinem Bett verkrochen und mir ein paar Tabletten zur Beruhigung genommen, doch ich wollte ihm diesen Triumpf unter keinen Umständen gönnen. Wie er mich ansah. Seine Augen voller Hass, seine dreckigen braunen Augen wirkten, wie die Augen von einem hungrigen Löwen, der bereitwillig darauf wartete seine Beute in Stücke zu reißen. Ich wollte ihm niemals wieder so nah kommen. Mein Oberkörper berührte seinen Anzug, der nach billigem After Shave und nach Desinfektionsmittel roch, als hätte er sich vorher einen Kurzen gekippt. Die pure Angst durchströmte meinen Körper, meine Hände zitterten. Was sollte ich nur tun? Ich konnte John unmöglich von diesem Vorfall erzählen, wie sein Bruder mich gepackt hatte und es war mir peinlich. Er hatte mir gedroht, dass er mich fertig machen würde, wenn ich nicht auf ihn hörte. Ob Natalie wohl davon wusste, wie sehr er von mir abgeneigt war?

∞

„Evelyn!" rief eine unbekannte Stimme, als ich gerade am Empfang vorbei ging und zu meinem Büro gehen wollte. Ich hoffte inständig, dass niemand bemerkte, wie gedemütigt ich mich fühlte. Die neue

Empfangsdame, die soweit ich wusste Rebecca hieß kam zu mir.

„Entschuldigen Sie bitte, dass ich Sie störe, aber ich bräuchte eine Unterschrift von Ihnen."

„Nein, natürlich. Kommen Sie bitte mit in mein Büro."

Sie folgte mir, wie ein Schatten. „Die Abrechnung für das Catering", bemerkte ich abgelenkt.

„Genau. Mister Summerholt sagte, Sie seien dafür zuständig."

Ich sah zu ihr auf. „Welcher Mister Summerholt?"

„Der mit mehr Haaren, Miss." Ich versuchte mein Lächeln vor ihr zu verbergen. „Gut. Hier bitte!" Ich unterzeichnete die Rechnung und gab Sie ihr zurück.

„Kommen Sie morgen zu der Feier? Ich freue mich sehr darauf. Es ist meine erste Firmenveranstaltung und ja, ich bin so gespannt, wie die Leute sie finden." Sie spielte mit ihrem geflochtenen, langen Zopf und warte anscheinend darauf, dass ich ein Gespräch mit ihr anfing. Die Party. Ich hatte Jonas noch nicht einmal davon erzählt, obwohl wir mit unseren Partnern eingeladen wurden. Das Shooting, der neue Auftrag, der Streit mit Daniel Russo. In meinem Kopf drehte sich alles. Ich bemerkte, wie mir schwindelig wurde und ich einen Moment lang die Augen zukniff. „Geht es Ihnen nicht gut?"

„Nein, ich, mir ist nur kurz schwarz vor Augen geworden."

„Soll ich Ihnen ein Glas Wasser bringen?" Da war sie auch schon verschwunden und ließ die Tür sperrangelweit geöffnet. Ich saß zusammengekauert auf meinem Bürostuhl und suchte verzweifelt nach einer Lösung. Nach einem Sinn um weiterzumachen. „Hier!" rief Rebecca, als sie wieder zu mir ins Büro kam.

„Könnten Sie bitte die Tür schließen? Ich möchte nicht, dass jeder mitbekommt, dass ich mich unwohl fühle."

„Meine Mutter sagt immer die Gesundheit geht vor. Können Sie nicht nach Hause gehen und sich auskurieren, wenn es Ihnen nicht gut geht?" Meine Hände zitterten immer mehr. Sie hatte Recht, so konnte ich keinen klaren Gedanken fassen für den neuen Auftrag und wenn ich mir nur noch eine Kleinigkeit leisten würde, dann würde mich Daniel Russo persönlich zur Tür begleiten.

„Danke Rebecca, könnten Sie mich bitte alleine lassen?" Sie sprang sofort von der Tischkante auf. „Sicher. Wenn irgendetwas ist, Sie wissen ja wo Sie mich finden können, oder rufen Sie an, die Durchwahl ist -2828."

„Danke, das weiß ich sehr zu schätzen." Gina hätte mir niemals ein Glas Wasser gebracht, noch nicht einmal, wenn ich auf dem Boden liegen würde und nach Luft schnappen würde, einfach nur, weil sie so sehr auf sich selbst fixiert war, dass sie alle anderen Menschen um sie herum ausblendete und sich dafür lieber die Fingernägel feilte.

Ich konnte nicht alleine nach Hause. Jonas stimmte am Telefon sofort zu mich in einer halben Stunde abzuholen, da er sich dann auf dem Rückweg von der Arbeit befand. Jonas arbeitete als Abteilungsleiter bei einem Autohersteller in der Fertigung und durch den ständigen Schichtwechsel sahen wir uns an manchen Tagen gar nicht. Ich kannte seinen Plan inzwischen auswendig und trug ihn in meinem Firmenkalender ein um zu wissen, wann wir uns sahen. Diese Woche arbeitete er ausschließlich im Frühdienst und saß im Büro. Ich lehnte mich in meinen Stuhl zurück und schloss die Augen. Mein Kopf brannte, ich hatte das Gefühl, dass ich jeden Moment zusammenbrechen würde. In mir sah ich, wie die ganzen Gefühle auf mich einströmten, und mich herunterzogen. Die Angst, die Wut und die Eifersucht. Negative Gefühle, die ich nicht mehr unterdrücken konnte und die mir den Boden unter den Füßen wegzogen. *Die Firmenfeier, auf der Noah garantiert zusammen mit Natalie aufkreuzte.* Wenn ich mit ansehen musste, wie Natalie ihn küsste, würde ich ihren gefärbten Kopf in die Bowle Schüssel stecken und ihr mit einem Löffel eins überziehen. Es reichte bereits aus, dass ich sie wegen Noah verabscheute, aber, dass sie sich mit dem Feind verbündete, machte sie zu meiner persönlichen Erzfeindin. Wenn mich nicht alles täuschte, konnte ich ihr an der Nasenspitze ansehen, wie sehr sie es genoss Daniel Russos Abneigung mir gegenüber mitzuerleben. Möglicherweise ahnte sie etwas, oder sie war deutlich schlauer, als ich sie einschätze. Ihre ruhige graue Maus Art kaufte ich ihr ohnehin nicht ab. Unter ihrer netten Fassade steckte mehr, und ich war mehr als bereit herauszufinden, wann der Vulkan endlich ausbrechen würde. Als mein Telefon klingelte, schreckte ich auf. *John.*

„John, hi. Was gibt's?"

„Ich wollte nur fragen, wie das Meeting verlaufen ist?"

„Gut, gut. Alles bestens. Du, John, Jonas holt mich gleich ab, mir geht es nicht sonderlich gut."

„Ja, natürlich. Kann ich etwas für dich tun?"

„Danke. Nein. Ich muss mich nach dem ganzen Stress nur ein wenig ausruhen."

„Ist irgendetwas passiert?" horchte er nach.

„Nein, nichts. Wir sehen uns morgen." Ich tippte Sarah noch eine kurze

Nachricht ab, dass ich nach Hause ging und verlegte unser Meeting auf morgen Vormittag. Wieder klingelte mein Telefon, der Empfang.

„Meyer?"

„Hallo, hier ist Rebecca. Ihr Freund ist hier. Soll ich ihn zu Ihnen schicken?"

„Nein, nicht nötig, ich bin auf dem Weg."

„In Ordnung, ich sage es ihm." Ich räumte meine Tasche ein und verschloss meine Meeting Unterlagen sorgfältig in meinem Schrank, bis auf einige Papiere von Pete Cater, die ich mir am Mittag ausgedruckt hatte. Irgendetwas an ihm störte mich gewaltig. Wir würden einen gigantischen Fehler begehen, wenn wir seine Firma promoteten mit unserer Werbung. Ich hatte keine Ahnung von Labortests oder Gütesiegeln, aber meine Intuition sagte mir etwas ganz Anderes. Wenn mich meine Kopfschmerzen nicht umbringen würden, dann war ich bereit Zuhause in Ruhe meine Recherchen weiter zu vertiefen. Im Internet fand ich zahlreiche Berichte über Cater, positive, als auch negative Berichte. Ich gestand mir ein, dass Sarah Recht hatte mit ihren Aussagen. Cater gehörte zu der wirklich gut und maskulin aussehenden Sorte Mann mit seinen hellblonden Haaren, die er, wie der klassische Geschäftsmann nach hinten gestylt trug. Eine große Brille mit schwarzem Rahmen umschmeichelte dabei seine großen braunen Augen und den sexy Drei-Tage-Bart. Daraus ließ sich eine ganz klare Masche erkennen, die Frauen mit seiner Männlichkeit zu beeindrucken, doch ich war nicht naiv. Nicht bei ihm. Ich würde noch herausfinden, was er im Schilde führte mit seinem neuen Drink.

Es klopfte an der Tür. „Ja, bitte!" rief ich und verriegelte den Schrank.

„Baby, du wolltest vor einer Viertelstunde kommen. Bist du soweit?“

„Eine Viertelstunde? Ich war ganz vertieft in meine Unterlagen.“

„Was Spannendes?“

„Das weiß ich noch nicht.“ Ich lächelte und schob den Papierstapel in meine Arbeitstasche. „Ich bin soweit. Wollen wir?“

„Von mir aus schon seit einer Viertelstunde. Hi, Baby.“ Er küsste mich sanft auf die Lippen und half mir dabei meine Jacke anzuziehen. „Hi, du.“

Ich verabschiedete mich noch von Lou und Rebecca und bat sie darum alle Anrufe auf Lous Telefon umzuleiten und sollte es dringend sein mich umgehend zu kontaktieren.

Meine Recherche nach Pete Cater musste warten. Ich schaffte es nicht einmal mehr etwas zu essen und schlief umgehend auf der Couch ein. Jonas weckte mich um neun Uhr am Abend damit ich endlich etwas aß. Mir war nicht nach Essen, ich wollte einfach nur schlafen. Müde, wie ich war ging ich ins Badezimmer, schminkte mich ab und putzte rasch die Zähne um danach alle Klamotten, bis auf meine Unterwäsche mit den Weihnachtskugeln drauf auf den Boden zu werfen und so, wie ich war ins Bett zu kriechen. Jonas kam später nach und legte sich in Löffelchen Stellung hinter mich. Ich nahm nur noch seinen leckeren Geruch war und schlief weiter.

# Kapitel 12

Sarah spielte an ihren Haaren und zog sich den Lippenstift nach, als ich pünktlich um halb 12 zu unserem Meeting kam und sie mir ihre Ideen für den Pitch präsentierte. Ich sah mir das Spektakel eher unbegeistert an, da alle ihre Ideen zwar in die Richtung des Kundenwunsches gingen, aber genau in die andere Richtung, die ich mir vorgestellt hatte. „Und was meinst du?"

Ich tippte mit meinem Bleistift auf dem Tisch herum und starrte mein weißes, leeres Blatt an. Immerhin hatte sie überhaupt eine Idee und einen vorführungswürdigen Entwurf. „Ich finde ihn gut." Was brachte es jetzt etwas anderes zu behaupten? Ich war mir ohnehin nicht sicher, ob wir den Auftrag annehmen sollten. „Wirklich?"

„Ja. Genau das hat sich der Kunde gewünscht. Gute Arbeit Kollegin."

„Du hast nichts auszusetzen?"

„Nicht direkt, wir setzen uns am besten nächste Woche Montagmorgen sofort zusammen und brainstormen in alle Richtungen. Ich habe versprochen bei den letzten Vorbereitungen für das Firmenevent zu helfen."

„Gut. Sehr gut. Das solltest du tun." Sie nahm ihre Zeichnungen vom Flipchart und sammelte sie zusammen. „Gute Arbeit, Sarah."

„Mir gefallen Ihre Tätowierungen“, bemerkte Rebecca, als wir zusammen die Küche dekorierten. „Danke übrigens, dass Sie mir helfen.“

„Ach was nicht dafür und danke. Ich bin übrigens, Eve.“ Ich hielt ihr die Hand hin. „Wow, danke, Becca, Rebecca. Becca ist nur mein Spitzname. Ich finde es toll von Ihnen… ich meine dir, dass wir uns jetzt duzen.“

Mit Girlanden bewaffnet, stellte ich eine Leiter auf und band die Girlanden an der Decke und an den seitlichen Wänden fest. „Wo sind die Servietten?“

„Ich habe drüben noch eine Kiste, Moment, ich hole sie.“ In der Zwischenzeit kam der Catering Service und begann die Essensbehälter aufzubauen.

„Wow, hier sieht es ja toll aus.“ John kam zu  uns in die Küche, als wir gerade dabei waren die Tische zu dekorieren, Servietten auszulegen und dem Catering Service dabei zu helfen kleine Schilder für das Essen zu beschriften.

„Haben wir genügend Sekt für heute Abend, Rebecca?“

„Ja, Sir. Die Kühlschränke in der ersten und zweiten Etage sind gefüllt und auf der Dachterrasse lagern wir die restlichen Getränke, damit sie kühl bleiben. „Was für ein Glück, dass es heute so frisch ist. Dann kann es ja bald losgehen.“

„Wie viel Uhr ist es denn?“

„Halb sieben, Liebes.“

„Dann bin ich jetzt weg, wenn du mich nicht mehr brauchst und ziehe mich um.“

„Mach nur, ich stelle nur noch Kleinigkeiten am Empfang auf, damit es netter aussieht und etwas Knabberzeug für den kleinen Hunger.“

„Super. Dann bis gleich.“

∞

Die Gäste trudelten nacheinander ab exakt sieben Uhr ein. Ich belegte das Bad im oberen Stockwerk bis exakt zehn nach sieben. Lou hielt mich dabei per Facetime die ganze Zeit auf dem neusten Stand. „Er ist nicht hier, Lou.“

„Wer?“

„Na, Noah. Für ihn wirfst du dich doch so in Schale!“

„Was? Ich werfe mich vorrangig für mich selbst in Schale und für meinen Freund Jonas, nicht Noah. Der hat sich ja wunderbar über mich hinweggetröstet.“

Ich stellte das Handy auf der Ablage unterhalb des Waschbeckenspiegels ab und legte etwas Rouge auf, bevor ich meine Lippen schminkte. „Apropos Noah, Natalie ist nirgendwo zu sehen. Russo sieht übrigens wieder zum Wegschmeißen aus.“

„Wo bist du eigentlich?“

„Verstecke mich in Johns Büro und betrachte die eintreffende Meute. Wo die ganzen Mütter ihre Kinder versteckt haben, würde mich mal interessieren.“

„Lou nimm deine Nase aus dem Bild, ich kann deine Nasenhaare sehen.“

„Ich habe gar keine Nasenhaare! Nur so sehe ich nichts.“ Ich zeichnete eine Linie entlang meiner Lippenkontur und malte sie danach aus. „Ich komme zu dir Louisa, bis gleich.“

„Evelyn, wie schön Sie zu sehen.“ Ich ging die Treppe hinunter und versuchte dabei auf meinen hohen Schuhen nicht hinzufallen. Russo stand am Treppenabsatz mit Natalie und Noah, die zu mir sahen, als ich auf sie zukam. „Mister Russo. Ja, Natalie, Noah. Ich muss weiter.“ „Wohin denn so schnell?“ Wieder packte er mich am Arm um mich festzuhalten, ich fuhr automatisch herum. Noah ging zwischen uns, als er meinen Blick sah. „Ich denke das ist nicht notwendig.“ Seine Stimme wirkte ruhig. Russo ließ von mir ab und ging zurück zu Natalie. „Danke“, sagte ich und lächelte ihm schwach zu.
Ich ging ohne mich ablenken zu lassen in Johns Büro und schloss panisch die Tür hinter mir. „Was war denn das?“ Ich atmete panisch und ließ mich auf den Boden sinken. „Oh Gott, Süße. Was ist passiert?“ Meine Lunge begann sich panisch zusammenzuziehen und mein Herz schlug immer schneller und schneller. Da ich diese Form von Panikattacken kannte, begann ich in mein Kleid zu atmen, ein und aus, aus und ein. „Evelyn. Sieh mich an, ganz ruhig.“ Sie zog die Vorhänge in Johns Büro zu, damit wir ungestört waren.
„Süße, atme ganz ruhig ein und aus.“ Ich gab mir wirklich Mühe ihren Anweisungen zu folgen und mich zu beruhigen. Jemand versuchte die Tür zu öffnen. „Hallo?“ rief John durch die geschlossene Tür. Ich beruhigte mich langsam und versuchte aufzustehen. John öffnete die Tür, als ich mit dem Kopf an die Wand angelehnt stand und versuchte meine Atmung unter Kontrolle zu bringen.

„Was macht ihr zwei hier?", fragte er irritiert. Meine Hände waren gegen die Wand gepresst, meine Stirn lehnte ich an und atmete noch einmal lange aus, bevor ich mich umdrehte. „Was ist passiert, Eve?"

„Nichts, es ist alles gut." Ich sah auf mein Fitnessarmband; mein Puls beruhigte sich und kam bei 66 Schlägen die Minute an. „Nichts ist gut, Eve, was ist passiert? Ich habe gesehen, wie Daniel dich am Arm gepackt hat."

„Daniel?", harkte John nach. „Was hat er zu dir gesagt?"

Ich schwieg und starrte die Raufasertapete an. Mit den Fingern fuhr ich leicht darüber. John trat neben mich. „Eve, sieh mich an. Ich muss es wissen. Was hat mein Bruder getan?"

„Nichts", wiederholte ich, wie in Trance. Ich wollte nicht darüber reden, mit niemandem. „Ich muss noch etwas erledigen, entschuldigt mich." Geistesabwesend zupfte ich mein Kleid zurecht. Ich wollte in Ruhe gelassen werden. Jonas textete mir, dass er erst gegen 21 Uhr kam. Es war mir nur recht. Ich ließ Lou und John hinter mir zurück und schloss mich in meinem Büro ein. In der Ecke hinter meinem Schreibtisch stand ein alter Sitzsack, den ich bisher nie brauchte. In meinem Schrank lagen meine Kopfhörer an ihrem gewohnten Platz. Ich schaltete den Internetempfang auf meinem iPhone aus und öffnete die Spotify Mediathek. Mir war nach weinen zumute, da sich meine Seele anfühlte, als wäre sie zerrissen. Der Sitzsack fühlte sich angenehm an, ich zog meine Pumps aus und setzte mich so hin, dass ich meinen Kopf an der Büro Wand anlehnen konnte. Jetzt konnte mir niemand mehr wehtun. Ich setzte die Kopfhörer auf und schaltete sie auf die lauteste Stufe. Ich hörte Ed Sheeran, merkte dabei zugleich, dass sich Tränen in meinen

Augen ansammelten, als ich „*Give me love*" hörte. In meinem Schreibtisch bewahrte ich eine Notfallration Citalopram auf, nur für den Fall der Fälle. Laut Packungsanweisung durfte ich nicht mehr, als 40 Milligramm am Tag zu mir nehmen, doch heute war eine Ausnahmesituation. Ich drückte eine zweite Pille aus der silbernen Verpackung heraus und spülte sie mit einem Glas Wasser runter. *Gleich wird es dir bessergehen, Eve.* Ich schloss die Augen und versuchte nicht zu weinen.

Manchmal überkamen mich Erinnerungen aus meiner Vergangenheit, wenn ich träumte oder versuchte abzuschalten. Dann war ich an einem Platz ganz weit entfernt von meiner inneren Traurigkeit. Wenn ich näher darüber nachdachte, stellte ich fest, dass diese Zeit sehr lange zurücklag, in der ich wirklich vollkommenes Glück empfand. Ich spürte es das erste Mal, dass etwas in mir nicht stimmte, als ich 17 Jahre alt war und nicht mehr zur Arbeit gehen wollte. Ich fürchtete mich davor auch nur einen Schritt in das schreckliche Altbaugebäude zu setzen, weil ich wusste, dass mich dieser Ort und die Menschen an diesem Ort unglücklich machten. Ich weinte mich abends in den Schlaf, meine Gedanken wurden immer dunkler und das Essen auf meinem Teller immer mehr. Ich begann Essen als eine Art Kompensationsmethode anzusehen, die mich davon ablenkte, dass ich mein Leben hasste. Ich hasste es eine Ausbildung zu machen und vor allen Dingen hasste ich es, dass sich mein Zuhause nicht mehr nach einem Zuhause anfühlte. Ich schlug die Augen auf und versuchte die dunklen Schatten zu vertreiben. Ein dumpfes Geräusch ließ mich aufschrecken. Ich zog die

Kopfhörer herunter und hörte das laute Klopfen an der Bürotür. Mit schweren Beinen und zitternden Lippen stand ich auf und öffnete die Tür.

„EVE! Ich habe mir Sorgen gemacht. Ich klopfe bestimmt seit zwanzig Minuten an der Tür. Ein Wunder, dass ich sie noch nicht eingetreten habe." Sie hielt inne und sah mich an. „Du bist ja ganz blass." Mein Körper begann sich leichter anzufühlen durch die Tabletten, aber das erzählte ich ihr nicht. „Möchtest du darüber reden?" Ich verneinte. So weit war ich noch nicht und ich hatte Angst, dass sie ihren Job verlor, weil sie Daniel eins überzog.

„Willst du etwas essen?"

„Ja, gerne."

„Aber vorher kümmere ich mich um deine Augenringe, so kannst du nicht vor Leute treten." Ganz und gar die Lou, die ich kannte. „Ich habe eine Notfallration in meinem Schrank. Moment." Noch bevor ich ablehnen konnte trug sie mir dick Concealer auf. „Bitte nach oben schauen. Merci."

Ich atmete ruhig und sagte nichts, als sie mir davon erzählte, wie voll die Agentur mittlerweile war. „Okay, fertig."

„Ich vertraue dir mal."

„Dann lass uns unter die Leute mischen. Ich habe einen riesen Hunger." Ich ging hinter ihr her und stellte mich hinter einer Horde von Leuten am Buffet an, die ich noch nie zuvor gesehen hatte. Noah und Natalie konnte ich nirgendwo sehen, auch Daniel Russo nicht. Ich nahm mir etwas Fleisch, Auflauf und Brot und setzte mich mit Lou in die Küche, die bis auf ein paar Leute leer war. „Hey, da bist du ja!" sagte Rebecca, als wir uns hinsetzten. Sie hielt Lou die Hand hin. „Hi, ich bin Rebecca, die neue Empfangsdame. Wir kennen uns glaube ich noch nicht."

„Louisa. Ich arbeite mit Eve zusammen in einem Team."

„Cool. Und wie gefällt euch die Party?"

Rebecca stand vor mir in ihrem niedlichen türkisen Kleid im Blumenprint und grinste, wie ein kleines Mädchen. „Sie ist wunderbar, Rebecca. Das hast du toll hinbekommen."

„Naja, ich hatte ja Hilfe von dir."

„Du hast dekoriert?", harkte Lou nach.

„Ja, ein wenig hier in der Küche."

„Sei nicht so bescheiden, sie hat tolle Arbeit geleistet."

„Wollen wir anstoßen auf eure tolle Arbeit? Sekt, Sekt?" Sie sah uns beide an, und kam fünf Minuten später mit drei Gläsern Sekt wieder.

„Na dann, auf euch beide."

„Auf uns!" Ich vertrug keinen Alkohol mehr seitdem ich die Pillen nahm und wusste, dass ich nicht viel trinken konnte, bevor ein Unglück geschah. Jonas versprach ich gar nicht mehr zu trinken, da meine letzte Cocktailparty im Krankenhaus endete. „Na Ladies, kommt ihr mit zur Bowle?" Gina lehnte im Türrahmen und sah einfach nur nuttig aus. Sie trug einen Jeans Mini Rock, der ihr gerade bis über ihren Po ging und darunter eine schwarze Netzstrumpfhose, die keine Wünsche offenließ und das, auf einer Firmenveranstaltung.

Ihre knallroten Lippen schimmerten während sie auf einem Kaugummi kaute. „Na los! Worauf wartet ihr noch?"

„Interessantes Outfit", bemerkte ich. Sie sah aus, wie frisch aus dem Bordell.

„Gefällt es dir?" NEIN, schrie mein Unterbewusstsein sie an. So würde ich nie vor die Tür gehen. Wie sie sich am Türrahmen räkelte. Ich drehte mich zu den Kollegen um, die sie mit offenem Mund angeierten, als hätten sie noch nie zuvor eine Frau gesehen. Sie präsentierte sich allerdings auch auf einem Silbertablett. „Reizend. Gut, Punch also." Ich stand auf und ging zum Punch Stand.

Wir stellten uns an einen Stehtisch neben den Punch Stand. „Komm her Eve." Sie winkte mich zu sich heran direkt an den Stand. Seit wann wir uns duzten war mir schleierhaft. Sie dachte sich sicher, da sie jetzt Projektassistentin von Mister Russo war, war sie etwas Besseres. „Was machen Sie denn da?", fragte ich sie, als sie aus ihrer Tasche abgefüllten Alkohol herausnahm und den Punch auffüllte. „Das Zeug hier könnte jedes Kind trinken. Mariam, aus der Buchhaltung hat den Punch gemacht. Wenn du mich fragst besteht das Zeug aus Maracuja Soft, Lime und eventuell einem Schuss Sekt und Wein."

„Was ist da drin?"

„Na Wodka. Sei nicht so spießig." Sie schüttete die ganze Flasche in die Bowle und goss sich ein Glas ein. „Das nenne ich mal eine Bowle. Hier ich mache dir auch ein Glas fertig, damit du mal Spaß hast."

„Sehe ich so aus, als hätte ich keinen Spaß?" Sie drückte mir das Glas in die Hand. „Nein. Auf Ex!"

„Bist du bescheuert?" Sie schürzte beleidigt die Lippen.

„Ich sag doch du bist spießig." Ihr schillerndes Lachen war kaum zu überhören. Sie kippte das Glas in einem Zug herunter. „Bin ich nicht!" Ich verschränkte die Arme vor der Brust. „Dann trink." Ich wusste, dass es dumm war zu versuchen mit ihr mitzuhalten, da sie jedes

Wochenende feierte, aber ich wollte mich nicht blamieren. Also setzte ich das Glas an meine Lippen an und trank das Glas leer. Mein Hals brannte vom Wodka so heftig, dass ich einen Hustenanfall bekam. „Wow, es ist ja noch viel schlimmer, als ich dachte Eve." Irgendwie erinnerte mich das Ganze an eine Mutprobe, doch ich war bereit mitzuspielen. Jonas würde zwar wahrscheinlich bald eintreffen und wütend über mein Benehmen sein, aber das war mir gerade egal. „Noch eins?"

„Ja." Meine Stimme klang selbstbewusst, ich fühlte mich selbstbewusst und stark.

„Eve, lass es ruhig angehen."

„Lass sie doch Louisa. Du gehörst doch genauso zu dem Spießerverein."

„Immerhin sehe ich nicht aus, wie Christina Aguilera in Moulin Rouge für Arme."

„Stimmt, du trägst lieber Omas selbstgestrickten Pullover!" Konterte sie. Mir blieb der Mund offenstehen, als ich den beiden dabei zusah, wie sie sich stritten. „Ich glaube wir beruhigen uns jetzt alle und trinken zusammen Bowle."

„Eve!" Ermahnte sie mich.

„Nein Lou, ich bin alt genug. Hier…" Ich füllte ihr ein Glas ein.

„Becca, du auch?"

„Ja, gerne." Sie stellte sich zu uns und wir stießen an. Nur Lou stand dar und schmollte. „Das Ziel vom Anstoßen ist, dass alle anstoßen." Bemerkte Gina frech. „Nein, danke." Sie stellte das Glas ab und

verschwand zwischen den Leuten in der Menge. „Was ist ihr Problem?"
Ich zuckte mit den Schultern. „Na dann. Auf einen gelungenen Abend."

Jonas kam etwa eine halbe Stunde zu spät in der Agentur an und zog
mich wütend von Gina und Rebecca weg, die beinahe die ganze Bowle
mit mir gemeinsam geleert hatten. „Bist du betrunken?"
„Hallo Baby", lallte ich und küsste ihn auf den Mund. „Schön, dass du
da biss. Willstu Bowle?"
„Wir gehen nach Hause!"
„Was? Nein! Du biss so schön angezogen und du warss beim Friseur."
Ich drückte ihn an mich und wollte ihn küssen.
„EVE! Wir gehen." Er packte mich ausgerechnet an der Stelle, an der
Daniel Russo vorher heftig zugepackt hatte. Ich wusste nicht wieso ich
derartig panisch reagierte, aber ich scheuerte ihm eine und lief die
Treppe hinauf in die erste Etage, obwohl er mir hinterherrief, dass ich
stehen bleiben sollte. Jonas kannte sich nicht in der Agentur aus und ich
wollte ihn nicht sehen. Ich ging die Wendeltreppe zur Dachterrasse
barfuß hoch. Ich wusste, dass es eine Aufbewahrungskammer gab, in
der ich eine Decke finden konnte. Ich trug nichts weiter, als mein
dünnes Kleid und eine Nylon Strumpfhose. Der Weg nach oben fühlte
sich wackelig an; ich brauchte dringend frische Luft. Ich stieß die
Dachterrassentür auf und ging ein Stück bis ich am Rand stehen blieb,
der von einer Steinwand, die mir bis etwa zur Brust ging, umrandet war.
Von hier oben konnte man die ganze Stadt sehen, über das Rheinufer
und noch weiter. Das Summerholt Gebäude war das höchste Gebäude
neben dem Fernsehturm. Die Nacht war frisch und ein leichter Wind

fegte über die Dächer der Stadt. Ich genoss den Frieden hier oben, nur wenige Kollegen kamen hier hoch um für sich zu sein. Ich fühlte mich oft, wie eine Prinzessin, die in der Turmspitze eines alten Schlosses lebte, wenn ich hier oben war und die Menschen betrachtete. Ich gab mich meinen Gedanken ganz hin und lehnte mich über die Mauer. Mit der Decke fror ich kaum noch. „Evelyn? Was machst du da?"

Durch den Wind erkannte ich seine Stimme nicht, ich dachte Jonas hätte mich hier oben gefunden, aber als ich mich umdrehte, stand Noah vor mir im Anzug und sah verführerisch aus. Irgendwie erinnerte mich sein Aussehen, an meinen Traum von seiner und Natalies Hochzeit.

„Was machst du denn hier?" Die Frage sollte eher lauten: Woher wusste er von der Dachterrasse und wie man hierauf kam?

„Ich habe mir Sorgen um dich gemacht, als du vor deinem Freund weggelaufen bist." Wie er das Wort Freund betonte. Bei ihm klang es fast, wie ein Schimpfwort. „Du hast uns beobachtet?" Irgendwie wurde ich neugierig, warum er uns beobachtete, da er permanent abstritt noch etwas für mich übrig zu haben und hier stattdessen mit Natalie auftauchte, die sich an ihn ranschmiss, wie ein verliebter Teenager. Ich konnte sie verstehen, denn ich wusste, wie es sich anfühlte, die Frau an Noahs Seite zu sein. „Nein, nicht direkt. Wie auch immer, dir geht es offensichtlich gut. Ich gehe."

„Warte!"

„Was gibt's? Ich muss los, meine Freundin wartet auf mich."

„Wieso bist du hier Noah?" Ich ging langsam auf ihn zu. „Das habe ich dir doch gerade gesagt, ich habe mir Sorgen um dich gemacht."

„Dann hättest du auch Jonas zu mir schicken können. Er hätte sich um mich gekümmert." Die frische Luft ließ meine Gedanken klarer werden. Ich schwankte dennoch, als ich auf ihn zuging. „Du hast ganz schön viel getrunken, was?" Ich nickte. „Und? Ich bin ein großes Mädchen!" Ich wusste nicht was ich gerade tat oder im Begriff war zu tun, aber ich wollte seine Nähe spüren. Der Wind wehte heftiger, sodass mir die Decke an den Seiten hochflog inklusive meines Kleides und ich für einen kurzen Moment lang halbnackt vor ihm stand, nur in meinem String bekleidet. Jedenfalls untenrum. Noah starrte mich an, bis ich ihn erwischte und er höflich wegsah.

„Hast du etwas gesehen, dass dir gefällt N-O-A-H." Meine Betonung war bittersüß. Ich stoppte vor ihm, als ich beinahe seine Haut berühren konnte. Der Alkohol zerschlug alle Mauern, die ich über Jahre aufgebaut hatte in wenigen Sekunden, denn ich fühlte es. Mein Herz, wie es immer heftiger schlug, als ich direkt bei ihm stand und seinen Duft einatmete. Es war als würde die Zeit um uns herum stehen bleiben. Ich, in einem kurzen tiefblauen Korsettkleid, das meine Tattoos freilegte, mit nichts weiter, als einer Decke umwickelt und Noah, der so männlich aussah in seinem grauen Boss Anzug. Seine Krawatte saß schief, wie passend. Er konnte noch nie Krawatten binden. „Darf ich?", fragte ich und er nickte zur Bestätigung. Ich sah es an seinen Lippen, wie sie bebten, er schluckte heftig um nicht die Nerven zu verlieren. „Du konntest noch nie Krawatten binden. Erinnerst du dich an Alexanders Kommunion? Du standest im Badezimmer vor dem Spiegel und hast dich mit der rosa Krawatte gestritten und sie hätte auch gewonnen, wenn ich dich nicht gerettet hätte aus dem Dilemma." Er lächelte kurz.

„Das ist die Vergangenheit. Ich habe mich verändert, und du auch.“

„Trotzdem bist du immer noch der Alte, ich sehe es in deiner Mimik und wärest du ein Anderer, dann stünde ich noch immer an der Hausmauer und würde auf die Stadt hinunterblicken, anstatt mit dir zu reden.“ Ich biss mir in die Lippe bei seinem Anblick. Noch bevor ich wusste, was ich tat, lehnte ich mich nach vorne, und zog sein Gesicht so zu mir, dass sich unsere Lippen berührten. Ich hatte mit allem gerechnet, dass er mich wegschubste, mir eine lautstarke Ansage machte oder sonst irgendwelche Vorwürfe, aber stattdessen umfasste er meine Taille und zog mich so nah an sich, dass meine Brüste dabei eingequetscht wurden und ich nicht anders konnte, als in seinen Mund zu stöhnen. Mit den Fingern fuhr ich ihm durch die Haare und zog leicht daran. Seine Barthaare kitzelten mich am Mund, doch es störte mich nicht. Der Moment mit ihm war heiß, und einfach perfekt. Er löste seinen Mund von meinem; ich bekam sofort Panik, dass er es bereute. Doch er vergrub seinen Mund an meinem Hals und küsste mich am Ohrläppchen, so wie früher. Meine Halsschlagader pochte immer schneller, ich wusste, dass ich ihn wollte und spürte, wie sehr er mir fehlte. Das war das erste Mal, dass ich diese Form der Leidenschaft empfand bei ihm. In mir erregte sich ein Feuerwerk der Gefühle und Hormone. Ich hätte es überall mit ihm getan, sogar hier, oben in der Kälte auf der Dachterrasse, angelehnt an die Hauswand. Ich sprang hoch, sodass er meine nackten Beine umfassen musste und klammerte mich an ihm fest. Die Adern an seinen Armen spannten sich an, als er mich festhielt und sich unsere Haut berührte. Ich konnte sie fühlen, seine Erregung, wie er sie gegen mich presste und mir damit zeigte, wie sehr er mich wollte. Wir ließen uns auf den Boden sinken. Ich öffnete die Decke und schloss sie um uns beide herum. Er sah mich an, und ich ihn und meine aufgestauten Emotionen explodierten zu reiner Lust und Liebe. Ich legte meine rechte Hand an seine Brust, und fühlte seinen Herzschlag darunter. Wir hörten nicht auf uns anzusehen, bis er mich wieder küsste, so wild und leidenschaftlich, wie nie zuvor. All die Monate ohne ihn, in denen ich ihn so schmerzlich vermisste und Angst hatte den Verstand zu verlieren, wenn ich weiterhin ohne ihn leben musste. Wie konnte ich es ihm sagen, dass ich mir wünschte wir wären niemals getrennte Wege gegangen? Ich wurde von der Angst beherrscht, dass er mich zurückweisen würde und mich hasste für meinen Fehltritt. Seine Zunge erforschte meinen Mund und traf auf meine. Ich war unendlich erregt und konnte nicht aufhören ihn atmen zu hören, schwerfällig und ich wusste, dass das alles hier nur meinetwegen war, er gehörte in diesem Moment nur mir.

Er führte seine Hand an meine sensibelste Stelle. „Du bist ja so bereit", flüsterte er und ich gab mich ihm vollkommen hin ohne über die Konsequenzen nachzudenken; schon wieder. Erst als jemand versuchte die Tür zur Terrasse aufzustoßen, sprang ich entsetzt von mir selbst auf und blieb stehen, bis ich begriff, was ich beinahe getan hätte. Ich widerte mich selbst an. Entsetzt raufte ich mir die Haare und lief nervös hin und her. „Was mache ich hier nur? VERDAMMT SCHEISSE Noah! Was tun wir hier?"

„Eh- Entschuldigung, ich wollte nicht stören. Ich ehm…" Ich stand nur einige Schritte von ihr und Noah entfernt und starrte Becca an, wie sie zwischen mir und Noah hin- und hersah und offenbar nicht wusste was sie sagen sollte. Ich wickelte die Decke enger um meinen Körper und versuchte das starke Zittern meines Körpers zu unterdrücken.

Noah stand auf, räusperte sich und ging zu Rebecca. „Du musst Eve´s Freund sein. Jonas oder?“

Mein Magen zog sich zusammen, als ich an Jonas dachte, der ahnungslos nach mir suchte. „Ja, genau, Jonas. Wir wollten nur…“

„Klar, verstehe. Ihr eh, müsst euch nicht vor mir rechtfertigen. Ich wollte nur Trinken, eh, Nachschub holen. Sekt, ja genau, Sekt wollte ich holen.“ Stotterte sie nervös, die Situation schien ihr noch unangenehmer zu sein, als mir.

„Ja, gib mir den Kasten, ich trage ihn für dich.“

Ich gestikulierte wild um Noahs Aufmerksamkeit zu erregen, da sein Hemd offen stand. Mit den Augen und den Händen wies ich ihn auf seine offenen Knöpfe hin. Er sah auf sein Hemd hinunter und knöpfte die drei offen stehenden Knöpfe zu und versuchte ungeniert seine Krawatte zu richten. Ich konnte nicht anders, als ein klein wenig zu lächeln. Er war im Begriff die schwere Stahltür zu öffnen. „No.. ich meine Jonas, wolltest du nicht noch Sekt mitnehmen?“

„Ich?“ fragte er. Er stand völlig neben sich. „Ja, stimmt. Wo finde ich den Sekt?“

„Komm, ich zeig dir, wo die Kisten stehen.“ Sie gingen um die Ecke und kamen mit der klirrenden Kiste Freixenet wieder.

„Wohin?“

„Zum Empfang, bitte. Ich hole noch normale Getränke.“

Die Situation war mehr, als peinlich. „Gut, ich bringe den Sekt dann runter. Ich sehe euch dann."

Die Tür fiel zu und ich stand dar und fühlte mich, wie das Allerletzte. Meine Nasenflügel blähten sich aus, ich drehte mich um und ging zurück zur Mauer um meine Gedanken zu sortieren. Obwohl ich wusste, dass Becca scheinbar darauf wartete, dass ich irgendetwas sagte, blieb ich still und drehte mich von ihr weg. Irgendwann hörte ich, wie die Tür aufging und Sekunden später wieder in die Angeln fiel. Für ihre Verschwiegenheit war ich mehr, als dankbar.

In meinem Kopf spielte sich ein Film von der letzten halben Stunde ab. Meine Gedanken wurden immer klarer. Den Alkohol spürte ich kaum noch, als wäre ich aus einem Traum aufgewacht. Was auch immer ich aktuell tat, das war nicht mehr ich. Ich küsste Noah, obwohl ich Jonas liebte und mit ihm zusammen war. Wenn er davon erfahren würde, würde er sich sofort von mir trennen und das zu Recht. Ich hatte schwere Gewissensbisse über mein Fehlverhalten. Das war allerdings nicht alles. Der Moment mit Noah brachte mich völlig aus dem Konzept. Bei Noah hatte ich immer versucht alle Schutzmauern oben zu halten, als wir zusammenkamen. *„Ich sehe doch, dass irgendetwas mit dir nicht stimmt, Süße."* Hatte Noah gesagt, als ich vor dem Küchenfenster stand und die Tränen nicht versiegen wollten. Ich starrte den schwarzen Himmel an, und betete zu Gott, er möge ihn beschützen. *„Willst du darüber reden?"* hatte er gefragt, doch ich verneinte. Meine Wunden waren zu frisch um darüber zu reden. Ich würde die Fassung verlieren, wenn ich über den schrecklichsten Monat meines Lebens redete, September 2014.

Ich hielt mir die Hände vors Gesicht und dachte an ihn. Wie es ihm dort oben im Himmel gehen würde. Meine Haut brannte, genauso, wie der Schmerz in meiner Seele.

Was sollte ich Jonas nur sagen? Ich musste ihm die Wahrheit sagen, dass meine Liebe für Noah nie versiegt war, sondern mein Herz gerade einen Sprung gemacht hatte. Wenn ich jetzt eine Sache mit Sicherheit wusste, dann dass ich nicht mehr ohne Noah leben konnte. Es würde mich umbringen, wenn er Natalie heiraten würde. Dafür musste ich ihm allerdings endlich die Wahrheit über meine Vergangenheit sagen, und ich wusste nicht, ob ich dafür bereit war. Alles in mir schrie NEIN! Ich war nicht bereit für die Wahrheit, denn sobald ich mich öffnete, war ich verletzbar und dabei hatte ich so hart daran gearbeitet nicht mehr verletzbar zu sein. Meine Oma hatte schon Recht mit dem was sie sagte, darüber, dass einer immer mehr liebte, als der Andere. Noah hatte mich in unserer Beziehung viel mehr geliebt, als ich ihn und das wusste ich und es gab mir Sicherheit diese intensiven Gefühle für ihn zu unterdrücken und zu zweifeln. Da ich mir sicher sein konnte, dass er mich niemals verlassen würde. Das Gleiche galt für Jonas. Ich sperrte meine Gefühle aus, und ließ nur einen geringen Rahmen zu, da ich nie wieder den Fehler machen wollte, dass mir jemand das Herz brach. Zum ersten Mal hatte ich an meiner eigenen Gleichung gezweifelt, als ich Noah und Natalie zusammen gesehen hatte. Der Moment, als ich sie an seiner Seite sah, war, wie ein Stich in mein Herz. Ich spürte, wie ich schäumte vor Wut und, dass ich das allererste Mal seit Jahren eifersüchtig wurde. Damit kam ich nicht klar, mit den plötzlichen Emotionen, die auf mich einströmten, unaufhaltsam und so unglaublich schmerzhaft, dass ich am liebsten nicht mehr gelebt hätte. Ich schlug mir gegen die Stirn um die Gedanken zu vertreiben. Meine Hände waren eiskalt; ich sollte reingehen und mich aufwärmen. Ich legte die Decke zurück an ihren Platz und ging die Treppe so langsam herunter, wie ich nur konnte. Ich hatte Angst, dass man mir ansah, dass ich untreu war.

Der Lippenstift, wir hatten uns wild geküsst. Ich fuhr mir über die Lippen und sah meine sauberen Hände an. Ich sollte ein Bad aufsuchen, bevor ich zurückging. Ob Noah Natalie die Wahrheit gebeichtet hatte? Im Bad frischte ich den Lippenstift auf und wusch die verschmierten roten Stellen ab, bis ich einigermaßen normal aussah.

John stand am Treppenabsatz und unterhielt sich gespannt mit Chris Chef Gregor Douglas, als ich versuchte unbemerkt an ihnen vorbei zugehen. „Evelyn, da bist du ja! Ich habe dich bereits gesucht, Lou wusste auch nicht wo du dich rumtreibst. Trink doch etwas mit uns."

Er reichte mir ein Glas Sekt an. Ich nippte höflich daran und hielt das Kristallglas in der Hand fest. „Du erinnerst dich an Mister Douglas?"

„Sicher, guten Abend Sir. Schön Sie zu sehen."

„Miss Meyer. Wir haben uns ewig nicht gesehen."

„Seit der letzten Firmenfeier."

Er lachte durch seinen grauen Schnurrbart. „Dabei arbeiten wir in einem Gebäude."

„Eve, hi." Rief Chris mir zu, als er zu seinem Chef kam. „Mister Douglas." Sagte er höflich.

„Mister Reid. Schön, dass Sie es noch geschafft haben."

„Sie zwei kennen sich ja bereits", bemerkte Mister Douglas trocken. Für mich stand er für ein typisches Klischee. Der Firmenleiter, der abends mit seiner Zigarre auf seinem alten Ledersessel saß, dabei ein Glas trockenen Rotwein trank und sich angeregt über die Tagesthemen mit seiner Frau unterhielt. Chris erzählte mir einmal, dass er wirklich so war, wenn er ihn Zuhause besucht hatte. Seine Ehefrau Annabelle Douglas arbeitete als Senior Partnerin in einer Konkurrenzkanzlei in Düsseldorf, weshalb die beiden oft darüber stritten welche Rechte wichtiger waren. Ich hatte sie persönlich nie kennengelernt, da Mister Douglas meist in Begleitung seines Sohnes auftrat, dem Chris direkt zuarbeitete. Er war arrogant und ein sogenannter Überflieger, Paul Douglas. Abschluss in Harvard in Bestzeit. Ich persönlich interessierte mich für diese Themen nicht, nickte allerdings freundlich, sobald er ein Gespräch mit mir suchte.

„Sag, wie geht's dir Eve?", fragte er. „Hast du Hunger?"

„Nicht sonderlich, aber hol dir ruhig was, ich bleibe hier."

„Gut, dann bis gleich." Er drehte sich in seinem sonderangefertigten Anzug um und verschwand. Chris trug aufgrund seiner Körpergröße nur Sonderanfertigungen.

„Also, Miss Meyer. Wie gefällt Ihnen die Feier?"

„Ich würde sagen sie ist perfekt gelungen."

„Mein Freund John erzählte mir schon, dass sie fleißig mithalfen. Nicht?"

John nickte zur Bestätigung. „Ja, aber nur geringfügig Sir.

„Sie ist so bescheiden, aber meine beste kreative Mitarbeiterin. Evelyn ist sogar vor einigen Tagen spontan, als Model für unsere neue Kampagne eingesprungen und hat einen großartigen Job geleistet."

„So? Das klingt ja fantastisch. Sie scheinen vielfältig belastbar zu sein, Evelyn. Darf ich Sie Evelyn nennen?"

„Natürlich Sir." Ich nahm einen zweiten Schluck aus meinem Sektglas. „Mister Reid ist eine Bereicherung für unsere Firma. Das sage ich ihm zwar nicht oft, aber er leistet großartige Arbeit. Interessiert sich im Gegensatz zu den meisten meiner Mitarbeiter für tagesaktuelle Themen und ist immer auf dem neusten Stand, was die Steuergesetze betrifft."

„Habe ich gerade meinen Namen gehört?" fragte Chris strahlend und steckte sich eine Gabel Gratin in den Mund. „Ja, wir hatten gerade von Ihnen geredet", bemerkte John. „Schmeckt es Ihnen?"

„Sehr gut, Sir. Danke für die Einladung."

„Das ist ja wohl selbstverständlich. Aber genug von der Arbeit geredet. Genießen wir den Abend." Den Abend genießen? Ich konnte nachdem was passiert war, keine Sekunde des Abends genießen. Ich wollte mit Lou sprechen, bevor ich Jonas die Wahrheit beichtete. Natalie und Noah standen gemeinsam mit Daniel Russo und irgendwelchen Leuten aus seinem Bereich am Empfang und unterhielten sich. Er hatte ihr nichts gesagt. Mistkerl.

Russo trat zu uns mit Natalie im Schlepptau.

„Mister Douglas, wie schön Sie zu sehen." Sie reichten sich die Hände. Ich wusste, dass Mister Douglas sich deutlich besser mit John, als mit Daniel verstand. „Kennen Sie schon meine neue Mitarbeiterin, Natalie Willing?"

„Nein, bisher nicht. Herzlich Willkommen im Unternehmen. Ich bin Greg Douglas und leite die Steuerkanzlei, die die unteren Etagen des Gebäudes belegt. Mister Reid arbeitet für mich."

„Freut mich, Mister Douglas, Mister Reid." Sagte sie schüchtern.

„Oh, Entschuldigung. Das ist mein Partner, Noah."

Er gab allen die Hand. Als Chris seinen Namen sagte, sah ich Noahs Gesichtsausdruck, wie er sich verhärtete. „Chris, arbeiten Sie schon länger hier?" harkte Noah nach. Oh nein, er wusste es.

„Sicher, seit drei Jahren mittlerweile."

Ich sah, wie es in ihm kochte. Seine Muskeln spannten sich unter seinem Anzug an. „Das heißt Sie kennen Evelyn?"

„Klar, wir sind Kollegen. Immerhin arbeiten wir in einem Gebäude."

„Du, mieses Schwein." Hörte ich nur noch. Es waren Millisekunden, in denen es passierte. Ich flog gegen einen Tisch und lag auf dem Boden, als sich Noah auf Chris stürzte und begann auf ihn einzuprügeln. An mir zog ein Film vorbei. Noah war nicht dumm und Chris konnte nicht wissen, dass Noah mein Ex Freund war. Alles was ich sah, war Noahs Faust, wie sie immer wieder auf Chris Gesicht einschlug. Das ganze Blut, Chris blutiges Gesicht. Das Blut, wie es von Noahs Faust tropfte. Sein wutverzehrtes Gesicht, der Schmerz, die ganze Wut, die er seit einem Jahr in sich getragen hatte und jetzt rauslassen konnte. Der Schmerz in meinem Rücken, als sei ich irgendwo draufgefallen. Meine Blicke verschwammen ein wenig. Lou, wie sie nach mir rief und sich neben mich kniete. Mister Douglas, John und Daniel versuchten die beiden mit ganzer Kraft auseinanderzuziehen. Die Tränen in meinen Augen, die Angst. Und nirgendwo war Jonas, der mir half. Becca kniete neben mir und redete auf mich ein, doch ich verstand kein Wort, von dem was sie zu mir sagte.

Noahs Schreie, als John und Daniel ihn zurückzogen. „Du

Drecksschwein hast mein ganzes Leben zerstört, dafür wirst du büßen. Du wirst dafür büßen, dass du sie mir weggenommen hast." Natalie bewegte sich nicht und starrte mich an. Mein Kleid war zerrissen und der Schmerz in meinem Rücken wurde immer schlimmer. Chris hielt sich das blutüberströmte Gesicht. Seine Nase, oh Gott seine Nase. „Was ist denn in Sie gefahren?" redete Daniel Russo auf ihn ein. „Lassen Sie mich los!" Schrie er ihn an. Ich hatte Noah noch nie zuvor so wütend gesehen. Er sah zu mir herüber. „Evelyn?" Ich weinte, das alles hier war ausschließlich meine Schuld. Hätte ich doch niemals mit Chris geschlafen, dann wäre das Ganze hier niemals passiert.

„Lassen Sie mich los, sie ist verletzt." Er beachtete die weinende Natalie überhaupt nicht und hockte sich vor mich, als die Männer ihn endlich losließen. Meine Blicke wurden immer nebeliger. Der Schmerz war kaum zu ertragen. „Was hast du?"

„Mein Rücken", sagte ich nur noch und wurde im nächsten Moment bewusstlos.

# Kapitel 13

„Sie wird wach. Doktor." Rief jemand. Etwas neben mir piepste laut. Ich spürte den stechenden Schmerz in meinem Rücken und wollte danach greifen, aber meine Hände fühlten sich schwer an. Genauso meine Augen, ich wollte sie öffnen um zu sehen, was mir so wehtat, aber ich war so müde. Mein ganzer Körper fühlte sich schwer an. Jemand zog meine Augen auseinander und blendete mich mit einem hellen Licht, ich erkannte ihn nicht.

„Miss Meyer, sind Sie bei mir?" Seine Stimme klang seltsam. Ich wollte etwas sagen, aber mein Mund war so trocken. An meiner linken Hand piekste etwas. Ich versuchte den Kopf zu bewegen um nachzusehen, was da an meiner Hand war, doch meine Augen wollten nicht. „Schmerzen", keuchte ich.

„Schwester, erhöhen Sie die Schmerzmitteldosis um 5 mg. Sie werden jetzt noch etwas schlafen Evelyn. Ich hörte das schnellere Tropfen, *Piep, Piep, Piep.* Ich glitt in den Schlaf und träumte unruhig. Jemand streichelte mir sanft über den Arm. Es war ein angenehmes Gefühl. Ich schlug langsam die Augen auf. Mein Rücken fühlte sich ein wenig angenehmer an. „Süße? Wie geht's dir?" Lou beugte sich über mich und sah mich mit verweinten Augen an.

„Ich, Wasser." Murmelte ich.

„Ja, sicher. Ich gebe dir Wasser. Sie schüttete mir ein Glas Wasser ein und setzte es direkt an meinem Mund an. Meine Hände waren immer noch unruhig und unkontrollierbar. „Danke."

„Natürlich. Wie fühlst du dich?"

Ich gähnte immer noch müde. „Ich bin müde, ich weiß nicht."

„Ich habe mir solche Sorgen gemacht, oh Gott, Eve. Ich war jeden Tag hier um zu sehen, wie es dir geht."

Warum jeden Tag? Ich konnte unmöglich länger, als einen Tag geschlafen haben. „Wie lang hab ich denn geschlafen?"

„Etwas mehr als zwei Wochen. Sie haben dich ins künstliche Koma versetzt. Du hattest eine Prellung am Schädel und starke Verletzungen an der Wirbelsäule." Wirbelsäule? Meine Füße. Ich versuchte sie zu bewegen, bewegten sie sich? „Meine Beine!" hustete ich.

„Ganz ruhig", ich hole einen Arzt. „Meine Beine, meine Beine." Schrie ich. Dabei erkannte ich meine kratzige Stimme kaum wieder. „Meine Beine. Kein Rollstuhl." Ich versuchte mich aufzusetzen und nach meinen Beinen zu greifen. Aber mein Körper tat weh und der Rücken. Eine Frau im weißen Kittel lief auf mich zu und drückte mich vorsichtig zurück auf die Matratze. „Miss Meyer, Sie müssen sich beruhigen." Ich weinte. „Meine Beine. Meine Beine."

„Dr. Parker kommt sofort. Bitte beruhigen Sie sich. Alles ist in Ordnung. Ganz ruhig." Sie nahm meine Hand und hielt sie fest. Dabei gab sie irgendetwas in den piepsenden Bildschirm ein. Ich wurde augenblicklich ruhiger. Aus meinen Augen liefen die Tränen ohne, dass ich ein Geräusch von mir gab. Lou stand hinter der Schwester und redete aufmunternd auf mich ein. „Es wird alles wieder gut, Süße.“

„Okay“, flüsterte ich und schlief beinahe wieder.

„Miss Meyer.“

„Ich habe um weitere 5 mg erhöht Doktor. Sie wollte nach ihren Beinen greifen und hat geschrien.“

„Was ist mit ihren Beinen?“

„Sie schrie danach.“

Ich hörte, wie Lou ihm erklärte, dass ich Angst hatte nicht mehr laufen zu können. „Miss Meyer, hören Sie mich?“ Ich nickte mit geschlossenen Augen. „Sie müssen nicht weinen. Es wird alles wieder gut. Sie müssen noch ein wenig schlafen damit es Ihnen besser geht.“ Und das tat ich.

Am nächsten Morgen wurde ich wach und bewegte ganz normal meine Zehen. Ich hatte mich noch nie so sehr darüber gefreut meine Füße in Bewegung zu sehen. Den Vormittag beschäftigte ich mich neben zahlreichen Untersuchungen damit meine Füße anzusehen. Der Arzt wies ein MRT und CT an, vor allem um zu sehen, ob die Hirnschwellung zurückgegangen war. Danach aß ich ein Brot und Joghurt zum Mittagessen und schlief ein, nachdem mich Dave, Jonas und meine Mutter besucht hatten und bat sie darum, dass ich mich hier ausruhen wollte, bevor ich in ein paar Tagen wieder nach Hause durfte. Der Chefarzt teilte mir bereits mit, dass ich mindestens vier Wochen lang nicht arbeiten durfte, und acht Wochen lang keinen Sport machen durfte, wegen der Wirbelsäulenverletzung. „Auf dem Tisch auf den Sie gefallen sind standen eine Menge leere Gläser. Die Glassplitter haben

Ihre Wirbelsäule und Gewebe des Rückens verletzt. Sie hatten einen Schutzengel da oben." Sagte er mir und deutete dabei auf die Decke. Dass ich einen Schutzengel hatte, der über mich wachte, wusste ich bereits. Er war immer für mich da, auch wenn er nicht mehr lebte. Jonas war sehr führsorglich, wenn er kam und erwähnte mit keinem Wort, wo er an dem Abend war. Es war mir mittlerweile egal, da ich nur gesund werden wollte und mir egal war, was danach noch geschah.

∞

Mittwochnachmittag kam Lou mit einem gigantischen Strauß Tulpen zu mir, als ich gerade dabei war meinen neuen Nicholas Sparks Roman anzufangen, den mir jemand auf den Nachttisch gelegt hatte zusammen mit einer Rose. Ich nahm an, dass Jonas mich besuchte, als ich schlief und mich nicht aufwecken wollte. „Dieser heiße Krankenhaus Overall steht dir gut. Weiß blau kariert ist genau deine Farbe", witzelte sie.

„Hi, Lou. Ist der für mich?"

„Na für wen denn sonst?" Sie ging ins Schwesternzimmer und lieh sich dort eine Vase aus. Mein Zimmer stand bereits voller bunter Blumensträuße und Genesungskarten. „Ans Fenster?", fragte sie. Ich nickte zustimmend.

Sie legte ihre braune Ledertasche auf den kleinen Tisch vor meinem Bett ab und wühlte darin. Ich sah einen kleinen Teddybären. „Den soll ich dir von John geben zur Aufmunterung."

„Der ist ja süß. Sag ihm meinen herzlichen Dank."

„Das werde ich tun."

Ich hielt den Teddy im Arm und strich über den weichen Stoff. „Wie läuft es in der Agentur?“

„Ganz gut, aber es ist nicht das Gleiche ohne dich. Sarah versucht gerade die Weltherrschaft an sich zu reißen, da Russo ihr und Markus den Auftrag übertragen hat, seitdem du hier liegst.“

„Soll sie doch.“ Grinste ich. „Sie hat gute Arbeit geleistet. Ich konnte diese Kampagne ohnehin nicht mit meinem Gewissen vereinbaren.“ Sie goss sich ebenfalls ein Glas Wasser ein und zog einen Stuhl neben mein Bett. Ich saß etwas aufrechter im Bett um besser lesen zu können. Ihr Gesicht wurde ernster. „Wie fühlst du dich heute?“

„Besser. Ich lebe.“ Scherzte ich.

„Das ist nicht witzig. Dir hätte wirklich Schlimmeres passieren können.“

„Ich weiß, der Arzt hat mir schon gesagt, dass ich sehr viel Glück hatte, er ist sehr nett und aufmerksam und meinte ich könnte übermorgen nach Hause, wenn alle Untersuchungen zu einem positiven Ergebnis führen würden.“ Ich gähnte. Die Schmerzmittel ließen mich weiterhin schläfrig werden. „Bist du müde?“

„Ja, von den Schmerzmitteln.“ Ich streckte meine Arme. „Neues Buch?“

„Ja, wie ein einziger Tag. Scheint von Jonas zu sein.“

„Klingt gut.“

„Lou, sei nicht böse, aber ich würde gerne noch ein wenig schlafen, bevor das Abendessen um 18 Uhr eintrudelt. Ich habe jetzt feste Essenszeiten.“

„Du solltest dich ausruhen. Kann ich noch etwas für dich tun? Neues Wasser oder sonst irgendetwas?“

„Könntest du die Vorhänge zuziehen?"

„Klar. Wow, was für eine reizende grüne Farbe", bemerkte sie.

Sie nahm ihre Tasche und stand vor dem Bett. „Schlaf gut, Eve. Ich schaue morgen nach der Arbeit nochmal vorbei. „Okay."

Das Buch gefiel mir sehr gut. Der Hauptdarsteller, um den es im Buch ging, hieß ebenfalls Noah. Nach dem Abendessen schaltete ich die Lampe auf meinem Nachttisch an und las die ersten hundert Seiten. Ich war komplett von dem Buch gefesselt. Es spielte in den 40er Jahren und ging um zwei junge Menschen, die sich auf den ersten Blick auf einem Jahrmarkt ineinander verliebten; also eigentlich verliebte sich Noah augenblicklich in Allie, die aus einer reichen Familie stammte, im Gegensatz zu ihm. Seine Mutter war früh verstorben und sein Vater war bettelarm. Er arbeitete in einem Holzlager, zusammen mit seinem besten Freund Fynn, der mit Sarah zusammen war. Allies bester Freundin. Sie wussten, dass ihre Liebe falsch war und verboten, dennoch liebten sie sich trotz aller Widrigkeiten. Ich blätterte weiter, als jemand an der Tür klopfte. Ich trug inzwischen einen meiner eigenen Schlafanzüge, natürlich ohne BH, aber so sah ich normaler aus. Heute Morgen durfte ich das erste Mal alleine duschen gehen und roch wieder frisch und trug meine gekämmten Haare zu einem Zopf. Ich sah zur Tür herüber. Noah stand in der Tür und winkte kurz. „Darf ich?", fragte er schüchtern. Ich legte das Buch auf meinen Schoß und winkte ihn zu mir. „Nimm dir einen Stuhl und setz dich."

„Hi", sagte er.

„Hi. Schön dich zu sehen."

„Und wie gefällt es dir?"

„Was meinst du?" Ich runzelte die Stirn.

„Das Buch."

„Das Buch ist von dir?" Natürlich darauf hätte ich von selbst kommen können. Noah wusste, dass Nicholas Sparks mein Lieblingsautor war, er hatte mir immerhin vor zwei Jahren zu meinem Geburtstag seine halbe Kollektion geschenkt. „Danke, es ist sehr schön."

„Das freut mich." Er kratzte sich an den Haaren. „Ich dachte dir wäre vielleicht langweilig. Wie geht es dir, Evelyn?"

Fast niemand nannte mich Evelyn, außer meine Mutter, Lou, wenn sie sauer war oder Noah.

„Mein Rücken ärgert mich etwas, aber es wird besser. Übermorgen früh werde ich wahrscheinlich entlassen."

Die Tränen standen in seinen blauen Augen, als er meine Hand umklammerte und dabei die Schläuche betrachtete. „Ich wusste nicht, ob du mich sehen willst. Es tut mir so leid, was dir passiert ist. Es ist alles meine Schuld." Ich drückte seine Hand leicht. „Das ist nicht deine Schuld, Noah." Ganz im Gegenteil war es nur meine eigene Schuld.

„Doch, ich habe ihn angegriffen. Wenn ich mich nicht, wie ein dummes Kind benommen hätte, wäre dir nichts passiert und du würdest nicht im Krankenhaus liegen."

„Das stimmt so nicht Noah. Ich habe dich betrogen mit Chris und war naiv genug zu glauben, dass du nicht mehr daran denken würdest. Ich hätte es besser wissen müssen. Es ist nicht deine Schuld. Außerdem hätte ich nicht zwischen euch gehen müssen." Ich grinste etwas schwach und zog mir meine Brille an um ihn in der Dunkelheit besser zu sehen.

„Trotzdem hätte ich ihn nicht schlagen sollen.“

„Ja, das hättest du nicht.“ Ich trank einen Schluck Wasser und versuchte mich besser zu ihm zu drehen. „Warum hast du es Natalie nie gesagt? Also, dass ich deine Ex- Freundin bin?“

„Weil du meine Vergangenheit bist und ich sie damit nicht belasten wollte. Jetzt weiß sie ohnehin alles.“

Ich sah in sein trauriges Gesicht und wünsche ich wäre stark genug um ihn zu umarmen. „Wie hat sie reagiert?“

Er feuchtete seine Lippen an und starrte meine weiße Bettdecke an. Es war ihm unangenehm darüber zu reden, besonders mit mir. „Sie ist wütend. Wir, haben eine Pause eingelegt. Sie muss darüber nachdenken.“ Er erzählte mir nicht die ganze Wahrheit, vermutlich um mich nicht zu belasten. „Noah!“ Ermahnte ich ihn. Ich sah ihm immer an, wenn er mich anlog, besonders, wenn er nicht in der Lage war mich anzusehen. „Sieh mich an, bitte!“

Er hob den Blick an und sah in mein mitfühlendes Gesicht. „Falls du dich jetzt entschuldigen willst…“

„Nein, will ich nicht. Ich kann sie nicht leiden.“

Er grinste. „Das habe ich schon gehört. Jetzt kann ich mir auch vorstellen, wieso. Nach dem Kino hatte ich mir bereits einen Reim darauf gemacht.“

„Mir passt ihr Gesicht nicht.“

„Wieso nicht?“

„Sie erinnert mich an mich selbst. Sie sieht mir irgendwie ähnlich und das passt mir nicht.“ Das war das erste ernsthafte Gespräch zwischen uns beiden, das einigermaßen neutral wirkte. Genau diese Art von

Gespräch brauchte ich, damit wir endlich wussten, wie es weitergehen sollte.

„Noah, wir sollten über das sprechen, was auf dem Dach passiert ist." Er sah wieder in eine andere Richtung. Ich nahm meine rechte Hand und legte sie auf seine. „Was ist das zwischen uns?" Meine Worte klangen, wie ein trauriges Flüstern. Ich kannte die Antwort auf die Frage bereits, da ich wusste, wie es in meinem Herzen aussah, aber ich wusste nicht, wie er darüber dachte. Wir waren beide in einer ernsthaften Beziehung und konnten nicht einfach alles einfach so hinschmeißen, nur, weil wir noch immer Gefühle füreinander hatten, die wieder hochkochten.

„Ich weiß es nicht, Evelyn. Wir haben beide respektlos gehandelt. Ich kann es mir nicht erklären. Es war einfach alles so, wie damals." Dasselbe Gefühl überkam mich in dem Moment, als ich ihn küsste und das Gefühl hatte endlich nach Hause zu kommen. Als wäre ein Teil meines Herzens gebrochen gewesen und er hätte es nach und nach geheilt, bis es wieder zu einem Ganzen wurde. „Noah, ich liebe Jonas. Ehrlich, und ich weiß nicht was ich tun soll. Diese Situation ist so verworren."

„Du brauchst nichts tun. Ich kann dir nicht verzeihen, was du mir angetan hast, du würdest mich jeden Tag an deine Untreue erinnern, das kann ich nicht. Wie soll ich den Rest meines Lebens so weiterleben, ohne Vertrauen zu dir, immer mit der Angst, dass du es wieder tun könntest?"

„Das würde ich nicht."

„Woher soll ich das wissen, wie soll ich dir vertrauen?“

„Ich weiß es nicht.“ Sagte ich niedergeschlagen und schloss die Augen.

„Noah, ich weiß nicht mehr was der Unterschied zwischen richtig und falsch ist. Alle Entscheidungen, die ich in den letzten Monaten getroffen habe, gingen nach hinten los. Ich kann nicht mehr“, sagte ich und setzte mich auf um ihm in die Augen zu sehen. „Ich weiß nicht warum, und ich weiß, dass es falsch ist was ich dir jetzt sage, aber es muss sein. Ich liebe dich Noah. Du hast mich gesehen, als mich Niemand gesehen hat und du hast den Schmerz in meinen Augen gesehen und mich gehalten, als ich geschrien habe vor Schmerzen. alles was ich sehe, wenn ich in deine Augen schaue ist meine unendliche Liebe für dich. Ich weiß was ich dir angetan habe, wie sehr ich dich verletzt habe und dass es so ungerecht war dir weh zu tun, nur, weil ich unglücklich mit mir selbst war. Es war so, als würde alles aus dem Ruder laufen. Ich bekam keine Luft mehr in unserer Beziehung. Die ständigen Vorwürfe, die du mir gemacht hast. Ich habe mich gefühlt, wie damals Zuhause. Wertlos, als wäre ich Nichts. Meine Minderwertigkeitskomplexe haben mich fertig gemacht und ich war der festen Überzeugung, dass deine Familie mich hasst.“

„Meine Familie hat dir immer eine Chance gegeben und sie haben dich gemocht und akzeptiert, weil du mich glücklich gemacht hast und sie waren nicht dumm. Sie haben gesehen, dass du ein guter Mensch bist.“ Ich drückte seine Hand immer fester. „Ich bin aber kein guter Mensch Noah.“

„Doch das bist du, du hast eine gebrochene Seele, das unterscheidet dich von anderen Menschen.“

Wieder stiegen mir Tränen in die Augen. Meine Kehle fühlte sich, wie zugeschnürt an. Er ließ meine Dämme brechen mit seinen ehrlichen Worten.

„Ich will dir so viel gerne sagen, aber ich kann es nicht."

„Das konntest du nie. Und deshalb stehen wir heute hier. Wohin hat uns das Ganze gebracht?" Er stand auf und sah auf mich hinab. Er zeigte auf mich. „Du liegst im Krankenhaus, weil ich meine Wut nicht im Griff hatte und dich dabei verletzt habe."

„Ich habe es nicht besser verdient."

„Doch das hast du. Du hast einen Freund, der dich über alles liebt. Glaub mir ich hasse ihn dafür, dass er der Mann an deiner Seite ist, aber er liebt dich und ich will nicht, dass du alleine bist. Du brauchst ihn."

Ich ließ den Tränen freien Lauf und weinte unaufhaltsam. „Ich muss gehen, Evelyn. Es tut mir so leid. So etwas wird nie wieder vorkommen."

„Noah, bitte sag mir die Wahrheit."

„Was? Was willst du von mir hören?"

„Dass du mich liebst." Die beißende Stille durchzerrte den Krankenhausraum, bis er zur Tür ging, sich noch einmal zu mir umdrehte und schließlich sagte: „Natürlich liebe ich dich, das werde ich immer", und ließ mich alleine zurück. Mein Herz tat unendlich weh. Alles tat weh. Den einzigen Schmerz, den ich nicht empfinden konnte, war der in meinem Rücken.

Zwanzig Minuten nachdem Noah vermutlich für immer aus meinem Leben verschwand, öffnete die Nachtschwester die Tür und sah, wie ich noch immer bitterlich in mein Kissen weinte und schrie. „Doktor!", rief sie panisch und rannte wieder raus.

Ich hörte ihre Schritte, wie sie zu mir rannten. Eine Ärztin drehte mich um und sah mich prüfend an. „Haben Sie Schmerzen?", fragte sie. „Ja." Heulte ich. Ich war nicht in der Lage irgendeinen Satz herauszubekommen. Noah war gegangen und hatte die wichtigste Frage beantwortet. Nach all der Zeit hatte er mir endlich die Wahrheit gesagt und mich damit noch mehr verunsichert. Denn jetzt wusste ich mit absoluter Sicherheit, dass er mich immer noch liebte. Alles an ihm fehlte mir, seine Küsse, seine Berührungen, die Nächte, in denen ich mich hinter ihn gelegt hatte um seine Wärme zu spüren. Wie er leise schnarchte und seltsame Dinge im Schlaf sagte. Oft wurde ich nachts wach, weil seine Hündin Emma an der Tür kratzte, weil sie nicht alleine schlafen wollte. Dann legte ich ihr ein Kissen auf den Boden und streichelte sie, bis sie nur noch kurz zuckte und danach friedlich einschlief. „Ihr Schmerzmittel ist bereits sehr hoch eingestellt." Bemerkte sie. „Wir können es nicht noch höher stellen, eigentlich sollten ihre Schmerzen bereits weniger werden, jedenfalls laut der Akte", sagte sie zu der Krankenschwester. Ich wurde immer hysterischer, da ich mich im Krankenhaus unwohl fühlte und den Geruch von Desinfektionsmittel einatmete, der an ihren Händen klebte. „Hören Sie mich?", fragte sie mich. „Ja", erwiderte ich hilflos. Sie untersuchte mich kurz um festzustellen, dass meine Wunde verheilte. „Ist etwas passiert?", fragte sie wieder.

Ich nickte. „Geben Sie ihr Tavor, 20mg zur Beruhigung."

„Sie müssen das Mittel oral einnehmen und mit Wasser runterspülen, danach werden sie besser schlafen." Ich hörte, wie die Ärztin anordnete, dass sie drei Mal in der Nacht zur Kontrolle in mein Zimmer kommen sollte. Die Schwester kam mit einem kleinen blauen Plastikbecher wieder und schüttete mir ein Glas Wasser ein. „Hier Liebes, am besten trinken Sie das ganze Glas leer. Danach werden Sie ruhig schlafen können.“

„Was ist Tavor?“

„Ein Sedativum. Also ein starkes Beruhigungsmittel. Ihr Puls ist sehr hoch, danach werden sie ruhiger.“

„Okay.“ Ich schluckte die Pille, wie ich sollte runter und gab ihr den leeren Becher. „Wenn irgendetwas ist, müssen Sie nur klingeln.“

„Danke.“

„Gute Nacht.“ Ich fuhr die Rückenlehne herunter und schaltete das Nachttischlämpchen aus. Es dauerte nicht lange, bis ich aufhörte über Noah nachzudenken und allmählich wegzudämmern.

Zwei Tage später willigte Dave ein mich abzuholen und auf sofortigem Wege nach Hause zu bringen. In der Abschlussvisite erklärte Doktor Parker mir, dass meine Wirbelsäulenverletzung deutlich besser wurde. Ich fragte erneut nach, wie es mit Sport aussah. Und er verlängerte die acht Wochen Sportverbot auf mindestens 16 Wochen und nur nach vorheriger Absprache mit meinem Sportmediziner, der sich die Wunde vorab ansehen sollte und meinen Rücken auf Belastbarkeit testen sollte. Er übergab mir meine Entlassungspapiere und wünschte mir viel Glück. Dave wartete im Wartebereich, als ich aus dem Behandlungszimmer kam mit einem Hoodie und einer bequemen Jogginghose bekleidet. Ich hatte Angst meinen Rücken falsch zu belasten und mich zu verletzen.

„Alles klar bei dir und Jonas?“, fragte er nach als wir zusammen im

Auto saßen und ich aus dem Fenster sah. „Sicher. Warum fragst du?"

„Weil ich dachte er würde dich abholen, so als dein Freund."

„Ich habe ihn nicht darum gebeten."

„Achso. War ja nur eine Frage. Mutter hat nach dir gefragt, ich habe ihr gesagt, dass ich dich abhole und nach Hause bringe."

„Und?"

„Sie hat Essen für uns zwei, die Nachbarschaft und die ganze Straße vorgekocht, damit du dich nicht überanstrengst. Es steht alles im Kühlschrank. Danach war ich mit ihr Getränke einkaufen. Sie hat dir irgendwelche Kräutertees gekauft, die dir helfen sollen."

„Wobei?", harkte ich nach und verdrehte die Augen.

„Schneller zu heilen. Irgendeine ihrer Freundinnen hat ihr den Tee empfohlen. Ich hab den Namen vergessen."

„Susan." Bemerkte ich.

„Ja, genau. Die beiden waren bei einem Arzt für Naturheilkunde, meinte sie."

„Seit wann hörst du ihr überhaupt so genau zu?"

„Das ist eine gute Frage. Was macht der Rücken?"

„Geht, besser. Ich bin trotzdem froh wieder in meinem eigenen Bett zu schlafen. Die Matratze ist besser für meinen Rücken. Aber ich glaube ich vermeide erst einmal auf dem Rücken zu schlafen."

„Bist du müde?"

„Ziemlich. Ich glaube ich ziehe gleich die Vorhänge zu und lege mich hin. Die Ärzte sind der Meinung, dass es mir so umso schneller besser geht."

# Kapitel 14

Entgegen der Empfehlung des Arztes, ging ich nach einer Woche absoluter Bettruhe, einem Keksverbrauch von drei Packungen und einer schwerwiegenden Depression wieder zur Arbeit und auch abends zur Uni um nicht vor Langeweile zu sterben. Zwischen Jonas und mir herrschte Eiszeit. Jemand musste ihm von dem genauen Vorfall erzählt haben. Um neun Uhr kam ich am Dienstag in der Agentur an und meldete mich bei Rebecca am Empfang an. Als sie mich aus dem Aufzug kommen sah, lief sie zu mir und umarmte mich herzlich. „Eve, was machst du denn hier? Du solltest doch im Bett liegen bleiben."

„Ich habe es nicht mehr ausgehalten."

„Du, das kann ich mir vorstellen. Wie geht's dir?" Mir war bewusst, dass mir jeder diese Fragen stellen würde. Ich trug einen weiten Pullover, da man unter engen Klamotten den dicken Verband auf meiner unteren Wirbelsäule sehen konnte und ich den Fragen aus dem Weg gehen wollte. Es ging mir besser, nicht gut, aber besser. Über das Thema Noah hatte ich seit Tagen nicht mehr nachgedacht, weil ich mich die ersten vier Nächte in den Schlaf weinte und wach wurde und weiterweinte, bis die Tränen irgendwann versiegten.

„Besser", danke der Nachfrage. „Weißt du, ob John in einem Termin ist?“

„Ja, aber der ist in exakt zwei Minuten vorbei. Wenn du willst kannst du hier bei mir warten.“

„Ich glaube ich mache mir schnell einen Tee.“

„Ach Eve.“

„Ja?“

„Mister Reids Nase wurde geflickt.“

„Chris?“

„Ja, Natalies Freund hat ihn übel zugerichtet.“ Vielleicht wartete sie darauf, dass ich ihr die Situation auf dem Dach erklärte, besonders da ich sie angelogen hatte. „Danke. Ich geh dann.“

Das Telefon klingelte in dem Moment. Sie hob an und redete freundlich mit der Person. Ich füllte mir eine Teetasse ein und nahm mir einen Teebeutel Früchtetee aus dem Küchenschrank. Die Tür zum Kreativraum öffnete sich, ich stellte mich direkt davor. John verließ den Raum als Erster zusammen mit Lou. „Eve, oh Gott , Liebes. Was machst du denn hier?“

„Na sie konnte sich nicht daran halten, was der Arzt gesagt hat, nicht wahr?“

„Mir war langweilig; und naja, ich habe gehofft du hättest etwas für mich zu tun.“

„Das kommt ja gar nicht in Frage, du gehörst ins Bett.“ Er stellte sich mit verschränkten Armen vor mich und spielte ernsthaft die Boss Karte aus. Die meisten Arbeitgeber würden sich darüber freuen, wenn ihre Angestellten früher zurückkamen. Nicht John. Er war um mein Wohlergehen besorgt.

„Was macht der Rücken?“

„Der Aufprall war übel für den Rücken“, gab ich zu. Natalie kam aus dem Raum und blieb vor mir stehen. Ich sah die Wut in ihren Augen. Doch sie sagte nichts und blieb einfach nur stehen. Ich hatte damit rechnen müssen sie irgendwann wieder zu sehen. Ob sie wohl wusste, dass Noah mich im Krankenhaus besucht hatte? Ob sie wohl wieder zusammen waren?

„Kann ich Sie einen Moment alleine sprechen, Miss Evelyn?“ fragte sie mit einer derartigen Wut in ihrer Stimme, dass es sogar Lou und John mitbekamen. „Ich denke das ist keine gute Idee“, wand Lou ein. „Ihr geht es nicht gut.“ Das schien sie offensichtlich nicht im Geringsten zu interessieren.

„Schon gut, ich komme gleich in dein Büro John.“ Die restlichen Mitarbeiter verließen den Kreativraum, sodass ich mit ihr ungestört sprechen konnte.

Sie drückte die Tür hinter uns so feste zu, dass die Klinke wackelte. Ich sah, wie sie versuchte nicht die Fassung zu verlieren und sich an die Tür anlehnte. Sie biss sich auf die Lippe. „Noah hat mir alles erzählt.“ Das wusste ich bereits, doch ich wollte ihr nichts von unserem spätabendlichen Krankenhausgespräch erzählen, da es sie nichts anging und ich die Erinnerungen an diesen Abend noch zu lebhaft vor Augen hatte um neutral darüber zu reden. Schon gar nicht mit ihr. Dieser Schlampe. Ich setzte mich auf einen der Besprechungsstühle und wartete, dass sie weitersprach.

„Wollen Sie denn gar nicht wissen, was er mir genau erzählt hat?“

„Das werden Sie mir sicherlich mitteilen.“ Sagte ich vorsichtig. Sie kam ein Stück auf mich zu, und lief danach wieder zurück zur Tür. Das Geräusch ihrer High Heels hallte auf dem Parkettboden wider. Man sah, wie sich ihre Bluse anhob und senkte, als sie hin und herlief. Dann blieb sie am Tischkopf stehen und hielt sich an einem Stuhl fest. „Ich weiß, dass Sie zwei zusammen waren."

„Ich weiß absolut nicht, was Sie von mir hören wollen, Natalie."

„Ich will, dass du meinen Freund in Ruhe lässt. Er ist jetzt mit mir zusammen und wir lieben uns." Das hörte sich bei Noah allerdings anders an.

„Erstens heißt es Sie und nicht du und zweitens kann ich nicht darüber entscheiden was Noah will. Darüber kann ich nicht entscheiden."

„Aber darüber die Finger von ihm zu lassen. Ich liebe ihn." Sagte sie wieder. Doch ihre Worte bedeuteten mir nichts, denn sie war mir egal. Wenn ich mich um jemanden scherte, dann war es einzig und allein Jonas.

„Ich muss mir das hier nicht anhören." Sie versuchte mich an der Schulter anzurempeln, als ich an ihr vorbeiging. „Finger weg von ihm oder du wirst es bereuen mich kennen gelernt zu haben."

„Keine Sorge, das habe ich bereits." Ich ließ sie stehen und ging zu Johns Büro. Lou saß vor seinem Schreibtisch und warf einen Ball an die Decke.

„Was wollte sie?", typisch Lou direkt mit der Tür in Haus zu fallen. John tat beschäftigt und tippte auf seiner Tastatur etwas in den PC ein.

„Dass ich ihr nicht ins Gehege komme."

„Ufff. Süß. Sie muss ja mächtig Schiss vor die haben."

„Louisa." Tadelte John sie. „Ist doch die Wahrheit."

„Ich dachte du magst sie." Bemerkte ich und verzog das Gesicht. „Nicht mehr."

„Seit wann?"

„Na, seit eben." Ich kicherte und sie stimmte ein.

Ich setzte mich auf den Stuhl neben ihr. „John, bitte bitte. Du musst mich arbeiten lassen." Er drehte sich zu mir um, faltete die Hände auf dem Tisch und setzte seinen nachdenklichen Blick auf.

„Bitte, bitte, bitte." Sagte ich und guckte dabei so traurig, wie ich nur konnte.

Er atmete schwerfällig aus. „Kompromiss, da du ohnehin nicht nachgeben wirst. Du gehst nach diesem Gespräch zurück in dein Bett und kommst nächste Woche Dienstag wieder."

„Wieso denn Dienstag?"

„Montage mag niemand. Und du bist krank."

„John."

„Keine Wiederrede. Jetzt mache ich dir einen Tee, du bleibst sitzen und wir drei unterhalten uns. Danach fährt dich Jeff nach Hause."

„Wer ist Jeff?"

„Mein Fahrer."

„Ach so, natürlich hast du einen Fahrer." Bemerkte Lou trocken.

„Lou, kann ich dich kurz sprechen?", frage ich, als ich Johns Büro verließ. „Na klar." Sie stand auf und lief mir hinterher zu unserem Büro. Ich schloss die Tür hinter uns und lief nervös hin und her. „Was ist los?", fragte sie

„Kann ich mit dir reden? Ich weiß nicht mit wem ich sonst reden soll."

„Na klar, Süße. Das weißt du doch." Ich setzte mich auf den

Schreibtisch und ließ meine Füße baumeln. Sie zog ihren Stuhl so heran, dass sie sich vor mich setzen konnte. Ich sah niedergeschlagen auf den Boden. Mein Rücken schmerzte nach dem vielen sitzen ein wenig, und noch viel mehr schmerzte der Gedanke an Noahs Besuch im Krankenhaus.

„Es geht um Noah oder? Wir haben kaum über die Feier gesprochen. Du warst über eine Stunde verschwunden. Was ist passiert?"

„Ich war mit Noah auf der Dachterrasse." Ihre Augen weiteten sich schockiert. Sie nahm meine Hände, als ich begann zu zittern. Jeder Gedanke an ihn tat unendlich weh, und zugleich, wirkte alles wie in einem Traum.

„Alleine?", harkte sie nach. Ich nickte.

„Scheiße. Und dann?"

„Ich weiß auch nicht. Wir haben geredet, und es fühlte sich an, wie früher. Es war so, als würden alle Erinnerungen unserer gemeinsamen Zeit, wie eine Spirale durch meinen Kopf fliegen. Oh Gott, Lou! Wir haben fast miteinander geschlafen."

„Ihr habt was gemacht?" Ihr Ton klang vorwurfsvoll, obwohl ich wusste, dass sie es nicht so meinte. Sie musste über mein Geständnis schockiert sein.

„Ich weiß. Ich benehme mich, wie ein Teenager. Es ist nicht fair was ich Jonas damit antue. Meine Gefühle sind vollkommen durcheinander, ich weiß einfach nicht mehr was ich will und was nicht." Ich atmete laut ein und aus. „Lou, ich liebe ihn, über alles. Aber ich kann Jonas nicht aufgeben. Ich kann es dir nicht erklären und ich verstehe mich nicht. Ich habe Angst Jonas aufzugeben, er ist so ein wichtiger Teil meines

Lebens. Ich liebe auch ihn sehr."

„Aber du liebst Noah mehr, oder?"

„Ja", flüsterte ich. Die Wahrheit durchbohrte mich, wie ein Messer.
Darüber hatte ich niemals zuvor mit irgendjemandem geredet. Ich
wusste es, tief in meinem Herzen, dass ich nur einen der beiden mehr
lieben konnte. Eigentlich wusste ich es bereits seit Monaten, doch ich
konnte mich nicht einfach um entscheiden. „Dann musst du unbedingt
mit Jonas reden."

„Das ist noch nicht alles. Er hat mich im Krankenhaus besucht.
Erinnerst du dich an das Buch, von dem ich dachte, dass Jonas es mir
gebracht hätte?"

„Klar, du hast gelesen, als ich dich besucht habe. Von diesem
Schnulzen Autor." Sie grinste, Lou las ausschließlich Krimis, in denen
Leute umgebracht wurden.

„Nicholas Sparks, wie ein einziger Tag. Genau. Noah hat es mir
gebracht."

„Wie aufmerksam von ihm."

„Ja, eh, er. Wir haben sehr offen miteinander geredet Lou. Es war ein
sehr emotionales Gespräch. Er hat endlich zugegeben, dass er mich
noch immer liebt."

Sie ließ sich nach hinten fallen und schlug die Hände hinter den Kopf.

„Wow. Das ist unerwartet, aber er ist doch noch mit Natalie
zusammen."

„Vorläufig", bemerkte ich.

„Du hast ein Problem, Eve. Was hast du zu ihm gesagt?"

„Danach nichts mehr, ich habe geweint und er auch. Wieso ist die Liebe nur so schwer?“

„Weil es nie leicht ist jemanden zu lieben. Die meisten Menschen wünschen sich eine Beziehung, sind aber nicht in der Lage Kompromisse mit dem Partner einzugehen. Süße, ich weiß, wie es dir ging, als du mit ihm zusammen warst und dass du ihm nicht die ganze Wahrheit sagen kannst. Mir bedeutet es wahnsinnig viel, dass du dich mir gegenüber geöffnet hast, aber ich kann dich verstehen, wieso du dein Herz verschließt vor der Liebe.“ Sie drückte meine Hände noch fester und sah mich geradewegs an. „Du hast schlimme Dinge durchgemacht, Menschen verloren, die du geliebt hast. Es ist nur normal, dass du dich selbst beschützt. Ich kenne dich Eve und ich weiß, wie verletzbar du bist und wie es in dir aussieht. Dass du es dir lange nicht einstehen wolltest, kann ich auch verstehen. Niemand gibt gerne zu, dass er krank ist, vor allen Dingen nicht, wenn es sich um eine psychische Erkrankung handelt.“

„Er wird es nie verstehen, Lou. Weil er nicht weiß, wie es sich anfühlt, wenn man Qualen leidet, über die man nicht sprechen kann. Wie soll ich ihm erklären, wie es sich anfühlt, wenn jemand stirbt? Woher soll er es kennen? Er lebt in einer heilen Welt und so soll es auch sein. Deswegen bin ich doch gegangen.“

„Ja, aber Süße du liebst ihn. Willst du aus reiner Nächstenliebe auf die Liebe deines Lebens verzichten?“

Ich schüttelte den Kopf. Ich wusste nicht mehr, was ich denken sollte. Ich stand nur wenige Zentimeter vor dem Abgrund und konnte jeden Moment damit rechnen zu fallen. Tiefer, als je zuvor. „Ich darf nicht an mich denken. Das darf ich nicht.“

„Wer sagt das?"

„Meine Vernunft. Er hat meinetwegen so viel durchgemacht."

„Und du hast seinetwegen viel durchgemacht. Wegen seiner unerbittlichen Eifersucht, seinem Verantwortungsgefühl seiner Familie gegenüber und, und, und. Die Liste in lang Eve. Ihr beide habt Fehler gemacht, ihr seid auch nur Menschen. Vor allen Dingen zwei sture Menschen. Jeder macht Fehler und es grenzt an übermenschliche Stärke Fehler zu verzeihen. Besonders, wenn man sich liebt, so wie ihr beide euch liebt."

„Wieso bist du nur so?"

„Ehrlich?"

„Ja, verflucht ehrlich. Ich hasse dich dafür."

„Nein, du liebst mich dafür."

„Kannst du mich umarmen?"

„Natürlich." Sie umarmte mich, sodass ich einen Augenblick lang Wärme empfand und mich sicher fühlte.

„Natalie will, dass ich die Finger von ihm lasse."

„Pff. Das würde ich auch wollen, wenn er mein Freund wäre. Ich hoffe deswegen gibst du nicht auf und kämpfst trotzdem um ihn."

„Zuerst rede ich mit Jonas."

„Oh Süße, komm her." Sie drückte mich an sich und gab mir Halt. Lou gab nur die Dinge wieder, die ich innerlich wusste, dennoch nicht aussprechen konnte, da ich Jonas nicht verlieren wurde. Die Frage war viel mehr, ob er für mich ein Freund war oder mein Freund. Jonas war zwar mein Freund, doch ich fühlte, dass er mehr, wie mein bester Freund war. Egal was irgendjemand dazu sagte, wusste ich instinktiv, dass ich ihn wirklich liebte, nur eben, als meinen besten Freund, sonst wäre dort nicht die Liebe für Noah, die so stark war, dass sie mich jede Nacht in meinen Träumen heimsuchte. Natalie hatte mir nie etwas getan oder etwas zu mir gesagt, doch ich hasste sie vom ersten Moment an aus ganzem Herzen. Mein inneres Alarmsystem hätte bereits zu dem Zeitpunkt eine eindeutige Warnung an mich senden sollen.

Die ersten zwei Nächte nach dem Aufeinandertreffen mit Noah waren schlimm. Natalie hatte mich nicht gesehen, da ich mich nicht zu ihr drehte um die Fassung zu behalten. Es war ein ganz normaler Tag, der leider nicht besonders gut angefangen hatte, mitten im Sommer. Die Stadt arrangierte ein großes Volksfest, auf dem getrunken und gegessen wurde. Jonas und ich stritten an dem Morgen ganz fürchterlich über Dinge, an die ich mich kaum noch erinnern konnte. Es waren wieder einmal Banalitäten. Nach unserem Streit wollte ich alleine sein und niemanden sehen. Ich wusste, dass Dave und Jonas mit ihren Fußballkollegen zum Trinken auf dem Fest verabredet waren, noch ein Grund mehr für mich Zuhause zu bleiben und mir einen Abend mit schlechtem Fernsehen und ungesundem Fast Food zu genehmigen. Ich warf Jonas nach dem hitzigen Gespräch raus um den Kopf freizubekommen. Danach ging ich zu der Wiese im Wald und legte mich auf meine Kuscheldecke und hörte Musik, ungestört und alleine. Dave ging ich den Rest des Tages aus dem Weg, da er ohnehin damit beschäftigt war die Dame der letzten Nacht irgendwie loszuwerden. Am Nachmittag, als er gegen drei Uhr losmusste um sich mit seinen Freunden zu treffen, saß sie immer noch auf dem Sofa neben ihm und wollte offensichtlich mit ihm kuscheln. Sie tat mir ziemlich leid, da ich wusste, welche Einstellung mein Bruder gegenüber One-Night-Stands hatte. Sie hießen bei ihm nicht ohne Grund One-Night-Stands. Seine oberste Regel war, kennenlernen, mit nach Hause nehmen, erbarmungslosen Sex haben; ja, ich hatte ihn oft genug dabei gehört, seitdem gab es in unserem Badezimmerschrank einen Vorrat an Ohropax, damit ich ihn nicht irgendwann umbrachte; und am nächsten Morgen sofort rausschmeißen. Selbstverständlich auf Daves charmante Art. Nur hatte David nicht damit gerechnet, dass manche Frauen einen messerscharfen Verstand besaßen und einige von ihnen berechnend waren. Valerie, ein Mädchen, das eine Zeit lang öfter bei uns ein und ausging, laut Dave zum reinen Freizeitvergnügen, wurde inzwischen zu einem Five-Night-Stand und saß irgendwann morgens mit mir zusammen am Frühstückstisch, als ich an Konzeptentwürfen für die Arbeit saß und sie, in Daves Abwesenheit, fragte, wie sie sein Herz gewinnen konnte. Ich spuckte beinahe meinen Apfel Tee aus. Was sollte ich ihr schon sagen? Mein Bruder war überdurchschnittlich attraktiv und wusste es auch, genau deshalb nutzte er seinen Charme und bekam eine nach der Anderen in die Kiste. Valerie war diejenige, die an dem Tag im Sommer, als ich Noah wiedersah nicht gehen wollte und es darauf schob, dass sie ein nettes Gespräch mit mir führte. Da ich Valerie nicht bloßstellen wollte, gab ich ihre Lüge wieder, doch er wusste es besser, denn er kannte mich und ich konnte nicht überzeugend lügen. Er schaffte es Valerie loszuwerden, da er ihr, wahrheitsgetreu erzählte, dass er zu seinen Kumpels wollte. *„Melde dich bei mir"*, hatte sie ihm mit klimpernden Wimpern gesagt und ihn danach leidenschaftlich geküsst zur Verabschiedung. Ich konnte nicht anders, als hinzusehen, da sie während des Kusses so laute Geräusche machten, dass sogar die Katzen der Nachbarin davon aufgeschreckt wurden. Dave schloss die Haustüre nachdem sie unten war und schüttelte den Kopf.

„Was für eine Frau", hatte er gesagt und holte sich danach eine Flasche Bier.

„Musst du wirklich schon los?", harkte ich nach.

„Nö, erst in exakt vierzig Minuten, aber die Kleine nervt mich allmählich gewaltig."

„Du bist ja so sensibel."

„Hey, habe ich behauptet etwas Festes zu wollen? Nein!" Betonte er und ließ sich neben mich auf die Couch fallen. „Shit, jetzt war ich wieder unsensibel. Auch ein Bier?"

„Nein, vielen Dank auch. Ich arbeite und dafür brauche ich einen klaren Kopf. Wenigstens einer von uns sollte mitdenken."

„Das habe ich heute Morgen gehört, wie du mitgedacht hast Evelyn."

„Sag nicht Evelyn."

„Wieso? Du heißt doch so, oder Evelyn?"

„Du gehst mir gewaltig auf die Nerven."

„Nicht, dass es mich etwas angeht, aber was ist los bei euch?"

„Ich weiß nicht, es läuft nicht gut. Wir streiten oft."

Er gähnte, als würde ihn unser Gespräch langweilen. „Das bekomme ich oft genug mit."

„Ich weiß Jonas ist dein Freund…"

„Hey, Schwesterherz. Du bist meine kleine Schwester und ich dein reifer großer Bruder."

„Das „reifer" können wir an dieser Stelle direkt streichen David."

„Schon gut. Was ich irgendwie versuche zu sagen ist, dass du nicht meinetwegen mit ihm zusammen sein solltest, sondern weil du es willst."

„Sehr weise." Bemerkte ich lächelnd und legte mein Laptop zur Seite. Er grinste. „Ich gebe mein Bestes."

„Ich weiß, das höre ich jedes Wochenende." Ich tat angeekelt und zog eine Grimasse.

„Oh ja. Erinnerungen."

„Du bist unverbesserlich." Er trank das Bier leer und stellte es krachend in die Spüle. Mein Bruder hatte das Aufräumen wirklich nicht erfunden, dann blieb, wie immer alles an mir und unserer Putzfrau hängen, die für David sogar die Wäsche bügelte und in die Schränke einräumte.

Dave verschwand kurz nach unserem Gespräch im Bad, und ging fünf Minuten später entspannt zur Tür und haute ab. Ich arbeitete noch fast zwei weitere Stunden an meinen Entwürfen und der Einladung zum Meeting, bis ich alles an John sendete und mir ein großes Bananen Split mit viel Sahne und Glückshormonen machte. Ich saß vor dem Fernseher und schmachtete Dr. McDreamy an, mit meinem riesigen Eis und Bauchschmerzen, bis meine Freundin anrief und mich sofort aufforderte mit auf das Volksfest in der Stadt zu kommen. Um den Schlossturm, bis in die Stadtmitte herein standen Imbisse um Bierbuden, an denen sich tausende Menschen sammelten und ausgelassen redeten. Nach längerer Diskussion stimmte ich zu mit ihrer Familie und ihrem Freund mitzugehen um den Kopf freizubekommen. Ich erzählte ihr nichts von dem Streit mit Jonas, nur, dass ich Noah schrecklich vermisste. Ihr

Freund mochte Noah, sie waren sogar miteinander befreundet und er erzählte ihm ab und zu von mir. Manchmal dachte ich es wäre sinnvoller gewesen einfach zu Hause zu bleiben, anstatt mitzugehen und Natalie das erste Mal zu sehen. Ihre damals noch blonden Haare, die sie glatt trug, darunter eine Jeans und ein gestreiftes hellblau-weißes T-Shirt, das alt und verbraucht aussah und überhaupt nicht saß. Sie stand einfach nur dar, neben Noah und hielt sich an ihm fest. Ruhig, ohne ein Wort zu sagen, als Dennis zu ihm ging und sie sich begrüßten. Ich fragte ihn danach, wie sie heißt und er zuckte nur mit den Schultern und meinte, sie hätte sich ihm nicht vorgestellt. Marie, Dennis' Freundin, die nebenbei eine meiner besten Freundinnen war, stellte sich zu ihnen und fragte Noah ganz direkt, ob sie seine Neue war. Sie grinste, wie ein dummes kleines Kind und er starrte dabei nervös auf den Boden und nickte stumm. Ich konnte nicht hinsehen, denn die beiden gemeinsam zu sehen brach mir das Herz. Meine Vernunft stellte sich gegen mein Herz, denn wenn ich jetzt nachgegeben hätte, wäre ich an Ort und Stelle zusammengebrochen. Alles was ich sah, war sie. Wie ein rotes Tuch, das vor meiner Nase wedelte und mir dabei sagte: Du bist selber schuld, dass ich jetzt an seiner Seite bin und nicht du. Ich hatte mich noch niemals so gefühlt, wie in diesem Augenblick. Ich wollte ihr den Bierkrug, den ich in der Hand hielt über den Kopf ziehen. In meinem Kopf explodierte alles, so viel Wut empfand ich. Wie konnte er so blind sein und nicht sehen, was ich empfand, wie schwer es mir fiel ihn zu sehen, zusammen mit ihr. Mein Magen drehte sich um.

Ich rief John an und gab ihm Bescheid, dass sein Fahrer sich bereitmachen sollte für den Weg. Er wünschte mir noch einmal eine gute Besserung, danach begleitete Lou mich in die Tiefgarage und übergab mich Johns Fahrer Jeff, der in einer nagelneuen Mercedes Benz Limousine vorfuhr. Jeff erinnerte mich an einen Marine, oder Soldaten. Kurz geschorene Haare, gerade Haltung, unantastbare Art. Er nannte mich außerdem Maam, als ob ich bereits Mitte fünfzig wäre. Ich lächelte und hoffte er würde ebenfalls aus Höflichkeit zurück lächeln, doch seine Miene blieb undurchschaubar. Irgendwie unheimlich. Ich musste daran denken John zu fragen, wo er ihn anwarb.

Jonas war heute Abend mit seinen Jungs zum Fußball gucken in irgendeiner Kneipe verabredet, das hatte er mir vor zwei Tagen geschrieben. Ich konnte nicht mehr warten, wir mussten unbedingt miteinander reden. Ich musste endlich für Klarheit sorgen, so ging es nicht mehr weiter. Jonas ging natürlich nicht an sein Handy, ich versuchte es insgesamt vier Mal, jedes Mal nur die Mailbox. Ich wollte noch nicht zurück in die WG und entschied mich dafür noch etwas im Dunkeln spazieren zu gehen. Der Himmel war schwarz und der Winter fühlte sich entsetzlich kalt an. Der Januar war beinahe um, und im März wurden die Tage bereits heller. Ich musste genauso dringend mit Noah reden und ihm sagen, dass ich mich von Jonas trennen würde. Doch auch er hob nicht ab. Vermutlich hatten er und Natalie sich wieder versöhnt und schliefen gerade miteinander. Ich nahm mein Handy und warf es so fest ich konnte auf den Boden. Was hatte ich da nur getan? Ich hob es von der Straße auf und betrachtete das zersplitterte Display. Ich wickelte es vorsichtig in einem Tuch ein und machte mich danach auf den Weg nach Hause, da ich niemanden mehr auf der Straße sehen konnten und das Flackern der Straßenlaternen immer unheimlicher wurde.

Ich musste etwas tun um Noah zu beweisen, dass ich ihn wollte, dass ich ihn nie wieder aufgeben würde. Ohne zu wissen, ob ich überhaupt noch eine Chance bei ihm hatte. Zuhause nahm ich einige Blätter weißes Papier aus dem Schrank, einen Kugelschreiber und begann zu schreiben. Im Hintergrund lief Musik. Da war es, ein kleines leeres Stück Papier, auf dem ich alles aufschreiben konnte. Ich schluckte und sah, wie meine Hände zitterten. Ich verschloss die Küchentür um in Ruhe schreiben zu können. Da war sie die Wahrheit, die mich beinahe erdrückte. Ich spielte mit dem Stift und stützte mich auf meiner linken Hand ab und dachte darüber nach, wie ich anfangen sollte. Die Worte waren nicht leicht.

*Lieber Noah,*

*ich wünschte ich könnte dir die Dinge persönlich sagen, die ich auf dem Herzen habe. Ich weiß, ich konnte dir in vielen Situationen nicht die Wahrheit sagen oder mir fehlten sogar die Worte. Wenn ich dir beschreiben müsste, wie sich mein Herz anfühlt, dann könnte ich nur sagen, es fühlt sich unendlich schwer und leer an. Ich verschließe es vor allen Gefühlen, die mich auf irgendeine Weise verletzen könnten. Ich versuche jeglichen Schmerz von mir wegzuschieben und meine Gefühle mit den Tabletten zu betäuben. Mir ist egal was andere Menschen über mich denken, vielleicht denken sie ich bin krank oder verrückt. Und ja, ich habe eine Erkrankung, die sich nicht vom einen auf den anderen Tag heilen lässt und das ist okay, denn ich brauche Zeit um zu heilen. Aber es ist egal, denn nur ich selbst weiß, wie es mir wirklich geht. Du* kennst mich. Zuzugeben, dass etwas mit mir nicht stimmt, fiel mir unheimlich schwer. Der Schritt in die Klinik zu gehen. Gefragt zu werden wieso ich überhaupt hier bin und mich einem völlig fremden Menschen zu öffnen. Die Tränen in meinen Augen, Noah. Ich hatte Angst meine eigene Wohnung zu betreten, weil ich Panikattacken bekam, sobald ich einen Schritt durch die Tür wagte, weil die Erinnerungen so wehtaten. Mit zitternden Händen habe ich die Tür aufgeschlossen und die Bilder angesehen.

Noah, ich wusste es als ich dich weinend angerufen habe und dabei sein Bild angestarrt habe. In meiner Hand eine leere Flasche Wodka, als wäre ich ein Alkoholiker. Ich kam mir selbst so schäbig vor. Doch ich wusste ich würde es ohne dich nicht schaffen, da du der einzige Mensch warst, dem ich vertraut habe. Natürlich konnte ich mich auf dich verlassen. Ich lag auf dem Boden, mit dem Kopf auf deinem Teddybären, mein Gesicht gerötet von den unzähligen Tränen und der Wut und Trauer. Und obwohl ich dich so mies behandelt habe, kamst du zu mir und hast mich getröstet. Du hast mich hochgehoben und in deinen Armen gehalten, bis ich endlich aufhörte zu weinen. Du hast versucht mich aufzumuntern und dabei sogar zu lächeln, obwohl es gequält wirkte. Dann habe ich ihn wiedergesehen, den Noah, in den ich mich verliebt habe. Du wirktest so unbeschwert und so erleichtert, mich in deinen Armen zu halten. Als wäre ich ein Geschenk in deinen Augen. Und ich, war so erleichtert, dass du da warst. Du kannst dir nicht vorstellen, wie viel mir das bedeutet hat. Dabei sahst du auf einmal so anders aus, als hätte ich dich noch nie richtig gesehen. Mit deinem drei Tage Bart, dem engen beigen Langarmshirt und der engen Jeans. Ich *konnte gar nicht fassen, wie schön du aussahst. Ich war so unendlich*

*stolz auf dich, dass du es wirklich getan hast, dich weiterzuentwickeln.*

*Doch darum geht es in diesem Brief gar nicht. Noah, ich liebe dich so*

*sehr und ich kann nicht ohne dich leben. Ich habe mit Jonas geredet,*

*über alles und wir haben uns getrennt. Es war die beste Entscheidung,*

*auch, wenn es wehtut. Ich habe mir nur selber belogen.*

*Gerade höre ich „Eine Hand voll Erde" von den Toten Hosen, während*

*ich dir schreibe. Dabei beginnen meine Erinnerungen meinen Puls in*

*die Höhe zu treiben. Es ist so schwer darüber zu reden. Ich hatte immer*

*Angst dich zu verlieren. Dabei habe ich es nicht zugelassen, dich mehr*

*zu lieben, als du mich. Irgendwann lernst du deine Gefühle*

*abzuschotten. So war es leichter für mich eine Beziehung zu führen. Die*

*Erinnerungen an meinen Onkel zerreißen mein Herz. Der Tag an dem*

*er starb, ich spürte es in dieser Nacht. Als wären wir miteinander*

*verbunden. Ich konnte niemals darüber reden, wie ich mich gefühlt*

*habe. Aber das muss ich endlich tun, um seinen Verlust endlich zu*

*verarbeiten.*

*Er lag einfach dar. Im Bett mit geschlossenen Augen, und gelb*

*verfärbter Haut von der langen Krankheit, die ihn kaputt machte.*

*Irgendwie wirkte er friedlich und ich wusste, dass er jetzt glücklich war*

*an dem Ort an dem er war, denn er erlitt vermutlich schlimmere*

*Schmerzen, als wir es uns jemals vorstellen konnten. Noah, ich hatte*

*solche Angst davor, dass er stirbt, schon bevor er friedlich einschlief.*

*Ich habe mich so von ihm verabschiedet, wie er es verdient hat. Ich*

*habe mich vor sein Bett gekniet, als ich alleine war und sein Gesicht*

*geküsst, obwohl es sich kühl und leblos anfühlte, doch er hatte es* verdient. Weißt du wie ich mich in diesem Moment gefühlt habe? Als wäre ein Teil von mir mit ihm gestorben. Ich hätte alles getan um ihn zu retten, alles, doch der Krebs war stärker. Meine Lippen bebten und meine Augen waren geschwollen von den vielen Tränen. Ich wusste, dass er endlich seine Erlösung fand, doch sein Verlust saß viel tiefer, als ich es mir jemals hätte vorstellen können. Denn ich habe ihn wahnsinnig geliebt und er hat meinem Leben Stabilität gegeben. Dann der Tag der Beerdigung. Ich fühlte mich taub und dachte an nichts.- Es war das erste Mal, seit einer Ewigkeit, dass ich meine ganze Familie wiedersah, mütterlicherseits. Wie sie wunderschöne Blumen in den Händen hielten und sich gegenseitig trösteten. Da empfand ich für einen Augenblick Glück. Ich sah die Trauer und die Angst in den Augen meiner Oma. Den Verlust ihres ältesten Sohnes. Ich wollte sie beschützen, für sie da sein. Ich dachte wirklich, ich würde stark genug sein, es ohne Beruhigungsmittel schaffen und etwas über ihn sagen, das ihn auszeichnete. Einen Menschen feiern, der so viel Gutes für Menschen tat, die nichts hatten. Doch dann bekam ich kein Wort heraus, als ich den Fotorahmen und die Urne sah, die ich ausgesucht hatte. Die alles von ihm darstellte, der Sonnenuntergang und die Schwalben. Dann das Bild, auf dem er glücklich lächelte. Ich setzte mich in die zweite Stuhlreihe in der kleinen weißen Kapelle, direkt hinter meine Großeltern und hinter meine Mutter, neben meinen Vater. Du kennst ihn, er ist kein emotionaler Typ, aber hielt trotzdem die ganze Zeit meine Hand. Als die Musik zu spielen begann und der Pfarrer über ihn erzählte war die Taubheit verschwunden, und meine gesamte Trauer kam an die Oberfläche. Ich habe in den Armen meines Vaters geweint,

*wie nie zuvor. Alles in mir zog sich verkrampft zusammen. Ich hörte
meine Oma, wie sie krampfhaft weinte und keine Luft mehr bekam.
Noch niemals hat sich etwas so schlimm angefühlt, wie dieser Moment.
Am liebsten wäre ich weggerannt und hätte mich vor der Wahrheit
versteckt. Aber ich konnte nicht, denn mein Körper war, wie erstarrt.
Mein Vater hat mich festgehalten, so fest, wie er nur konnte. Ich hörte,
wie alle um uns herum weinten, sogar die Männer.
Auf dem Weg zu seinem kleinen süßen Grab, hatte ich mich etwas mehr
im Griff und versuchte einen Fuß vor den anderen zu setzen. Doch mein
Blick war vernebelt, und in meinem Kopf war nichts mehr, wie zuvor.
Jetzt änderte sich alles, meine Familie, mein Leben, denn er fehlte mir
so sehr. Am Grab sollten wir alle eine weiße Rose auf die Urne legen
zum Abschied. Ich wollte mich hinhocken und ihm sagen, wie sehr ich
ihn liebe, doch meine Beine gaben nach. Mein Vater und meine
Schwester fingen mich auf, als ich den Halt verlor und schreiend und
weinend an seinem Grab zusammenbrach. Ich hatte keine Kontrolle
mehr über meinen eigenen Körper. Meine Mutter nahm mich in den
Arm und gab mir eine Beruhigungstablette, damit ich nicht mehr leiden
musste. Überall um mich herum sah ich gequälte Gesichter, Tränen,
Wut, und Leiden.*

*Noah, all die schrecklichen Dinge, die ich gesehen habe, habe ich mit
aller Kraft versucht zu verdrängen und nicht mehr daran zu denken.
Aber so läuft es einfach nicht. Nur jetzt wird mir bewusst, dass die Zeit
alle Wunden heilen kann. Und es wird von Tag zu Tag einfacher, nur
nicht, ohne dich. Es tut mir so leid, dass ich dich gehen lassen habe. Die
Traurigkeit in deinem Gesicht, werde ich niemals vergessen. Und*

*vergiss eines nicht, ich weiß, wie sehr du gelitten hast. Ich weiß es, weil ich weiß, wie ich mich jetzt ohne dich fühle.*

*Ich liebe dich.*

*Deine Evelyn.*

Ich faltete die Blätter zweimal, und schob sie in einen weißen Briefumschlag. Darauf notierte ich seine Adresse. Jetzt fehlte nur noch eine Briefmarke und der Brief wäre auf dem Weg zu ihm. Die Frage lautete, ob er meinen Brief jemals öffnen würde, und selbst wenn, ob er darauf reagieren würde.

Ich fürchtete mich vor dem Gespräch mit Jonas. Es gab keinen sanften Weg sich von jemandem zu trennen, denn egal, wie ich es anstellte, ich wusste, ich würde ihm das Herz brechen. Bei Noah erlebte ich es das erste Mal. Sein Gesichtsausdruck verfolgte mich jetzt noch im Schlaf. Um mich abzulenken, nahm ich meine Uni Sachen und begann wissenschaftliche Fachlektüre aus dem Internet zu suchen für meine Facharbeit. Es funktionierte gut. Denn ich brauchte mehrere Stunden um gute Quellen zu finden, und dabei herauszufinden, dass ich Bücher in der Universitätsbibliothek ausleihen konnte, die zu meinem Personalthema passten. Ich rief meine Kommilitonin über das Haustelefon an und machte mit ihr ein kurzes Brainstorming über die anstehende Klausur in Marktforschung und Marketingstrategien. Sie erzählte mir zusammenfassend was sie in den letzten Vorlesungen besprochen hatten. Ich druckte dabei die letzten zwei Skripte aus und strich wichtige Informationen an. Dave kam spät nach Hause, als ich noch immer über meinem Skript hing und setzte sich zu mir um mir von seinem Abend mit den Jungs zu erzählen. Er sagte Jonas hatte versucht mich zu erreichen, doch ich war nicht drangegangen. Ich log noch nicht mal, wenn ich behauptete, dass es wegen der Uni war. „Was ist los?", fragte er, als wäre er eine Freundin.

„Nichts. Viel zu tun, was soll los sein?"

„Du arbeitest nur noch oder lernst. Jonas war seit Tagen nicht mehr hier und naja."

Ich horchte auf. „Naja was?"

„Nichts weiter." Er log, das sah ich.

„Lüg mich nicht an. Sag, was ist es?"

Er strich sich durch die braunen Haare, die er, wie immer nach hinten gegelt trug. „Jonas hat da etwas erwähnt."

„David!" Ich machte deutlich klar, dass er mit der Sprache rausrücken sollte. „Er ist mein Kumpel. Ich kann ihn nicht verraten."

„DAVID!" Wiederholte ich noch einmal. „Was hat er gesagt?"

„Schon gut. Er meinte nur, dass du dich nicht bei ihm meldest und dich seltsam benimmst in letzter Zeit, vor allen Dingen seit dem Krankenhaus."

„Ich lag im Koma. Was hat er erwartet? Dass ich mit ihm tanzen gehe mit meiner Rückenverletzung?" Ich konnte es nicht fassen, wie dämlich er sich manchmal benahm.

„Hey, ich kann nichts dafür, dass ihr Probleme habt."

Ich stand auf und stellte mich vor ihn. „Wir haben keine Probleme! Ich liebe ihn einfach nicht mehr." Noch bevor die Worte aus meinem Mund kamen, wusste ich, dass ich besser die Klappe gehalten hätte. Besonders da ich ihre Freundschaft nicht kaputt machen wollte.

Sein Mund stand offen. „Wow. Autsch." Das war alles was er sagen konnte. Was hatte ich da gerade gesagt? Noch vor zwei Tagen behauptete ich, dass ich ihn sehr liebte und jetzt plötzlich diese Worte. Mein Unterbewusstsein wusste es, die ganze Wahrheit über meine Gefühle. Meine Liebe zu Noah, all die Dinge, die ich erlebt hatte. Und da war Jonas, ein Mensch, der mir so unendlich viel bedeutete, aber jetzt lagen die Karten auf dem Tisch, ich hatte zwar starke Gefühle für ihn, nur liebte ich ihn nicht. Jedenfalls nicht so, wie er es verdient hätte.

„Scheiße." Murmelte ich entsetzt.

„Da muss ich dir Recht geben. Und was kommt jetzt?", fragte er.

„Hmm, wenn ich das nur wüsste." Ich stützte meinen Kopf auf dem Tisch ab und schloss die Augen. Wie sollte ich ihm gegenübertreten und konnte ich ihm die Wahrheit sagen ohne Drama?

„Noah, hmm." Bemerkte er, als würden wir ständig über mein Liebesleben sprechen. „Wie kommst du auf ihn?"

„Naja." Er zuckte mit den Schultern und fuhr sich wieder durch die Haare. „Die Nacht, in der ich dich ins Bett getragen habe, da hast du...."

„Welche Nacht in der du mich ins Bett getragen hast?"

„Als du neulich so abgestürzt bist. Eve, ich mache mir ernsthafte Sorgen."

„Was habe ich gesagt David?"

„Du hast Noahs Namen erwähnt und dabei so… so schrecklich geweint und nach ihm geschrien. Ich mache mir wirklich Sorgen Schwesterherz. Ich dachte du hast dich endlich gefangen."

„Habe ich ja auch, aber…“

„…. Aber was? Eve! Verdammte Scheiße nochmal du warst vollkommen betrunken und die Glassplitter. Du warst so wütend und so traurig. Wieso machst du das?“

„Weil ich mich hasse. Dafür, dass ich die Liebe meines Lebens betrogen habe, nur, weil ich gerade meinen Spaß haben wollte und nicht über die Konsequenzen nachgedacht habe in meinem betrunkenen Kopf. Dann sehe ich ihn mit dieser schrecklichen Natalie, die überhaupt nicht zu ihm passt und ihm in den Arsch kriecht, weil ihm das gefällt. Er hat gesagt sie steht morgens extra früh auf um ihm sein Porridge zu machen, als wäre er ein kleines Kind, das von seiner Mami versorgt werden muss und wäre das noch nicht alles. David, ich habe es in seinen Augen gesehen, den Schmerz, die Liebe, die er noch immer für mich hat. Er hat es mir gesagt. Ich ertrage es nicht mehr ohne ihn. Ich will, dass er mir einen romantischen Heiratsantrag macht und wir dann im Frühling, wenn es wärmer wird ganz romantisch in einem Schloss heiraten, vor unseren Familien. Es ist mir egal, was irgendjemand darüber denkt, was unsere Mutter denkt oder seine Mutter. Ich habe Fehler gemacht, das weiß ich, aber ich liebe ihn so sehr.“

„Ach, komm her.“ Sagte er und drückte mich an sich. „Du kleine liebeskranke Verrückte.“

Ich sah zu ihm hoch und gab ihm einen Kuss auf die Wange. „Wofür war der?“

„Dafür, dass du, du bist.“

„Zieh nicht so ein trauriges Gesicht. Jonas wird nicht begeistert sein. Wann redest du mit ihm?“

„Morgen früh direkt. Er hat die Wahrheit verdient."

„Bier?"

„Ja. Absolut." Er ließ mich los und holte mir ein Bier aus dem Kühlschrank. „Danke. Hast du Lust auf einen Film?"

„Wenn es keine Schnulze ist."

„Ich dachte an Cinderella." Dabei grinste ich und er rollte die Augen.

„White House Down?"

„Dabei." Er legte die Blue Ray ein und wir verbrachten einen schönen Abend unter Geschwistern.

# Kapitel 15

Die Unibibliothek war vollkommen überfüllt, als ich durch den Haupteingang ging und massenweise Studenten dabei waren Bücher in ihre Körbe zu räumen. Der Aufseher, der in dem kleinen Glaskasten, direkt am Eingang der Bibliothek saß, war vollkommen überfordert, als die vielen Leute an den Detektoren vorbeigingen. Ein typischer Freitagvormittag. Es war 12:30 Uhr, als ich endlich einen Parkplatz vor dem Gelände fand und eine Fahrerin eines kleinen weißen Opels zwanghaft versuchte einzuparken und dabei immer wieder auf den Bordstein fuhr. Der Motor jaulte auf, vermutlich eine Fahranfängerin. Ich grinste und schloss die Tür zum Auto. Die Pflastersteine waren vom Regen rutschig, also versuchte ich möglichst vorsichtig zu laufen. Ich bemerkte eine Gruppe von Biologiestudenten, die vor dem Aufzug standen, anstatt die Treppe zu nehmen und dabei über die Genetik von Pflanzen und ihrem Wachstum diskutierten. Ich schüttelte den Kopf, setzte meine Kopfhörer auf und schaltete die Musik ein um die Menschen um mich herum auszublenden. Ich war schlauer, als die Gruppe und entschied mich für die Treppe. Jedes Stockwerk war leider sehr hoch gelegen, doch es war angenehmer, als mich mit fünf anderen Menschen in einen Aufzug zu quetschen, der gefühlt aus dem Jahr 1960 stammte und auch in dem Tempo rauf und runterfuhr. Vor meinen Augen sah ich nur die alten, brauen Fliesen, bis ich endlich im obersten Stockwerk ankam und die richtigen Bücher für meine Facharbeit raussuchte. Es war einfacher gesagt, als getan die passende Fachlektüre zu finden. Ein jüngeres Mädchen sagte mir auf Nachfrage, wo ich Literatur über Personalthemen finden konnte, nur leider nicht in dieser Bibliothek. Ich musste dafür zur Fakultät für Jura gehen um mir dort entsprechende Lektüre auszuleihen. Es regnete schon wieder, als ich die Zentralbibliothek verlassen wollte und gerade auf dem Weg zur Jura Fakultät war. Ich lief im Hoodie und mit einer Haremshose herum. Typisch Studentenleben. Heute Morgen hatte ich nur etwas Concealer und Puder aufgetragen um meine Augenringe zu verstecken. Die letzten Tage waren alles andere als schön. Ich traf mich am Dienstagabend mit Jonas zur Aussprache. Er sagte mir, dass er seit Wochen damit gerechnet hatte, dass ich mich von ihm trennen wollte. Und er nahm es leichter, als ich dachte. Vielleicht gerade, weil er damit gerechnet hatte. Er wirkte stark und unnahbar. Doch Dave erzählte mir im Nachhinein, wie fertig er war und dass er sogar geweint hatte, als die Jungs zusammen in ihrer Stammkneipe waren und wie immer tranken. Jonas hatte sich betrunken und gejammert, wie scheiße sein Leben ohne mich war. Dass ich das Beste bin, das ihm jemals passiert ist. Danach fühlte ich mich richtig elendig. Jonas wusste um meinen Gesundheitszustand, und ich wusste mit absoluter Sicherheit, dass er nur stark blieb damit es mir gut ging und das obwohl ich diejenige war, die ihn verlassen hatte. Einen Großteil meiner Zeit verbrachte ich mit Online Recherchen und DVDs, bis ich Freitagmorgen endgültig wahnsinnig wurde, mir Davids

Auto auslieh, dass er heute ausnahmsweise einmal nicht für die Arbeit brauchte und einige Erledigungen machte. Wenn ich gewusst, hätte, dass es Jonas so schlecht ging, hätte ich ihn angerufen und versucht ihm zu helfen. Aber was sollte ausgerechnet ich tun?

Ich verlief mich auf dem Universitätsgelände, nachdem ich zwei Mal links abgebogen war und dann vor einem Gitter stand, das direkt an ein Waldgebiet grenzte. Ich ging den Weg zurück und schaute mir den Weg noch einmal auf einer Karte an. Ein Mann mit Schirm lief an mir vorbei zur Bibliothek. Ich lief ihm hinterher um nach dem Weg zu fragen. Er drehte sich um und spritzte mir dabei Wasser von seinem Schirm mitten ins Gesicht. „Oh sorry." Sagte er, als ich mir die Augen rieb. „Ja, schon gut." Dann zog ich meine Mütze ab um ihn sehen zu können. „Noah?", fragte ich, als ich ihn erkannte. Er trug eine graue Mütze und eine Brille. Eine Brille, die ich noch nie an ihm gesehen hatte, da er immer Kontaktlinsen trug und darauf bestand sie zu tragen. „Hi." Murmelte er, als er sah, wer ihm gegenüberstand. „Was machst du hier?"

„Ich suche den Weg zur Jura Fakultät. Fachliteratur für meine Facharbeit. Iiiiich eh, war gerade irgendwo, habe mich verlaufen und wollte jetzt nach dem Weg fragen." Mein Stottern war einfach nur peinlich. Er sah gut aus mit der Brille und in der neuen schwarzen Wellensteyn Jacke. Der Regen prasselte auf mich ein, als ich ihn anstarrte. „Komm unter den Schirm, du bist gleich komplett nass."

Ich tat was er sagte und stolperte, als ich den ersten Schritt machen wollte. Ich hielt mich am Kragen seiner Jacke fest und war plötzlich ganz nah bei ihm. Nur wenige Zentimeter trennten unsere Lippen voneinander.

„Ich glaube wir gehen besser rein." Sagte er.

„Ja, das wäre wohl besser." Nein, besser wäre es bei ihm zu bleiben, in seinen Armen, auch wenn es stürmte.

„Wieso bist du hier?", harkte ich nach, als wir unsere Jacken auszogen und in einen Spint steckten. „Literatur für die Masterarbeit."

„Und worum geht es?"

„Biochemie."

„Klingt ja spannend."

„Noch ironischer konntest du es nicht ausdrücken, was?"

Ich lächelte. „Du kennst mich doch."

„Ja, das tue ich." Unsere Augen trafen sich, ich sah kurz weg um meine Tasche in den Spind zu räumen. Ich wollte ihm helfen und hoffte insgeheim darauf, dass wir so etwas Zeit hatten um miteinander zu reden. Er lief durch mehrere Gänge und blieb immer wieder vor einzelnen Regalen stehen um seine Autoren- und Titelliste abzugleichen. Irgendwann drehte er sich abrupt um und sah mich an.

„Ich habe deinen Brief bekommen." Ich blieb, wie erstarrt stehen und konnte ihn nur anstarren. „Eh. Gut. Gut." Mir fiel nichts Besseres ein. Er drehte sich wieder um und ging weiter. Ich wusste nicht, ob ich ihm folgen sollte, oder einfach gehen sollte. Allerdings hatte ich den Schlüssel für unseren gemeinsamen Spint und ich hatte so viele Fragen an ihn. Nach zwanzig weiteren Minuten teilte er mir mit, dass er alles habe was er gesucht hat und nur noch ein Buch vorabreservieren musste. Ich ging vor zum Spind und holte unsere Sachen heraus, bevor er zu mir kam. Er zog seine Jacke an und ging vor mir raus. „Noah!" rief ich, als er immer schneller ging. Ich rannte los und stellte mich ihm in den Weg. „Was ist?“

„Du hast den Brief gelesen, und?“

„Was und? Was hast du erwartet was danach passiert, Evelyn? Was sollte sich verändert haben?“

Mehrere Leute gingen an uns vorbei und starrten uns an. Es hatte aufgehört zu regnen. „Alles, Noah. Alles.“

„Wieso jetzt Eve? Wieso verdammt nochmal? Ich habe dir jede erdenkliche Chance der Welt gegeben und gewartet, dass du mir genau das sagst. Wieso jetzt?“

„Weil ich dachte, dass mein Leben ohne dich leichter wäre, aber ich habe mich getäuscht.“

„Nein, mit Jonas war es nicht so toll, wie du dachtest. Und jetzt denkst du ich bin so dumm und nehme dich zurück. Ich habe eine Freundin.“

„Ihr seid wieder zusammen?“

Er verschränkte die Arme vor dem Körper. „Sie hat mir noch eine Chance gegeben.“ Selbstverständlich hatte sie ihm eine Chance gegeben. Das hatte sie mir klar und deutlich mitgeteilt. „Ich kann dich nicht zwingen. Ich kann dir nur mich anbieten, nicht mehr oder weniger, als die Person, die vor dir steht.“

„Ich kann dir nicht vertrauen.“

„Ich weiß doch, aber ich will es dir beweisen, dass ich dich ehrlich liebe und es ernst meine.“

„Wie?“, fragte er. Noch bevor ich mir darüber klar wurde, was ich gerade tat, ließ ich mich auf die Knie fallen, mitten in eine Pfütze. „Eve, steh auf.“

„Nein. Halt deine Klappe und hör mir zu.“

„Noah Tobias Hofmann. Ich liebe dich, von ganzem Herzen und ich schwöre dir, ich werde dir immer treu sein und dir nie wieder wehtun. Würdest du mir eine Chance geben?"

„Puh! Ich dachte du machst mir einen Antrag."

„Im Regen? Nein."

Er zog mich nach oben. „Evelyn, so einfach ist es nicht. Ich brauche Zeit. Es tut mir leid." Er verschwand und ließ mich alleine zurück. Mir wurde klar, dass ich Noah vermutlich verloren hatte und ging niedergeschlagen zurück zum Auto. Ich konnte an nichts anderes denken, als an ihn. Ich sah das Lenkrad an, und versuchte mir die Wahrheit einzugestehen. Ein Leben ohne Noah. Natalie und Noah. Noah und Natalie. Natalie Hofmann. Ihr gemeinsames erstes Kind, ein kleines Mädchen mit braunen Haaren und seinen blauen Augen und seinen vollen Lippen. Ich bohrte meine Fingernägel in das Lenkrad und drehte die Musik laut auf, wie ich nur konnte. Sein Lachen, seine Stimme, ihn nicht berühren zu dürfen. Die Zeit war gekommen um endlich wieder arbeiten zu gehen. Ich hielt es nicht mehr aus, ohne ihn. Den ganzen Tag alleine zu sein mit meinen Gedanken. Und besonders jetzt, nachdem ich ihn gesehen hatte und Zeit mit ihm verbrachte. Ich wollte ihn berühren, zumindest einmal umarmt werden. Ich hätte niemals gedacht, dass er einmal unerreichbar für mich sein würde, da ich immer auf seine Liebe hoffen konnte. Doch jetzt war alles anders, denn Natalie stand zwischen uns. Ich bekam eine Gänsehaut, wenn ich an sie dachte. Sie musste noch in der Agentur sein. Ich war so wütend, nach dem Gespräch mit Noah und wollte sie zur Rede stellen, egal, wie ich aussah. Ich schloss mich im Auto ein und drückte aufs Gas. Ich ignorierte dabei alle Geschwindigkeitsbegrenzungen und kam um halb drei im Parkhaus der Agentur an. In mir brodelte die Wut, wie ein Feuer. Ich musste ihr klarmachen, was ich wollte und dass ich nicht aufgeben würde. Niemals. Ich ging in den Aufzug und spürte, wie das Adrenalin durch meine Adern floss. Die Aufzugtüren schlossen sich, noch sechs Etagen bis ich direkt auf Daniel Russos Etage ankam. Es war mir egal, ob ich mich lächerlich machen würde, ich musste mit ihr reden. Sie sollte wissen, dass ich ihre größte Konkurrentin war. Die Aufzugtüren öffneten sich. Gina saß in Daniels Vorzimmer zusammen mit seiner Assistentin und quatschte über irgendwelche Prominenten. Ich ignorierte sie und ging geradewegs auf seine Tür zu in der Hoffnung, dass Natalie weiterhin in seinem Büro saß und dort arbeitete. „Wooah woah woah. Wo willst du denn hin?" Gina sprang auf und stellte sich mir in den Weg. Großer Fehler, sehr großer Fehler. „Geh mir aus dem Weg."

„Eve, ich sage es nicht gerne, aber du solltest jetzt nichts tun, was du später bereust."

„Gina, ich wiederhole es noch einmal. Geh mir verdammt nochmal aus dem Weg." Ich funkelte sie wütend an. Sie war nicht ganz so dumm, wie ich dachte und machte die Tür frei. Ich öffnete die Tür ohne vorher zu klopfen. Vier Paar Augen waren auf mich gerichtet. Natalie mit ihren lockig geföhnten Haaren und dem grauen Spitzenkleid und Daniel Russo, wie immer in einem augenkrebserregenden Anzug. „Evelyn. Haben Sie jemals etwas von Klopfen gehört bevor man eine Tür öffnet?"

Ich ignorierte seine uncharmante Art und sah nur sie an. Sie stand automatisch auf und zupfte sich das Kleid glatt. „Ich bin nicht wegen Ihnen hier Daniel, sondern wegen Ihrer Sekretärin."

„Praktikantin, sie ist meine Praktikantin."

„Ach ja? Ist mir gleich. Kommen Sie?" Sie sah zu ihm herüber um sich zu vergewissern, ob es okay für ihn ist. Er stand auf und stellte sich beschützend vor sie. Mein Brustkorb bebte. „Natalie ist unentbehrlich zu diesem Zeitpunkt."

„Ja, ich sehe, wie Sie an Arbeit ersticken."

Ich nahm Ginas Husten wahr, als ich die Worte aussprach.

„Wie bitte? Was haben Sie da gerade gesagt?"

Ich stellte mich vor ihn. „Schon gut, Mister Russo. Ich gehe mit ihr." Sie versuchte einen Schritt auf mich zuzumachen, doch er hielt sie am Arm fest, so wie mich. Sie blieb ruhig und sagte nichts.

„Also, was haben Sie gesagt?"

„Sie haben mich schon verstanden." Konterte ich mit übertriebener Arroganz. Das Adrenalin in meinen Adern verstärkte mein Selbstbewusstsein. Mein Herz klopfte so schnell. Hinter mir wurde es immer lauter.

„Ich glaube Sie möchten sich einen neuen Job suchen. Legen Sie sich nicht mit mir an."

„Sie interessieren mich absolut nicht Mister Russo. Ich bin wegen ihr hier", dabei zeigte ich auf sie. „Sie sind mir egal."

„Verschwinden Sie augenblicklich aus meinem Büro und packen auf dem Weg Ihre Sachen zusammen. Sie sind gefeuert."

„Das hast du nicht zu entscheiden", sagte John, der sich neben mich stellte. Woher wusste er, dass ich hier war? Ich drehte mich um und sah die halbe Belegschaft, und alle starrten mich an. Doch das war mir egal.

„John, ich habe dir schon mal gesagt, dass ich hier die Personalentscheidungen treffe und diese Mitarbeiterin ist nicht tragbar für die Agentur. Sie ist völlig verrückt.“

„Daniel, am besten hältst du einfach zur Abwechslung einmal deinen Mund und gehst deiner Arbeit nach, anstatt dich um deine Mitarbeiterinnen persönlich zu kümmern.“

Es ging hier nicht um Daniel und Johns persönliche Differenzen miteinander. Ich war hier um mit Natalie zu sprechen und wollte nicht, dass sie sich einmischten. Natalie starrte mich an. „Natalie.“ Sagte ich warnend.

„Ich sagte Ihnen sie ist unentbehrlich.“

„Das interessiert mich einen feuchten Dreck.“ Er sollte sich nicht einmischen und sie gehen lassen.

„Eve“, tadelte mich John. „John ich flehe dich an, ich habe dich gern, aber hier geht es um etwas Wichtiges.“

„Ach ja, worum geht es denn?“ fragte Daniel. Mittlerweile war mir egal, ob sie es alle wussten.

„Schon gut Mister Russo. Wirklich.“

„Nein, es ist nichts gut.“ Ich starrte sie an und wollte ihr die Augen auskratzen. In ihrem billigen Satinkleid. „Also gut, wenn Sie es unbedingt wissen wollen. Evelyn und mich verbindet eine gewisse Sache.“

Ich hätte nicht gedacht, dass sie es ihm sagen würde. „Ach ja, die wäre?“

„Mein Freund ist ihr Ex-Freund.“

„Ach, das ist ja interessant und deswegen sind Sie hier Evelyn?“

„Das geht Sie nichts an.“ Fauchte ich. John hielt mich an der Schulter zurück.

„Oh doch ich denke schon. Denn in meiner Agentur wurde ein junger Mann zusammen geschlagen vor meinen Augen.“

„Eve, komm wir gehen jetzt. Komm.“ Er zog mich aus dem Büro raus. Ich drehte mich noch einmal um, sah sie an und sagte: „Ach Natalie, ich werde ihn nicht aufgeben, niemals.“ Dabei grinste ich gehässig. Ich sah sie nicht kommen, aber ich hörte es, wie sie sich auf mich stürzte und an meinen Haaren zog. Ich flog mit dem Kopf gegen die Wand und ahnte Schlimmes, als mein Rücken plötzlich brannte. Sie setzte sich auf mich und schlug mitten in mein Gesicht. Ich schmeckte das Blut in meinem Mund, wie meine Lippe unter dem Druck ihres Faustschlages platzte. Ihre Schreie halten in meinen Ohren wider. „Du nimmst ihn mir nicht weg. Er gehört zu mir, wir sind füreinander bestimmt.“ Ich nahm kaum wahr, dass ich zum Schutz meine Hände anzog. Jemand versuchte sie von mir herunterzuziehen, doch sie schlug wieder zu. Ich spuckte das Blut aus, das sich in meinem Mund sammelte. „Nat. Bist du verrückt?“ Mein Kopf platzte beinahe von den Schmerzen in meinem Gesicht. Ich sah Noah nicht, aber ich nahm seine gedämpfte Stimme wahr, als ich mir den Kopf hielt und gegen meine Ohren drückte. Meine Nase blutete ebenfalls. Sie schrie immer noch, doch dumpfer, als zuvor. Sie saß nicht mehr auf mir, das Gewicht ihres Körpers hatte mich unerwartet getroffen und am Boden gehalten. Jemand hob meinen Kopf an und redete mit mir. Aber mein Kopf tat so weh. Ich konnte kaum geradeaus schauen. Dann war da diese Angst wegen meiner Rückenverletzung. Im

Hintergrund stritten sich Leute, ich wusste nur nicht worum es ging. „Evelyn?" Er sah mir direkt ins Gesicht. „Rufen Sie einen Krankenwagen!" Nein! Ich wollte nicht schon wieder ins Krankenhaus. „Mein Rücken", weinte ich. „Nicht bewegen, Süße. Beweg dich nicht, okay?"

Ich nickte. Er hielt meine Hand. Ein Mann kam irgendwann zu  mir und fragte mich seltsame Sachen. Noah erzählte ihm, dass ich eine schwere Rückenverletzung hatte. „Mein Kopf tut weh." Sagte ich, als er mich abhörte. „Kein Krankenhaus. Bitte."

„Wir müssen Ihre Rückenverletzung untersuchen."

„Kein Krankenhaus", wiederholte ich. Noah besprach irgendetwas mit dem Sanitäter, während ich noch immer auf dem Boden lag. „Ich gebe Ihnen jetzt ein Schmerzmittel. Ihre Wunde muss genäht werden, sie müssen mit uns in die Ambulanz kommen. „Noah", jammerte ich.

„Ich komme mit", sagte er zum Sanitäter. Ich hörte, wie Natalie ihn anschrie, er sollte sich entscheiden. Ich hörte nicht mehr was er sagte, als das Schmerzmittel wirkte. Ich wurde auf eine Trage gehoben und dämmerte leicht weg. Jemand hielt meine Hand auf dem Weg.

In der Ambulanz untersuchte mich ein Arzt und stellte nach den Röntgenaufnahmen fest, dass mein Rücken in bester Ordnung war. Sie nähten meine Wunde an der Augenbraue und klebten meine geplatzte Oberlippe ab. Noah wartete im Aufenthaltsraum, als ich vom Arzt das okay bekam nach Hause zu gehen. Dank Natalies Aktion wurde ich für weitere drei Wochen ins Bett verwiesen. Noah lief mir entgegen, als er mich sah. Mir war von Natalies Schlägen in mein Gesicht schwindelig und ich fühlte mich nicht sicher auf den Beinen. Er hielt mich fest, sodass ich mich sicherer fühlte. „Was hat der Arzt gesagt?"

„Mein Rücken ist in Ordnung. Ich habe eine Gehirnerschütterung, und

sehe jetzt noch hübscher aus, als sonst."

„Immerhin hast du deinen Humor nicht verloren."

„Danke, dass du mich begleitet hast." Er öffnete die Tür zu einem

parkenden Taxi und setzte sich neben den Fahrer.

Zu meiner Enttäuschung, stieg er nur kurz aus um mich zu

verabschieden und setzte sich danach zurück Ins Taxi. Natalie hatte ihn

doch vor ein Ultimatum gestellt, falls er wirklich mit mir fahren sollte

und er hat es getan, oder habe ich das Gespräch nur fantasiert? Im

Badezimmerspiegel betrachtete ich mein geschundenes Gesicht und

konnte nicht fassen, was sie mit mir gemacht hatte. Meine Lippe pochte,

und das Veilchen um mein linkes Auge ließ mich bedrohlich wirken.

Die Ärztin nähte die Platzwunde an meiner Stirn in nur wenigen

Stichen, ich hatte es kaum gespürt. Wieso verbrachte ich in letzter Zeit

so viel Zeit im Krankenhaus? Ich hörte wenig später, wie die Haustür

geöffnet und geschlossen wurde. „Hi." Rief Dave. Er wusste nicht, dass

mir etwas passiert war, ich musste es schaffen ihm nicht über den Weg

zu laufen. Also öffnete ich vorsichtig die Badezimmertür und

vergewisserte mich, dass er nicht in der Nähe war, bevor ich zu meinem

Zimmer ging. „Hast du Chips gekauft?" Verflucht. „Ach du scheiße!

Eve, was ist mit dir passiert?"

Jetzt musste ich ihm die Wahrheit sagen. „Du ich habe mich

offensichtlich geprügelt. Die Typen waren groß und stark, du müsstest

sehen, wie sie aussehen." Ich versuchte schief zu lächeln.

„Das ist nicht witzig. Was ist denn passiert?"

Ich atmete niedergeschlagen aus. „Lange Geschichte."

„Deine Krankenhausbesuche kommen bald ins Guinnessbuch der Rekorde. Weiß unsere Mutter davon?"

„Bist du verrückt? Ich bin gerade erst aus der Ambulanz gekommen. Und bitte sprich nicht so laut, mein Kopf explodiert."

„Komm." Er öffnete die Tür zu meinem Zimmer und setzte sich auf den kleinen Sessel in der Ecke. „Ab auf dein Bett. Du musst dich ausruhen." Tadelte er mich. Ich verdrehte die Augen.

„Da brauchst du gar nicht die Augen zu verdrehen. Wer hat dich so zugerichtet?"

„Natalie." Bemerkte ich beiläufig.

„Wer zur Hölle ist Natalie?"

„Noahs Freundin."

„Das kann nicht dein Ernst sein. Wieso hat sie dich geschlagen?" Ich hatte ehrlich keine Lust darüber zu reden, dass sie sich auf mich stürzte und mir dabei so schnell ins Gesicht schlug, dass ich keine Chance hatte zu reagieren. Sie überraschte mich damit einfach.

„Hör zu Dave. Das ist eine verflucht lange Geschichte. Sie arbeitet bei uns in der Agentur als Praktikantin. Es ist eine Menge passiert in den letzten Wochen worüber ich nicht sprechen möchte."

„Hast du dich deshalb neulich so abgeschossen?"

Ich nickte. Er stand auf. „Ich kümmere mich darum." Ich hielt ihn am Arm fest, als er aus meinem Zimmer gehen wollte.

„Was meinst du damit?"

„Leg dich hin. Es ist nichts weiter."

„David, bitte. Mach nichts Dummes, okay?" Doch ich sah den zornigen Blick auf seinem schönen Gesicht. Wenn es um mich ging kannte er keine Gnade. So nett er auch war, aber wenn mich jemand verletzte, brannten bei ihm die Alarmglocken durch. Als wir kleiner waren, hatte mich ein größerer Junge geschupst, sodass ich mir das Knie aufschürfte. Dave hatte es mit angesehen und den Jungen geschlagen, bis meine Mutter und die Mutter des Jungen wegen seiner Schreie dazwischen gingen. Einige Jahre später redeten wir über diesen Tag und er sagte mir, dass er immer wieder so handeln würde, wenn mir jemand wehtat. Ich war so müde, aber irgendetwas musste ich gegen seine Wut tun. Ich stand vorsichtig auf und wollte ins Wohnzimmer gehen, Dave hing am Telefon und klang wütend, dann war er verschwunden und ich wusste nicht, was ich tun sollte, außer Noah anzurufen.

Mit Tränen in den Augen erzählte ich ihm, dass ich mir Sorgen machte, Dave würde etwas mit Natalie anstellen.

„Er war so wütend, und jetzt ist er weg."

„Ich versuche sie anzurufen. Bist du okay?"

„Nein, ich bin nicht okay. Ich mache mir Sorgen um meinen Bruder."

„Ich kümmere mich darum, versprochen."

Danach versuchte ich seine Kumpels zu erreichen, doch niemand ging ans Handy. Und Jonas konnte ich nicht anrufen, noch nicht, dafür war es zu früh, die Wunde war noch zu frisch. Der Akku des neuen Handys hielt länger als erwartet. Ich versuchte es bei Dave, und dann wieder bei seinen Freunden, wieder nichts. Nicht einmal Noah ging an sein Handy. Ich hatte keine Ahnung was ich tun sollte, denn ich wusste nicht wo Noah jetzt wohnte, oder wo Natalie sich aufhielt. Zwar hatte sie erwähnt, dass die beiden inzwischen zusammen wohnten, nur klang es nicht so, als wäre Noah bei ihr. Im Hintergrund hörte ich seine Familie. Natürlich, seine Familie. Ich wusste, wo seine Eltern wohnten. Obwohl der Arzt mich ausdrücklich darauf hinwies mich zu schonen, musste ich etwas tun. Ich lieh mir ein Auto per Car Sharing aus und fuhr los zu Noahs Eltern. Meine Hände zitterten, als ich das Lenkrad immer fester umschloss. Ich hatte Noahs Eltern seit einer Ewigkeit nicht mehr gesehen und fürchtete mich davor zu ihnen zu gehen, denn sie wussten, was ich Noah angetan hatte. Doch mir blieb im Augenblick nichts Anderes übrig, als sie nach Noahs und Natalies Adresse zu fragen. Ich parkte das Auto am Straßenrand, mein Herz klopfte schnell, als die Erinnerungen hochkamen. Jeden Nachmittag gingen wir hier mit seinem Hund Emma spazieren, im Sommer lagen wir auf der grünen Wiese in ihrem Garten und grillten zusammen mit der ganzen Familie. Ich hielt mich einen Moment am Gartenzaun fest und überlegte, was ich ihnen sagen sollte. Ich schämte mich so sehr. Dann setzte ich einen Fuß vor den Anderen und ging den kurzen Weg zu ihrem Haus, nur einen Schritt bis ich vor ihrem Haus stand. Ich starrte die Klingel an, als würde ich das erste Mal hier stehen. Durch das Fenster sah ich, dass jemand Zuhause war. Ich drückte die Klingel und schloss die Augen um mich zu beruhigen. Ich hörte das Lachen aus dem Haus, dann öffnete sich die weiße Tür. Seine Mutter stand vor mir und sah mich erstaunt an. Ich schluckte heftig und bekam kein Wort raus. „Evelyn?“ fragte sie. „Was machst du hier?“ Ihre Blicke verfinsterten sich. „Noah ist nicht hier.“

„Ich weiß, ich kann es nicht erklären, aber ich brauche dringend seine

Adresse.“

„Warum sollte ich ausgerechnet dir seine Adresse geben?“

„Weil ich mir Sorgen um ihn und Natalie mache.“

„Ach ja? Soweit ich weiß interessierst du dich nur für dich selbst.“

„Lara bitte. Ich wäre nicht hier, wenn es nicht wirklich wichtig wäre.
Noah geht nicht an sein Handy.“

Sie lachte künstlich. „Wieso sollte er auch an sein Handy gehen? Er hat
eine neue Freundin, die ehrlich zu ihm ist.“ Das hatte ich wohl verdient
und ich verstand ihren Ärger. Immerhin hatten sie mich in der Familie
akzeptiert. Emma kam angelaufen und wedelte mit dem Schwanz, als
sie mich sah. Automatisch hockte ich mich hin und streichelte ihr
weißes Fell. „Hi Emma. Oh ich habe dich vermisst Kleines.“ Sie sah
mich mit ihren großen schwarzen Knopfaugen an und leckte meine
Hand ab. Ich musste den Kloß in meinem Hals herunterschlucken, als
ich fühlte, wie sehr mir das alles hier gefehlt hatte. Sie bellte. „Ich weiß,
es geht hier nicht um unsere Differenzen, es geht um Noah und Natalie.
Wirklich, ich habe nichts Schlimmes vor.“ Sie ging ins Haus zurück
und versuchte jemanden anzurufen. „Er geht nicht ans Handy.“

„Sage ich ja. Bitte.“ Ich flehte sie beinahe an mir zu helfen.
Wiederwillig übergab sie mir einen kleinen weißen Zettel, auf dem eine
Adresse stand.

„Danke. Ich weiß das hier zu schätzen.“ Dann lief ich los, zurück zum
Auto und gab die Adresse in das Navigationssystem ein. Keiner von
ihnen rief mich zurück, als ich es wieder versuchte. Laut Navi dauerte
die Fahrt 22 Minuten. 22 Minuten zu lang. Wenn Dave mit seinen
Kumpels auf dem Weg zu ihnen war. Die Stadt war überfüllt von Autos.

Ich verlor langsam die Geduld und wurde nervös, als ich auf den Verkehr schaute. Wieder versuchte ich es bei meinem Bruder, doch ich erreichte nur die Mailbox, das Gleiche bei Noah. Mein Navi zeigte an, dass ich nur noch einen Kilometer vor mir hatte, bis ich rechts abbiegen musste und am Ziel war. Ich parkte das Auto und suchte nach der richtigen Hausnummer. Ich klingelte, doch niemand öffnete mir die Tür. Ich konnte anhand der Position der Klingel nicht erkennen, in welcher Etage sie wohnten. Die Wohngegend wirkte ruhig und idyllisch. Das einzige Geräusch, das ich hörte, war ein lauter Streit. Doch ich konnte nicht heraushören, ob es mein Bruder war, oder Natalie oder Noah. Verzweifelt klingelte ich bei mehreren Nachbarn, bis irgendjemand aufdrückte. Ich entschuldigte mich dafür, dass ich versehentlich falsch geklingelt hatte. Die alte Dame war freundlich und sagte mir wo ich hinmusste und erzählte mir kurz von ihrem Hund, bevor ich kurz angebunden sagte, dass ich gehen musste. Mit voller Kraft hämmerte ich gegen die Haustüre, bis sie aufging. Natalie stand im Türrahmen mit einem blutroten Kopf. „Was zur Hölle willst du hier?" Sie versuchte mich zu schubsen, als ich Anstalten machte in die Wohnung zu gehen. „Ist mein Bruder hier?"

„Nicht mehr." Funkelte sie mich an. „Ich habe ihn rausgeschmissen. Also verzieh dich, bevor ich die Polizei rufe."

Sie wollte die Polizei rufen? Wenn könnte ich sie anzeigen wegen meinen Verletzungen. Sie sah mich durch einen kleinen Spalt an, als wollte sie nicht, dass jemand mitbekam, dass ich da war.

Ich hörte Schritte und jemand öffnete die Haustür komplett. „Nat, lass gut sein." Sie drehte sich zu Noah um und umarmte ihn, vermutlich um mir eins reinzuwürgen. „Lass das.“ Er zog ihre Arme von sich weg.

„Wie geht's dir Eve?“, fragte er und schob sich vor sie.

„Ich bin hier wegen Dave.“

„Der ist eben gegangen.“

„Nein, wir haben ihn rausgeschmissen.“

„Du hast ihn rausgeschmissen Natalie. Nicht ich. Das würde ich nicht tun.“

„Er wollte handgreiflich werden“, fauchte sie.

„Was für ein Wunder, nachdem du seine Schwester angegriffen hast.“

„Sie hat es nicht besser verdient, Noah. Das habe ich dir schon versucht zu erklären.“ Hatten sie vergessen, dass ich direkt neben ihnen stand und alles mit anhörte? „Ich gehe dann.“

„Ja, und komm nie wieder hier hin.“

Ich schüttelte den Kopf von ihrer Unverschämtheit. „Eve, ich komme mit.“ Sagte Noah, zog sich eine Jacke über und lief mir hinterher. „Das wirst du nicht tun!“ Schrie sie ihn an.

„Doch das tue ich. Du kannst mir nichts vorschreiben, ich gehöre dir nicht, Natalie.“

„Wenn du gehst Noah, war es das. Ich schmeiße dich raus.“
Er antwortete nicht und lief die Treppen herunter. Ich konnte ihr Gesicht nicht sehen, sondern hörte sie nur, wie sie ihn anbrüllte und er sie anbrüllte, wie in einem schlechten Kinofilm.

Vor der Tür tat Noah etwas, das ich nicht von ihm kannte. Er drückte mich gegen die Hauswand und presste seine Lippen auf meine, bis ich keine Luft mehr bekam und mein Körper unter ihm dahinschmolz. Wir standen nur wenige Meter von seiner  Wohnung entfernt, vielleicht beobachtete Natalie uns sogar. Oder vielleicht wollte er genau das um sie eifersüchtig zu machen. Ich drückte ihn von mir weg und scheuerte ihm eine. „Was soll das?"

„Was machst du? Bist du verrückt?" Ich sah auf mein Handy, der Wagen war noch verfügbar.

„Ich muss hier weg. Ihr seid verrückt. Alle beide."

Ich konnte das alles nicht fassen, seitdem ich Natalie kannte, lag ich zweimal im Krankenhaus und mir ging es nur noch schlecht. Was hätte ich dafür gegeben die Zeit zurückzudrehen und eine neue Geschichte zu schreiben mit einem Happy End. Stattdessen stand ich jetzt alleine da, ohne Freund, ohne Ex-Freund, mit einem Bruder der wütend war.

∞

Zwei Wochen später bekam ich vom Arzt das Go endlich wieder arbeiten zu gehen. In der Agentur hing ich über meinem Laptop und wurde von John für eine neue Kampagne eingeteilt. Ich wollte mit Niemandem darüber sprechen was zwischen Natalie und mir passiert war. Ich spürte die Blicke meiner Kollegen auf mir ruhen, und wusste, dass sie über mich redeten. Als würde ich es nicht mitbekommen, was sie dachten. Die letzten Tage schlief ich schlecht. Noah versuchte mich mehrfach anzurufen, doch ich war noch nicht bereit wieder mit ihm zu sprechen. Meinen Tee trank ich inzwischen im Starbucks in der Altstadt, da ich Laura aus dem Weg gehen wollte. Mir fiel im Nachhinein ein, dass ich sie nach der Adresse hätte fragen können, doch es war egal. Nichts bedeutete mehr etwas. Ich sprach auch mit meinem Bruder nicht darüber, was in der WG passierte. Es war besser so das

Thema Noah zu ignorieren und mit meinem Leben wieder voran zu kommen. Sarah unterhielt sich in der Mittagspause mit Gina darüber, dass Natalie und Noah es noch einmal miteinander versuchten. Mir war klar, dass sie meine Aufmerksamkeit damit erregen wollten, doch ich blieb stumm und stocherte in meinem Salat herum, warf ihn kaum angerührt in den Müll und ging zurück ins Büro. Ich beschäftigte mich mit der Kampagne für einen Autohersteller, der mit der Kampagne auf einen höheren Absatz hoffte und gerade dabei war den ersten eigenproduzierten SUV am internationalen Markt einzuführen. Besonders in den USA hofften sie auf einen hohen Umsatz. Ich nahm Kontakt mit den Kollegen aus Chicago auf und vereinbarte eine Videokonferenz für kommenden Dienstag. Heute war Mittwoch, und ich hatte keine richtig guten Einfälle, stattdessen produzierte ich Müll und starrte den Nachmittag über ein weißes leeres Blatt an. Die Facharbeit für die Uni schloss ich am Wochenende ab und schickte sie meinem Professor zum Korrektur lesen. Lou fragte zwischendurch, ob sie mir helfen konnte, als ich beinahe den Stift durchbiss, da mir keine Gedanken kamen. Mein ganzer Körper fühlte sich taub an. Ich nahm mehr Tabletten, als ich durfte um nicht mehr über meine Gefühle nachzudenken, allerdings schränkte das nur meine Arbeitsleistung ein. Am Donnerstagnachmittag versuchte mich John aufzuheitern mit der Nachricht, dass ich mit Lou nach Chicago fliegen würde, sobald der Pitch angesetzt war. Ich wusste, dass es nicht nötig war in die USA zu fliegen, aber er wollte mich aufheitern, daher sein Vorschlag. Lou war begeistert und versuchte mich mit ihrer Vorfreude anzustecken. Seit Tagen trug ich keine Businesskleidung mehr, sondern schleppte mich

mit weiten Pullovern und Jeans Hosen zur Arbeit. Mir war alles egal.
Solange ich Natalie nicht sehen musste. Gina und Sarah hatten sich
mittlerweile sehr gut mit ihr angefreundet und versuchten mir bei jeder
Gelegenheit eins reinzudrücken, bezüglich ihrer Beziehung mit Noah.
Freitagvormittag versuchte Gina mich in ein unnötiges Gespräch über
Beziehungen einzubeziehen und bemerkte, natürlich ganz zufällig, wie
wunderbar es sexuell bei Natalie und Noah lief. Ich entschuldigte mich
und lief ins Bad um meine Gedanken zu sortieren. Sobald sich ein
Gedanke um Noah drehte, blockte ich sofort ab und versuchte mich in
die Arbeit zu stürzen. Am Nachmittag platzte Lou endgültig der
Kragen, nach einer Woche absoluter Stille und bedrückender
Stimmung.

„Okay, du hast jetzt genug gelitten." Sagte sie, als ich keine gerade
Linie zeichnen konnte und sie mir ihre Entwürfe präsentierte. Ich
schwieg. „Wieso tust du dir das alles an?"

„Ich weiß nicht wovon du redest." Ich versuchte eine weitere Linie zu
zeichnen, doch dabei entstand nur eine gekrakelte schiefe Linie. Meine
Hände zitterten die ganze Woche schon, sicherlich von der Überdosis
meiner Schmerztabletten. „Eve, ich kann dich nicht weiter so leiden
sehen."

„Mir geht's gut." Sagte ich gähnend.

Sie stand auf und kniete sich neben meinen Stuhl. „Dir geht es alles
andere als gut. Erzähl mir doch nichts. Du leidest wahnsinnig darunter,
dass die beiden wieder zusammen sind." Sie drehte das Messer in der
Wunde nur noch mehr. Wieso verstand denn niemand, dass ich meine
Ruhe haben wollte? Hinter meinen Büchern fühlte ich mich sicher, es

gab nicht immer etwas zu bereden. Mein Rücken hatte sich vollkommen erholt, die Verletzung an der Wirbelsäule war laut dem Arzt verheilt, und ich hatte keine weiteren Schmerzen. An meiner Stirn hatte sich eine hässliche Narbe gebildet, die mir inzwischen nichts mehr ausmachte. „Bitte lass mich in Ruhe arbeiten, ja?" Sie murmelte irgendetwas Unverständliches und verließ dann das Büro. Ich setzte meine Kopfhörer auf und stellte traurige Musik an. Jetzt war ich alleine. Es ging mir wirklich nicht sonderlich gut, aber ich konnte es Niemandem zeigen, wie verletzt ich war, dass Noah nicht genügend Courage hatte sich von ihr zu trennen, obwohl er mich liebte. Die letzten Tage fühlten sich an, als wäre ich ein Geist, der kaum mitbekam was um ihn herum passierte. Ich magerte immer mehr ab, da ich keinen Appetit hatte. Die frischen Lebensmittel im Kühlschrank schimmelten vor sich hin, da ich kein Interesse mehr am Kochen hatte. Um acht Uhr saß ich noch immer vor meinem Bildschirm und dachte über einen geeigneten Slogan für die Kampagne nach, da ich aktuell nicht mehr hinbekam. Lous Entwürfe waren gut, und modern. Sie sollten dem Kunden gefallen. Ich hatte ihr versprochen, zumindest eine Idee für den Slogan zu entwickeln. Die Flure in der Agentur waren dunkel, als ich mir aus der Küche eine Flasche Wasser holte. Ich stützte mich am Tresen ab und sah mich um. John war der Letzte, der um halb sieben die Agentur verließ und vorher noch einmal nach mir sah. Ich versicherte ihm, dass ich nicht mehr lange machen würde. Um kurz nach acht öffneten sich die Aufzugtüren. Ich sah um die Ecke, da um die Uhrzeit normalerweise niemand mehr ins Gebäude kam, außer einem Mitarbeiter. Doch ich konnte nichts erkennen. Ein Mann und eine Frau unterhielten sich. Ich stellte mich hinter eine Säule und lauschte dem Gespräch. Ich erkannte ihre Stimmen und konnte nicht zuordnen was sie hier machten. Lou redete auf ihn ein. „Sie ist noch in der Agentur. Sie sollte im Büro sitzen, du bist zwar ein riesen Arsch und ich hasse dich dafür, dass du mit dieser billigen Schlampe zusammen bist, aber du bist vermutlich der Einzige, mit dem sie redet. Ich habe sie noch nie so gesehen. Also redest du mit ihr?"

„Deshalb hast du mich doch angerufen, oder?" Ich konnte nicht fassen, was ich da hörte. Lou hatte sich gegen meinen Willen mit Noah verbündet um was in mir auszulösen? Ich wollte ihn nicht sehen und nichts von seinem Beziehungsglück hören. Ich krallte mich in die Säule und versuchte unsichtbar zu sein. „Ja. Das ist nicht mehr meine Eve. Sie ist ein Schatten ihrer Selbst."

„Okay, ich rede mit ihr."

Ich hörte seine Schritte und duckte mich. „Ach Noah." Sagte sie.

„Ja?"

„Bau keinen Mist. Sie ist hypersensibel. Und noch was, du bist so ein Idiot. Ich verstehe nicht, wie man die Liebe seines Lebens aufgeben kann für so jemanden, wie Natalie."

„Ich habe sie nicht aufgegeben"

„Ach nein?", fragte sie nach.

„Du hast sie aufgegeben, weil du ein mieser Feigling bist und den einfachen Weg gegangen bist."

„Jetzt hör mir mal zu. Da du ja anscheinend alles besser weißt, werde ich dir mal was sagen. Ich habe sie niemals aufgegeben."

„Was hast du dann getan? Sie hat mir davon erzählt, dass ihr beinahe miteinander geschlafen hättet." Was erzählte sie ihm da? Ich drückte mir die Hand auf den Mund, weil ich Angst hatte, sie könnten mich atmen hören. Verrückte Vorstellung, doch ich wollte hören, was sie sagten.

„Ich denke nicht, dass dich das etwas angeht."

„Oh, doch. Sie ist meine beste Freundin und ich. Ja ich bin diejenige, die sie tröstet nachdem du ihr Herz gebrochen hast, wieder und wieder. Weißt du, dass sie Jonas nur wegen dir verlassen hat?"

„Das habe ich mir irgendwie gedacht." Bemerkte er. Seine Stimmte klang seltsam.

„Sei doch nicht so dumm und mach keinen Fehler. Ich verschwinde jetzt." Ich hörte den Aufzug wie er sich öffnete und Sekunden später verschloss. Was sollte ich jetzt tun? Mein Herz klopfte in meiner Brust. Ich nahm eine Flasche Prosecco aus dem Kühlschrank um meine Nerven zu betäuben. Die grüne Flasche sah teuer aus. Ich ließ den Korken knallen, mit dem Wissen, dass Noah mich dabei hören konnte. Ich nahm zwei Gläser aus dem Schrank und stellte sie auf den weißen Tresen vor mich. Dann schüttete ich etwas ein und trank mein Glas in einem Zug leer. Er kam nach ein paar Minuten zurück. „Suchst du mich?", rief ich ihm zu.

Er sah um die Ecke und entdeckte mich hinter dem Tresen mit einem neuen Glas Sekt in der Hand.

„Du bist also hier um mich zu belehren, ja?"

„Du hast unser Gespräch mit angehört?"

„Jep." Bestätigte ich und trank einen weiteren Schluck. „Also, ich brauche deine Hilfe nicht. Du kannst jetzt zurück nach Hause gehen und deine kleine Schlampe befriedigen." Natalie war für mich das Allerletzte. Eine verzweifelte Frau, die mit aller Kraft versuchte sich an einen Mann zu ketten, der sie nur als zweite Wahl ansah. Das einzige Gefühl, das ich ihr gegenüber aufbrachte war tiefes, ehrliches Mitleid. Er trat auf mich zu und riss mir das Glas aus der Hand. „Du bist nicht du selbst, wenn du trinkst!"

„Ich hasse dich Noah. So sehr." Ich konnte es nicht ertragen, dass er mich ansah. Jeder Blick von ihm brannte in meiner Seele. Denn er gehörte nicht zu mir. Und ich wollte nicht, dass er meine Wunden wieder aufreißt. „Lass mich los. Sofort!" Keifte ich ihn an. Die Tränen standen in meinen Augen. Es brauchte nur einen Blick von ihm um meine Dämme zu brechen. „Lass mich los. Bitte, bitte." Ich hämmerte gegen seine Brust, konnte ihn dabei aber nicht ansehen.

Er hob mein Kinn mit seinen sinnlichen, männlichen Händen an. „Nein", flüsterte er. Ich sah seine traurigen Augen, das Mitleid, die Angst. Ein Teil von mir wollte ihn schubsen und wegrennen, doch der andere Teil wollte ihn küssen, ihn spüren. Ich bekam eine Gänsehaut.

„Sieh mich an Evelyn."

Ich tat was er wollte und sah ihn an. Es geschah in Sekunden. Ich stellte mich auf die Zehenspitzen und er küsste mich, bis ich nicht mehr atmen konnte. Seine Lippen auf meinen, die Sehnsucht, das Feuer in mir. Die gesamte Erregung. Ich krallte meine Fingernägel in seinen Nacken und sprang hoch. Er ging mit mir los und öffnete die Tür zum Kreativraum. Vor uns lag die Skyline der Stadt, die sich durch die gläsernen Fenster erstreckte und hell erleuchtet dar lag. Er setzte mich auf dem Tisch ab, und küsste mich. Ich hielt mich an seinem Hals fest und atmete seinen

Duft ein. Wir brauchten keine Worte für das was hier geschah. Ich bekam einfach nicht genug von ihm. Ich legte meinen Kopf auf dem Tisch ab, als er begann mein Oberteil hochzuschieben und jeden Fleck meines Bauchs zu küssen. Dabei schob er mir den Pulli über den Kopf. Ich lag vor ihm, nur im BH und in meiner zerrissenen schwarzen Jeans und Turnschuhen bekleidet. Er ließ nach einer gefühlten Ewigkeit von mir ab und betrachtete mich mit einem Feuer in seinem Blick, wie ich es noch nie bei ihm gesehen hatte. Er vermisste mich, so wie ich ihn vermisste. Ich war so erregt, und spürte jede seiner Berührungen. Er zog mir die Schuhe und Socken aus, und dann die Hose, bis ich nur noch in meiner Spitzenunterwäsche vor ihm lag. Er sah mich an, wie ein hungriger Löwe, der nur darauf wartete seine Beute zu erlegen. Ich stellte mich mit den Ellenbogen auf und zog ihn zu mir herunter. Ich wollte ihn, hier und sofort. Dafür setzte ich mich auf den Tisch und zog ihm die Jacke und das enge, schwarze Shirt aus, das seine Muskeln betonte und betrachtete seinen durchtrainierten Körper. Ich konnte gar nicht fassen, wie definiert seine Muskeln inzwischen waren. Ich küsste jede Stelle seines Bauches und öffnete dann den obersten Knopf seiner Hose. Seine pralle Beule streckte sich mir gierig entgegen. Da war er, er stand nur für mich. Diese Erregung galt ausschließlich mir. Ich zog seine Shorts herunter und kniete mich vor ihn hin um ihn komplett in meinem Mund aufzunehmen. Er stöhnte heftig auf, als ich begann daran zu saugen. Ich spürte, wie sehr er mich wollte, als ich seine Lust schmeckte. Er krallte sich mit den Händen in meinen Haaren fest und ich fühlte mich, wie eine Königin dabei. Diese Momentaufnahmen von unserem Liebesspiel waren die schönsten und erotischsten Momente meines Lebens. Ich sah ihm dabei direkt in die Augen, was ihn noch mehr antörnte, da sein Penis immer voller wurde und an meinen Lippen pulsierte. Noch einmal auf und ab, bis ich ihn auf seine Eichel küsste und feste daran saugte. Seine Atmung beschleunigte sich, doch ich wollte nicht, dass er schon kam. Ich wollte ihn jetzt. Er trat seine Jeans weg und warf mich auf den Tisch. Dieser Noah törnte mich wahnsinnig an. Er hielt meine Beine fest und stieß so heftig zu, dass ich meine Fingernägel in die Tischplatte bohrte. Das hier war mehr als perfekt, es war königlich. Einfach unglaublich erotisch und genau die Art von Sex, die ich in unserer Beziehung vermisste. Selten hatte ich so eine Leidenschaft empfunden. In seinen Augen sah ich die Begierde, die Liebe für mich und die Sehnsucht. Ich lag auf der Tischplatte, als er endlich in mich eindrang und mich komplett ausfüllte. Meine Beine zitterten so heftig durch seine Berührungen. Er kam näher und beugte sich zu mir herunter um mich in die Lippe zu beißen. Ich hielt mich an ihm fest und küsste seinen Hals. Dann saugte ich daran und ließ einen großen Bluterguss zurück, denn er gehörte nur mir und niemand Anderem. „Küss mich." Befahl er mir. Ich krallte mich in seine Haare und küsste ihn. Seine und meine Zunge waren in einem endlosen Spiel gefangen. Ich genoss es so sehr, er schmeckte unglaublich. Danach drehte er mich um, sodass ich mit meinem Hintern zu ihm lag. „Du hast so einen schönen Hintern." Dann spürte ich einen kurzen Schmerz, als er mir auf den Hintern schlug mit einer Wucht, dass sogar meine Klitoris bebte. Er zog mich vorne an die Kante des Tisches und steckte ihn wieder rein. Ich stöhnte so heftig, dass ich beinahe schrie vor Erregung. Ich brauchte nicht mehr lange, bis ich in einem endlosen

Orgasmus explodieren würde und dann das Gleichgewicht verlieren würde. „Stütz dich mit den Händen ab." Befahl er wieder. Ich mochte diesen dominanten Noah, denn er erregte mich, wie es nie ein Mann zuvor geschafft hatte. Ich drehte mich zu ihm um, doch dann schlug er mir wieder auf den Hintern. „Mach was ich dir sage!" Vielleicht war es die Wut, die aus ihm sprach oder der Schmerz, aber das war mir in dem Moment vollkommen egal. Denn ich lebte den Moment mit einer unglaublichen Intensität. Er wurde immer schneller und meine angewinkelten Beine gaben beinahe nach. Ich spürte es, wie ich dem Höhepunkt immer näherkam. Alle Gefühle kamen in dem Moment hoch, als mein Körper in tausend Teile zersprang und ich hörte, wie Noah ebenfalls laut stöhnte und in mir kam. „Oh Evelyn", rief er, als er sich in mir ergoss. Er war völlig außer Atem und streichelte meinen pochenden Po, während ich nach Luft rang. Mit letzter Kraft drehte ich mich zu ihm um und ließ mich in seine Arme fallen. Wir lagen auf seiner Jacke, ich in seinem Arm und zeichnete kleine Kreise um seine Brustwarzen. Noah starrte an die Decke und küsste mich zwischendurch immer wieder auf den Haaransatz. Ich konnte gar nicht glauben, was hier gerade passiert war. Anstatt miteinander zu reden, schliefen wir miteinander, wenn man diese Gefühlsexplosion überhaupt als miteinander schlafen bezeichnen konnte. Ich hatte selten so viel Liebe und Leidenschaft empfunden, wie in der letzten Viertelstunde mit Noah. „Was denkst du?", fragte ich ihn und sah ihn dabei an. Er wirkte abwesend, irgendwie nachdenklich. „Du bereust es? Nicht wahr?" Als er nicht antwortete, kannte ich die Antwort bereits und fühlte mich entblößt. Ich suchte meine Jeans und die restlichen Kleidungsstücke zusammen und zog mich schnell an. „So war es nicht gemeint. Eve, ich bin in einer Beziehung." Stotterte er nervös. Er bewegte sich nicht vom Fleck und sah mir zu, wie ich mich panisch anzog. „Ja, mit einer Frau, die du nicht liebst." Betonte ich wütend.

„Natürlich liebe ich sie." Gab er zurück. Diese Antwort traf mich noch mehr, jetzt fühlte ich mich wirklich, wie ein Flittchen.

„Wieso hast du dann mit mir geschlafen? Ach entschuldige bitte, du hast mich eher gefickt. War ich jetzt gerade ein schöner Freizeitvertreib für dich?"

„Was? Nein." Er stand auf und wollte auf mich zugehen, dabei hob er besänftigend die perfekt manikürten Hände an. Beinahe hätte er mich berührt, doch ich sprang ein Stück zurück und fiel dabei fast über meine Chucks, die hinter mir lagen. „Tu mir einen Gefallen und fass mich nicht an. Geh zu deiner tollen Natalie zurück und tu so, als wäre das hier nicht passiert und rede dir ruhig weiter ein, dass deine Beziehung toll ist und sie die Frau deines Lebens ist." Ich kämpfte mal wieder mit den Tränen. Er versuchte wieder mich zu beruhigen. „NEIN! Verstehst du es nicht Noah? Offenbar verstehst du nichts. Gar nichts." Ich fühlte, wie sich meine Augen mit Tränen füllten und wollte nur noch weg. Doch erst musste ich zurück in mein Büro um meine Sachen zu holen, meinen Zutrittsausweis, meine Haustürschlüssel um überhaupt nach Hause zu kommen. „Bitte beruhig dich, Evelyn."

„Hör auf mich so zu nennen. Dieses Privileg obliegt nur Menschen, die mich wirklich lieben. Dazu gehörst du nicht! Geh weg, verschwinde einfach."

„Eve, bitte."

„NEIN! Geh!" Schrie ich ihn wütend an. Ich konnte seine Anwesenheit nicht mehr ertragen. Er hatte mich nur benutzt für einen kleinen Spaß, um all die Gefühle rauszubringen, die er mir gegenüber empfang. Ich war für ihn nichts mehr, als ein Spielzeug, das er wegwerfen konnte, wann und wo er es wollte. So ließ ich nicht mit mir umgehen. Ich drehte mich zur Glaswand, als er sich wieder anzog ohne ein Wort zu sagen. Er kannte mich gut genug um zu wissen, wann er nichts sagen sollte um mich nicht weiter zu provozieren. Ich ballte die Faust vor meinem Körper und schloss die Augen um mich zu beruhigen. Wenn ich eines wusste, dann, dass ich Noah unglaublich liebte und das hier für mich etwas Bedeutsames war. Etwas Wundervolles, und für ihn war es nur ein Quickie. Es brach mir das Herz mir dieser Tatsache bewusst zu werden. „Ich gehe jetzt." Sagte er beruhigend, trotzdem drehte ich mich nicht zu ihm um, sondern starrte geradewegs die Skyline der Stadt an. Diese Befriedigung würde ich ihm nicht geben, nicht nach alledem was hier passiert war. Als ich den Aufzug hörte und das Licht auf dem Flur ausging, atmete ich drei Mal ein und aus und ging danach in mein Büro um meine Sachen zu holen. Ich erwartete die Tränen, doch sie kamen nicht. Er hatte es geschafft mich zu brechen, doch das würde ich nicht zulassen, jetzt würde ich an gar nichts mehr denken.

## Kapitel 16

Am Sonntagmorgen beantwortete ich das erste Mal Lous Anrufe, die ich am Samstag ins Leere laufen ließ, da ich sauer auf sie war. Um 11 Uhr am Sonntag entschied mich allerdings dafür, dass es nicht ihre Schuld war, sondern Noahs und meine. David fuhr gestern Morgen ganz früh mit seinen Kumpels zu einem Auswärtsfußballspiel nach München. Ich tat so, als wäre alles in Ordnung. Er drückte mich noch einmal, als ich Freitagabend nach Hause kam nach dem Moment mit Noah. Ich fühlte mich dreckig und badete, bis meine Haut schrumpelig wurde. Ich erzählte Lou nicht viel, da ich noch nicht so weit war über alles zu sprechen und vertröstete sie kurz angebunden auf Montag, wenn wir Zeit dafür hätten. Den restlichen Sonntag verbrachte ich alleine Zuhause und lernte für die anstehende Marketingklausur und suchte mir aus unseren Skripten, die wichtigsten Fachbegriffe, wie 5-Forces raus und ging alles mehrfach durch. Am Abend richtete ich mir einen bunten Salat an und brat Hähnchenbruststreifen dazu an. Ich nahm mir endlich mal wieder Zeit meine Oma anzurufen und erzählte ihr von der Uni, der Arbeit und dass ich mich von Jonas getrennt hatte. Sie war entsetzt und wollte natürlich wissen, was passiert war.

*„Ich dachte ihr seid glücklich Kind."*

*„Waren wir nicht, Omi. Glaub mir, so ist es wirklich besser. Für uns*

*beide. Ich hatte keine Zeit mehr mich um ihn zu kümmern.“*

*„Gut, wenn du es sagst. Ich mag ihn gerne.“*

*„Das weiß ich doch. Ich mag ihn auch sehr.“*

*„Und was wirst du jetzt tun?“* Versuchen nicht mehr an Noah zu denken, dachte ich mir.

*„Ich komme auch gut ohne Mann zurecht, außerdem habe ich mit David genügend Beschäftigung Zuhause.“*

Sie lachte, herzlich, wie immer. *„Das kann ich mir vorstellen. Wie geht es meinem kleinen Jungen denn?“*

*„Ihm geht's, wie immer super.“*

*„Hat er noch immer so viel Durchgangsverkehr?“* Meine Oma war unverbesserlich, wenn es um solche Themen ging. Ihr entging absolut nichts. Ich musste laut lachen, als sie das Wort „Durchgangsverkehr“ sagte, als würde er an einer U-Bahn Haltestelle arbeiten.

*„Ja, er hat noch immer jede Menge Liegefreundinnen.“* Gab ich zurück. Mein Onkel hatte immer zwischen zwei Arten von Frauen unterschieden. 1. Die sogenannten Liegefreundinnen, was übersetzt hieß, die Frauen, die man fürs Bett hatte und 2. Die Stehfreundinnen, also gute Freundinnen oder feste Freundinnen mit denen man Unternehmungen machen konnte. Meine Oma und ich amüsierten uns immer über diese Begriffe und dachten dabei an ihn. Mich überkam eine gewisse Freude, dass sie genauso sehr an ihm hing, wie ich.

*„Ich vermisse ihn, weißt du das?“*

*„Ach Evelyn.“* Ihre fröhliche Stimme verfremdete sich. Sie schniefte leise. *„Ich vermisse ihn jeden Tag, obwohl es leichter wird, aber er ist und bleibt mein Sohn und hat einen besonderen Platz in meinem*

*Herzen, für immer.“*

*„Es ist an manchen Tagen so unendlich schwer darüber hinweg zu kommen, dann sehe ich ein Bild von ihm an, wie glücklich er wirkte und erinnere mich an den Tag zurück an dem das Bild entstanden ist. Er fehlt mir wahnsinnig.“*

*„Dort wo er jetzt ist geht es ihm sicher besser, Kind.“* Im Hintergrund hörte ich, wie Töpfe klirrten. *„Ich muss jetzt auflegen, dein Opa wartet auf sein Abendessen. Komm mich doch mal wieder besuchen.“* Sagte sie und ich versprach es ihr für das nächste Wochenende.

Ich ging bereits um neun ins Bett und schaute mir irgendeinen Mist im Fernsehen an, bevor ich einschlief.

∞

Rebecca stand am Empfang und grinste fröhlich, als ich zu ihr kam und wir das erste Mal seit einer Ewigkeit miteinander sprachen. Ich hatte mich dazu entschieden meine Zombi Zeit zu beenden um meine Kollegen nicht weiter zu verwirren, außerdem litt meine Arbeitsqualität darunter. Gestern Nachmittag hatte ich einen Slogan für die Präsentation entwickelt, den ich Lou vorstellen wollte bei unserem Meeting mit John am Mittag.

„Du siehst besser aus, als letzte Woche.“ Bemerkte sie.

„Mir geht es auch besser.“

„Was macht die Verletzung?“

„Welche meinst du?“, fragte ich und lachte dabei.

„Alle?“

Sie war wirklich süß und höflich. „Alles bestens. Ich war zur

Nachuntersuchung im Krankenhaus. Ich darf zwar noch immer keinen Sport machen oder meinen Rücken überbelasten, aber prinzipiell sollte ich in drei Wochen wieder komplett fit sein." Während ich mich mit Rebecca unterhielt, stellte sich jemand neben mich und frage genervt nach der Post für Mister Russo. Ich brauchte mich nicht zu bewegen um zu sehen, wer neben mir stand. Natalie kam auf ihren Pumps angetanzt und wirkte mürrisch.

„Bis später Becca." Ich wollte nicht in der Nähe dieser Person sein.

Lou war noch nicht da, also packte ich zuerst meine Entwürfe aus und ordnete den Präsentationsordner mit der Ablaufplanung zusammen, die ich Freitag noch hinbekam. „Hello Sunshine", sagte Lou, als sie ins Büro kam.

„Hi, Süße." Ich stand auf und drückte sie. Wir hatten kaum miteinander gesprochen die letzten Tage.

„Hat der kleine Überfall am Freitag doch geholfen?" Noah. Sie spielte auf ihn an. Ich tat unbeteiligt und sortierte meine Bleistifte neu. Als ich nichts sagte, fing sie erneut an. „Willst du mir erzählen, wie es war?"

„Wie was war?"

„Tu nicht so blöd. Habt ihr euch ausgesprochen? Du und Noah." Oh, ja und wie intensiv wir miteinander sprachen. Mein Unterbewusstsein lachte über die nackte Evelyn, die, wie auf dem Präsentierteller vor Noah lag.

„Ja, so kann man es nennen." Sie hing ihre blaue Jacke an der Garderobe auf und zupfte dann ihren Bleistiftrock gerade. „Okay, was ist wirklich passiert? Du warst gestern so kurz angebunden."

„Es ist nichts weiter."

„Eve wir sind seit über zwei Jahren miteinander befreundet und ich kenne jeden Blick von dir. Irgendetwas ist passiert.“

„Wir, er, ich… ich weiß nicht.“

„So schlimm?“, harkte sie nach.

„Wir hatten Sex.“ Sagte ich kühl.

„Wie bitte? Ich dachte ihr wolltet reden.“

„Anscheinend haben wir eine Art gefunden miteinander zu reden.“

„Wow, und wie war‘s?“ Gute Frage. Gigantisch?

„Es war unglaublich. Ich habe ihn noch nie so sehr gewollt. Es war wow.“

„Hmm, aber?“

„Er hat es wegen Natalie sofort bereut, ich habe ihn weggeschickt. Lou, weißt du, wie ich mich gefühlt habe? Als wäre ich eine Nutte, die er engagiert hatte für den kleinen Spaß zwischendurch. Für mich hat es etwas bedeutet.“

„Und du meinst für ihn hat es nichts bedeutet?“

„So wie er reagiert hat, nein.“

Sie stand auf und setzte sich auf meine Tischkante. „Eve, das kann ich mir absolut nicht vorstellen. Als ich ihn angerufen habe wegen dir, ist er sofort zur Agentur gekommen ohne nachzufragen, was los ist. Wenn er dich nicht lieben würde, wäre er nicht gekommen. Da bin ich sicher.“

„Ist ja auch egal, er hat sich für sie entschieden und gegen mich. Damit muss ich leben. Lass uns jetzt lieber unser Konzept für morgen besprechen. John hat mir eine Mail geschickt, dass das Briefing auf 11 Uhr vorgezogen wurde.“

„Gut. Ich zeige dir was ich habe.“

Lou stellte sich für den neuen SUV eine Kampagne vor, die den Wagen in verschiedenen Umwelt Situationen zeigt. In der Wüste, im Gebirge, wie er durch Pfützen fährt, über Steigungen und dabei ein gutes Bild macht.

„An welchen Slogan hast du gedacht?"

„Fahren, wie auf Wolken."

„Das soll der Slogan sein?"

„Mir fiel nichts Besseres ein."

„Daran müssen wir definitiv noch feilen. Mensch Eve, du bist wirklich ganz woanders."

„So haben die Jungs den Wagen doch beschrieben."

„Sie sagten etwas von einer weichen Federung. Nicht von einem Gefühl, wie auf Wolken zu schweben." Ich stapelte ihre Zeichnungen und stellte sie der Reihenfolge nach zusammen. „Oder etwas Exotisches." Ich dachte einen Augenblick darüber nach, wie man sich von der breiten Maße absetzen konnte.

„Was meinst du damit?"

„Lebensgefühl, warte." Ich ging an mein Mac Book und gab eilig meinen PIN Code ein. Auf dem Hintergrund erschien der Grand Canyon. „Da bin ich ja jetzt gespannt." Meine besten Ideen kamen mir spontan, ohne darüber nachzudenken. Ich öffnete eine alte Playlist, ich suchte nach einem speziellen Spanischen Song, den ich immer hörte, wenn ich mich auf eine Party einstimmte oder bester Laune war. „Okay, hör zu!" Ich stöpselte die Kopfhörer ab und drehte die Boxen auf. Dann begann ich auf und ab zu hüpfen und mich zu Sophia zu bewegen. *Mira Sophia, sin tu mirada, sigo…..*

„Mach mit!", rief ich ihr zu und strahlte über das ganze Gesicht. Ich spürte sie, die Lebensfreude, die lachenden Menschen, wie in seinem Video. Die gute Laune, unter Freunden sein. Ein Wagen, ein SUV. Mitten auf den Ramblas in Barcelona, wie Sophia aus den Lautsprechern ertönte. „Was willst du mir damit sagen?"

„Stell dir vor, wie Maßen von Menschen über die Ramblas gehen, Touristen und Einheimische und völlig abwesend ihren Beschäftigungen nachgehen. Dann steht mitten auf den Ramblas der neue SUV am Automarkt. Die Leute gehen uninteressiert daran vorbei, obwohl er inmitten der Straße steht und die Menschen sogar darum laufen müssen um dem Wagen auszuweichen. Auf einmal, Standbild. Die verdunkelten Scheiben fahren herunter und im Wagen sitzen zwei Frauen, die die Lautsprecher des Wagens andrehen. Sophia! Jeder bleibt stehen und starrt das Auto an. Der Sound übertönt alles, was darum passiert. Und dann, die Frauen springen aus dem Auto. Die Maße starrt sie an. Sie beginnen zu tanzen und plötzlich beginnen weitere Leute aus allen Teilen der Erde mitzutanzen und zwar die gleichen Tanzschritte. Ein Flashmopp um das Auto und dann der Slogan."

*Mit Leidenschaft und Lebensgefühl fahren.*

Ich blieb stehen und drehte die Musik runter, als ich sah, wie einige Kollegen durch die Scheiben unseres Büros starrten. „Und was meinst du?"

Sie setzte sich hin und fuhr sich mit den Fingern über die Lippen.

„Ich bin platt. Das hast du dir gerade erst ausgedacht?"

„Ja, wieso?"

„Wow." Sagte sie und klatschte in die Hände. „Meine Entwürfe sind dagegen echt mies, wir sollten neue Zeichnungen erstellen. Wenn das für dich okay ist, erstell du sie und ich zeichne den Slogan. Unglaublich." Murmelte sie. Ich schwang mich auf meinen Schreibtischstuhl, erstellte eine spanische Playlist und hörte sie, während ich mit verschiedenen Kohlestiften und Bleistiften die Momentaufnahmen aus meinem Kopf nachzeichnete. Ich drehte mich auf dem Stuhl und sang dabei die Songs mit; mit dem Stift im Mund klang es bescheuert. Irgendwann fand ich keinen Stift mehr, da ich sie mir alle in den Zopf geschoben hatte in meinem Zeichenwahn. Ich war ganz aufgekratzt über meine plötzliche Eingebung. Wir hatten noch zehn Minuten, bis zu dem Briefing bei John und beendeten die letzten Korrekturen.

John betrachtete die Entwürfe neugierig auf dem Flipchart und ging durch den Raum auf und ab. Ob das wohl ein gutes oder schlechtes Zeichen war? Er sah aus, als würde er heute auf eine Hochzeitsfeier gehen mit seinem weißen Designeranzug und der hellblauen Krawatte, die ihn noch jünger und attraktiver wirken ließ. Noch bevor er etwas sagen konnte, wollte ich ihm ein Kompliment machen. „Hast du heute ein Date?", harkte ich neugierig nach.

„Wie kommst du darauf?"

„Du bist heute besonders gutaussehend."

„Oh, danke Liebes. Aber nein, das ist es nicht, aber gleich dazu mehr. Zu euren Entwürfen. Was ist die Idee dahinter?"

Ich erzählte ihr von der Idee mit dem neuen SUV von McGregor auf den Ramblas mit der spanischen Musik und was das Ganze ausdrücken soll.“

„Also, ich finde die Idee ziemlich gut. Und der Slogan passt. Gut gezeichnet im Übrigen.“

„Danke“, sagten Lou und ich gleichzeitig und schlugen ein. „Wir sollten die Idee dem Kunden genauso pitchen morgen in dem Meeting.“

„Du hast nichts daran auszusetzen?“ Ich horchte auf. Im Normalfall korrigierte er immer irgendeine Kleinigkeit, es gab schon Projekte die wir nach dem Briefing mit John komplett umgeschmissen hatten.

„Nein. Es ist eine geniale Idee. Ihr habt gute Arbeit geleistet.“ Wir strahlten beide über das ganze Gesicht. „Ach Eve, ich hatte schon Sorge du hättest dein kreatives Potential verloren. Ich gehe davon aus, dass diese kreative Findung von dir stammt? Nichts für ungut Lou.“

„Wieso denn? Du hast doch Recht. Die Idee schreit doch förmlich nach Evelyna.“

„Du immer mit deiner Evelyna.“

„Du siehst aus, wie eine Evelyna, du könntest wirklich eine russische Prinzessin sein.“

„Gut, dann würde ich sagen ihr erstellt einen Ablaufplan für den Kunden und druckt die Entwürfe als übersichtliche Präsentation für den Kunden.“

„Schon erledigt“, warf ich ein.

„Catering? Raumbuchung?“

„Alles erledigt.“ Bestätigte Lou grinsend.

„Was fangt ihr zwei denn dann heute mit eurer Zeit an, wenn ihr bereits durch seid?“

„Sag du es uns. Wir hatten mit Änderungswünschen gerechnet. Ich könnte beim Kunden anrufen und fragen, ob sie vielleicht spontan schon heute Nachmittag Zeit finden würden für unseren Pitch, dann könnten Lou und ich direkt mit den Planungen beginnen, insofern der Kunde zufrieden ist. Was meinst du?"

„Ihr könnt es versuchen. Ich habe bis zwei Uhr Termine, aber danach bin ich frei. Gebt mir Bescheid, ob es geklappt hat."

„Natürlich."

„Ach Kinder und noch was. Ich würde heute Abend gerne mit einem ausgewählten Kreis essen gehen beim Chinesen am Flughafen. Die Rechnung geht selbstverständlich auf mich. Passt es bei euch?"

Ich dachte kurz darüber nach, ob ich die Uni schieben konnte, aber das sollte kein Problem sein, denn die Arbeit stand bei mir an erster Stelle.

„Klar. Ich komme mit."

„Louisa?"

„Lass mich überlegen." Sie blätterte in ihrem Terminkalender. „Ich rufe meine Mutter an, ob sie auf Benny aufpassen kann."

„Wunderbar. Eve, Daniel wird dabei sein mit seiner Assistentin, Projektassistentin und leider auch mit Natalie." Damit hatte ich beinahe schon gerechnet, insofern ich Noah nicht sehen musste, konnte ich damit leben. Wir arbeiteten schließlich in einem Unternehmen. Ich konnte ihr nicht ewig aus dem Weg gehen, dafür war die Agentur zu klein. „Aber ohne Partner." Betonte er dabei besonders. „Kein Problem", sagte ich.

„Sehr gut. Wir würden um sechs Uhr von hier aus gemeinsam losfahren. Ihr könnt gerne bei mir mitfahren."

„Gerne. Dann machen wir uns mal an die Arbeit."

Wir hatten Glück, denn McGregor fand tatsächlich bereits um 16 Uhr Zeit für unsere Präsentation. Rebecca kümmerte sich um die Getränke und ein paar Kekse. Wir mussten leider die Kollegen aus der Personalabteilung bitten ihr Jour Fixe auf eine andere Uhrzeit zu schieben, damit wir ab halb vier die letzten Vorbereitungen treffen konnten. In der Agentur herrschte großer Trubel wegen der anstehenden Kampagne, da wir mit einem riesen Umsatz im sechsstelligen Bereich zu rechnen hatten, wenn alles glattgehen würde. Ich beschäftigte mich gegen Mittag mit einer Kollegin aus der Finanzabteilung mit den ungefähren Kosten und holte erste Kostenvoranschläge rein. Sina, die Kollegin aus der Finanzabteilung erstellte uns eine grobe Kostenplanung für die Kampagne bezüglich Fotografen, Regisseur, je nachdem, ob der Kunde einen Dreh wünschte oder nicht und weitere anfallende Kosten.

Seth McGregor und sein Vater Bob, die ihren größten Standort in Chicago hatten und beide Vollblutamerikaner waren, trafen bereits um viertel vor vier in der Agentur an. Ich testete gerade zusammen mit Lou und einem Techniker, ob die Übertragung unserer Präsentation über den Beamer einwandfrei funktionierte, als Rebecca zu uns in den Raum kam und den Kunden ankündigte. Ich rief John über mein Handy an, der fünf Minuten später den Kunden in den Präsentationsraum brachte. Rebecca bat ihnen Kaffee und kühle Getränke an. Seth McGregor war ein attraktiver braun gebrannter junger Mann, vielleicht Anfang dreißig mit einem leichten Bartansatz und wunderschönen schwarzen Haaren, die ihm etwas in die Stirn fielen. Ich starrte in seine auffällig grünen Augen, als er den Raum hinter seinem Vater betrat und dabei unglaublich selbstbewusst wirkte. Er hieß wohl eher Seth McSexy Gregor. Robert McGregor, oder auch Bob genannt, war ein großer Mann mit einem grauen Vollbart und vollem grauen Haar. Sein Sohn war ihm, wie aus dem Gesicht geschnitten, nur einige Jahre jünger. „Mister McGregor. Wie schön, dass Sie sich so spontan die Zeit für uns nehmen konnten." Ich gab zuerst McGregor Senior die Hand und danach seinem Sohn, der mit Abstand die schönsten Hände hatte, die ich jemals gesehen hatte. Er strahlte mich an und entblößte eine Reihe strahlendweißer Zähne. Ich war völlig geflasht von seiner unfassbaren Schönheit. Dem marineblauen Anzug, mit passendem hellblauem Hemd ohne Krawatte. „Wir haben dann sicherlich miteinander telefoniert." Fragte er charmant.

„Wir?" Harkte ich nach. „Ja, wir. Genau. Evelyn Meyer. Schön zu der Stimme das passende Gesicht kennenzulernen." *Evelyn, du benimmst dich, wie ein Teenager,* ermahnte ich mich selber, als ich mich selbst dabei erwischte, wie ich ihn anstarrte. „Das kann ich nur zurückgeben Miss Meyer. Eine durchaus angenehme Überraschung." Er ließ meine Hand nicht mehr los und hypnotisierte mich mit seinem Blick. Ich zog reflexartig meine Hand weg und ging zurück zum Flipchart. Wenn ich ihm den Rücken zudrehte, konnte er mich nicht verwirren.

„Bitte nehmen Sie Platz", sagte John zu ihnen. Ich sortierte nochmal die Entwürfe. „Alles okay?", fragte Lou.

„Bestens, bestens. Ich wollte nur…"

„…dem heißen Mister McGregor aus dem Weg gehen?" Flüsterte sie.

Ich drehte genervt die Augen. „Lou, jetzt nicht."

„Er erinnert mich irgendwie an Scott Eastwood."

„Lou, Ruhe jetzt!“ Ermahnte ich sie.

„Die Damen, seid ihr soweit?“, harkte John nach.

„Sicher.“ Ich drehte mich zu ihnen und stellte mich an die Spitze des Tisches. „Herzlich Willkommen. Wir möchten Ihnen an dieser Stelle unser Konzept anhand einiger Entwürfe vorstellen. Danach stellt meine Kollegin Ihnen die PowerPoint Präsentation vor. Ich weiß Sie hatten einen klassischen Ansatz im Sinn, aber wollten sich dennoch von der breiten Maße absetzen. Dazu muss ich Ihnen sagen, dass wir in dem Fall keine klassischen Werbeformen gesehen haben um ihr Konzept umzusetzen.“ Der alte McGregor kratzte sich nervös an der Nase und zog an seinen Barthaaren, als ich davon sprach ein anderes Modell anzuwenden. „Unsere Idee sieht folgendermaßen aus. Meine Frage an Sie lautet: Was verstehen Sie unter spanischer Lebensfreude? Was verbinden Sie mit den Spaniern? Wir beantworten Ihnen diese Frage. Die Spanier tanzen gerne, sie haben Rhythmus im Blut, Lebensenergie, Positivität. An dieser Stelle kommt ihr neuer SUV ins Spiel. Da Sie uns den genauen Namen noch nicht genannt haben, haben wir das Basic Konzept aufgebaut. Bitte stellen Sie sich Folgendes vor: Ihr schwarz-metallischer SUV, vielleicht wirkt er trotz der Größe unscheinbar, inmitten der Ramblas, der bekanntesten Einkaufsstraße von Barcelona. Rasantes Treiben, viele Menschen aus unterschiedlichen Nationen laufen über die Ramblas vorbei an dem SUV, obwohl er groß ist und man ihn kaum übersehen kann. Doch die Menschen haben keine Zeit, sie müssen einkaufen, zu ihren Terminen oder die wichtigsten Sehenswürdigkeiten anschauen, wie die Sagrada Familia. Die Scheiben sind verdunkelt und niemand bleibt an dem Wagen stehen, bis die

Scheiben herunterfahren und die Musik ertönt. Sophia. Ein spanischer Song voller Lebensfreude und Gefühl. Die Leute bleiben stehen und drehen sich zu den Frauen um, die urplötzlich aus dem SUV springen und beginnen zur Musik zu tanzen. Von jetzt auf gleich, das Ganze geschieht rasend schnell. Zwischen den starrenden Menschen beginnen vereinzelt weitere Menschen zu tanzen, und zwar exakt die gleichen Schritte, wie die zwei jungen Frauen, die auf ihren Sneakers tanzen, in ihren kurzen Shorts. Ein Flashmop entsteht. Und dann ein Spot auf das Auto, mit dem Slogan:

*Mit Leidenschaft und Lebensgefühl fahren, McGregor.*

Bob McGregor wirkte nicht sonderlich überzeugt, ganz im Gegenteil wirkten seine Augen klein und er sah unzufrieden aus. Er beugte sich zu seinem Sohn herüber und machte sich einige Notizen. „Ich weiß nicht, ob dieses Konzept zur Seriosität unserer Firma passt. Wissen Sie, wir haben ein gewisses Image und seit fünfzig Jahren produzieren wir mittlerweile Autos unter dem Namen McGregor." Man hörte, dass er sich sehr gerne selbst sprechen hörte. Sein Gestikulieren sprach Bände. „Und dieses, sagen wir moderne Konzept ist unter Umständen etwas zu jugendlich."

„Das sehe ich anders." Warf sein Sohn ein. Er schob den Stuhl nach hinten und stand auf. Was für ein Mann. „Dieses Konzept ist spritzig, modern und wird eine breite Maße ansprechen, denn seien wir Mal ehrlich einen SUV kaufen überwiegend Familien mit Kindern, die viel Platz benötigen."

„Und du meinst, dass dieses Konzept Familien anspricht?"

„Nein, also nicht nur. Aber es spricht junge Leute an. Ich finde es großartig, vor allem die Idee mit dem Flashmopp. „Stammt die Idee von Ihnen Miss Meyer?“

Ich stammelte nervös etwas zusammen, bis mich Lou unterbrach. „Ja, es war ihre Idee.“ *Danke*, dachte ich mir. „Ausgezeichnet.“

Ich schwebte auf Wolke sieben, als er mich lobte. Nervös schob ich mir eine lose Haarsträhne hinter mein Ohr und wartete gespannt darauf, was Bob McGregor sagte. „Seth, wir sollten darüber noch einmal in Ruhe sprechen.“

„Dad, vertrau mir.“ Sagte er ihm, als er seine rechte Hand auf die Schulter seines Vaters legte und auf ihn einredete. Die silbernen Manschettenknöpfe waren perfekt auf seine silberne Uhr abgestimmt, die vermutlich ein Vermögen gekostet hatte. „Also gut. Wie sieht es mit den Kosten aus?“

„Dafür stelle ich Ihnen an dieser Stelle die Präsentation der anfallenden Kosten vor. Ich hoffe Sie haben noch ein wenig Zeit mitgebracht. Sie erhalten die Präsentation selbstverständlich in gedruckter Form, insofern Sie einen Vertrag mit unserer Agentur eingehen möchten.“

„Ich bin sicher wir können uns einigen, nicht wahr Miss Meyer?“ Wieso fixierte er mich? Ich schloss keinen Vertrag mit ihm ab. John sprang für mich ein. „Ich helfe Ihnen wo ich kann, sollten Sie Fragen haben. Unsere Rechtsabteilung hat bereits einen Vertragsvorentwurf aufgesetzt. Ich lasse Ihnen diesen gerne zur Durchsicht bringen.“

„Erst einmal nehmen wir uns Zeit für die Präsentation.“ Lou zeigte über Diagramme und Tabellen die ungefähr kalkulierten Kosten auf, die der Kunde übernehmen musste. Die Agentur musste sich daraufhin nur mit dem Kunden einigen, ob wir in Teilvorkasse gehen würden oder anders herum. Die Miene von Bob hellte mit jeder verfliegenden Minute ein wenig mehr auf. Seine Falten ließen ihn müde wirken, und ein bisschen miesepetrig. „In Ordnung. Wir sind einverstanden." Sagten sie, als die beiden sich etwas Zeit nahmen um darüber nachzudenken. Lou lächelte und teilte die Unterlagen aus, sie erklärte beiden Herren noch einmal was sie genau wissen mussten, dabei hörte Seth McGregor nicht auf mich anzustarren.

Ich wollte mich gerade bei ihnen verabschieden, als McGregor Junior mich aufhielt. „Entschuldigen Sie, Miss Meyer, aber ich würde gerne wissen, ob Sie heute Abend schon etwas vorhaben?" Wollte er mich wirklich zu einem Date einladen oder träumte ich das Ganze gerade nur?

„Ich, ehh, ich." Stammelte ich wieder. Wieso machte er mich nur so unglaublich nervös? Diese Augen Masche hatte er absolut drauf und ich zerschmolz, wie Butter unter seinen Blicken.

„Ja, sie hat schon etwas vor." Lou war wirklich meine Retterin. „Wir gehen heute Abend mit der Firma essen."

„Ach, wie nett", sagte McGregor.

„Kommen Sie doch mit", schlug John freundlicherweise vor. Ich wollte mich umdrehen und ihm in den Magen boxen. Mein Liebesleben drehte sich aktuell im Kreis, und ein weiterer Mann würde das Ganze nur noch schwieriger machen. „Sehr gerne. Vielen Dank." Gab er höflich zurück. Ich hing an seiner zuckersüßen Stimme. „Wann soll ich zu Ihnen stoßen?"

„Wir wollen um sechs von der Agentur losfahren, kommen Sie doch direkt zum Restaurant. Ich bestelle dann auf eine Person mehr, Mister McGregor haben Sie eventuell Lust uns Gesellschaft zu leisten?"

„Ich? Vielen Dank Mister Summerholt, aber ich bin heute Abend bereits zu einem entspannten Glas Brandy und einer guten kubanischen Zigarre im Golfclub eingeladen mit meiner reizenden Frau."

„Schade. Aber schön, dass Sie mitkommen Mister McGregor."

„Sehr gerne Sir. Darf ich Sie abholen Miss Meyer? Dann müssen Sie sich nicht zusammen in ein Auto quetschen. In meinem BMW finden Sie sicher mehr Platz." Ich konnte nicht fassen, dass er mir vor meinem Chef fragte. Ich konnte unmöglich ablehnen ohne ihn dabei bloßzustellen.

„Sehr gerne. Danke."

„Wunderbar. Dann um sechs. Ich hole Sie ab." Das konnte ich mir vorstellen. Ich presste die Lippen aufeinander um keine Miene zu verziehen. Am liebsten hätte ich etwas gesagt, da er mich nicht mit seinem BMW kaufen konnte und ich mich nicht für sein Geld interessierte. Er hob meine Hand an und küsste sie, wie ein Gentleman aus den 20er Jahren. Ich starrte meine Hand an, wie er sie hielt. Ob darauf wirklich irgendeine Frau stand? „Gut, ich muss dann noch etwas arbeiten. Wir sehen uns in einer Stunde." Ich rannte beinahe zurück ins Büro um mich vor ihm zu verstecken. Egal, wie gut er aussah, sein Benehmen war zu viel, viel zu viel. Lou kam hinter mir her und schloss die Tür. „Was war denn das?"

„Ich habe keine Ahnung." Erschöpft ließ ich mich auf meinen Stuhl sinken. „Kannst du die Vorhänge schließen? Ich brauche etwas Ruhe."

„Der Typ steht total auf dich, Eve! Er ist der absolute Glücksgriff." Ich sah sie an und konnte nicht glauben was sie da sagte. „Er ist total arrogant und denkt er wäre der tollste Mann der Welt. Das sieht man doch.“

„Er ist ja auch unglaublich schön. Ich bin beinahe blind geworden, als er gelächelt hat, so weiße Zähne hat er.“ Ich verschluckte mich, und hustete, wie verrückt. „Geht's wieder?“

„Louisa! So schön ist er auch wieder nicht.“

„Ich bitte dich Eve, dir sind beinahe die Augen aus dem Kopf gefallen, als er deine Hand genommen hat und dich mit seinen unglaublichen Augen fixiert hat. Ich dachte ich brauche eine Sonnenbrille um ihn ansehen zu können und von seiner Schönheit nicht geblendet zu werden.“

„Du hast einen Knall.“

„Schon möglich. Willst du dich noch frisch machen bevor Romeo dich abholt?“

„Wie viel Uhr ist es denn?“

„Zwanzig nach fünf. Ich habe im Schrank ein tolles Kleid, das du anziehen könntest.“

„Wieso hast du ein Kleid im Schrank liegen?“

„Man weiß nie was kommt.“ Bemerkte sie grinsend.

„Welche Farbe.“

„Kaminrot.“

„Auf keinen Fall. Ich kann auch in Blazer und Hosenanzug gehen, so sah ich eben auch aus. Wenn es ihm nicht passt, hat er Pech.“

„Gut. Aber du solltest Lippenstift tragen, den dunklen, der deine Lippen größer wirken lässt.“

„Der ist Rosa und matt. Nicht dunkel."

„Wie auch immer, also hopp hopp. Geh dich hübsch machen."

„Vielen Dank für die Blumen Louisa."

„HA!" Sagte sie und zeichnete mit den Fingern kleine Herzchen in die Luft. „Du denkst jetzt vielleicht noch an Noah, aber wenn SETH mit dir fertig ist, weißt du nicht mehr wo oben und unten ist."

„Ich bitte dich, Dann könnten die Ledersitze schmutzig werden, ich denke das findet sein Daddy gar nicht gut. Shame on me." Wand ich ein und lachte gehässig.

„Ziemlich gruselig, wenn du so lachst."

„Ach ja. Ich bin dann mal zum Schminkkurs."

Ich hatte noch zehn Minuten, bevor mich Seth McGregor abholen wollte. Ich wechselte zumindest die Schuhe und trug jetzt Pumps mit einem kleinen Absatz, nicht zu schick und nicht zu Freizeitlook like.

„Du siehst gut aus." Bemerkte Lou. Sie hatte sich selbst in das rote Kleid gepresst, denn es saß wirklich etwas eng um ihre Hüften. „Heißes Date?", fragte ich sie interessiert.

Sie wurde urplötzlich rot. „Wer kommt noch mit heute Abend?"

„Niemand." Schwindelte sie. Ihr Grinsen verriet alles.

„Louisa, sag schon! Wer ist der Glückliche?"

„Sei doch nicht so neugierig. Du wirst es schon sehen."

„Ich erzähle dir alles und du verheimlichst mir, dass du einen Freund hast?"

„Ich habe keinen Freund. Wir sind nicht zusammen."

„Warum hast du mir davon nichts erzählt?"

Sie zuckte mit den Schultern. „Du warst so sehr mit deinen eigenen

Problemen beschäftigt, ich wollte nicht, dass du dir noch Sorgen um mich machst."

„Oh, so schlimm?"

„Nein, gar nicht. Ich mag ihn nur sehr. Er bedeutet mir etwas und ich weiß nicht, wie ernst er es mit mir meint." Sie war total verknallt. Ich musste unbedingt herausfinden in wen.

„Hmm. Wir reden später, ja? Ich denke wir sollten zum Empfang gehen, bevor McGregor mein Büro stürmt."

Seth McGregor stand pünktlich um sechs am Empfang mit einem gigantischen Strauß roter Rosen. Ich traute meinen Augen nicht und wollte mich nur noch verstecken, als ich ihn sah, so wie die halbe Belegschaft. Lou hielt mich am Arm fest, damit ich nicht wegrennen konnte. „Der ist verrückt." Flüsterte ich ihr zu.

„Da sind Sie ja", sagte er strahlend über das ganze Gesicht, als er mich sah. Im Gegensatz zu seiner perfekten Frisur und seinem perfekten Designeranzug, wirkte ich, wie eine graue Maus mit ein bisschen Farbe auf den Lippen. „Sind die für mich?", fragte ich etwas nervös. Was sollten die Rosen? Wir kannten uns überhaupt nicht.

„Ja, die sind für Sie. Eine kleine Aufmerksamkeit." Der Strauß hatte ihn wahrscheinlich ein Vermögen gekostet. Ich hatte noch nie so perfekte rote Blütenblätter gesehen. Sie sahen aus, als wären sie auf eine Leinwand gemalt worden, vollkommen makellos, genauso, wie Mister Jolie. Er reichte sie mir an in einer durchsichtigen Folie umhüllt.

„Geht es?" fragte er, als sich unsere Hände berührten.

„Danke, die sind wirklich wunderschön."

„Ich freue mich, wenn ich Sie glücklich machen konnte nach einem anstrengenden Arbeitstag.“

„Wow, was für ein Strauß“, rief Gina, als sie die Treppen heruntergewackelt kam auf ihren Heels zusammen mit ihrer Busenfreundin Natalie und Daniel Russo.

„Gina Klever. Freut mich“, sagte sie zu Seth. „Sind Sie Eves neuer Freund?“

„McGregor, Seth McGregor von McGregor Industries.“ Stellte er sich vor, ohne auf ihre Frage einzugehen. Ich war beeindruckt von seinem uneingeschränkten Selbstbewusstsein. „Hat man Sie schon in der Agentur herumgeführt Mister McGregor? Hier gibt es wirklich so einiges zu sehen.“ Wie unglaublich billig. Sie schob ihm beinahe die prallen Brüste ins Gesicht, so tief wie ihr Ausschnitt war. Sie war wie immer überaus aufreizend gekleidet.

„Vielen Dank auch für das freundliche Angebot, aber ich muss ablehnen. Ich wollte nur mein Date abholen.“ Ihr blieb der Mund offenstehen, in der Zwischenzeit ging ich zu Rebecca, die bereits im Mantel neben dem Empfang stand. „Hast du vielleicht eine sehr große Vase für mich?“

„Die sind ja unglaublich. Ich wusste gar nicht, dass ihr euch kennt.“

„Tun wir auch nicht.“

„Oh“, sagte sie nur. „Wir reden später.“

„Danke dir, Beccs.“

„Nicht dafür.“ Sie verschwand und stellte die Blumen in eine große durchsichtige Vase in mein Büro.

„Können wir dann?“, fragte Seth, als ich wieder zu ihnen ging. Gina und Natalie starrten mich fassungslos an, als er mir den Arm hinhielt

und ich mich freundlich unterharkte. Als sich die Aufzugstüren
öffneten, wollte Noah gerade aussteigen und blieb, wie erstarrt stehen.

„Dürfen wir dann einsteigen?", fragte Seth etwas ungehalten, als Noah
nicht aus dem Weg ging.

„Hallo Baby." Rief Natalie hinter mir. Mir kam beinahe die Galle hoch,
als ich ihre Stimme hörte. „Hey", rief Noah zurück. „Entschuldigung."
Er stieg aus dem Aufzug aus, und ich hätte schwören können, dass er
nicht sonderlich glücklich dabei wirkte. „Was für ein Mann", hörte ich
Gina über Seth schwärmen.

In der Tiefgarage öffnete er mir Gentleman like die Beifahrertüre und
ließ mich in sein Luxusauto einsteigen. „Wie gefällt Ihnen der
Wagen?", fragte er, als ich mich neugierig umsah.

„Nett", bemerkte ich nicht sonderlich fasziniert. Ich hatte nicht gerade
eine Schwäche für Autos. Sie dienten für mich rein dem Aspekt von A
nach B zu gelangen. „Nur nett?"

„Wissen Sie Mister McGregor, ich interessiere mich nicht sonderlich
für Luxuswagen oder irgendwelche Autos." Dann sah ich aus dem
Fenster, als er die Adresse in das Navigationssystem eingab. Ich wusste
nicht worüber ich mich mit ihm unterhalten sollte, denn ich lebte nicht
einmal annähernd in seiner Welt. Wenn er eine Unterstützung für sein
Ego brauchte, war er bei mir an der falschen Adresse.

„Und was interessiert Sie stattdessen?"

„Musik, Zeichnen, Sport. Solche Dinge eben."

„Sie unterhalten sich nicht sonderlich gerne, oder?"

Ich drehte mich zu ihm, als er aus der Garage herausfuhr und rechts
abbog in Richtung Autobahn. „Doch, schon."

„Was denn nun?"

„Ich weiß nicht worüber ich mich mit Ihnen unterhalten sollte."

„Was unterscheidet mich denn von Ihnen, Ihrer Meinung nach?"

Ich musste lachen, war das nicht offensichtlich? „Wieso lachen Sie?"

„Mister McGregor, Sie spielen in einer anderen Liga als ich. Ich bin eher Burger King und Sie sind 3 Sterne-Restaurants mit Kaviar gewöhnt."

„Haben Sie schon einmal Kaviar probiert? Er ist widerlich."

„Touché." Sagte ich grinsend. Vielleicht schätzte ich ihn doch falsch ein. „Gut, Sie wollen also reden? Was macht Sie persönlich als Mensch aus?"

„Ich bin witzig, charmant und…."

„Selbstverliebt." Beendete ich seinen Satz.

„Interessant, wie Sie mich einschätzen. So direkt war noch nie eine Frau zu mir, die ich gerade erst kennengelernt habe."

„Ich bin auch nicht, wie jede Frau."

Er lachte. „Nein, das sind Sie ganz und gar nicht, aber das gefällt mir an Ihnen. Sie sind ehrlich."

„Das haben Sie schnell durchschaut. Also was zeichnet Sie aus?"

„Ich bin ziemlich konsequent in meinen Entscheidungen und ziehe die Dinge immer durch, die ich einmal angefangen habe. Es gibt kein Zurück bei mir."

„In allen Lebensphasen?", harkte ich interessiert nach.

„Ja, vielleicht bin ich zu organisiert und zu zielstrebig, aber jeder Mensch hat ja ein Manko, nicht wahr?"

„Das wird wohl so sein."

Er drehte die Musik ein wenig auf. Die Situation entspannte sich dadurch ein wenig. Ich sang den Song mit.

„Mögen Sie den Song?", fragte er.

„Schon. Aber ich mag viele Songs. Ich singe eigentlich immer mit, wenn irgendein Lied im Radio läuft, das ich mag. Es gibt selten Musik, die mir nicht gefällt. Meine Freunde sagen immer ich bin eine wandelnde Playlist."

„Haben Sie sich schon einmal Gedanken darüber gemacht eine professionelle Karriere zu starten? Sie haben eine schöne Stimme."

„Vielen Dank für die Blumen, aber für die Dusche wird es gerade noch reichen."

„Sie sind zu bescheiden. Trauen Sie sich etwas. Sie sind offensichtlich ein kluges Köpfchen. Ich glaube Ihnen mangelt es an Überzeugung."

„Das machen Sie woran fest?"

„Wie sie schauen. Ihre Gestik und Mimik, als hätten Sie Angst, dass Sie von anderen Menschen durchschaut werden könnten."

„Interessantes Gespräch dafür, dass wir uns erst seit etwa zwei Stunden kennen."

„Ich falle gerne mit der Tür ins Haus."

„Das sehe ich." Wir fuhren weiter und waren beinahe da. Auf der rechten Straßenseite zeigte ein Schild mit dem Pfeil nach links, noch zwei Kilometer bis zum Ziel. Es war bereits stockdunkel, als wir auf den Parkplatz einbogen und das einzige Licht, durch die Leuchtreklame des China Garden gestrahlt wurde. Seth stieg wieder aus um mir die Tür aufzuhalten. „Miss." Sagte er freundlich und hielt dabei meine Hand.

„Ich werde aus Ihnen noch nicht schlau, McGregor."

„So sollte es sein. Sollen wir uns nach diesem intimen Gespräch nicht einfach duzen? Ich bin Seth."

„Eve."

„Also, Eve. Dein Chef, Mister Summerholt scheint sehr nett zu sein. Versteht ihr euch gut?" Er spielte darauf an, ob ich etwas mit ihm am Laufen hatte. Bei seinem guten Aussehen nicht verwunderlich und nicht jeder Mann nahm den Schwulen Radar wahr. „Keine Sorge, er fühlt sich nicht von Frauen angezogen, wenn Sie verstehen was ich meine."

„Oh, ehrlich? Das hätte ich nicht gedacht."

„Deswegen sage ich es Ihnen. Und ja, Mister Summerholt ist ein wunderbarer Chef und mittlerweile ein sehr guter Freund von mir."

„Das freut mich zu hören. Solange noch zwischen beruflichem und privatem unterschieden werden kann."

„Sie sollten Kurse in zwischenmenschlichem Verhalten geben."

„Du." Korrigierte er mich.

„Ja, du solltest Kurse in zwischenmenschlichem Verhalten geben, damit deine Mitarbeiter bloß nichts miteinander anfangen."

„Das ist gar keine so üble Idee."

John traf mit Lou, Rebecca und Ben Coover zusammen ein, sie gesellten sich zu uns, genauso, wie wenig später der Porsche von Daniel Russo vorfuhr, in dem Gina, Natalie, Noah und Russos Assistentin saßen. Er war mächtig stolz auf seinen Cayenne erzählte er immer wieder. Besonders über die erstklassige Innenausstattung wurde geredet. Jetzt wurde mir bewusst, warum Lou sich so in Schale geworfen hatte.

„Mister McGregor. Guten Abend. Daniel Russo Summerholt. Ich bin der Geschäftsführer von der Summerholt AG. Schön Sie persönlich anzutreffen." Dann sah er zu mir hinunter. „Und das mit so einer, einer wahnsinnig reizenden Begleitung." Ich funkelte ihn wütend an und ging ins Restaurant.

„Die Freude ist ganz meinerseits." Sagte Seth und ging neben mir her.

„Sie können Ihnen nicht leiden." Bemerkte er trocken.

„Nicht besonders." Antwortete ich und wir mussten beide lachen.

Die Kellnerin führte uns an einen großen runden Tisch, an dem wir uns alle ansehen mussten. Ich sah, wie Noah sich neben Natalie hinsetzte und sie augenblicklich seine Hand nahm und sie so auf den Tisch legte, dass ich es unweigerlich sehen konnte, wie glücklich sie waren. John bestellte ein Runde Sekt für alle. Als die Kellnerin mit der Bestellung kam, nahmen wir uns alle ein Glas. „Schön, dass ihr alle gekommen seid. Die Runde heute ist etwas intimer und privater, als üblich. Daniel und ich wollten uns bei euch für euer Engagement und den Teamgeist in den letzten Wochen und Monaten bedanken. Besonders auf mein Team, Evelyn und Louisa bin ich besonders stolz, da sie profitable Kampagnen für uns an Land gezogen haben mit ihrer Kreativität und ihrem Einfallsreichtum. Zuletzt besonders durch die British Five Kampagne und seit heute offiziell durch die McGregor Industries Kampagne für die Veröffentlichung ihres neues SUVs." Er sah zu Seth herüber. „Ich freue mich sehr, dass wir Mister McGregor heute persönlich begrüßen dürfen. Darauf stoßen wir an. Auf einen schönen Abend allerseits."

„Cheers!"

Seth drehte sich zu mir um. „Auf eine bezaubernde Lady." Er stieß mit mir an und wandte sich den ganzen Abend über kaum noch von mir ab, außer, als John ihn in ein Gespräch vertiefte, als ich zur Toilette musste.

Ich sah auf der Toilette in den Spiegel, als ich mir die Hände abtrocknete. Der Lippenstift saß noch. Mein Bauch platzte beinahe von dem ganzen Essen.

Ich machte mich auf den Rückweg, zurück zu Seth, der tatsächlich charmanter war, als ich erwartet hatte.

Jemand zog mich hinter die Garderobe, als ich durch die Tür kam. „Was soll dieses Theater?", fragte Noah mich mit wütendem Blick. Man konnte uns hier nicht sehen, da das Restaurant überfüllt war, und wir direkt hinter einer Reihe Mäntel standen. „Was willst du von mir?", fragte ich ihn genervt. „Ich muss zurück."

„Zu deinem neuen Millionärsfreund?"

Ich presste die Zähne aufeinander. „Er ist nicht mein Freund."

„Sondern?"

„Das geht dich absolut nichts an Noah! Darf ich jetzt gehen?"

„Nein, was soll das alles hier?"

Ich verschränkte die Arme vor der Brust. „Ich weiß absolut nicht wovon du sprichst."

„Willst du mich mit dieser jämmerlichen Aktion eifersüchtig machen?"

„Anscheinend funktioniert es ja! Und nein, so etwas habe ich nicht nötig. Seth, ich meine Mister McGregor ist sehr charmant und aufmerksam."

„Ohooo, weil er dir einen Strauß sau teure Rosen gekauft hat? Brauchst du so etwas? Hast du das wirklich nötig?"

Ich fauchte ihn beinahe an. „Du bist doch derjenige, der sich morgens um fünf von seinem Hausmütterchen die Brote schmieren lässt. Ach nein, ich vergaß, sie macht dir dein gesundes Porridge damit du schön gesund bleibst. Noah, das ist so erbärmlich."

„Ich bin erbärmlich? Das sagst ausgerechnet du. Hat er dich in seinem Luxusschlitten gefickt?" Ich schlug ihm aus Reflex so heftig die Hand ins Gesicht, dass sie vor Schmerz pochte. „Du hast sie doch nicht mehr alle. Du riesen Arsch. Du kotzt mich an!" Ich hielt mir mit der linken Hand die schmerzende Hand und ging zurück in den Essensraum. Alle starrten mich an, als ich mich hinsetzte und meine Hand hielt. „Ist alles in Ordnung?" Seth klang wirklich besorgt um mich. Ich hatte eine wahnsinnige Wut auf Noah und wollte ihn am liebsten noch einmal schlagen.

„Bestens, ich habe mir nur die Nase gepudert." Sagte ich zuckersüß und er wirkte für den Anfang beruhigt. Solche Sätze hörte er vermutlich oft genug. „Hast du Lust auf Nachtisch?"

„Was gibt es denn?"

„Eis? Mousse au Chocolate? Was hättest du gerne?"

„Eis klingt wunderbar. Warte, ich komme mit." Ich ging mit ihm zusammen zum Buffet und schaufelte mir mehr Eis auf den Teller, als ich essen konnte, um vorrangig meine rote Hand zu kühlen. Ich aß ein paar Löffel Vanille Eis, als Noah wiederkam. Man sah den Abdruck in seinem Gesicht. „Oh Gott Baby, was ist passiert?", fragte Natalie besorgt und sah dabei mich an. Ich tat unbeteiligt und unterhielt mich zusammen mit Lou und Seth über den Pitch und den weiteren Verlauf der Kampagne. Ich wollte nicht mehr darüber nachdenken, wie abscheulich Noah mit mir geredet hatte. Er hatte es nicht anders

verdient. „Eve, kann ich dich kurz unter vier Augen sprechen?", fragte
Lou, als wir gerade über die Inneneinrichtung des neuen SUV sprachen.
„Na sicher." Sagte ich mit süßer Stimme.

Sie ging geradewegs auf die Damentoilette zu und vergewisserte sich,
dass wir alleine waren, bevor sie etwas sagte. „Was ist mit deiner Hand
passiert? Ich vermute mal das hat etwas mit dem roten Handabdruck in
Noahs Gesicht zu tun, oder?"

„Möglicherweise."

„Was hat er getan?"

„Sagen wir's mal so, das was er von sich gegeben hat war unverschämt
und ich wollte es mir nicht gefallen lassen." Ich stellte mich vor ein
Waschbecken und öffnete den Wasserhahn um meine dicke Hand zu
kühlen.

„Will ich wissen was er genau gesagt hat?"

Ich sah sie durch den Spiegel an. „Er hat mich gefragt, ob Seth mich
gefickt hat."

„Was hat er gefragt? Er hat nicht ernsthaft gefickt gesagt?"

Er wand mich zu ihr. „Doch hat er." Ich trocknete mir die feuchte Hand
mit einem Papier ab und wartete ihre Reaktion ab.

„Warum sind Männer so? Das ist ja nicht zu fassen. Der spinnt doch,
ich werde ihm sagen, wie er mit dir zu reden hat." Sie wollte
rausstürmen und womöglich den Abend ruinieren. Ich packte sie an der
Schulter, bevor sie etwas Dummes tat. „Lou, bitte nicht. Das ist er nicht
wert."

„Ich verstehe nicht wieso er mit Natalie hier ist, obwohl er dich ganz
offensichtlich liebt, sonst würde er nicht so reagieren."

„Die Frage kann ich dir leider nicht beantworten. Er ist alt genug und ich bin es so leid zu leiden.“

„Komm wir gehen zurück“, sagte ich besänftigend. Noah und Natalie standen zusammen am Buffet und ließen sich Fleisch anbraten, als wir uns wieder zu den Anderen setzten. Die Location gefiel mir sehr gut. Ein Restaurant integriert in ein ehemaliges Gewächshaus, überall standen Bäume um uns herum und Blüten. Kein altmodischer Schnick Schnack, sondern ein Gefühl, wie in der Natur zu sitzen. Die Kellner und Kellnerinnen waren sehr freundlich und fragten immer wieder nach, ob wir noch etwas zu trinken brauchten.

Lou tauschte mit Rebecca die Plätze um sich angeblich rein beruflich mit Ben Coover über das Geschäft unterhalten zu können. Sie fuhr sich ständig durch die Haare und knabberte, wie ein verliebter Teenager an ihren Fingernägeln herum, immer, wenn er ihr ein Kompliment machte, kicherte sie ganz seltsam. Natalie verzog den ganzen Abend über keine Miene; John erzählte mir, dass er sie streiten hörte, als er gerade von der Toilette kam und sie urplötzlich still wurden, als sie ihn sahen. Er rieb sich immer wieder die rote Wange. Nach weiteren zwei Stunden wurde der Handabdruck immer deutlicher und man konnte kaum noch leugnen, dass er von jemandem eine verpasst bekam. Sicherlich dachten sich bereits alle Beteiligten, dass es sich hierbei um meinen Handabdruck hielt, da meine Hand nicht besser aussah, als sein rotes Gesicht. „Darf ich dich gleich nach Hause fahren?“, fragte Seth, als ich Noah anstarrte.

„Entschuldige, was sagtest du?“

„Ob ich dich gleich nach Hause fahren soll.“

„Ja, wieso nicht. Das wäre sehr lieb von dir, Seth." Sagte ich extra laut, damit Noah es mitbekam. Er sah mich zwar nicht an, aber ich spürte die angespannte Stimmung am Tisch. „Bist du in Chicago geboren?", fragte ich. Noah wusste, dass mein größter Wunsch war in die Staaten auszuwandern. Seth war ihm ein Dorn im Auge, denn er eröffnete mir eine Perspektive, von der ich geträumt hatte. „Ja, ich lebe eigentlich auch in einem großen Penthouse in Chicago, mitten in der City. Für den Job bin ich hier."

Ich beugte mich näher zu ihm herüber um Noah rasend zu machen. „So, und wo gefällt es dir besser?"

„Im Moment gefällt es mir hier ganz besonders gut." Sagte er in seinem charmanten, amerikanischen Akzent. „Wie kommt's?" Ich kannte die Antwort zwar bereits, aber ich wollte es dennoch aus seinem Mund hören.

Er lehnte sich vor um mir ins Ohr zu flüstern. „Ich durchschaue deine Masche." Mein Herz raste, als er die Worte aussprach, da ich Angst hatte er würde mich sitzen lassen. „Da drüben, auf der anderen Seite des Tisches sitzt dein, ich vermute Ex Boyfriend, der gnadenlos eifersüchtig ist und es kaum erträgt mich an deiner Seite zu sehen. Sollte diese Tatsache zutreffen, wäre da noch his girlfriend, the girl who sits next to him. Ich denke du verstehst mich. Sie weiß, dass du seine Ex bist und hat Angst ihn zu verlieren." Ich konnte gar nicht glauben, dass er mich so gut durchschaute. So viel Zwischenmenschlichkeit hatte ich ihm nicht im Geringsten zugetraut. „Da du nicht antwortest habe ich wohl ins Schwarze getroffen. So und jetzt weiter im Text. Ich teile nicht sonderlich gerne Eve." Autsch. „Wenn du dich mit mir datest, wirst du

Dinge erleben, von denen du nie zu träumen gewagt hättest. Ich kann dir die wundervollsten Orte der Welt zeigen und noch viel mehr. Aber dafür musst du erst einmal diesen Kerl aus dem Kopf bekommen, ok? Wenn du dafür bereit bist, können wir weitermachen, als wäre nichts geschehen." Er lehnte sich wieder zurück und zog seinen Anzug am Kragen gerade. Was für eine Ansage. Statt etwas zu sagen, starrte ich ihn nur fassungslos an und überlegte, was ich darauf antworten sollte.

„Hast du Psychologie studiert?" Wollte ich wissen.

„Wirtschaftspsychologie an der Brown University. Den Studiengang kann ich nur empfehlen."

Ich lehnte mich noch einmal zu ihm herüber. „Danke, dass du dir nichts anmerken lässt, das weiß ich wirklich sehr zu schätzen."

„Ich bin ein Geschäftsmann, ich weiß, wie man ein perfektes Pokerface aufsetzt." Er zwinkerte mir zu und ich konnte entspannen, denn irgendwie mochte ich ihn von Minute zu Minute mehr.

Ich verabschiedete mich mit Seth zusammen von den Anderen und stieg in seinen auf Hochglanz polierte X5er ein.

# Kapitel 17

Freitagabend ging ich ganz offiziell mit Seth McGregor zu einem Date aus. Er lud mich in ein edles französisches 4-Sterne-Restaurant ein um mir zu demonstrieren, dass es auch Speisen gab, die essbar waren. Die Karte enthüllte nicht einmal die Preise, was bedeutete, dass sie sehr hoch waren. Ich entschied mich für „Coq au vin" auf Seths Empfehlung hin und war absolut begeistert von dem Geschmack. Der französische Chefkoch kam nach dem Essen höchstpersönlich an unseren Tisch und erkundigte sich darüber, ob es uns geschmeckt hätte. Diese Art von Service kannte ich bisher nicht und genoss sie mehr, als ich es von mir erwartet hätte. Da ich nicht gerne Wein trank, blieb ich bei non-alkoholischen Getränken, während Seth verschiedene Rotweine aus der Bretagne ausprobierte und dabei zufrieden wirkte.

„Schmeckt der Wein?"

„Er ist wirklich ein Gedicht. Hat dir das Essen wirklich so gut geschmeckt, wie du gesagt hast?"

„Ja. Es war sehr lecker."

„Das freut mich", sagte er lächelnd und nahm meine Hand. „Ich freue mich, dass du mir doch noch zugesagt hast."

„Ja, ich mich auch." Als er mich Mittwochmorgen auf der Arbeit anrief um sich über die Kampagne zu erkundigen, fragte er im selben Satz, ob er mich am Freitag zum Essen ausführen durfte. Ich wimmelte ihn mit der Begründung ab, dass ich keine Zeit hatte, überlegte dann aber im Nachhinein, dass ich keinen Grund dafür hatte ihm abzusagen. Also ließ ich ihn bis Donnerstag zappeln und rief ihn dann zurück mit meiner Zusage.

Nach dem Dinner gingen wir zusammen am Rhein spazieren, entlang an der Promenade. Ich trug einen dicken knielangen Mantel, der den kalten Wind ein wenig abfing. Der Kies unter meinen Stiefeln knisterte, als wir darüber liefen um direkt an die Promenade zu kommen. Das Licht der Laternen ließ helle Schatten auf den Boden fallen. Ich sah mir den leuchtenden Fernsehturm an, wie er die Uhrzeit anzeigte und die Lichter immer mir aufleuchteten, je mehr Sekunden verstrichen. Wir gingen durch eine von Bäumen gesäumte Allee hindurch, immer weiter, bis wir an der großen Wiese am Apollo Theater ankamen. Da er schwieg, begann ich ein Gespräch. „Wo gefällt es dir besser? Hier in Deutschland oder in Chicago?"

„Hmm. Das ist eine gute Frage. Beides hat so seine Vor und Nachteile."

„Wie lebst du in Chicago?"

„Ich habe wirklich Glück gehabt in meinem Leben. Ich lebe in einem großen Loft, auf drei Etagen. Es ist sehr stilvoll und modern eingerichtet. Meine Mum ist aktuell in Deutschland um meinen Vater und mich zu besuchen und ich habe eine Schwester. Ihr Name ist Sydney."

„Sydney? Wie die Stadt?"

„Ja, sie heißt Sydney. Sie studiert in Kalifornien und lebt dort in einer Studentenunterkunft. Sie ist 12 Jahre jünger als ich, ziemlich quirlig, aber ein liebes Mädchen. Ich liebe sie sehr."

„Auf welches College geht sie denn?"

„Berkeley."

„Wow. Das muss toll sein."

„Mich hat die Westküste nie so sehr gereizt, wie Sydney. Aber sie liebt die Sonne und vor allen Dingen die Männer."

„So etwas erzählt sie dir?"

Er lachte. „Nein, sie erzählt es meiner Mum und mein Vater dreht jedes Mal beinahe durch, wenn Sydney anruft und über ihre Männergeschichten spricht, immerhin zahlt er ihr Studium."

Ich harkte mich bei ihm unter, als er so offen über seine Familie sprach. Er blieb automatisch stehen und wollte mich küssen. Doch ich drehte den Kopf weg, dafür war ich noch nicht wieder bereit.

„Entschuldige, ich bin noch nicht soweit."

„Schon gut, ich sollte mich entschuldigen. Du siehst heute so schön aus, ich musste es zumindest versuchen."

„Ich verstehe. Lass uns weitergehen, es wird allmählich kalt."

„Ich bringe dich nach Hause." Sagte er und legte seine Hand um meinen Rücken.

Er fragte nicht einmal danach, ob er noch mit rauf kommen durfte, sondern begleitete mich bis zur Haustür und winkte mir zum Abschied zu, als ich die Haustür aufschloss und er daraufhin wegfuhr. Entweder war der Mann überaus geduldig, oder er hatte eine Taktik um mich weich zu bekommen. Fürs Erste wollte ich es nicht herausfinden. Ich

wollte das Wochenende dafür nutzen um mich weiterhin auf die
Klausuren vorzubereiten und den Nachmittag am Sonntag mit meiner
Oma zu verbringen. Ich hatte sie zum Kaffee und Kuchen eingeladen
um in Ruhe mit ihr darüber zu reden, was in letzter Zeit alles in meinem
Leben passierte.

Als ich Samstagmorgen den Frühstückstisch für mich und Dave decken
wollte, hörte ich ihn, wie er stöhnte, zusammen mit irgendeiner Frau.
Ich stand, wie erstarrt vor seiner Zimmertür, die Hand bereit zum
Klopfen und versuchte so leise, wie möglich zurück ins Wohnzimmer
zu schleichen. Es war 12 Uhr. Ich hatte heute länger geschlafen, danach
einen Film eingeschaltet und mich unter meiner Bettdecke verkrochen,
bis ich wach genug war um endlich aufzustehen. Die Teddybettwäsche
war so weich, dass ich es kaum über mich brachte aufzustehen, nur war
das Wochenende die einzige Zeit, in der ich produktiv werden konnte.
Ich nahm mir meine Beats Kopfhörer und stellte sie auf die höchste
Lautstärke ein um die Geräusche aus meinem Kopf zu bekommen und
nahm mir die Wochenzeitung zum Frühstück dazu. Ich schmierte mir
gerade ein Nutella Brötchen, als eine ziemlich knapp bekleidete junge
Frau in unsere Küche kam und mich nach Milch fragte. „Ich habe einen
riesen Durst", sagte sie, als sie drauf und dran war den Kühlschrank zu
suchen.

„Und du bist?", fragte ich genervt. Dave konnte inzwischen Kerben in
sein Bett ritzen bei dem Durchgangsverkehr.

„Andy." Sagte sie kichernd. Ich stand auf, verdrehte die Augen und gab
ihr die Milch. Urplötzlich fing sie an zu schreien. „Was ist das?", fragte
sie, als sie die Milchpackung ansah, als hätte ich ihr Ungeziefer

gegeben.

„Milch." Sagte ich ironisch. Was auch sonst?

„Das ist Vollfettmilch. Das geht gar nicht." Das konnte unmöglich ihr ernst sein.

„Habt ihr vielleicht 0,1 %ige entrahmte Milch? Die ist viel besser für die Figur und hält fit."

„Die ist heute leider aus." Bemerkte ich genervt.

„Habt ihr sonst irgendetwas kalorienarmes?"

„Ja klar. Ich stand wieder auf und füllte ihr ein Glas Kranwasser ein.

„Hier. Und ich garantiere dir, das Wasser hat keine Kalorien."

Sie funkelte mich an, als sie bemerkte, dass ich mich über sie lustig machte. „Nein, danke." Sagte sie und ging aus der Küche. Ich hörte, wie sie sich bei Dave über mein Verhalten beschwerte. Nur interessierte mich das reichlich wenig. Ich hörte, wie sie ihre Schuhe anzog und verschwand, nachdem Dave ihr versicherte sie auf jeden Fall wieder anzurufen. Er kam zu mir in die Küche und ließ sich auf einen Stuhl fallen. Seine Augen wirkten verschlafen. Er rieb sich dich Augen und versuchte seine strubbeligen Haare in den Griff zu bekommen. „Musste das sein?", fragte er mich.

„Sie wollte etwas Kalorienarmes. Wasser ist doch perfekt."

„Du kannst so eine Zicke sein, Eve."

„Ich toleriere schon dein Verhalten und akzeptiere die ganzen Ladies, wenn sie hierrumlaufen, in der Wohnung, in der auch ich lebe. Deine Schwester, die dich schon viel zu oft bei gewissen Aktivitäten gehört hat. Glaub mir da bin ich gestraft fürs Leben."

„Na so schlimm ist es auch nicht."

„Doch ist es." Ich legte die Unterlagen hin und zog die Beine an. „Wo hattest du sie her?"

„Altstadt, Knight Club. Ich habe sie auf einen Tequila und einen Cocktail eingeladen."

„Wirklich zauberhaft, Dave. Tu mir einen Gefallen und räum die Küche auf, und deine Wäsche, ich bin gleich weg."

„Oh, wieder mit deinem Millionär unterwegs."

„Nein, heute nicht. Ich habe noch ein paar Dinge zu erledigen. Einkaufen und das Auto waschen."

Er sprang auf und gab mir einen Kuss auf die Wange. „Habe ich dir schon mal gesagt, dass du die beste Schwester auf der Welt bist?"

„Du hast nur eine Schwester!"

„Eben. So ich leg mich noch ne Runde pennen; danach kümmere ich mich um die Küche, versprochen."

Sein Sexualtrieb gleichte einem züchtigen Bullen. Doch ich liebte ihn trotzdem, egal, wie er sich benahm. Ich brachte gerade meine Hosenanzüge in die Reinigung, als mein Handy klingelte. Auf dem Display stand Seths Name. *„Hi Seth."* Sagte ich freundlich.

*Hallo Eve, wie geht's dir? Störe ich gerade?"*

Ich legte die Klamotten auf dem Tresen ab. Da die Schneiderin bereits wusste, was ich wollte, da ich regelmäßig zu ihr und ihrer Tochter kam um meine Sachen flicken und waschen zu lassen, nahm sie die Anzüge und überprüfte, ob alle Nähte in Ordnung waren. Ich drehte mich zur Fensterfront. *„Um ehrlich zu sein ja, ich erledige gerade noch einige Dinge. Kann ich dich später zurück rufen?"*

*„Ja selbstverständlich."* Seth war so höflich und verständnisvoll. Also

legte ich auf und verstaute mein Telefon in meiner rosa Handtasche, die perfekt zu meinem Mantel passte.

„Oh, eine neue Mann?", fragte Lucy nach. Sie kam aus Italien und sprach nur gebrochen Deutsch, im Gegensatz zu ihrer Tochter, die ich allerdings nirgendwo entdeckte.

„So etwas in der Art, ja." Gab ich höflich zurück. „Bitte, wie immer waschen und bügeln. Kann ich sie übermorgen abholen?"

„Ja, ja. Abholen Montagabend 6 Uhr?"

„Sehr gut. Ach so, hier das Geld." Ich gab ihr, wie immer 30 Euro und bekam einen Abholschein.

Die Autowaschanlage war überfüllt, da irgendein Typ mit dem Tankstellenbesitzer darüber stritt, dass sein Wagen trotz dem teurem Geld nicht sauber wurde. Ich saß eine Viertelstunde im Auto, bevor ich es in die Anlage fahren konnte. Ich freute mich auf das Gespräch mit Seth am Nachmittag. Nur wollte ich mir Zeit nehmen um mit ihm in Ruhe zu sprechen.

*„Schön, dass du dich zurückmeldest"*, sagte er, als ich mich mit einer Tasse Apfeltee und einer dicken Wolldecke auf die Couch setzte und mir einen Liebesfilm ansah. Ich hatte die letzten drei Stunden darüber nachgedacht, warum ich ihm keine Chance geben sollte. Seth war genau mein Typ, überaus attraktiv, höflich, charmant und der perfekte Gentleman. Er dachte einfach an alles. Weder Noah, noch Jonas hatten mir jemals so einen gigantischen Strauß Rosen geschenkt oder auch überhaupt darüber nachgedacht.

*„Was machst du gerade?"*

*„Ich bin eben nach Hause gekommen und sitze jetzt mit einer Tasse Tee*

*auf der Couch und faulenze ein bisschen.“*

*„Das klingt entspannend.“*

*„Ist es auch. Und was machst du?“*

*„Ich arbeite. Hör mal, ich wollte fragen, ob ich dich heute Abend entführen kann?“*

Mein Herz machte einen kleinen Sprung. Er war wirklich romantisch.

*„Aber nur, wenn ich danach nicht irgendwo in einer Wüste ausgesetzt werde.“*

Sein Lachen war ansteckend. Im Hintergrund hörte ich, wie er die Nachrichten ansah. *„Keine Sorge, du kommst wohlbehalten zurück nach Hause. Darf ich dich um sechs Uhr abholen?“* Ich sah auf die Uhr und stellte fest, dass wir bereits halb fünf hatten und ich mich beeilen musste mit duschen und fertig machen, wenn er bereits in anderthalb Stunden hier sein wollte.

*„Das ist ja ein regelrechter Überfall. Und du willst mir wirklich nicht sagen, wohin wir gehen?“*

*„Nein, lass dich überraschen.“*

*„Okay, was soll ich anziehen?“*

*„Was du möchtest. Es gibt keinen Dresscode.“* Die Information half mir leider überhaupt nicht weiter. Wenn er etwas Sportliches machen wollte, konnte ich keine Heels tragen. Aber wenn wir fein ausgingen, konnte ich unmöglich in Turnschuhen gehen. Er machte es mir nicht leicht das perfekte Outfit zu finden. Besonders, da ich mir neben Seth McGregor vorkam, wie ein eine kleine graue Maus. Ich wurde ganz nebenbei überhaupt nicht schlau aus ihm, denn ich sah die neidischen Blicke der Frauen, denen wir begegneten und er willigte ihnen keines

Blickes. Was wollte er von mir? Bei seinem Aussehen konnte er unweigerlich jede Frau haben.

Nach dem Duschen entschied ich mich dieses Mal für eine schlichte schwarze Hose und darüber ein mit perlenbesticktes T-Shirt. Ich hoffte auf die sportlich-sexy Lösung, da das rosa Top einen Ausschnitt hatte und die schwarze Jeans sehr eng an meinem Körper saß. Ich schminkte mir schwarze Smokey-Eyes und trug einen knalligen Lippenstift auf, der meine Lippen sinnlich wirken ließ. Die Haare trug ich zu einem strengen Pferdeschwanz gebunden. Ich sah mein Gesicht an und war ganz zufrieden mit dem Ergebnis. Pünktlich um sechs Uhr klingelte es an der Tür. Ich schlüpfte noch in meine Boots und zog mir eine Jacke über, bevor ich beinahe die Treppe herunterfiel, weil ich nicht zu spät sein wollte. Lou schrieb mir eine Nachricht was ich heute Abend so vorhatte, doch ich hatte bisher keine Zeit um ihr von dem anstehenden Date mit Seth zu erzählen. Ich stieß die Tür auf und rannte dabei direkt in Seth Arme. „Hey, da ist aber jemand stürmisch unterwegs.“
Er sah unglaublich aus. Ich sah in sein wunderschönes Gesicht. Die grünen Augen, die mich durchdringlich anstarrten, die perfekt gerundeten Lippen und sein sexy dunkelbrauner Bart. „Du trägst Jeans.“ Bemerkte ich etwas verwundert.
„Ja, die passt besser zum Anlass.“
„Was machen wir denn nun?“
„Sei doch nicht so neugierig. Lass dich überraschen. Komm mit.“ Er nahm meine Hand und hielt sie fest von seiner umschlossen. Ich kam mir, wie ein 15 jähriges Teenie Mädchen vor, das von ihrem Schwarm zum Abschlussball abgeholt wurde. Es war unser zweites Date, also

nicht zu früh für einen Kuss, aber definitiv zu früh für mehr, als einen Kuss. Er öffnete mir die Beifahrertür und ich stieg ein. „Du kannst übrigens über diesen Knopf hier die Sitzheizung einstellen, falls dir kalt ist.“

„Danke. Den Knopf werde ich mir merken.“

Er startete den Motor und fuhr los. „Kein Navi?“

„Nein.“ Sagte er grinsend. „Ich kenne den Weg. Du siehst übrigens bezaubernd aus.“

„Das hier? Das ist nichts Besonderes.“

„Mir gefällt es. Vor allen Dingen deine Augen. Du siehst aus, wie eine Puppe. Einfach wunderschön.“ Ich wurde augenblicklich rot und spürte, wie meine Haut heißer wurde. „Danke.“ Sagte ich etwas schüchtern. Ich wollte nicht, wie ein dummes naives Mädchen klingen, sondern stark und selbstbewusst. Doch neben ihm kam ich mir so dumm vor. Wir fuhren durch die Innenstadt, vorbei an einigen Hochhäusern, und Menschen, die auf dem Weg in die Innenstadt waren. „Du machst es wirklich spannend“, bemerkte ich.

„Wir sind gleich da. Also mach dir keine Sorgen.“ Er hielt auf einen Schotterplatz, direkt neben dem Fernsehturm. Ich war schon seit meiner Kindheit nicht mehr so nah am Fernsehturm gewesen. „Was machen wir hier?“, fragte ich ein wenig nervös.

Er antwortete nicht, sondern parkte das Auto und stieg aus. „Möchtest du sitzen bleiben oder mit mir mitkommen?“

„Ich komme.“ Sagte ich, als er mir die Tür öffnete und den Arm hinhielt.

Ich betrachtete die funkelnden Lichter des Flusses. Er führte mich zu einer Tür, direkt am Turm. Ein Mann stand davor und fragte nach unseren Ausweisen. Ich wusste nicht, was hier los war oder was Seth geplant hatte. Er nahm zwei Tickets aus seinem Mantel und der Mann führte uns zu einem Aufzug. „Sie müssen bis nach ganz oben fahren. Der Aufzug hält automatisch. Ich wünsche Ihnen beiden einen schönen Abend." Wenn ich es nicht besser wusste, hätte ich gedacht, dass der Mann mich seltsam anstarrte. Das konnte allerdings auch daran liegen, dass ich ihn seltsam anstarrte, da ich keine Ahnung hatte was Seth vorhatte. „Der Fernsehturm?", fragte ich, als sich die Aufzugtüren schlossen und wir in einem wahnsinnigen Tempo nach oben fuhren. „Du bist unverbesserlich, nicht wahr, Eve?" Er zog aus seinem Mantel eine dunkelrote Schatulle. „Was ist da drin?" Er grinste hämisch. „Mach sie auf." Ich hatte mit Schmuck oder irgendeinem Geschenk gerechnet, doch in der Schatulle befand sich nur eine schwarze Seiden Binde. Ich nahm sie heraus und sah ihn fragend an. „Komm, ich binde sie dir um." „Wofür ist die?"

„Vertraust du mir?", fragte er. Mein Herz begann zu pochen, als ich nickte und er mir die Binde um die Augen legte und dabei leicht meine Haut berührte. Ich hörte das Ping vom Aufzug. „Ich führe dich jetzt blind, okay? Mach dir keine Sorgen." Ich hielt seine Hand fest, als er mich neben sich herzog. Ein Fuß vor den Anderen Eve, so schwer ist es nicht. Er wird dich schon nicht umbringen. Ich hörte nur das Klirren von Geschirr und klassische Musik im Hintergrund. Wir gingen einen Moment lang langsam voran, bis er endlich stehen blieb und es sich anfühlte, als würde er hinter mir spüren, denn ich spürte seinen Atem in meinem Nacken. Seinen Atem zu spüren und dabei nichts zu sehen, war sinnlich und irgendwie gefährlich. Er zog vorsichtig an der Binde und ließ sie sinken. Als ich die Augen öffnete stand ich vor einer Glaswand und sah auf die Lichter der Stadt, wie sie vor mir lagen, als könnte ich danach greifen. Der Moment war so ergreifend, dass ich die Hände vor den Mund schlug und meinen Augen kaum trauen konnte. Dass ich jemals vergessen konnte, wie wunderschön dieser Ausblick war. Es war so, als würde alles vor mir liegen, alle Antworten, die ich brauchte. Ich sah völlig fassungslos auf die Menschen, die am Rheinufer vorbeiliefen und dabei wirkten, wie kleine Ameisen. Bei Nacht war ich noch nie hier hoch gekommen. Es war unglaublich. „Gefällt es dir?", fragte er und hielt dabei meine Hand.

„Es ist wunderschön hier oben zu sein. Wie, ich meine wie kann das hier sein?"

Er umarmte mich von hinten und hielt dabei seine Arme fest um meinen Bauch geschlungen. Ich konnte kaum atmen, so perfekt war das alles hier. Seth bot mir ein Leben von den oberen Zehntausend und ich war so kurz davor mit geöffneten Armen danach zu greifen. Noch nie arrangierte jemand ein so perfektes Date für mich. Ich wusste, dass er darauf wartete, dass ich ihn küsste, aber ich war noch nicht so weit. Ich legte meine Hände um seine und wir blieben einen Moment lang so stehen. „Hast du Hunger?", fragte er, als ich mich noch immer nicht umdrehte.

„Ziemlich."

„Gut." Er nahm seine Hände weg und drehte mich um. Vor uns stand ein kleiner Tisch, der mit einer weißen Tischdecke überzogen war. Feinstes Silberbesteck, Weingläser und daneben zwei Kellner, die silberne Tabletts in den Händen hielten.

„Wir sind soweit", sagte Seth und sie stellten uns zwei kleine Salatteller hin. Er half mir den Stuhl ran zuschieben und setzte sich danach auf die andere Seite. „Ich hoffe du magst Eisbergsalat."

„Der Salat sieht toll aus, danke." Ich stocherte in dem Salat. „Wie hast du das hier alles angestellt? Hast du etwa den ganzen Turm gebucht?" Er lächelte und ich wusste, dass er es natürlich getan hatte, immerhin war er reich.

„Du bist verrückt."

„Ja, verrückt nach der wunderschönen Frau, die mir gegenüber sitzt." Mir blieb beinahe die Gurke im Hals stecken. Ich wusste nicht, dass er derartig angetan von mir war. *Warum hatte er denn sonst den Fernsehturm gebucht, Eve?* Ich schüttelte den Gedanken ab und konzentrierte mich nur auf den Moment mit ihm.

Zum Hauptgang gab es eine frische Forelle mit Kartoffeln und Gemüse und dazu einen halbtrockenen Weißwein, dessen Namen ich mir nicht merken konnte. Ich platzte jetzt schon beinahe, aber ich musste noch Platz für den Nachtisch lassen. „Seth, ich kann gar nicht sagen, wie unglaublich das alles hier ist. Du wusstest doch gar nicht, ob ich überhaupt Zeit habe."

„Nein, das wusste ich nicht, aber dann hätte ich um geplant. Ich wollte dir zeigen, wie gern ich dich mag."

Ich trank schnell einen Schluck Wein, damit ich nichts sagen musste. Ich mochte Seth, aber mehr nicht. Dafür war es zu früh. Ich liebte Noah, nur Noah und konnte nicht auf einmal jemand anderen lieben.

„Es ist wundervoll, danke Seth. Wirklich.“

„Das ist aber noch nicht alles.“

„Was kann das hier noch übertreffen?“

Er stand auf und zauberte eine weitere Schatulle aus seinem Mantel. Diese war aus einem feinen Samtbezug in dunkelblau. „Will ich wirklich wissen was da drin ist?“, fragte ich nervös.

„Öffne es.“ Befahl er. Ich zitterte ein wenig, als ich die Schatulle öffnete und darin eine unglaubliche Kette sah. Sie war silbern, mit einem Anhänger, der ein Schloss und einen Schlüssel darstelle. Das Schloss war in Herzform in einem zartrosa. Die kleinen Steine an den Anhängern funkelten, wie tausend Sterne. „Seth, sie ist wunderschön.“ Mir standen die Tränen in den Augen bei diesem unglaublichen Geschenk. „Aber ich kann sie nicht annehmen.“ Sagte ich niedergeschlagen. „Was, wieso denn nicht?“

„Weil sie dich sicherlich ein Vermögen gekostet hat, ich kann sie nicht annehmen, es tut mir leid.“ Ich schloss die Schatulle und gab sie ihm an. „Eve, das tue ich gerne. Du bist eine unglaubliche Frau und schönen Frauen schenkt man schöne Dinge.“ Mir wurde ganz flau im Magen, als er mir dieses beinahe Liebesgeständnis machte. Ich stand auf und umarmte ihn herzlich, denn die Kette war einfach wundervoll und ich hatte noch niemals ein so teures Geschenk bekommen. „Danke Seth, tausend Dank.“

„Darf ich sie dir anlegen? Dann können wir schauen, wie sie aussieht.“ Die Kette fühlte sich kühl auf meiner Haut an, und irgendwie kam ich mir vor, als sei ich eine Prinzessin und Seth mein Ritter in eiserner Rüstung. Seine Hände waren so zart und warm, als er die Kette um meinen Hals legte. „Sie steht dir ausgesprochen gut. Du siehst hübsch aus.“

„Danke. Möchtest du mit mir tanzen?“

„Ja, sehr gerne.“ Er legte seine linke Hand auf meinen Rücken und berührte mit der rechten Hand meine Hand. Im Hintergrund spielte „Comptine d´Un autre été“ das fabelhafte Leben der Amelie. Eines meiner Lieblings Piano Stücke. Jemand dunkelte den Raum etwas ab, als wir zum Takt tanzten. Ich lehnte mich an Seth Schulter an und begann alles um mich herum zu vergessen, Noah für einen Moment hinter mir zu lassen und einfach darauf zu hören, was mein Herz wollte. Ich atmete seinen männlichen Duft ein und ließ mich komplett fallen. So ein umwerfender Abend, die Musik, das Essen, das Armband, all diese Dinge kamen mir vor, wie in einem Traum, aus dem ich niemals wieder aufwachen wollte. Denn er war so unglaublich schön. „Bist du glücklich?“ fragte er. Seine Lippen lagen auf meinen Haaren und ich kannte die Antwort bereits. „Ja, sehr sogar.“ Jetzt war er da, der Moment auf den er gewartet hatte, und ich wollte es. Ich konnte nicht anders. Es war zu schön. Er blieb stehen und sah mir tief in die Augen. Es war, wie in einem kitschigen schwarz-weiß Liebesfilm aus den 70ern. Er lächelte und legte seine Hände um meinen Körper. Dabei zog er mich ganz vorsichtig näher zu ihm heran. Ich stellte mich auf die Zehenspitzen, da er einen Kopf größer war, als ich und berührte sanft seine Lippen. Es war ein ungewohntes Gefühl einen Fremden zu küssen, doch war er mir wirklich noch fremd? Ich legte behutsam meine Hände auf seine Wangen und zog ihn zu mir herunter, bis ich ihn richtig küssen konnte. Der Kuss war schön, romantisch und vorsichtig. Zwar nicht leidenschaftlich oder wild, aber er war schön. Schließlich kam es nicht darauf an, ob ein Kuss leidenschaftlich war, sondern ob er perfekt war, und das war er absolut. Wir küssten uns ein paar Sekunden lang, bis ich mich vorsichtig an seinem Oberkörper abstütze und weiter tanzte. Seth wirkte nicht verletzt, sondern eher dankbar, dass ich den Mut hatte mich auf ihn einzulassen. Wir tanzten noch eine ganze Weile, bis ich allmählich müde wurde und er mich zurück nach Hause brachte. Es war noch zu früh für mehr. Ich versprach ihm nach einem weiteren atemlosen Kuss an meiner Haustür ihn morgen anzurufen, sobald ich Zeit finden würde. Auf seinem Gesicht lag ein rosiger Schimmer und das strahlende Lächeln, das ich so mochte.

Ich schaltete das Licht im Hausflur an und ging atemlos die Treppen hinauf und hielt noch einen Moment lang inne, bevor ich die Haustüre aufschloss und meine Phantasieblase zerplatzte. Dieser Abend war mit Abstand der romantischste Abend in meinem Leben, und dafür war ich dankbar, doch ich wusste nicht, ob es reichte für mehr.

# Kapitel 18

Sonntagnachmittag entschied ich mich dazu Seth zum Abendessen zu mir in die WG einzuladen und schmiss meinen Bruder für den Abend raus um meine Ruhe zu haben. Für Familienbesuche war es noch zu früh, insofern es bei ihm und mir ein „zu früh" gab. Er willigte überrascht ein, vermutlich hatte er nicht gedacht, dass wir uns so schnell wiedersehen. „Wo wohnst du eigentlich?", fragte ich, als Seth mir beim Paprikaschneiden half.

„Meine Familie hat ein großes Haus auf der anderen Rheinseite."

„Lass mich raten, direkt an den Rheinwiesen."

„So ist es." Sagte er lächelnd. Er wirkte, wie ein kleiner Junge, als er das Gemüse schnibbelte in seiner zerrissenen Jeans und dem engen T-Shirt. „Komm ich helfe dir. Hast du jemals zuvor Gemüse geschnitten?"

„Theoretisch, ja. Ich habe unserer Haushälterin zugeschaut, als ich kleiner war."

„Und jetzt bist du wie alt?"

„33 und nicht in der Lage eine Paprika zu schneiden. Mir gefällt diese Schürze, die du da trägst."

„Die hier?", ich deutete auf die alte Schürze, die mir um den Hals hing.

„Die hat mir meine Oma geschenkt, es ist ein Familienerbstück. Jede

Frau muss kochen können."

Er stellte sich hinter mich und versuchte mir beim Schneiden zu helfen, dabei lenkte er mich wahnsinnig ab mit seinem frischen Geruch nach Zitrusfrüchten und After Shave. „Hey, jetzt kommt die Zwiebel. Willst du oder soll ich?"

Er schnappte mir die Zwiebel aus der Hand und kämpfte gegen die Zwiebel an, die immer wieder wegsprang. Ich lehnte mich dabei an die Küchenzeile an und sah ihm dabei zu, wie er das erste Mal in seinem Leben eine Zwiebel schnitt. „Du musst die Seiten abschneiden um die Schale zu entfernen, sonst wird das nichts."

„Du bist ganz schön frech kleine Lady." Ich genoss die Zeit mit Seth, es war so einfach mit ihm. Ich ging in die Abstellkammer um Penne für die Gemüsepfanne zu holen und ihm die Pilze anzureichen, die er erst einmal genauer betrachtete. Beim näheren Hinsehen stellte ich fest, dass seine Augen bereits von den Zwiebeln tränten. „Alles gut?", fragte ich lachend.

„Die brennen, wie Feuer. Was ist denn da drin?" Ich konnte es nicht fassen, dass er tatsächlich noch nie zuvor eine Zwiebel in der Hand hielt. Er versuchte sich die Augen an seinen nackten Armen abzureiben. Diese Aktion scheiterte. Ich ließ ihn einige Minuten lang leiden, bis ich ihm endlich zur Hilfe kam. Meine Mutter hatte mir einen alten Hausfrauentrick gezeigt. Sobald die Augen von einer Zwiebel tränen, die Hände sofort abwaschen, ein Handtuch unter kaltes Wasser halten und auf die Augen legen, unter keinen Umständen reiben, das verstärkt das brennende Gefühl nur noch mehr. Ich ging auf ihn zu und wollte ihm das Handtuch auf die Augen legen. „Du musst still halten. Leg das

Messer weg, bevor du dich oder jemand anderen verletzt.“

„Au.“ Meckerte er, als ich ihm das Handtuch auf die Augen legte. „Den Kopf schön in den Nacken legen, und nicht bewegen.“

„Jawohl, Sir.“

„Du bist ja ein richtiger Komiker. Und du willst ein starker Amerikaner sein?“

„My lady I am.“

Irgendwie fühlte ich mich ausgeglichen in seiner Nähe. Unter dem Handtuch lugte nur sein wunderschön geformter Mund hervor. Ich stellte sicher, dass das Messer außer Reichweite war, stellte mich auf die Zehenspitzen und küsste ihn sanft. Ich spürte, dass mein Überfall unerwartet kam, doch er brauchte nur einen Moment um sich zu fangen, bis er mich in seine Arme zog und heftig zurückküsste. Dieser Kuss war anders, als der Kuss gestern Abend, er wurde sinnlicher, verruchter und leidenschaftlicher, als hätte er nur darauf gewartet, dass ich ihn küsste. Ich ging darauf ein. Er hob mich an, sodass ich mit meinem Po auf der Küchenzeile saß und ihn dabei weiterhin atemlos küsste. Obwohl ich ganz vertieft in unsere Küsse war, spürte ich wie etwas hinter mir kochte. „Shit, das Fleisch!“ rief ich und sprang herunter. „Scheiße verfluchte.“

Ich hob den Deckel an und sah nach, ob noch etwas zu retten war, und ich hatte tatsächlich Glück. Nur der untere Teil des Fleisches war angebrannt. „Na schau nicht so, hilf mir lieber. Sonst sterben wir am Hungertod.“

„Ich kann uns auch etwas bestellen.“

„NEIN! Auf keinen Fall. Das ist dein erstes, selbstzubereitetes Essen und es darf auf keinen Fall schief gehen."

Er kam näher auf mich zu und wollte meinen Hals küssen, als ich mich von ihm wegdrehte. „Seth! Wir kochen gerade." Ermahnte ich ihn.

„Behalt deine Finger bei dir. Außerdem ist meine Zwiebel noch nicht fertig."

„Kann ich vielleicht irgendetwas anderes machen?"

„Du kannst die Nudeln ins heiße Wasser geben und Salz dazu geben. Nimm am besten die Küchenwaage. Wir brauchen etwa 300 Gramm. Schaffst du das?" Fragte ich ironisch.

„Ich denke das bekomme ich gerade noch hin, Sweetie." Sweetie. Grauenhafter Kosename.

Nach dem Essen, sahen wir uns gemeinsam einen Film auf Englisch an. Ich lag in Seth Armen auf der Couch und hörte ihm zu, wie er über seine Familie erzählte. Noch vor einigen Tagen, hatte ich ihn als arroganten, selbstsüchtigen Sack abgestempelt, der nur an sich denkt und jetzt lag ich auf meiner Couch, in meiner Wohnung mit demselben Mann. „An was denkst du?", fragte er, als er mir mit den Fingern über die Haare fuhr.

„Ist das alles hier wirklich?", flüsterte ich beinahe.

„Of course. Wieso sollte es nicht wirklich sein?"

„Wir kennen uns doch kaum, und du hast mich zu so schönen Dates eingeladen. Ich weiß ehrlich gesagt nicht, was du von mir erwartest."

Meine Worte waren ehrlicher, als beabsichtigt. Die Momente mit Seth waren traumhaft schön, nur war ich noch nicht über Noah hinweg und ich wusste, dass das alles hier nur von kurzer Dauer sein würde, da er in den USA lebte und nur für die Kampagne hier war. Ich wollte keine Winterromanze und mich unsterblich in einen Mann verlieben, der mich irgendwann mit einem gebrochenen Herzen am Flughafen stehen lassen würde. Was wusste ich schon über Seth McGregor? Prinzipiell nichts. Ich ließ mich hier auf etwas ein, das mir möglicherweise den Boden unter den Füßen wegziehen würde, nur weil ich über Noah hinwegkommen wollte oder sogar um ihn damit zu provozieren.

„Ich erwarte gar nichts Eve, aber ich weiß, dass ich dich will. Nur dich. Du bist anders, als andere Frauen, die ich kenne. Du bist schön, gebildet und du lachst, wie die Sonne. Ich bin gerne mit dir zusammen und würde gerne herausfinden, was zwischen uns entstehen könnte, wenn du weißt, was ich meine."

Aber ich wusste nicht, ob ich es herausfinden wollte. Auf einmal fühlte sich der Moment mit ihm ganz furchtbar falsch an. Ich sah auf die Uhr und stellte fest, dass es bereits 22 Uhr war, und ich mich hinlegen wollte um früh auf der Arbeit zu sein. „Wir reden morgen, okay? Ich muss jetzt wirklich schlafen gehen. Die Arbeit ruft." Sagte ich und hielt dabei seine Hand.

„Oh, sicher. Ich mache mich dann auf den Weg." Ich setzte mich auf, damit er aufstehen konnte um zu gehen. Er zog seine Schuhe an und umarmte mich bevor er ging. „Es war ein sehr schöner Abend, Eve. Ruf mich an, wenn du soweit bist. Ich freue mich jetzt schon deine Stimme zu hören."

„Das mache ich. Versprochen." Als ich die Tür hinter ihm schloss, ließ ich mich auf den Boden sinken und brach in Tränen aus, denn ich

musste auf einmal wieder eine Entscheidung treffen, vor der ich
mächtig Angst bekam.

∞

„Ihr wart wo?", fragte Lou so laut, dass es die halbe Agentur mitbekam.

„LOU! Nicht so laut. Es muss ja nicht jeder mitbekommen."

„Er hat den Fernsehturm für dich angemietet und dir eine
Diamantenkette geschenkt."

„Pssst. Ich weiß, ich weiß. Was will er von mir?"

„Bei der Geschwindigkeit wundert es mich, dass er dir noch keinen
Heiratsantrag in New York vor der Freiheitsstatue gemacht hat. Der
Kerl will dich beeindrucken." Sie umarmte mich, bis ich keine Luft
mehr bekam. „Ich freue mich ja so für euch." Ich sah meine
Arbeitskollegen, wie sie uns anstarrten, als wir in der Teeküche saßen
und frühstückten. „Was ist los?", fragte sie, als ich traurig auf meine
Tasse starrte.

„Ich glaube ich bin noch nicht soweit mich auf ihn einzulassen. Mir
geht dieses „Ding" zwischen uns zu schnell. Ich weiß was du sagen
willst, ich werde nie wieder einen besseren und gutaussehenderen
Mann, als Seth McGregor abbekommen, der nebenbei stinkreich ist und
ein Penthouse in Chicago besitzt. Aber Lou, ich bin mir einfach nicht
sicher."

„Dann lass es langsam angehen und sag es ihm, dass du es langsam
angehen lassen willst. Wenn er dich wirklich mag, dann wird er es
verstehen und auf dich warten." Ich nippte an meinem Tee und aß ein
Stück Brot. Die Küche war recht voll für einen Vormittag in der

Agentur. 80% der Frauen aßen kaum mehr, als Reiskekse und Obst um ihre Linie zu halten, so lief es leider in der Modewelt, Lou und ich waren da anders. Wir aßen nach Belieben was wir wollten und wie viel davon. Allerdings vergaß ich oft zu essen und nahm deshalb stetig ab. Lou schüttelte nur den Kopf und war darin vertieft ihr Brötchen mit einer abartig dicken Schicht Nutella zu bestreichen, als Gina gemeinsam mit Natalie in die Küche kam und sich am Personalvorratsschrank bedienten. Gina ließ sich extra laut auf den Stuhl rechts neben mir fallen und stöhnte auf, um meine Aufmerksamkeit zu bekommen.

„Kann ich was für dich tun Gina?" Natalie stellte sich an die Kaffeemaschine und tat so, als würde sie nicht zuhören. Ich drehte mich zu Gina hin und zeigte ihr deutlich, dass ich kein Interesse an einem Gespräch mit ihr hatte. „Ach, Eve, ich wollte dir nur sagen was für einen unglaublichen Glücksgriff du da gemacht hast. Seth McGregor ist einfach eine Granate. Nat und ich haben euch an dem Abend im Restaurant beobachtet, ihr seid ein tolles Paar, genauso, wie Noah und Natalie." Sie wollte mich augenscheinlich provozieren, doch diesen Triumpf gönnte ich ihr nicht. Ich würde den Spieß umdrehen und ihr zeigen, wie freundlich ich sein konnte.

„Oh Gina." Ich lehnte mich vor um sie zu umarmen. Dabei konnte ich mir genau vorstellen, wie Lou und Natalie mich anstarrten. Natalie konnte mich nicht einschätzen, dafür kannte sie mich nicht. Aber Lou würde mein Spielchen durchschauen. Ich ließ von ihr ab und betrachtete grinsend ihr schockiertes Gesicht. „Ich bin so unglaublich verliebt in Seth. Er ist ein umwerfender Mann. Ach, wenn du wüsstest wie er mich am Wochenende überrascht hat. Nein, ich rede zu viel…"

Jetzt musste ich nur noch warten, dass sie den Köder schluckte. Natalie setzte sich neben Gina an den Tisch und tat so, als würde sie ihren Kaffee trinken und uns nicht zuhören. Wie durchschaubar sie war. „Ach was, erzähl ruhig. Wie hat er dich überrascht." Da war sie, die neugierige Gina, die ich kannte. Sie erwartete eine heiße Szene mit Champagner, Rosen und Schweißflecken auf dem Bettbezug. „Bist du sicher? Ich will nicht prahlen."

Sie knabberte an ihren künstlichen roten Fingernägeln und legte dann ihre Hand auf meine. „Ach was. Erzähl ruhig, du kannst uns vertrauen." Mit Sicherheit, dachte ich mir.

„Er hat mich eingeladen mit ihm nach Barbados zu fliegen um Urlaub zu machen und ihr könnt euch nicht vorstellen, wie romantisch die Frage war. Es war unglaublich. Ein Rosenmeer, er hat ein Restaurant nur für uns beide gemietet und das Essen war himmlisch." Ich übertrieb maßlos und log ihnen mitten ins Gesicht, allerdings hatten diese beiden Schlampen es auch nicht besser verdient.

Natalie und Gina starrten sich entsetzt an. Ich spürte Lous Blicke in meinem Rücken und gab ihr in Gedanken eine High Five für diese Show. „Barbados? Das ist ja toll, für euch, meine ich." Die beiden zogen ein Gesicht, als hätte man ihnen von dem Tod eines wichtigen Menschen erzählt. „Ach was schon so spät?"; sagte ich als ich auf mein Handy schaute. „Ich habe noch einen Termin. Lou, wollen wir los?"

„Na sicher. Ach übrigens Ladies. Das Nutella Glas gehört mir, nicht anfassen, es könnte beißen." Sagte sie schnippisch.

„Du bist ja so gut", sagte Lou strahlend, als wir uns in unser Büro setzten und die Vorhänge zuzogen. „Du hättest ihre Gesichter sehen müssen.“

„Das habe ich.“ Bemerkte ich lachend. Ich bekam beinahe keine Luft mehr, wenn ich auch nur für ein paar Sekunden an die verzweifelt-eifersüchtigen Gesichter der zwei Ziegen dachte. „Du bist also unsterblich in Seth verliebt.“

„Das habe ich so nicht gesagt.“

„Aber gemeint.“

„Lou, das gehörte zur Show.“

„Wie kamst du auf Barbados?“

„Naja, ich habe mir überlegt, wo zwei billige Ziegen, wie die beiden wohl gerne einmal Urlaub machen würden. Da fiel mir Barbados ein. Es war so vorhersehbar, dass Gina darauf anspringen würde.“

Als hätte er gewusst, dass es um ihn ging, klingelte mein Telefon im Büro. Ich sah Seth Nummer und grinste automatisch. *„Seth. Hi.“*

*„Hallo Eve, ich wollte fragen, was du heute Abend vorhast?“*

*„Ich wollte an meiner Facharbeit arbeiten und unsinnig lang vor dem PC dabei sitzen und mich mit Studentenfutter über Wasser halten.“*

*„Wow, das klingt wirklich…“*

*„…. Scheiße.“* Warf ich ein.

*„Ziemlich. Wie wäre es, wenn ich dich von der Arbeit abhole, wir gemeinsam etwas essen gehen und ich dir dann bei deiner Facharbeit helfe, insofern es meine Möglichkeiten zulassen.“*

*„Das klingt vernünftig.“*

*„Passt dir halb 6?“*

*„Ja, das passt. Bis später. Ich freue mich.“*

Als er sagte, dass er sich auch freute, legte ich den Hörer ab und hielt mein erhitztes Gesicht zwischen meinen Händen fest.

„Uh, ein Date mit Seeeeeeeth?" fragte Lou hämisch.

„Du brauchst nicht eifersüchtig zu sein, du bleibst immer meine Nummer eins."

„Na, das hoffe ich doch. Denk dran, dass ich die Patentante von eurem ersten Baby werde und tut mir einen Gefallen, nennt es nicht Justin."

„Louisa, du machst mich wahnsinnig. Können wir jetzt noch ein wenig arbeiten?"

Natalie klopfte um kurz nach eins an unserer Bürotür, steckte ihren Kopf durch den geöffneten Spalt und wollte wissen, ob ich kurz Zeit hätte. Ich sah Lou an, die mich ebenfalls ahnungslos anstarrte. „Sicher." Ich sperrte meinen Bildschirm und ging mit Natalie zusammen auf die Dachterrasse hoch. Heute war herrliches Wetter, der Himmel war blau, vollkommen wolkenlos, trotz der Kälte. Ich zog mir die Jacke über und wartete darauf, dass sie irgendetwas sagte. „Ich will wissen was zwischen Ihnen und Noah passiert ist, als wir im Restaurant essen waren, und verkaufen Sie mich nicht für blöd. Ich weiß, dass Sie ihn ins Gesicht geschlagen haben." Ich lehnte mich an der Backsteinmauer an.

„Warum fragen Sie nicht einfach ihren Freund."

„Weil er mir nicht die Wahrheit sagt."

„Warum sollte ich es dann tun?", fragte ich sie mit verschränkten Armen. Ich hoffte das Thema Noah allmählich hinter mir lassen zu können. „Weil ich Sie darum bitte." Ich war verblüfft von ihrer Ehrlichkeit und wusste nicht, ob ich es ihr sagen sollte. Allerdings würde ich dann Noah verletzen.

„Natalie, es geht mich wirklich nichts an, wie Ihre Beziehung läuft. Ich kann mich da wirklich nicht einmischen. Bitte fragen Sie Noah.“

„Er meinte Sie haben ihn grundlos beschimpft und dann geschlagen.“

Ich? Hatte er den Verstand verloren? „Wie bitte?“ schrie ich sie an.

„Das ist eine Lüge.“ Das konnte er nicht wirklich ernst meinen. „Dann sagen Sie mir was wirklich passiert ist.“

„Er war eifersüchtig auf Seth und hat mich gefragt, ob er mich in seinem Luxusschlitten gefickt hat!“ Ich lief im Kreis über die Terrasse um mich zu beruhigen. „Was hat er?“ fragte sie sichtlich geschockt. Ich ging auf sie zu und blieb vor ihr stehen. „Ja, Ihr toller Noah hat mich auf die Palme gebracht, deshalb habe ich ihm eine gescheuert. Ich schlage nicht sinnlos um mich. Mir steht das alles bis hier oben. Natalie, ich will nur mein Leben zurück!“ Ich war so verzweifelt und enttäuscht von Noahs Lüge, von all den Lügen. Sie setzte sich auf den Boden und fing unvermittelt an zu weinen. Ich war völlig überfordert von ihrem Gefühlsausbruch und wusste nicht, was ich sagen sollte. Ich hasste sie, aber war ich wirklich so ein herzloser Mensch, der sie weinen sehen konnte? Noah und ich hatten sogar miteinander geschlafen und sie wusste nichts davon. Wenn ich daran dachte drehte sich mein Magen um bis mir beinahe übel wurde. Ich sah nur die Hitze, seinen Körper, seinem Mund auf meinem und das unendlich berauschende Gefühl meines explodierenden Körpers. „Bitte weinen Sie nicht.“ Versuchte ich sie zu beruhigen. Aus meiner Verzweiflung heraus, rief ich Gina auf ihrem Telefon an und bestellte sie panisch auf die Terrasse. Natalie bewegte sich nicht, ihr Schluchzen wurde immer lauter. Ich nahm alles um mich herum nicht mehr richtig wahr. Gina kam einige Minuten später auf ihren High Heels angerannt und rieb sich erst einmal die

Füße. „Nat? Was ist hier los Süße?" Sie kniete sich zu ihr auf den Boden, wobei ihr blauer Minirock hochrutschte und man unter der Netzstrumpfhose ihren Hintern sehen konnte. „Eve, was ist hier los?" Ich bekam kein Wort über die Lippen. Stattdessen schüttelte ich den Kopf und lief weg. Ich wollte und sollte nicht hier sein. Womöglich hatte ich gerade die Beziehung von Noah und Natalie zerstört, nur weil ich nicht den Mund halten konnte. Ich hörte sie, wie sie hinter mir die Treppen herunterlief und mich an der Schulter packte. „Was hast du mit ihr gemacht?", fragte mich Gina. Ich wäre beinahe die Treppe herunter gefallen, als sie mich packte. „Ich habe ihr nichts getan, sie wollte die Wahrheit hören."

„Die Wahrheit worüber?"

„Warum ich Noah eine geknallt habe!" Sagte ich außer Atem. „Und warum hast du ihm ins Gesicht geschlagen?"

„Weil er unverschämt wurde und ich aus Reflex gehandelt habe. Das war nicht geplant. Bitte lass mich jetzt in Ruhe und tröste deine Freundin. Ich will von dem ganzen Mist nichts mehr hören."

Immer ging es um Noah, reichte es denn nicht aus, dass ich ihn ständig sah? Ich rief Seth an um bat ihn darum mich möglichst früh abzuholen. Ich nutzte meine Überstunden aus um schnellstmöglich zu verschwinden. Er willigte ein, und sagte seinen Termin für mich ab. Im Büro erzählte ich Lou von der Geschichte mit Natalie und umarmte sie kurz zur Verabschiedung.

Seth stand bereits bei Rebecca am Empfang. Er sah aus, wie ein Model, in einer schwarzen Lederjacke, enger schwarzer Jeans und einem lockeren Holzfällerhemd, als wäre er aus einer Armani Werbung entsprungen. Ich konnte ihr nicht übel nehmen, dass sie Seth anstarrte.

„Eve! Du siehst toll aus." Sagte er strahlend, als er mich sah.

Ich ging zu ihm und küsste ihn auf die Wange. „Danke, das Kompliment kann ich nur zurückgeben. Wow." Ich begutachtete ihn von oben bis unten. „Ich wollte dich etwas fragen, Süße." Sagte er in Rebeccas Anwesenheit. Sie ordnete die Post um höflich zu sein. „Hier?"

„Ja, wieso nicht. Ihr zwei seid doch befreundet oder?"

„Eh ja, sind wir. Also, was wolltest du wissen?"

„Ich wollte dich fragen, ob du mit mir nach New York kommst? Ich muss geschäftlich ab übermorgen in unsere zweite Geschäftsstelle in Manhattan reisen und würde dich ungerne hier lassen." Rebecca hielt sich die Hände vor den Mund und begann zu kreischen.

„Was? Wie lange? Und wie hast du dir das vorgestellt?" Ich brabbelte nur unverständlichen Quatsch. Seth wollte mich mit nach New York nehmen, obwohl wir nicht einmal offiziell ein Paar waren. Ich sah es vor mir. Der Central Park, das Empire State Building, die 5th Avenue. Ich wollte schon immer nach New York und sein Angebot war verlockend. „Seth, können wir darüber in Ruhe sprechen?" Es war mir unangenehm, dass er mich vor meiner Kollegin fragte und ich nicht in der Lage dazu war einen klaren Satz herauszubekommen. „Ja, sicher, Süße. Wollen wir dann los?" Wir stiegen in den gläsernen Aufzug ein, mit tausend Fragen in meinem Kopf.

„Dir gefällt New York also nicht so gut?" Er drehte sich von mir weg, als ich den Boden anstarrte und kein Wort über die Lippen bekam.

„Doch, natürlich. Ich, lass mich eine Nacht darüber schlafen, ja? Mir geht das alles hier etwas zu schnell." Durch das Rütteln des Fahrstuhles wurde mir übel, mein Magen zog sich krampfhaft zusammen. Ich schob es auf die seltsame Situation zwischen Seth und mir. Was bedeutete ihm diese Geschäftsreise? „Ich hoffe du sagst zu, ich habe mir die Freiheit herausgenommen deinen Chef um Erlaubnis zu bitte."

„WAS? Du hast mit John gesprochen? Ich meine Mister Summerholt?" Er wand sich mir zu mit funkelnden Augen. So hatte ich ihn noch nie zuvor gesehen, er wirkte gekränkt und enttäuscht. „Entschuldige, ich. Bei mir dreht sich gerade alles. Ich fühle mich seltsam." Mein Magen wurde immer flauer. Ich hatte Angst mich jeden Moment im Aufzug vor Seth zu übergeben. „Ist es wegen New York? Ich zwinge dich nicht mit mir mitzukommen Eve." Doch es war nicht New York. Ich betete, dass wir endlich unten ankamen, doch in jeder Etage stiegen immer mehr Menschen ein und aus. Ich spürte es, wie sich alles begann zu drehen. Mein Mageninhalt wollte raus. Ich klammerte mich an Seth. „Bring mich hier schnellstmöglich raus, ich muss mich übergeben." Als Vorsichtsmaßnahme hielt ich mir die rechte Hand vor den Mund und klammerte mich mit der linken Hand an Seths schicken Baumwollmantel fest, der jeden Moment etwas abbekommen würde, wenn ich nicht sofort hier raus kam. Es wurde immer heißer, 2 Etage, 1 Etage. Immer mehr Menschen, die Zeit tickte in meinen Ohren, doch es ging nicht schneller voran. „Bitte lassen Sie uns durch." Sagte Seth warnend zu den Leuten, die sich an die Tür drängelten. „Meiner Freundin geht es nicht gut." Mir standen inzwischen die Schweißperlen auf der Stirn, ich hielt mir den Bauch fest und versuchte langsam ein und auszuatmen. „Hey Arschloch, wir wollen alle schnell nach Hause." Sagte ein großer Mann im Anzug zu Seth. Ich sah Seths Wut auf seinem

Gesicht, ich wusste, wenn sich die Türen nicht schnellstmöglich öffneten, war mein Mageninhalt das Geringste meiner Probleme. „Kindchen, fühlen Sie sich nicht wohl?", fragte mich eine ältere Dame, die sofort ein Stück zurücktrat um mich vor zu lassen. Ich nickte, als die Türen endlich aufsprangen und ich so schnell rannte, wie noch nie in meinem Leben um in einen Mülleimer vor der Tür zu brechen. Es regnete in Strömen, während ich den Mülleimer festhielt und gleichzeitig versuchte meine Haare wegzuhalten. In dem Moment war mir egal, ob mich jemand beobachtete. Mein Magen fühlte sich einfach nur grausam an, als hätte ich etwas Verdorbenes gegessen. „Warte, ich helfe dir", sagte Seth, als er meine Haare festhielt. „Geh weg!" rief ich ihm zu, immer noch mit dem Kopf über der Mülltonne. „Du sollst mich so nicht sehen."

„Dir geht es aber nicht gut. Musst du noch brechen?" Ich schüttelte den Kopf und ließ mich in seine Arme fallen. „Hast du ein Bonbon?"

„Eve, das ist doch nicht nötig." Doch das war es sehr wohl.

„Bitte Seth, hast du eins?" Er kramte in seinen Jackentaschen und gab mir ein Pfefferminz. „Danke."

„Du siehst fiebrig aus. Ich bringe dich sofort ins Bett." Er hielt seine Hand an meine Stirn. Mein Kopf pochte und ich fühlte mich nicht gut.

„Kein Fieber, denke ich. Aber wir sollten trotzdem sicher gehen."

„Komm her, kleine Lady." Er nahm mich in seine Arme und trug mich zurück zum Aufzug damit wir in die Tiefgarage fahren konnten. Die Leute im Aufzug machten uns Platz, damit ich mich auf den Boden hinsetzen konnte. Ich hatte Angst wieder brechen zu müssen. „Kannst du aufstehen?" fragte er, als wir im untersten Stockwerk ankamen. Ich hielt mich an ihm fest und er versuchte mich hochzuziehen. Ich rutschte beinahe ab, da nahm er mich wieder auf seine Arme und legte mich auf die Rückbank seines Wagens ab. „Warte ich hole dir eine Decke aus dem Kofferraum." Ich war einfach nur erschöpft und schloss sofort die Augen, als er mich zudeckte und anschnallte. Den restlichen Weg bekam ich kaum mit, außer, dass ich meine Nägel in das glatte Lederpolster bohrte um mich festzuhalten. Er schaltete das Radio leise ein. Es war dunkel draußen, also fiel es mir nicht schwer einzunicken, bis wir vor meiner Tür ankamen und er mich die vier Stockwerke mühevoll hochtrug. „Wo sind deine Schlüssel?"; fragte er. „Klingel einfach, Dave ist da." Er tat was ich sagte und klingelte, bis Dave die Tür öffnete und mich panisch betrachtete. „Was ist jetzt wieder passiert?"

„Ich glaube sie wird krank." Sagte er besorgt. „Leg sie am besten direkt ins Bett." Er schloss die Haustür hinter sich und trug mich vorsichtig auf mein Bett. Mein Körper fühlte sich heiß an. Irgendjemand deckte mich zu. Ich hörte, wie sie miteinander über mich sprachen. „Wir sollten sie schlafen lassen und dann Fieber messen."

„Ich kümmere mich darum. Danke, dass du sie hergebracht hast. Du bist Seth oder?"

„Genau." Er stellte sich ihm vor. Dann sprachen sie über mich, aber ich verstand nur einzelne Wortfetzen, da sich mein Magen wieder schlimmer anfühlte und ich Angst hatte einen erneuten Kotzanfall zu bekommen. Also zog ich die Decke über den Kopf und versuchte alles um mich herum auszuschalten.

# Kapitel 19

Am nächsten Morgen fühlte ich mich beim Aufwachen deutlich besser, als gestern Abend und schob meine Übelkeit auf den Fisch, den ich mit Seth gegessen hatte. Fisch stand fürs Erste nicht mehr auf meiner Speisekarte. Ich rieb mir die Augen, als die Sonne auf mein Bett schien und mich wach machte. Es klopfte leise an der Tür. „Hey Eve, darf ich?", fragte Dave mit einer Tasse dampfendem Tee in der Hand.

„Tee?"

„Kamille. Für den Magen. Wie geht's dir?"

Ich streckte mich auf und setzte mich vorsichtig auf. „Viel besser. Ich denke ich habe etwas Falsches gegessen." Er setzte sich auf die Bettkante und übergab mir den Tee. „Vorsichtig, heiß!"

„Das dachte ich mir. Danke."

„Und was gibt's Neues?"

Ich lächelte und hielt die Teetasse zwischen den Fingern fest. „Mit Seth?" harkte ich nach.

„Zum Beispiel."

„Was willst du wissen?"

Er tat, als würde ihn die ganze Sache nur beiläufig interessieren und faltete eine Bettdecke nebenbei. Ich zog die Augenbrauen hoch und belächelte ihn ein wenig. „Naja, was auch immer du so zu erzählen hast. Seid ihr zusammen?"

„Nein, sind wir nicht." Ich nahm seine Hand. Er machte mich mit seiner Aufräumaktion vollkommen wahnsinnig. „Dave, mach dir keine Sorgen, alles ist in bester Ordnung. Wir haben ein paar Dates, und wir hatten noch keinen Sex."

„Woah!" Er breitete die Arme abwehrend vor seinem Körper aus. „Das will ich wirklich nicht wissen. Ist ja eklig."

„Das sagst gerade du? Du schleppst doch andauernd Frauen an. Und ich bin diejenige, die euch stöhnen hört."

„Oh, bitte." Ich musste lachen, als sich sein Gesicht rot verfärbte vor Scharm. „David, ja, ich bin 25 Jahre alt und habe Sex. Du bist 28 und könntest schon längst Vater von einem kleinen süßen Baby sein, bestimmt hast du schon ein paar Kinder in die Welt gesetzt bei deinem andauernden „Konsum"."

„Okay, ich habe nie gefragt. Ich muss los."

Als er durch die Tür rannte, rief ich ihm noch hinterher wohin er wollte, er sagte, er wäre mit ein paar Kumpels verabredet. Ich glaubte ihm natürlich kein einziges Wort davon. Es war früh morgens. Ich schrieb John eine kurze Nachricht, dass ich mich verspätete. Danach stand ich, immer noch mit grummelndem Bauch auf und betrachtete mein blasses „Ich" im Badezimmerspiegel. Der Fisch musste schlecht gewesen sein, anders konnte ich mir die ganze Aktion nicht erklären. Ich putzte mir zweimal die Zähne und stieg dann unter die etwas zu heiße Dusche, bevor ich mich auf den Weg zur Arbeit machte. Rebecca lächelte freundlich und winkte mich zu sich hin um mich über mein Date mit

Seth zu interviewen. „Und wie war's?"

Ich beugte mich zu ihr herüber, damit uns niemand hörte. Ich hatte inzwischen keine Lust mehr auf den ständigen Gossip in Daniel Russos Mädelsabteilung. „Grauenhaft! Ich habe mich übergeben."

„Sieht er so schlimm aus?"

Ich sah sie irritiert an. „Was?"

„Naja, hat er sich vor dir ausgezogen und du hast dich daraufhin übergeben?"

„Was? Nein! Natürlich nicht. Ich habe ihn noch nie nackt gesehen. Wie kommst du darauf?"

„Du sagtest du hast dich übergeben. Ich habe nach einem Grund für deinen Brechreiz gesucht. Aber hätte ich mir ja denken können, dass es daran nicht liegt."

„Beccs, was ist denn los mit dir?"

„Ich dachte ich heitere dich auf." Sagte sie grinsend. „Okay, hat er dich dann nach Hause gebracht?"

„Ja, sofort, ich hätte fast in den Aufzug gekotzt. Wie gut, dass Russo nicht im Aufzug war oder seine Lästerbande. Das hätte mir noch gefehlt."

„Wieso hast du dich denn übergeben?"

Wenn ich das nur wüsste. „Ich denke ich habe mir den Magen verdorben. Seth hat mich am Wochenende zum Fischessen eingeladen, danach habe ich mich schon etwas seltsam gefühlt, wenn ich so darüber nachdenke."

„Soll ich dir einen Kamillentee machen? Der hilft gegen Übelkeit."

„Das wäre wunderbar. Kannst du ihn mir ins Büro bringen? Ich bin spät

dran und habe in einer halben Stunde einen Termin mit Mister
McGregor Senior."

„Uh, mit Bob?"

„Genau, mit Bob." Ich schwang mir die Tasche über die Schulter und
breitete meine Unterlagen im Büro aus. Lou erklärte mir was sie den
Morgen über vorbereitet hatte für das Brainstorming mit dem Kunden.
Mir war klar, dass „Bob" nicht ohne seinen Sohn an dem Termin
teilnehmen würde, also legte ich schnell rosa Lippenstift auf und
schminkte meine Wimpern nach. „Ohooo, macht sich da jemand für
ihren Lover hübsch?"

„Er ist nicht mein Lover."

„Neeeiin, natürlich nicht. Ihr seid quasi, wie Geschwister!" Ich mochte
es nicht, wenn sie sich über mich lustig machte.

„Was war denn heute Morgen los? Du bist doch sonst immer
überpünktlich hier."

„Mir war übel."

„Bist du etwa schwanger, Süße?"

„Ich? Nein!" Sagte ich selbstsicher. Natürlich war ich nicht schwanger.
Es lag einzig und allein am Fisch. An einem verdorbenen blöden
Rotbarsch.

„Beruhig dich, das war nur ein Scherz."

„Nicht witzig."

„Schon gut." Wir wurden unterbrochen, als Becca an der Tür klopfte
und mir den Tee hinstellte.

„Brauchst du sonst noch irgendetwas?"

„Nein, danke dir. Das ist sehr lieb. Ist der Kreativraum vorbereitet?"

„Selbstverständlich meine Damen.“

„Gut, danke. Wir brauchen noch ein paar Minuten vor dem Meeting.“
Dann ging sie wieder und schloss die Tür hinter sich.

Während des Meetings bekam ich Lous Schwangerschaftsaussage nicht
mehr aus dem Kopf und rechnete, wie verrückt nach, ob die geringste
Möglichkeit bestünde. Meine letzte Periode hatte ich vor vier Wochen,
ja, es mussten vier Wochen gewesen sein. Ich hatte sie nicht in meinem
Timer verzeichnet, und konnte es nicht kontrollieren. Gut, ich war ein
paar Tage drüber, aber das war völlig normal. Seitdem ich keine
Verhütungsmittel mehr nahm, waren es immer Mal wieder ein paar
Tage mehr oder weniger.

„Eve, was meinst du?“, fragte mich Seth, als ich auf meinem Blatt einen
Zykluskalender kritzelte und völlig abwesend war.

„Wozu?“, fragte ich.

„Zu den Models, die deine Kollegin ausgewählt hat.“

„Ja, sehr schön.“

„Wirklich?“ harkte er nach, als ich mir die Set Cards nicht einmal
ansah. Ich hatte keine Ahnung welche Models Lou ausgewählt hatte
und vertraute einfach ihrem Instinkt, damit ich nicht zugeben musste,
dass ich keine Ahnung hatte worüber sie die letzten zwanzig Minuten
sprachen.

John sprach mit Lou und Bob McGregor über die Genehmigung, die wir
für den Dreh bei der spanischen Verkehrsbehörde beantragen mussten,
und dass es aufgrund von Verständigungsproblemen möglicherweise
schwierig wurde die Genehmigung zu erhalten, da es sich bei den
Ramblas um eine öffentliche Straße handelte.

„Ja, ich finde sie gut, wenn Lou sie gut findet." Und damit hatte sich das Thema. „Geht es dir heute besser?" fragte er nach und streichelte dabei liebevoll meine Hand. Seth roch, wie ein junger Gott. Sein männliches Parfum vernebelte mir das Denkvermögen und schon dachte ich nicht mehr über Lous Frage nach. „Hast du über New York nachdenken können? Ich will dich ja nicht hetzen, aber es geht morgen los."

Ich hatte bisher noch nicht weiter darüber nachgedacht, zuerst wollte ich mit John sprechen, obwohl Seth mir diese Entscheidung ja bereits abgenommen hatte. Trotzdem war es meine Aufgabe mit meinem Chef darüber zu sprechen, was ich wollte. „Und?"

„Ich spreche mit John nach dem Meeting, danach melde ich mich, okay?"

„Sicher." Sein Blick wirkte besänftigend und ruhig. Doch irgendetwas sagte mir, dass es Seth gar nicht mochte, wenn man ihm wiedersprach. Es war der Blick in seinen Augen, wenn ich bei meinen Antworten zögerte. Vielleicht bildete ich mir auch einfach nur etwas ein, was gar nicht von Bedeutung war.

Bob blieb die ganze Zeit ruhig und hörte Lou und John zu, wie sie über die Regelungen und Planungen sprachen. Der Dreh sei für April geplant, da das Wetter besser wurde. Bob wirkte darüber nicht sonderlich begeistert, da es gerade erst Anfang Februar war und der Wagen bereits in wenigen Monaten auf den Markt kommen sollte. Er diskutierte mit Seth und John darüber, ob wir den Dreh nicht vorziehen konnten. Ich beschloss meine Unterlagen zu nehmen und über die Wetterbedingungen von Barcelona in meinem Büro zu recherchieren, da mir sowieso nicht besonders gut war. Dabei fiel mir ins Auge, dass wir, insofern wir Glück hatten den Dreh auf Ende März vorziehen konnten. Die Regenwahrscheinlichkeit war nach, wie vor nicht gering.

Lou kam eine halbe Stunde später mit John in unser Büro. Sie klärten mich über die letzten Besprechungen auf, obwohl dabei nichts wirklich Neues für mich herum kam. John sah mich dabei die ganze Zeit an, als wartete er darauf, dass ich ihn sofort auf New York ansprach. Um die Wahrheit zu sagen, war es mir mehr als unangenehm, dass Seth John gefragt hatte, ob ich mit ihm für eine Woche nach New York kommen konnte. „Lou, kannst du uns einen Moment entschuldigen?" Sie war gerade dabei sich hinzusetzen um an den Entwürfen weiterzuarbeiten. „Klar, ich wollte mir sowieso Kaffee holen." Sie strich ihr weiß schwarz gepunktetes Kleid glatt und ging.
„Willst du dich setzen?", fragte ich John etwas aufgeregt.
„Nein, schon gut. In dem Job sitzt man lange genug. Was hast du auf dem Herzen Liebes?"
Ich stand ebenfalls auf um nicht unhöflich zu wirken, trotz des guten Verhältnisses, das John und ich pflegten. „Mister McGregor hat mit dir über New York gesprochen, und um ehrlich zu sein, finde ich, dass es meine Aufgabe gewesen wäre, nicht seine. Ich, eh.."
„New York ist eine tolle Idee, Eve. Mach dir keine Gedanken. Du solltest mit ihm fliegen."
„Wirklich?"
„Natürlich. Sieh es als eine Art Geschäftsreise an. Chicago stand ohnehin auf der To-Do List, und wenn es jetzt New York ist. Nimm diese Erfahrung mit."

Ich konnte gar nicht glauben, dass mein Chef mir erlaubte mit meinem
Quasi Freund für eine Woche in die USA zu fliegen, ohne Urlaub zu
nehmen, nur damit ich persönliche Erfahrungen machen konnte.
„Das ist wirklich sehr großzügig."
„Keine Sorge. Mister McGregor zahlt den Flug. Soweit ich weiß seid
ihr beide bereits eingebucht." Er lachte laut auf. „Dein Seth macht wohl
gerne Nägel mit Köpfen!" Stellte er fest. Mein Seth. Irgendwie konnte
ich mir das Ganze nicht vorstellen. Seth McGregor ein
Millionenschwerer Geschäftsführer von McGregor Industries, einer der
größten Autohersteller am amerikanischen Markt. Sein Vater, ein
Mann, der offenbar noch in den 70ern lebte und den alten Bräuchen
nicht abgeschworen hatte. Er erinnerte mich an einen typischen
Südstaatler mit seinem grauen Zwiebelbart und den Golfabenden mit
einer guten kubanischen Zigarette. „Ja, das macht er wohl. Danke John.
Ich würde wirklich sehr gerne mitfliegen." Ich wäre dumm, wenn ich es
nicht tun würde. Eine Woche New York, außerdem konnte ich so mein
Englisch verbessern. „Er wird dir gut tun, Eve. Nach alledem was du
durchgemacht hast." Wir wussten, dass es vorerst nichts weiter zu
besprechen gab. „Lou kümmert sich in deiner Abwesenheit um die
Kampagne, mach dir keine Sorgen. Daniels Team sitzt mit im Boot."
„Gerade deshalb mache ich mir ja Sorgen", bemerkte ich grinsend.
„Ich denke, dass ich meinen Bruder gut im Griff habe. Und jetzt ab nach
Hause mit dir, soweit ich weiß geht dein Flieger morgen Mittag. Du
solltest packen."
„In Ordnung. Ich gebe Seth und Lou Bescheid, dass ich weg bin."

Auf dem Weg in die Personalküche, hörte ich wie Lou lautstark mit jemandem diskutierte. Ich öffnete die Tür einen Spalt breit und sah, wie sie auf Noah einredete und ihn scheinbar, zurechtwies. Ich wollte nicht, dass sie mich sahen, also blieb ich hinter der Tür stehen und versuchte das Gespräch zu belauschen. „Du selbst bist daran schuld, dass sie geht. Nur du! Also komm jetzt nicht an und versau ihr alles, nur, weil du plötzlich merkst, dass sie dir nicht egal ist."

„Das wollte ich doch gar nicht."

„Doch wolltest du. Weil du ein ekelhafter Egoist bist."

„Du kennst mich doch gar nicht, du weißt rein gar nichts von mir."

„Ich weiß genug über dich NOAH!" Wie sie seinen Namen betonte. Lou war wirklich wütend, so wie sie mit ihm sprach. „Du bist ein Feigling."

„Nicht so laut. Es müssen ja nicht alle mitbekommen."

„Ja, vor allem deine Natalie. Sie sollte wirklich nicht mitbekommen, dass du deine Ex Freundin liebst und sie nur ein Trostpflaster ist. Das wäre wirklich ärgerlich, nicht wahr?"

„Du weißt gar nichts." Dann ging er los. So schnell, wie er die Tür aufriss und in meine entsetzten Augen schaute, konnte ich mich nicht verstecken. Ja, ich hatte sie belauscht. Aber es ging hier schlussendlich um mich und mein Leben, und um Seth und Natalie. Aber das war Nebensache. Er sah mich bloß an und wünschte mir viel Vergnügen in New York.

„Eve?" Lou sah mich mit weit aufgerissenen Augen durch die geöffnete Tür an. „Ich… Noah und ich.. es ist nicht so, wie es aussieht."

„Wie sieht es denn aus?"

„Ich, weiß nicht genau." „Mach dir keine Sorgen, ich habe euer Gespräch mit angehört. Du hattest Recht mit allen Dingen, dir muss wirklich nichts leidtun. Ich wollte dir eigentlich nur sagen, dass ich mich jetzt auf den Heimweg mache um zu packen. Ich fliege mit nach New York."

„Mit Seth?"

Ich nickte ein wenig niedergeschlagen. Mein Herz hing an Noah, doch mir wurde klar, dass es keine Hoffnung mehr gab für uns beide als Paar. Obwohl ich den Schmerz in seinen Augen sah. Ich erinnerte mich an den Geburtstag seiner Mutter vor zwei Jahren.

Er drehte mich immer wieder im Kreis, bis mir beinahe schwindelig wurde. Ich ließ mich in seine Arme fallen und tanzte mit ihm gemeinsam zur Musik. Es war das allererste Mal, dass wir gemeinsam tanzten und das, vor seiner Familie. Seine Mutter feierte ihren Geburtstag mit der Familie und ihren Freunden. Ich wippte im Takt mit und legte meinen Kopf an seine starken Schultern. Ich fühlte mich so sicher an seiner Seite.

Noah sah auf mich herab und bückte sich herunter um mich zu küssen. Er wirkte zufrieden und entspannt. „Das hier ist perfekt." Seine Worte waren perfekt. Ich stellte mich auf die Zehenspitzen und küsste ihn sanft auf die Wange. Er machte mich glücklich. An diesem Abend fühlte ich mich einfach frei, als würde mein Leben für einen Moment lang perfekt sein.

„Darf ich übernehmen?" fragte Henry. Henry war der Schwiegervater von Noahs älterer Schwester Josephine. Er stellte mit seiner Frau Ruth das mit Abstand verliebteste Pärchen, das ich in dem Alter kannte dar. Sie waren über 20 Jahre lang ein Paar und waren verliebt, wie am ersten Tag. In seinen Augen konnte ich sehen, wie sehr er Ruth liebte und dass sie für ihn die einzige Frau war. Wenn ich jemals gute Vorbilder haben würde, dann wären es genau diese zwei Menschen. Wenn man sie so sah konnte man noch an die wahre Liebe glauben.

Henry nahm meine rechte Hand und ich legte meine linke Hand auf seiner Schulter ab. Er wollte mir unbedingt beibringen, wie man Discofox tanzte. Ich versuchte seinen Anweisungen Folge zu leisten und trat ihm dabei mehrfach auf die Füße. Ich beneidete ihn für seine Güte und für seine Gutmenschlichkeit. Auf eine gewisse Art und Weise wünschte ich mir ein wenig von seinem Charakter zu haben. Wenn es schwere Tage gab in Bens Familie, wusste ich, dass Henry kommen würde und alles zum Guten drehen würde. Dafür mochte ich ihn unwahrscheinlich gern.

„Ihr seid ein schönes Paar. Du und Noah meine ich. Du tust ihm wirklich gut." Seine Worte trafen mich direkt ins Herz.

„Danke, das ist wirklich sehr lieb von dir, aber glaubst du das wirklich?"

Er nickte. „Diese Art, wie er dich anschaut. Ich weiß du bist die Einzige für ihn." Das hatte Noah mir auch schon oft gesagt, dass ich seine Ruth war. Die große Liebe, die erste Liebe. Und dass er niemals einen Menschen wieder so sehr lieben würde, wie mich.

„Danke Henry." Ich blieb stehen und umarmte ihn für seine lieben Worte. Ich wusste, dass er mich als Familienmitglied akzeptierte und dass ich bei ihm genau der Mensch sein konnte, der ich in Wirklichkeit auch war. Oft hatte ich Angst etwas falsch zu machen, nicht perfekt genug für seine Familie zu sein. Weil ich immer mehr wollte vom Leben.

„Ich meine es genauso, wie ich es gesagt habe." Er sah mir in die Augen und ich glaubte ihm jedes einzelne Wort. An diese Momente dachte ich heute oft zurück. An die Familienfeiern, auf denen viel gelacht, viel gegessen und getrunken wurde. An die Feiern, an denen ich endlich ein Teil einer Familie war. Wenn ich daran dachte, wie oft ich mir eingeredet hatte, dass sie mich alle nicht mochten oder akzeptierten. Mit welcher Angst ich lebte nicht gut genug für ihn zu sein, dann wusste ich heute, dass das alles Unfug war. Ich hätte stärker sein müssen für ihn und für uns. Doch das konnte ich damals nicht. Die dunklen Momente holten mich viel zu oft ein. Ich fühlte mich allein, als wäre ich der einzige Mensch auf der Welt, der Probleme hatte. Wenn ich mich nur hätte erklären können, wie es in mir aussah. Dafür hätte ich mir allerdings eingestehen müssen, dass ich psychische Probleme hatte, und diese Erkenntnis zu treffen, dafür war ich nicht stark genug.
Noah hätte mich in allen Dingen unterstützt, da war ich sicher.

Ich wünschte mir ihn endlich zu vergessen. Vergessen, wie er mich noch vor kurzem berührte. Seine unendliche Liebe zu vergessen. „Ich muss los." Sagte ich zu Lou und umarmte sie mit Tränen in den Augen. „Ich hoffe du weißt was du tust."
„Das muss ich. Ich hab nichts mehr zu verlieren." Das hatte ich wirklich nicht, denn Noah hatte mir klar gemacht, dass ich ihn verloren hatte, wegen Chris. Ich nahm meine Tasche und stieg in den Aufzug ein um in

die Tiefgarage zu fahren. Seth wartete dort bereits auf mich. Ich sah mich im großen Aufzugspiegel an. Da war ich. Evelyn. Völlig durcheinander, doch ich hatte einen Plan. Den Plan Noah zu vergessen und mit Seth ein neues Kapitel eines Buches zu schreiben, dessen Titel ich nicht kannte. Warum schmerzte es trotzdem noch so sehr Noah hinter mir zu lassen? Jede Begegnung mit ihm würde mich daran erinnern, was ich getan hatte. Welchen Mensch ich verloren hatte, seine Wut und seinen Hass. Seth stand angelehnt an seinem BMW in der Garage und lächelte von ganzem Herzen, als er mich sah. Er konnte mir die Stabilität geben, die ich brauchte und mir das Leben zeigen, das ich brauchte um glücklich zu sein. Er war perfekt. In seiner braunen Lederjacke, mit der lockeren Jeans, die am Knie zerrissen war. Die schwarzen Haare, die ihm ungeniert in die Stirn fielen und die am liebsten gepackt hätte um ihn leidenschaftlich zu küssen. Mir stockte der Atem, als ich mein pulsierendes Herz in meiner Brust spürte und die Angst wahrnahm. *Eve, du musst jetzt stark sein und keinen Rückzieher machen.*

„Hallo Eve, du siehst wunderschön aus." Er reichte nach meiner Hand und zog mich sanft in seinen Arm. Ich roch den Ledergeruch seiner Jacke und den mittlerweile vertrauten Geruch seines After Shaves, das nicht penetrant roch. Das hier war echt, Seth war echt und wollte mich, egal, welche Fehler ich in der Vergangenheit begangen hatte. Bei ihm musste ich mich nicht rechtfertigen für meinen Fehltritt, denn er hatte keine Ahnung mit welchen Ängsten ich lebte, wie mein Innerstes aussah. Und das war auch gut so. Ich wollte nicht schon wieder einem Mann von meinen Schwächen erzählen, mich damit angreifbar machen.

Nein, er sollte davon nichts erfahren. Mit ihm konnte ich einen glatten Neustart wagen. Ich atmete noch für einen weiteren Moment seinen Geruch ein und spürte dabei, wie sich plötzlich mein Magen schmerzhaft zusammenzog und ich mir die Hand vor den Mund halten musste, da ich das Gefühl hatte ich müsse mich jeden Moment übergeben. „Alles okay?“

„Es ist nichts.“ Sagte ich und atmete ein und aus, bis das Gefühl endlich vorüber war.

„Bist du sicher?“

„Ja, danke. Wollen wir los?“ Ich verdrängte meine Befürchtung was meine ständige Übelkeit anging und kletterte auf die Beifahrerseite seines Wagens.

„Die Straßen sind um diese Zeit noch leer. Wir sollten gut durchkommen.“ Ich hörte ihm kaum zu und sah nachdenklich aus dem Fenster. New York. Morgenmittag war es endlich so weit. „Wir müssen etwa drei Stunden vor Abflug am Flughafen sein, dann haben wir noch Zeit einen kleinen Snack in der Lounge einzunehmen und du kannst mein Kreditkartenlimit testen.“

„Was?“

„Du bist eine Frau. Ich gehe davon aus, dass du am Airport Shoppen willst.“ Er lächelte und präsentierte seine perfekt, weißen Zähne. Seth wirkte immer so unbeschwert, als würde die Erde ganz normalen Bahnen ziehen.

„Glaubst du an das Schicksal, Seth?“

„Inwiefern?“

„Naja, denkst du, dass Gott will, dass wir genau die Person treffen, die perfekt für uns ist, einfach nur, weil es so sein soll?" Seine Miene wurde ernster, als er durch die Straßen raste.

„Nein, eigentlich nicht. Ich denke alles kommt so, wie es soll. Wir können unser Leben ganz wunderbar selbst beeinflussen. Wie kommst du darauf?"

„Es gibt da einen Spruch von Eleonore Roosevelt an den ich wirklich glaube. Sie sagte: *The future belongs to those, who believe in the beauty of their dreams.*"

„Ich bin Amerikaner. Ich kenne den Spruch. Und weiter?"

„Ich glaube daran, dass die Dinge, die wir uns wirklich wünschen wahr werden können."

„Du machst dir zu viele Gedanken. Alles kommt so, wie es kommen soll." Wenn er doch nur Recht damit hätte. Ich spürte die Tränen in meinen Augen, als ich Noah immer weiter im Rückspiegel sah in meinem Geist und er immer kleiner wurde, bis sein Bild verschwand.

Seth machte es sich auf der Couch bequem mit einem Glas Orangensaft und Tipps für die Reise. Seine Bemerkung über die Lounge war mir nicht entgangen. Ich konnte mir vorstellen, wie viel Geld er für unsere Flüge ausgab, doch ich sagte nichts und packte geistesabwesend meine schönsten Kleider zusammen. Er teilte mir mit, dass ich zwei Koffer mitnehmen konnte, also stopfte ich noch mehr Kleidungsstückte herein, bevor ich niedergeschlagen auf dem beigen Langfaserteppich saß und durch die Lamellen mit den Fingernägeln strich und den Himmel durch die beschlagenen Scheiben betrachtete. Seth sagte, dass alles so kommt, wie es kommen muss. Aus der weißen Kommode kramte ich einen alten

Fotorahmen hervor, den ich vor Jonas versteckte unter einigen Schals. Auf dem Bild sah ich ihn, wie er mich anlächelte. „Noah du fehlst mir", flüsterte ich und versuchte ruhig zu atmen. In dem Moment zuckte mein Bauch. Ich fuhr mir automatisch vorsichtig mit der Hand darüber und kannte die Antwort für meine Übelkeit bereits. Bevor ich weiter darüber nachdenken konnte, packte ich den Rahmen weg. „Wie kommst du voran?"

„Ich bin eine Frau", bemerkte ich, als er sich zu mir auf den Boden setzte. „Bist du sicher, dass du das alles willst?", fragte er, als er meinen besorgten Gesichtsausdruck sah.

Ich biss mir auf die Unterlippe. „Ja, natürlich. New York. Wir beide. Das wird romantisch."

„Ich freue mich auch Süße." Er beugte sich zu mir herüber und drückte mir einen sanften Kuss auf die Lippen. Seth war wirklich ein Gentleman, denn er hatte noch nicht versucht mit mir zu schlafen und dafür war ich ihm sehr dankbar. Ich fuhr mir über die leicht geröteten Lippen, als er aufstand um sich das Footballspiel der Philly Eagles weiterhin anzuschauen. Ich sortierte einige Strumpfhosen mit dazu passenden Röcken in den Koffer ein, und ging meine Checkliste durch, bevor ich mich zu ihm auf die Couch setzte und die Augen schloss, bis ich auf seiner Brust einschlief und vom Empire State Building träumte.

# Kapitel 20

„Komm ich helfe dir", sagte Seth, als ich versuchte die schweren Koffer auf das Gepäckband zu hieven. Wir standen in der Priority Lane für die Business Class. Natürlich tadelte ich Seth dafür, dass er unnötiges Geld für mich ausgab und ich auch mit der Economy Class zufrieden gewesen wäre. Die Hauptsache war doch, dass wir ganz weit wegkamen von Düsseldorf und meinen Problemen. Die Dame mit den hellbraunen Haaren, die in ihrem blauen Kostüm am Flughafenschalter saß und unsere Pässe kontrollierte, flirtete heftig mit Seth. Ich konnte es ihr bei seinem Aussehen auch nicht verübeln. „Sie kommen also aus Chicago?" „Genau."

„Machen Sie Urlaub in New York?" harkte sie nach und fuhr sich dabei durch die Haare. *Wie billig.* „Nein, der Anlass ist geschäftlich."
Dann drehte sie sich zu mir herum und betrachtete mich, als wäre ich unnötiges Ungeziefer. „Dann sind Sie die Kollegin?" Bevor ich auf ihre unmögliche Frage antworten konnte, fiel Seth mir ins Wort. „Nein, sie ist meine Freundin." Dann zog er mich zu sich, sodass ich beinahe meine Tasche fallen ließ und drückte mir einen Kuss auf den Mund um sein Revier zu markieren. Ich war beeindruckt von seinem Sexappeal. Hatte er mich gerade, als seine Freundin vorgestellt? Sie schob uns die Pässe mit den Bordkarten hin und sah sofort weg, als er mich küsste. „Einen angenehmen Aufenthalt", sagte sie, wie auswendig gelernt und

rief die nächsten Passagiere auf. „Die war ganz schön von dir angetan.“

„Ich habe aber nur Augen für eine Frau. Du bist wunderschön, das weißt du. Ich brauche keine andere Frau.“ Ich schluckte heftig und küsste ihn auf dem Weg zur Kontrolle. „Danke, dass es dich gibt.“

„Bedank dich bei meinen Eltern dafür.“ Ich nahm seine Hand, als wäre es das Normalste der Welt. „Willst du noch etwas essen bevor wir los müssen?“

„Eine Kleinigkeit in der Lounge.“ Bemerkte ich.

„Du hast mir also doch zugehört.“

„Natürlich. Daran könnte ich mich gewöhnen.“ Er streichelte über mein Gesicht und zog mich hinter sich her in die Business Lounge, die sich hinter einer Glastür im ersten Stockwerk befand. Eine junge Frau, etwa in meinem Alter fragte nach unseren Tickets, die Seth ihr bereitwillig gab und sie trotzdem keines Blickes würdigte, obwohl auch sie nach seiner Aufmerksamkeit suchte mit ihrem vollen, rot geschminkten Lippen und der Top Figur. „Viel Spaß“, sagte sie und zwinkerte mir dabei zu. Ich war etwas irritiert von ihr, beließ es aber dabei, als Seth mich an einigen Männern vorbeizog, bis wir an einem reichhaltigen Buffet bestehend aus Lachshäppchen und anderen Köstlichkeiten ankamen. Er nahm ein Häppchen und drapierte es auf einer Serviette. „Magst du Lachs?“

„Ich kann‘s ja mal probieren.“

„Gut, Mund auf.“ Ich öffnete leicht meinen Mund, sah Seth mit großen Augen an und versuchte nicht zu lächeln, als er das Häppchen zitternd zu meinem Mund führen wollte. Ich biss ab, und bemerkte schnell, dass der Lachs besser schmeckte, als ich erwartete. „Und? Gut?“

„Der ist wirklich gut. Was sagt der Kenner über die restlichen
Spezialitäten des Hauses?"

„My lady, ich vermute, dass Sie hier Kaviar testen können. Pastete?
Oder Salat vom Buffet."

„Entschuldigen Sie. Wenn ich kurz helfen darf. Das sind Kalbsragout
Pasteten und diese hier mit dem rosa Topping Lachspasteten. Wenn Sie
etwas Fleischiges bevorzugen, finden Sie in den silbernen Behältnissen
frischen Rinderbraten mit Steinpilzrahmsoße, dazu servieren wir eine
Auswahl an Nudeln, oder verschiedene Brotsorten, sowie Brokkoli und
Blumenkohlröschen." Die Kellnerin zeigte auf die entsprechenden
Stationen am Buffet. „Vielen Dank"; sagte Seth höflich. „Haben Sie
auch Nachtisch?"

„Natürlich, Sir. Das Nachtischbuffet befindet sich hinter dem
Milchglas, dort drüben. Kann ich Ihnen zunächst etwas zu trinken
bringen und Ihrer Frau?" Ich zeigte irritiert auf mich, als sie mich als
seine Frau bezeichnete. Im Gegensatz zu den beiden anderen Frauen vor
ihr, wirkte sie sehr professionell in dem Gespräch mit Seth.

„Champagner?" fragte er an mich gerichtet. Ich nickte und sie ging
davon. Ich belegte mir einen Teller mit Fleisch, Nudeln und Gemüse.
Als wir begangen zu essen, brachte die Kellnerin den Champagner in
goldenen Kristallgläsern und fragte nach, ob wir noch etwas benötigten.
Ich bat sie um ein Glas Mineralwasser zum Essen. „Es hat mir gefallen,
wie sie dich genannt hat." Ich schluckte den Kloß in meinem Hals
herunter, da ich nicht wusste, was ich dazu sagen sollte. Wir kannten
uns kaum. „Ich weiß wir kennen uns kaum." Konnte er etwa meine
Gedanken lesen? Ich steckte mir ein Stück Brot in den Mund und

schüttete mir Champagner nach. „Der schmeckt gut." Sagte ich um vom Thema abzulenken. „Was ist?", fragte ich, als er mich durchdringlich betrachtete. „Habe ich etwas im Gesicht?" Ich wusste worauf er hinaus wollte.

„Nein, alles ist bestens." Zum Glück kam die Kellnerin mit meinem Glas. Ich lehnte mich nach hinten in den schwarzen Lederstuhl und sah mich in Ruhe in der Lounge um. Es war das erste Mal in meinem Leben, dass ich in einer richtigen Lounge an einem Flughafen saß. *Eve, das ist das Leben, das Seth dir bieten wird, wenn du jetzt keinen Rückzieher machst.* „Gefällt es dir hier?"

„Es ist einzigartig. Ich meine, ich war vorher noch nie in einer Lounge. Das hier ist nicht die Welt in der ich lebe, das weißt du oder?"

„Aber sie könnte es werden." Bemerkte er trocken. Ich trank noch einen weiteren Schluck. „Du hast nicht auf meine Bemerkung geantwortet."

„Welche meinst du? Wir haben über viele Dinge gesprochen."

„Sie hat dich als meine Frau bezeichnet, das hat mir gefallen. Sehr gefallen sogar." Er kannte mich doch kaum, eigentlich kannte er nur die Evelyn, die ich ihm oberflächlich präsentierte. Ich war keine Barbie, für mich gab es mehr als nur Shopping und Cocktail Partys. Wir hatten bisher kein einziges Gespräch über meine Wünsche vom Leben, die Dinge, die mich in der Vergangenheit bewegt haben. Gut, er wusste von Noah und davon, dass ich ihn noch immer vermisste, aber kannte er einen guten Grund warum? Wie sollte ich es anstellen ihm zu sagen, dass mir diese Art des Gespräches zu schnell ging ohne ihm dabei weh zu tun. Ich stellte meinen Teller auf einen kleinen Tisch neben mir ab und nahm seine Hand. „Hast du es denn so eilig mit dem heiraten?"

„Wenn die Richtige da ist, kann es nicht schnell genug gehen, oder?"
Ich wollte nicht mehr darüber reden, denn ich wollte ihn erst einmal
kennen lernen. Auch wenn er mit Abstand der schönste und attraktivste
Mann war, dem ich jemals in meinem Leben begegnet war, der
überdurchschnittlich charmant und gut erzogen war. Das hier war nicht
der richtige Ort und Zeitpunkt für diese Form eines Gespräches. „Ja, das
stimmt." Sagte ich und damit war das Thema für mich durch. Ich hoffte
inständig, dass er spürte, dass ich nicht weiter darüber sprechen wollte.
„Möchtest du noch einen Champagner?" Ich trank das Glas leer. „Nein,
ich sollte mit einem klaren Kopf fliegen. Wie viel Uhr ist es
überhaupt?"
„Wir essen am besten auf und machen uns dann auf den Weg zum Gate.
Das Boarding beginnt in zwanzig Minuten. Wir sollten schnell ins
Flugzeug kommen."
„In welcher Reihe sitzen wir?"
„Wir sitzen im Upper Deck in der sechsten Reihe. A und C."
„Im Upper Deck?" Harkte ich nach.
„Ja, Business Class. Wir fliegen im A380."
Ich war darüber sehr erfreut, denn ich liebte den A380. „Du hast mir
erzählt, dass du gerne mit Singapore Airlines fliegst, daher dachte ich es
würde dir gefallen wieder in einem Flugzeug der Airline zu sitzen." Ich
strahlte und umarmte ihn mit einem abschließenden Kuss auf den
Mund. „Ich bin sprachlos. Du hörst mir wirklich gut zu."
„Always, darling." Ich wurde von meinen Emotionen übermannt und
begann zu weinen. Inmitten der Lounge. Ein älterer Mann starrte mich
an, als ich meinen emotionalen Ausbruch bekam. „Darling, habe ich

etwas Falsches gesagt?" Ich sah ihm an, dass es ihm unangenehm war, dass ich wegen ihm weinte. „Nein, du bist so perfekt und ich bin gar nicht perfekt. Oh, Seth du bist zu gut zu mir." Ich hatte keine Ahnung, wieso ich weinte, aber es überkam mich und ich hielt mich an ihm fest, als wir aus der Lounge hinausgingen. Ich ging zur Toilette und trocknete mein verlaufenes Make Up ab. Der rote Strauß Rosen, die Business Class, der Fernsehturm mit Butler Service. All die Dinge, die Seth McGregor für mich plante, waren, als hätte ich endlich einen Prinzen kennengelernt, für den es niemand anderen gab, als mich. In meinem Spiegelbild sah ich eine Frau, die über sich hinauswuchs. Nicht mehr das kleine Mädchen, das komplett verängstigt auf dem Boden sitzt und sich fragt, warum ausgerechnet sie dieses Leben verdiente. Wie sie jemals wieder glücklich werden sollte ohne Noah. Ich wusste nach, wie vor nicht, wie ich über ihn hinweg kommen sollte, doch da gab es jetzt Seth. Einen Mann, der mir helfen konnte über die schwarzen Stunden meiner Vergangenheit hinwegzusehen, denn er kannte diese verängstigte Evelyn nicht, die stundenlang über abgelegene Waldwege lief und sich fragte, womit sie all den Schmerz verdient hatte. Er war ein Neuanfang. Nicht Noah. Er kannte mich, er wusste alles über mich, kannte jede Schwachstelle, Seth wusste es nicht. Ich nahm mir ein Papierhandtuch und feuchtete es an um die Schweißperlen auf meiner Stirn verschwinden zu lassen. Das ist die Frau, die du sein solltest. Egal, was die anderen dachten. Ich schrieb Dave, dass wir jeden Moment losfliegen würden und er sich keine Sorgen machen sollte. Und warum hatte ich dann solche Angst mit Seth in die Maschine zu steigen und mein Leben hinter mir zu lassen, zumindest für eine Woche? Weil ich

Noahs Blick nicht aus dem Kopf bekam und Lous Worte über eine
Schwangerschaft. Mir war nach dem Lachs schon wieder übel
geworden. New York, Düsseldorf. Noah oder Seth? Ein Traumleben
oder die bittere Realität, in der ich womöglich alleine da stehen würde.
Mit zitternden Beinen verließ ich die Toilette und umarmte Seth.
„Bereit?" fragte er. Die Antwort sollte ja lauten, aber ich war nicht
bereit. „Du siehst krank aus."
„Ja, ich bin ein wenig nervös." Als er mich verängstigt ansah, fügte ich
noch schnell: „Wegen des Fliegens, meine ich", hinzu.
„Keine Sorge. Ich bin an deiner Seite." Ich streichelte geistesabwesend
über meinen Bauch, bis ich mich selbst dabei erwischte, wie ich mir
wünschte, dass dort drin ein kleiner Mensch wuchs.
Nach dem Boarding setzte ich mich auf meinen breiten Sitz und sah aus
dem Fenster. „Ich höre ein wenig Musik zur Beruhigung", log ich und
schloss die Augen. Er tippte mich zwischendurch an, doch ich tat so, als
wäre ich eingeschlafen. Ich bemerkte, wie er mich kurz vor dem Start
zudeckte und mir einen Kuss auf die Wange gab. Ich rechnete nach.
Meine letzte Periode war erst vier Wochen her, da war ich mir sicher.
Es konnte nicht anders sein. Wir hatten Februar. Der 10te. Die letzte
Periode. Warum notierte ich mir nicht, wann meine letzte Periode war
in dem Heft, das die Frauenärztin mir mitgegeben hatte. Wann hatte ich
mit Jonas geschlafen? Wann mit Noah. Wir hatten verhütet. Es konnte
unmöglich wahr sein. Wieso konnte Lou nicht einfach ihre Klappe
halten? Meine Gedanken kreisten immer wieder um das Datum. 21,22
Tage, oder doch länger? Ich spürte den Start, wie das Flugzeug langsam
wackelte und die Triebwerke immer lauter wurden. Seth ließ mich

schlafen, obwohl ich kaum ans Schlafen denken konnte. Da war diese grausame Vermutung. *Eve, das kann nicht sein. Nicht jetzt.* Meine Lippen zitterten. Ich musste mir in New York einen Test kaufen, damit ich sicher sein konnte. Noah und ich schliefen vor genau drei Wochen und zwei Tagen miteinander. Wann war meine letzte Periode? Vor lauter Stress in der Agentur, und dem Trennungsstress mit Jonas hatte ich die Zeit vergessen. Dann trat Seth in mein Leben, der Stress mit Daniel Russo. Natalie und Noah und Gina, die hinter ihr stand. Mein Unfall, mein Rücken. Mein Kopf explodierte beinahe. Ich riss entsetzt die Augen auf und spürte, wie mein gesamter Körper zitterte. Seth las die GQ, als er mich bemerkte. „Hast du Hunger?" fragte er.

„Nein, danke. Ich bin satt. Aber durstig."

„Daran sollte es nicht scheitern." Verflucht, wenn ich wirklich schwanger war hieß das, dass ich eben Alkohol in meiner Schwangerschaft getrunken hatte. Er rief eine Stewardess zu uns, bei der ich einen Saft und einen Kamille Tee bestellte. „Schon wieder der Magen?" Ich nickte. „Ich kenne einen guten Arzt in New York. Er ist ein Kumpel aus dem College und kann dich untersuchen, sobald wir am JFK gelandet sind. Du siehst wirklich krank aus, ich mache mir Sorgen um dich."

„Ja, das wäre nett."

„Ich schreibe ihm eine E-Mail." Dann klappte er sein Mac auf und schrieb dem Arzt wegen eines dringenden Termins in seiner Praxis in Manhattan, die auf der 5th Avenue lag, was bereits alles sagte. Ich konnte nur an den Mann appellieren, dass er die ärztliche Schweigepflicht beherzigte. „Hier, bitte sehr." Sagte die freundliche

Stewardess, die mir den Saft und Tee anreichte. „Kann ich sonst noch etwas für Sie tun?“

„Haben Sie vielleicht noch ein Kissen für mich? Ich würde gerne ein wenig schlafen.“

„Sicher. Ich schaue gerne für Sie nach. Wie Sie den Sitz verstellen wissen Sie?“

„Ich zeige es dir“, sagte Seth beruhigend. Sie ging weg und kam mit einem kuschelig aussehenden Kissen wieder, das ich dankbar entgegennahm. Seth zog an einem Griff an der Seite, bis sich der Stuhl zu einer Liege ausfuhr. „Komm ich stelle den Tee hier ab. Leg dich hin, ich decke dich zu.“ Ich tat was er sagte und legte mich auf das Kissen hin, bis ich endlich einschlief. In meinem Traum sah ich ein kleines Mädchen, das über eine Wiese lief. Ihre hellblonden Haare fielen ihr über den Rücken. Sie trug ein weißes Kleid mit Blumenmuster und passenden weißen Sandalen dazu. Doch ich sah nur ihren Rücken. Die Sonne schien über ihr und die Blumen blühten in einem herrlichen bunten Farbenmeer. Sie lachte schallend und drehte sich um. „Mommy. Mommy.“ Rief sie. Ich sah ihr in die großen blauen Augen. Dabei sah ich ihre vollen, runden Schmolllippen. „Wir müssen zu Daddy.“ Rief sie aus. „Da ist er, schau!“ Ich konnte ihn nicht erkennen, denn ich blickte gegen die Sonne und sah nur einen Umriss auf einer Parkbank auf den sie mit ihren kleinen Fingern zeigte. „Komm schon Mommy. Daddy wartet doch auf uns.“ *Daddy? Wer bist du?* Ich lief ihr hinterher, als sie immer schneller und schneller lief und erreichte die Bank. Er hob sie hoch, sodass sein Gesicht von ihrer sanften Statur verdeckt wurde. „Schau Mommy. Jetzt sind wir wieder zusammen. Daddy, ich habe dir

Blumen gepflückt.“

„Was?“ Er setzte sie auf seinen Schoss und lächelte mir zu. „Da bist du ja. Unsere Prinzessin hat dich vermisst.“

„Noah?“

„Wer sonst?“, fragte er. Ich schreckte hoch und verschüttete beinahe den Saft, der neben mir stand. Ich sah rüber zu Seth, der ruhig ein und aus atmete. Erschöpft ließ ich mich zurückfallen und zog die Decke herunter. Ich musste sichergehen, dass Lou im Unrecht war und ich nicht schwanger war. Es konnte nicht sein. Nicht jetzt und nicht von Noah. Vorsichtig stand ich auf und bat die Stewardess nach einer Tablette gegen Übelkeit. „Viele Gäste haben Flugangst, das muss Ihnen nicht unangenehm sein.“ Sagte sie freundlich, als sie mir die Tablette aus einem Regal angab. Ich wollte dazu nichts sagen; wenn es doch nur Flugangst wäre, anstatt eine kleines Bläschen, das sich möglicherweise einen Weg in meine Gebärmutter erschlichen hat. „Danke.“

„Natürlich. Wenn Sie noch irgendetwas brauchen, drücken Sie einfach auf den Knopf den Sie neben Ihrer rechten Ablage finden.“ Ich ging zur Toilette und spülte die Tablette herunter. Danach ging ich zurück an meinen Platz und fuhr die Liege zu einem Sitz hoch um mir einen Film aus der Mediathek zur Ablenkung herauszusuchen. Ich entschied mich für Non-Stop, denn ich konnte keine Liebesfilme ertragen, in denen jemand Babys bekam. Ich betrachte Liam Neeson hochkonzentriert, wie er versuchte herauszufinden, wer die Person war, die damit drohte alle zwanzig Minuten einen Menschen im Flugzeug umzubringen. Ihm standen die Schweißperlen auf der Stirn. Er fragte die Person, die ihm drohte, wieso sie es tat. Der Typ wollte 150 Millionen Dollar von der

Airline, damit er niemanden mehr umbrachte. Er saß in der Falle in dem Flugzeug. Ein Film ganz nach meinem Geschmack, fesselnd und ohne Liebesdrama. Liam brachte gerade seinen Kollegen auf der Toilette mit einem Genickbruch um, als Seth mich antippte und mein Herz einen Satz machte vor Schreck. Ich hing mit dem Gesicht beinahe in dem Bildschirm und hatte den Ton laut aufgedreht, damit ich alles auf Englisch verstand. Mit klopfendem Herzen setzte ich die Kopfhörer ab und sah Seth an. „Non-Stop. Liam Neeson ist ein ziemlich guter Schauspieler, ich durfte ihn persönlich kennenlernen.“

„Was, ehrlich? Wo denn?“

„Auf dem roten Teppich in Los Angeles, mit meiner Ex-Freundin.“

„Jemand bekanntes?“

„Ja, aber unwichtig. Er ist ein netter Kerl.“ Das konnte ich mir vorstellen. Mir gefielen die Rollen, die er spielte und besonders die Filme waren immer mitreißend und hochspannend. „Wir landen bald. Du siehst toll aus.“ Bemerkte er. „Was? Nein, meine Haare sind ganz durcheinander vom Schlafen, aber ich muss zugeben so gut habe ich noch nie zuvor in einem Flugzeug geschlafen. Danke dafür Seth. Es ist zu viel.“ Ich seufzte.

„Das ist es nicht. Du weißt, dass ich nicht aufs Geld schauen muss. Das hier ist nichts, wirklich nicht. Ich hätte uns auch in die erste Klasse einbuchen können, nur…“

„Auf keinen Fall!“ Fiel ich ihm entsetzt ins Wort.

„Lass mich doch erst einmal aussprechen. Ich wusste du würdest die erste Klasse nicht akzeptieren, also dachte ich die Business Class wäre einfacher zu akzeptieren für dich.“

„Da hast du Recht.“

„Aber beim nächsten Flug..“ Ich sah ihn mit weit aufgerissenen Augen an. „Okay, okay. Dann vielleicht eines Tages.“ Fügte er lachend hinzu. „Wann sollen wir landen?“

„Ich denke in etwa 40 Minuten.“ Ich stellte den Film auf Pause, tippte den Bildschirm an, sodass ich auf das Hauptmenü kam und suchte die Streckenführung. Seth hatte Recht, wir sollten laut dem Radar in 38 Minuten am JFK landen. „Schau mal!“ Ich deutete aufgeregt auf das kleine Flugzeug auf dem Bildschirm. „Wir sind bald da.“

„Bist du aufgeregt?“

„Und wie!“ Sagte ich grinsend. „Du passt zu dieser Stadt, so schön, wie du bist.“ Ich sah auf meine graue Leggins und das schwarze Oversize Oberteil herunter und wusste, dass er offensichtlich log. Die Geste zählte, dafür drückte ich sanft seine Hand. „Dann sollte ich noch einmal für kleine Mädchen gehen, bevor wir landen. Lässt du mich durch?“ Er zog die Beine an. Seth gefiel mir in seinem Freizeitoutfit. Er hatte etwas Jugendliches an sich, und war ausnahmsweise nicht dieser perfekt gestylte Millionär im teuren Designeranzug, sondern ein junger Mann, Anfang 30, der eine lockere blaue Jeans trug und darüber einen Kaschmir Pullover in azurblau, der seine grünen Augen betonte. Und auf der anderen Seite stand ich, eine junge Frau, die sich auf der Arbeit stilsicher anzog, und in ihrer Freizeit am liebsten in Jogginghose und mit einem schnell zusammengesteckten Zopf herumlief, ungeschminkt. Als ich mir über die Augenränder fuhr, sah ich nur eine Frau, die niemals ein Teil von Seths Welt sein konnte. Und ich wusste, dass seine Freunde und Familie dieser Tatsache ebenfalls ins Auge sehen würden.

Also beschloss ich mich nicht zu intensiv auf ihn einzulassen. Ich war seit einer Ewigkeit nicht mehr die Person, die mehr liebte. So war ich sicherer und konnte mich nicht beirren lassen. Ich wusch mir mit einem warmen Lappen, der nach Zimt roch über mein Gesicht und über meinen Hals, dabei schloss ich die Augen um meine Wimperntusche nicht zu verwischen.

Als ich wiederkam, fragte ich Seth, ob er schon Bescheid wusste, ob ich zu seinem Freund konnte. „Ja, sicher. Er nimmt dich heute Abend noch dran und bleibt für uns länger in der Praxis."
„Dann sollte ich unterwegs eine Kleinigkeit für ihn als Dankeschön kaufen."
„Mach dir darüber keine Sorgen."
„Er ist so großzügig mich spontan dran zu nehmen."
„Glaube mir, ich werde großzügig sein." Ich verdrehte die Augen.
„Hast du gerade die Augen verdreht?"
„Ja, du sollst nicht alles für mich bezahlen. Das ist falsch. Es, naja, es fühlt sich falsch an. Ich komme mir schäbig vor."
Er nahm meine Arme und zog mich auf seinen Schoss. „Darling, das musst du nicht. Ich tue das gerne für dich. Du bedeutest mir so viel mehr, als du dir vorstellen könntest. Du gibst mir Hoffnung." Sagte er, als seine Stimme brach. Ich sah in seine großen, grünen Augen, die glänzten, als würde er gleich weinen. Dabei streichelte er über meine Wange. „Hoffnung?"
„Ja, Hoffnung. Du bist für mich etwas ganz Besonderes, Evelyn."
*Evelyn, er nannte mich Evelyn, so wie Noah.* Ich konnte nicht anders, als ihn zu umarmen. „Ich liebe dich!" Flüsterte er. Ich bekam beinahe

einen Herzstillstand, als er die Worte über die Lippen brachte. Lieben? Das war falsch. Er konnte mich nicht lieben, nicht nach knapp drei Wochen, in denen wir uns kannten und verabredeten. Für Liebe war dieser Augenblick so falsch. Ich liebte Noah noch viel zu sehr. Wie sollte ich Seth schon die Liebe geben, die er sich von mir wünschte? Als ich nicht antworte, schob er mich ein Stück vor um mir in die Augen zu sehen. Ich wusste, wie ich ihn ansah, dafür kannte ich mich selbst zurück. Mir standen die Tränen in den Augen, mein Körper war taub und meine Lippen ebenfalls. Ich brachte kein Wort heraus. Nicht jetzt, nicht schon wieder. Ich dachte an meine Oma. Sie hatte ja so Recht. Es gab kein richtig und kein falsch und keinen perfekten Moment. Es gab nur zwei Menschen, von denen meist einer mehr liebte, als der Andere. Jetzt stand ich am Pranger, denn er gab zu, dass er mich liebte, obwohl ich ihn nicht liebte. Das konnte ich nicht. Da war nur ein grauer Schleier, der sich über den Horizont zog und mir den Blick vernebelte. Ich wollte etwas sagen, doch ich fand keine richtigen Worte. „Sorry, ich wollte dich nicht überfallen.“

„Nein, das hast du nicht. Es ist nur so, so, überraschend?“

„Ja, ich weiß gar nicht was in mich gefahren ist.“ Ich stand auf und setzte mich zurück auf meinen Sitz und ließ ihn dabei nicht aus den Augen. Sein spontaner Gefühlsausbruch schien ihm plötzlich peinlich zu sein. „Danke“, sagte ich nur.

„Danke?“ Manchmal dachte ich überhaupt nicht nach, bevor ich den Mund aufmachte, das hatte schon meine Mutter gesagt. „Für deine Ehrlichkeit, meine ich.“ Dabei hätte ich mir eher gewünscht, dass er einfach nie etwas gesagt hätte. Der Pilot sagte durch, dass wir uns im

Sinkflug befanden und wir uns bis zur Erreichung der endgültigen Position nicht vom Platz bewegen sollten und dabei angeschnallt bleiben sollten. Die Stewardessen räumten die leeren Becher ab und sahen nach, ob die Sitze in eine aufrechte Position gestellt waren. Seth beachtete mich den restlichen Flug über nicht mehr, als wäre er enttäuscht von meiner Reaktion. Oder eher von der Reaktion, die nie kam. „Es tut mir leid", sagte ich, als er mir mein Handgepäck angab. „Das muss es wirklich nicht." Ich sah ihm die Enttäuschung an der Nasenspitze an, obwohl er krampfhaft versuchte es nicht zu zeigen. Sicherlich kannte Seth diese Form der Zurückweisung nicht. „Wir sollten uns direkt auf den Weg zu Ryan machen. Ich werde dem Fahrer Bescheid geben." Wir machten uns auf den Weg zum Gepäckband. Er nahm ganz der Gentleman, wie ich es von ihm gewohnt war die Koffer vom Band und hob sie auf einen Wagen. Draußen wartete ein Mann mit einer schwarzen Mütze und einem schwarzen Anzug auf uns, der ein Schild hochhielt auf dem McGregor stand.

„Es ist gut Sie zu sehen Jackson." Sagte er zu dem Mann, der etwa Mitte dreißig war, also nicht viel älter, als wir.

„Sir. Miss Meyer?" fragte er eher.

„Hi, Jackson." Ich wusste nicht, dass Seth den Fahrer kannte. „Ich nehme Ihnen die Koffer ab, Sir."

„Danke." Dann wand er sich zu mir und küsste meine Stirn. „Kommst du? Es dauert etwa eine halbe Stunde, bis wir in Manhattan sind."

„Jackson?"

„Ja Sir?"

„Wie sieht es auf den New Yorker Straßen aus?"

„Bestens Sir, Ihre Mutter erwartet Sie zum Abendessen im Soul Building." Seine Mutter? Was hatte seine Mutter mit unserem Aufenthalt in New York zu tun? Ich war der festen Überzeugung, dass sie bei ihrem Vater in Deutschland zu Besuch war. „Was ist das Soul Building?"

„Unsere Villa in der Upper East Side, sie nennt sie Soul, wegen dem Blick auf den Central Park, und der Park ist die Seele der Stadt, deshalb Soul Building."

„Ihr habt eine Villa auf der Upper East Side?"

„Ja", sagte er, als wollte er, dass ich leiser spreche. Jackson verzog keine Miene, als er uns zu dem Wagen führte, den er auf einem Parkplatz vor dem Flughafen geparkt hatte. Ein schwarzer SUV, wie aus den Kinofilmen. Er öffnete mir die Tür, bevor Seth einstieg. Ich kam mir wirklich vor, als wäre ich in einem Kinofilm. „Wann erwartet sie uns?"

„Um acht. Ihre Schwestern sind ebenfalls vor Ort, Sir."

„Gut. Fahren Sie uns vorher bitte auf die 5th, Ecke 11th East, zur Praxis vom Doctor Cohen – Gubbler."

„Sehr wohl Sir." Ich setzte mich auf die glatten, braunen Ledersitze, die noch ganz neu rochen. Ich wusste rein gar nichts über den Mann, der neben mir saß und sich mit seinem Fahrer über seine Mutter und seine Schwestern unterhielt, die im Soul auf uns warteten. Jetzt lernte ich gleich seine ganze Familie kennen, ohne vorher gefragt zu werden. Ich saß wirklich in der Klemme. Dann war da noch der bevorstehende Arzttermin bei Doctor Cohen – Gubbler, Ryan, oder wie auch immer er hieß. Ich wusste nicht, ob ich dem Mann vertrauen konnte. „Entspann dich und schau dir die Skyline an. Bei Nacht ist es hier besonders schön." Ich sah auf die Uhr und stellte fest, dass es viertel vor sechs New Yorker Zeit war. Der Himmel war bereits pechschwarz, und das einzige Licht das ich sah, wie wirklich die New Yorker Skyline, wie sie immer größer wurde. Seth hatte nicht zu viel versprochen. Ich sah die Brooklyn Bridge weit entfernt auf der rechten Seite und gigantischen Hochhäuser, wie sie hell erleuchtet vor mir lagen, als würde sich die Seele der Stadt vor mir ausbreiten und nur darauf warten entdeckt zu werden.

Seth nahm sein Handy aus der Jackentasche und wählte eine Nummer. „Ryan, wir sind bald da." Danach sagte er nur noch ja, ja und du wirst sie lieben. Ich wusste nicht was der Doktor von sich gab, aber Seth lächelte die ganze Zeit und lachte unbeschwert, dann legte er auf und nahm meine Hand. „Warum hast du mir nicht gesagt, dass ihr hier ein Haus habt?"

„Um es genau zu nehmen ist es eine Villa, kein Haus. Außerdem hatte ich keine Ahnung, dass meine Mutter hier ist, ich dachte sie wäre noch bei meinem Vater."

„Ich weiß nicht, ob es eine gute Idee ist. Ich meine wegen deiner eh…"

„… Familie? Sie sind nicht so schlimm, wie du denkst. Es wird sicherlich kein Vorstellungsgespräch, Darling." Außerdem sollte ich ihm sagen, dass ich es nicht leiden konnte, wenn er mich Darling nannte. Ich war nicht bereit seine Familie kennenzulernen, nur konnte ich ihn jetzt nicht hängen lassen. Wir fuhren mittlerweile durch den Stadtverkehr. Hier sah es genauso aus, wie auf den Bildern. Überall die gelben, für New York typischen Taxen, die sich gegenseitig überholten und wild hupten. Ich sah mir das bunte Treiben auf den Straßen an, und beobachtete die Menschen, wie sie bei Rot über die Ampel liefen und sich nicht einmal vom Verkehr abhalten ließen. Menschen aus allen Ländern, mit verschiedenen Hautfarben, von Jogginghose bis Haute Couture, von jung bis alt. So stellte ich mir New York vor. „Wow, das ist unglaublich. Wie viele Menschen hierum laufen."

„Wir sollten Zeit finden für dich einkaufen zu gehen." Ich betrachtete die Designergeschäfte, wie Dolce und Gabbana, Louis Vuitton oder Dior, deren Schaufenster hell beleuchtet erstrahlten. „Hier?" fragte ich völlig irritiert. Trotz meines nicht geringen Gehaltes lag Louis Vuitton mit ihren Designer Handtaschen deutlich oberhalb meiner Finanzen. Zwar träumte ich davon eines Tages, wie Carrie Bradshaw ein atemberaubendes Kleid von Vera Vang zu tragen, aber jedes Mädchen träumte doch. „Natürlich. Du wirst wunderschön aussehen."

„Seth, ich kann mir höchstens ein paar Socken leisten."

„Mach dir darum keine Sorgen." Noch bevor ich etwas dagegen einwenden konnte, hielt der SUV vor einem großen Bürogebäude an und Jackson teilte uns mit, dass wir da waren. „Bitte holen Sie uns in einer Dreiviertelstunde wieder ab, geben Sie meiner Mutter Bescheid, dass wir pünktlich vor Ort sein werden, insofern der Verkehr es zulässt."

„Selbstverständlich Mister McGregor." Dann stiegen wir aus, und der SUV verschwand im Lichtermeer. „Wollen wir dann?" fragte er.

„Ja, ich bin einfach so…"

„… beeindruckt?" Ich nickte. „Das macht New York. Die Stadt verzaubert dich. Übermorgen sollte ich am Nachmittag Zeit finden um mit dir die Stadt zu besichtigen, dann gehen wir schick essen und machen einen Spaziergang durch den Central Park. Na wie klingt das?"

„Ganz wunderbar." Sagte ich. „Also, wollen wir los?" er lachte und zog mich an der Hand hinter sich her.

Am Empfang der Praxis saß eine brünette Frau, deren Ausschnitt keine Wünsche offen ließ. Ihre Stimme klang schrill, als sie uns begrüßte und Seth ihre künstlichen Brüste entgegenstreckte in ihrem weißen Kostüm. „Seth!" Rief sie aus, als sie ihn sah und rannte los. Ich blieb in der Glastür stehen und betrachtete das Schauspiel. Sie umarmte ihn so fest, dass sich ihre dicken Brüste in seinen Körper bohrten. „Tracey, schön dich zu sehen." Sagte er und küsste sie rechts und links auf die Wange. „Tracey, das ist meine Freundin Eve." Sagte er. Ich wäre am liebsten wieder gegangen nach dieser unangenehmen Situation mit der Barbie Tracey. Sie spitzte ihre Pink geschminkten Lippen und lächelte künstlich, als sie mir die langen, manikürten Hände entgegenstreckte. „Die Freundin, wie nett."

Ihre Stimmte triefte vor Ironie. „Sie sind dann hier um Doktor Cohen – Gubbler zu sehen?"

„Richtig. Wären Sie so nett und würden Bescheid geben, dass wir hier sind? Ich denke dafür sind Sie hier, nicht wahr?" Sie sah mich an, als wollte sie mir die Augen auskratzen. Trotzdem ging sie zurück hinter ihren Counter und tippte auf dem Telefon herum. „Mister McGregor und seine Partnerin sind da."

„Ja, ich sage es ihnen." Dann legte sie auf und kam zu uns um Seth Schulter dabei zu streicheln. „Sie können direkt durch gehen. Geradeaus, die erste Tür rechts. Sie werden erwartet." Ich ging los, sie rührte sich nicht von der Stelle und war dabei mit Seth zu flirten. Ihr lächerliches Kichern klang in meinen Ohren wieder, als ich an die Tür klopfte und den Arzt hinter seinem großen weißen Schreibtisch betrachtete.

„Miss Meyer, nicht?" Fragte er.

„Hallo." Sagte ich etwas schüchtern, da ich mich fragte, ob ich hier im falschen Raum gelandet war. Dieser Mann konnte unmöglich ein Arzt sein, so, wie er aussah. Er reichte Seth locker das Wasser. Zwar war er ein anderer Typ, mit schulterlangen, blonden Haaren, hellen blauen Augen und trug keinen Bart, doch er war sehr attraktiv und groß, als er aufstand und mir seine Hand reichte. „Doktor Cohen – Gubbler, aber nennen Sie mich Ryan. Seth und ich sind alte Freunde, wir kennen uns ewig. Wollen wir?" Fragte er und deutete auf eine Behandlungsliege. Ich setzte mich darauf. „Sagen Sie mir doch noch einmal welche Beschwerden Sie genau haben?"

„Mir ist schlecht, oft schlecht. Mein Magen tut weh, ich habe Kopfschmerzen, Verspannungen im Rücken."

„In Ordnung. Haben Sie Probleme mit der Atmung, irgendwelche Erkältungen in letzter Zeit?" Ich schüttelte den Kopf.

„Nein, aber ich habe Fisch gegessen danach ging es mir nicht gut, ich dachte an eine Lebensmittelvergiftung."

„Wir sollten Ihnen Blut abnehmen, damit wir sicher gehen können. In Ihren Werten könnte ich erkennen, ob Sie erhöhte Entzündungswerte aufzeigen. Dann könnten wir diesen Verdacht gegebenenfalls ausschließen oder weiter verfolgen."

„Nein. Nein!" Sagte ich abwehrend. „Ich mag wirklich keine Spritzen."

Er setzte sich auf einen Drehstuhl und rollte zu mir hin. „Es wird wirklich nicht wehtun. Seth sagte mir es geht Ihnen wirklich nicht gut."

Ich seufzte. „Gut, also bevor wir die Probe entnehmen. Haben Sie irgendwelche Vorerkrankungen?"

„Nein."

„Sind Sie schwanger?"

Ich hielt inne, bis er mich ansah. „Haben Sie mich gehört?" Wieder sagte ich nichts. „Sind Sie schwanger?"

„Nein, ich, ich, denke nicht." Er legte sein Klemmbrett zur Seite. Da er nichts sagte, musste ich etwas sagen: „Sie haben doch die ärztliche Schweigepflicht, oder?" Er nickte etwas erbost.

„Weiß Seth davon?"

„Nein. Ich weiß ja gar nicht, ob ich wirklich schwanger bin."

„Aber Sie vermuten es." Bemerkte er ernst. „Ja." Sagte ich niedergeschlagen. „Dann sollten wir einen anderen Test zuerst machen. Der Bluttest dauert zwei Tage, mit viel Glück und einer Eilbestellung einen Tag. Ich bin zwar kein Frauenarzt, Evelyn, aber ich habe Tests hier. Bitte warten Sie." Als er aufstehen wollte, lief ich hinter ihm her und hielt ihn an der Schulter fest. „Bitte sagen Sie Seth kein Wort. Bitte Doktor."

„Natürlich." Dann ging er, schloss die Tür hinter sich und ließ mich allein in dem sterilen Behandlungszimmer. Kurze Zeit später kam er zurück, ich wippte nervös auf der Liege hin und her. „Sie wissen, wie diese Tests funktionieren?" Er hatte Recht, es war nicht mein erster Test. „Gehen Sie auf den Flur. Gegenüber von meinem Büro finden Sie die Toilette. Ich warte hier auf Sie."

Ich tat was er sagte. Der Test in meiner linken Hand fühlte sich an, wie eine gigantische Last. Ich verschloss die Tür und lehnte mich an. Meine Ohren pochten, als ich den Test ansah. Ich war so nervös, dass ich es nicht schaffte den Test durchzuführen. Ich drehte am Wasserhahn und spritzte mir Wasser ins Gesicht. Alles in mir wurde panisch. Wenn ich diesen Test machte, dann wusste ich Bescheid über meine Zukunft. Ich knibbelte an der blauen Packung und begann die Packungsanweisung zu lesen. Meine Hände zitterten, als ich das Papier auffaltete. Ein Streifen nicht schwanger, ein Streifen und ein Kreuz bedeuteten schwanger. Ich dachte wieder an das kleine Mädchen mit den blonden Haaren und dem weißen Kleid, das mich Mommy nannte und wie glücklich ich war, als sie mich anlächelte. Das kleine Mädchen, wie sie auf Noahs Schoss saß und ihn Daddy nannte. Ich versuchte zu atmen, Zug um Zug. Ich hatte solche Angst davor ein kleines Wesen in mir zu tragen. Doch ich musste dadurch, sonst hätte ich niemals Gewissheit über meine Zukunft. Ich riss die Verpackung auf, zog den Test heraus und zog die Kappe ab. Jetzt hieß es Augen zu und durch. Als ich fertig war, legte ich den Test verschlossen auf den Badezimmerschrank und betrachtete mich im Spiegel. Jetzt war ich alleine auf dieser Welt. Wie sollte ich für einen kleinen Menschen sorgen, wenn ich nicht einmal in der Lage dazu war mich selbst zu versorgen. Ich war Single, obwohl Seth behauptete ich wäre mit ihm zusammen, ich lebte in einer WG mit meinem Bruder, der nichts anderes im Kopf hatte, als mit jeder hübschen Frau, die ihm über den Weg lief in die Kiste zu springen. In mein Leben passte kein Baby. Ich war komplett und absolut nicht in der Lage eine verantwortungsbewusste Mutter zu sein für ein kleines hübsches

Mädchen, das auf mich zählte. Die Sekunden fühlten sich, wie Stunden an, als ich auf das Ergebnis wartete. Ich schaffte es nicht alleine darauf zu schauen. Also nahm ich den Test, blind und ging zurück zu Doktor Cohen – Gubbler. Er saß wieder an seinem Schreibtisch und tippte fleißig auf seiner Tastatur herum. „Und?" fragte er höflich nach. „Ich kann nicht." Mir blieb die Stimme weg. „Sie kennen das Ergebnis noch gar nicht?" Ich schüttelte den Kopf. „Können Sie?"

„Ja. Sicher." Ich übergab ihm den Test und zitterte dabei am ganzen Körper. Ich konnte ihn nicht ansehen. „Bitte machen Sie es nicht so spannend."

„Sie sollten sich wirklich setzen, Evelyn." Da kannte ich bereits die Antwort. Ich schloss die Augen und verlor den Boden unter den Füßen. Ab heute änderte sich alles. Wie sollte ich nur ein Kind großziehen? Ich war doch selbst noch ein Kind. Er trat auf mich zu und versuchte mich zu beruhigen. „Sie sollten sich wirklich setzen." Ich tat was er sagte und setzte mich hin. „Ich weiß nicht genau, wie ich es sagen soll, aber herzlichen Glückwunsch zu Ihrer Schwangerschaft." Ich schlug mir entsetzt die Hände vors Gesicht und versuchte zu atmen. *Noah. Oh Gott.* Wir bekamen ein Kind und ich saß hier in New York. „Sie sollten wirklich zu einem Frauenarzt gehen, der Sie genauer untersucht. Wenn Sie möchten können wir ein Unterschallbild machen, ich habe ein entsprechendes Gerät in einem anderen Behandlungsraum." Ich hörte, wie etwas klirrte, danach das Geräusch von Wasser. Er stellte mir ein Glas hin, das ich dankbar annahm. „Kommen Sie, wir sollten auf dem Gerät mehr erfahren." Ich ging ihm schweigend hinterher und versuchte das Puzzle in meinem Kopf zu ordnen.

*Ein Baby.* Das kleine Mädchen aus meinem Traum.

Ihre warmen, blauen Augen, die mich an Noah erinnerten.

Wie sie mich *Mommy* nannte.

„Bitte versuchen Sie sich zu entspannen, schieben Sie Ihr Oberteil ein wenig hoch, damit ihr Bauch freiliegt. Es wird gleich kalt.“

Tick, Tack, Tick, Piep, Piep. Die Geräusche in meinem Kopf hörten nicht auf, da war sie, die bittere Realität, dabei sah mein Bauch aus, wie immer.

„Da ist es!“ Ich hatte Angst davor meinen Kopf nach rechts zu drehen und den Bildschirm zu betrachten, der mir die Wahrheit sagen würde.

Doch ich drehte mich ganz langsam um, noch ein paar Millimeter.

*Eve, öffne deine Augen.*

Da war sie. Eine kleine Blase, wie ein etwas zu großer Tropfen, der auf dem Bildschirm herumschwamm. „Der schwarze Fleck, den Sie sehen.“ Dieser kleine schwarze Fleck war mein Kind. Ich traute meinen Augen nicht, als ich meinen Fleck ansah, mein kleines Mädchen.

„Möchten Sie ein Bild haben?“

„Ja, das wäre nett.“ Murmelte ich. Ich wollte weg aus dieser Praxis, weg aus New York. Als er das Bild ausdruckte und ich mich wieder anzog, fragte er mich, ob es Seths Baby sei. „Nein. Wir haben noch nicht. Sie wissen schon.“

„Verstehe.“ Betonte er überaus deutlich.

„Dr. Cohen. Gubbler. Verstehen Sie mich nicht falsch, wenn ich Sie darum bitte, dass Sie ihm nichts sagen. Ich kannte Seth noch nicht zu dem Zeitpunkt, als ich schwanger wurde. Ich wollte kein Kind, sehen Sie mich an, ich bin viel zu jung. Bitte, ich flehe Sie an! Sagen Sie ihm nichts, ich muss erst einmal damit fertig werden, dass ich wirklich Mutter werde.“

„Sie sollten einen Spezialisten aufsuchen, und zwar schnellstmöglich um einen Mutterpass ausgestellt zu bekommen. Ich bin Arzt, ich werde kein Wort sagen, insofern Sie es nicht ausdrücklich anders wünschen.“

„Danke.“ Ich steckte das Bild in meine Handtasche, sodass Seth es nicht finden konnte. Dann brachte er mich zurück zu Seth, der von Tracey, der Tresenschlampe belagert wurde. Sie lachte laut auf, als sie mich sah und tat so, als hätte sie mich nicht kommen gehört. „Tracey, irgendwelche Anrufe für mich?“, fragte Dr. Cohen-Gubbler erbost, als er sah, wie sie über seinem Freund hing und ihm die Brüste dabei ins Gesicht drückte. „Nein.“

„In Ordnung, dann machen Sie Feierabend und denken Sie daran, dass Sie morgen bereits um sieben hier sind für den Termin der Reyleys.“

„Sicher.“ Dann sprang sie auf, hievte ihre Tasche vom Boden und ging auf ihren weißen Sandalen davon. „Das sind übrigens Manolos.“ Sagte sie zu mir, als ich sie anstarrte. Dann war sie verschwunden. Ich kannte mich nicht mit teuren Designerschuhen aus, daher ließ ich ihre Bemerkung nicht auf mich wirken. „Du bekommst welche von mir.“ Ich drehte mich zu Seth um. „Was genau?“

„Manolos, sie wollte dich doch nur eifersüchtig machen.“ Ich sah zu Dr. Cohen herüber, der versuchte unbeteiligt zu wirken. „Hast du dich gut um mein Mädchen gekümmert? Fühlst du dich besser Darling?“

„Ein wenig.“ Ich fuhr mir nervös durch die Haare.

„Es wird ihr bald besser gehen.“ Antwortete er. „Sie muss sich ein wenig schonen. Dann wird es schon.“

„Was genau hast du denn?“

„Ich eh..“ Stotterte ich herum. „Ein Infekt, nichts weiter.“ Ich konnte gar nicht glauben, dass er Seth für mich anlog.

„Das freut mich. Danke dir Ryan. Ich habe Tracey den Scheck zur Verrechnung übergeben, sie hat ihn in die Bankunterlagen einsortiert soweit ich weiß.“ Er gab ihm die Hand und verabschiedete sich.

„Meine Mutter wird sicher ganz aufgeregt sein dich kennenzulernen.“

„Sie weiß von mir?“

„Sicher. Der Frau entgeht nichts.“ Jetzt hatte ich nicht nur eine Schwangerschaft mit der ich zu kämpfen hatte, sondern noch eine überdrehte reiche Mutter und seine Schwestern. Ich hatte keine Ahnung wie viele Schwestern er genau hatte. „Ich hoffe du isst gerne Schweinebraten. Unsere Haushälterin hat ein uraltes Geheimrezept mit einer erstklassigen Soße. Ich bin sicher, dass es Braten gibt“, führte er im Auto fort. Ich sah aus dem Fenster und hörte kaum zu. Noah, was sollte ich Noah nur sagen? Sollte ich es ihm überhaupt sagen? Herrgott ich bekam eine wahnsinnige Angst vor den nächsten Monaten und Jahren meines Lebens. Ich hatte einen Traumjob für den ich lebte und jeden Morgen aufs Neue aufstand. Wie sollte ich eine Karriere haben, wenn in mir ein kleiner Mensch wuchs; ein kleiner schwarzer Klecks. Mein Klecks. Seth redete ununterbrochen weiter, bis ich seine Stimme irgendwann komplett ausschaltete und damit kämpfte nicht laut loszuschreien. Ich stand am Ende einer Sackgasse. „Eve?“ Wieder keine Reaktion, nur Müdigkeit, Enttäuschung und Selbsthass über meine Dummheit. Ich hatte doch verhütet. Wir hatten ein Kondom benutzt, oder? Ich ging jede Szene mit Noah noch einmal durch. Wie er mich in der Agentur küsste, atemlos, doch was war passiert. Wir hatten Sex, aber hatten wir verhütet? Ich ging es wieder und wieder durch, doch ich konnte mich einfach nicht erinnern, ob wir ein Kondom benutzten. Es war zum Verrücktwerden. „Eve? Hörst du zu?"

„Sorry, was hast du gesagt?"

„Geht's dir nicht gut?"

„Doch, ich bin nur müde von dem langen Flug, das ist alles. Der Tag war sehr lang."

„Es tut mir leid, dass uns meine Mutter direkt unter ihre Fittiche nimmt. Ich hatte mir den Abend mit dir auch anders vorgestellt." Irgendwie fand ich es unheimlich, wie er mich dabei ansah, als wollte er heute Nacht endlich „mehr". Kein Mann der Welt konnte so lange warten, wie Seth. Wir kannten uns, dateten uns und küssten uns, aber nie mehr. Er wartete sicherlich bereits darauf, dass wir endlich miteinander schliefen. Wenn es jetzt im Augenblick auch nur eine Sache gab, die ich auf keinen Fall wollte, war es Sex mit irgendeinem Mann, ganz egal, wie attraktiv ich ihn fand.

„Sir, wir sind da." Ich sah auf die durch Straßenlaternen erleuchtete Straße, die mich an Sex and the City erinnerte. Hier war alles, wie in einem Traum, als wäre ich bereits hier gewesen. Jackson stieg aus und hielt uns die Tür auf. „Willkommen im Soul Building." Sagte er, als er die gigantische Haustür aufschloss. Ich schrak von dem lauten Hundebellen zurück. Ein kleiner weißer Hund mit krausigem, gelockten Fell sprang Seth entgegen und leckte ihm liebevoll über sein Gesicht. „Katie!" Rief er aus, als er die Hündin hochhob. „Hey Girl. Ich habe dich vermisst." Er sprach mit ihr auf Englisch. „Wenn das nicht mein

Schatz ist!" Eine ältere Frau mit blond gefärbten Haaren, die sie zu einer strengen Hochsteckfrisur trug, ging auf Seth zu und umarmte ihn herzlich. Er ließ sofort den Hund herunter, der mich anbellte. „Katie, aus." Tadelte sie. „Du musst Evelyn sein, nicht wahr? Wir freuen uns so sehr, dass Sethy endlich jemanden mitgebracht hat und dann noch so ein hübsches Mädchen." Sie reichte nach meinen Händen und drückte sie. Seine Mutter nannte ihn ernsthaft Sethy? Als wäre auch er ein Hund. „Kommt mit Kinder, deine Schwestern erwarten uns bereits im Speisesaal. Es ist so schade, dass dein Vater nicht dabei sein kann mein Junge." Sie streichelte ihm sanft über die Wange. Seine Mutter trug ein elegantes, hellgraues Kostüm, aus einem Stoff, den ich noch nie zuvor gesehen hatte. An ihren Fingern zählte ich mindestens vier Ringe aus Gold. An ihrem linken Ringfinger glänzte ein großer tropfenförmiger Diamant. „Gefällt er dir?" fragte sie mich, als sie mich dabei ertappte, wie ich ihren Finger anstarrte. „Ja, er ist wirklich wunderschön."
Sie betrachtete verträumt ihren Ring. „Das ist er Kindchen. Mein Verlobungsring. Mein Mann hat mir zu einem zweiten Jahrestag einen Heiratsantrag gemacht, als ich mit Gloria schwanger war, ganz romantisch am Eifelturm. Wir waren so jung, und so verliebt, so wie du und Seth. Nicht wahr Liebes?" Ich versuchte freundlich zu grinsen. Jetzt lernte ich die Familie eines Mannes kennen mit dem ich aufgrund meiner Schwangerschaft ohnehin keine Zukunft hatte. „Ja. Verliebt." „Wunderbar- dann komm mal mit. Du musst Seth Schwestern Gloria und Samantha kennenlernen." Ich hörte von weitem, wie jemand lachte und ein Baby laut schrie. Eine Großfamilie, dachte ich mir. „Hi!" Rief eine der Frauen aus. „Du bist Eve!" Ich wusste nicht wohin ich schauen

sollte, denn ich sah zwei weitere Frauen, die ich nicht kannte und zwei Männer, von denen der Größere ein kleines Baby auf dem Arm trug. Bei dem Anblick des kleinen Jungen wurde mir übel. Doch ich konnte nicht weglaufen oder mich verstecken. Ganz im Gegenteil stand ich jetzt im Mittelpunkt der Familie. Die Blondine kam zu mir und umarmte mich herzlich, als würden wir uns seit Jahren kennen. „Wow, du bist ja noch hübsches, als Seth erzählt hat. Ich bin Gloria. Die Älteste!“ Sie lächelte und wirkte wirklich freundlich und offen. „Glaub ihr kein Wort.“ Wand Seth ein. „Das ist mein Mann Riley und mein Sohn Matthew, aber wir nennen in Matt. Er ist ein kleiner Sonnenschein.“ Ich konnte den Jungen nicht ansehen, obwohl er lächelte und kicherte. Sein Vater versuchte mir die Hand zu reichen. Der Rest der Familie saß an einem gewaltigen dunklen Holztisch, an den mindestens 30 Personen Platz finden konnten. Seth stand neben dem anderen Mann, der jetzt auf mich zukam. „Frank, hi.“

„Hi.“ Sagte ich nur und sah die anderen zwei Frauen an, die mich anstarrten. „Du Arme, so viele Leute. Ich bin Annabelle, Seth Cousine. Schön dich kennenzulernen. Monica hat uns schon viel von dir erzählt.“ Monica? Ich sah mich um und überlegte, ob die jünger aussehende Frau wohl Monica war.

„Samantha!“ Tadelte Seth Mutter die junge Frau, deren dunkelbraune Haare in ihr Gesicht fielen. Sie sah ganz anders aus, als der Rest dieser reichen Familie in ihren teuren Designeroutfits. „SAMANTHA!“ Sagte sie wieder, nur etwas lauter.

„Was gibt's denn Monica?“ Monica war also Seths Mutter, dann musste die abweisende Brünette die andere Schwester sein. „Bitte nenn mich nicht so, willst du dich unserem Gast nicht vorstellen?"

Sie sprang von ihrem Stuhl auf und blickte mir genervt entgegen.

„Hallo." Sagte sie schroff. „Hallo." Sagte ich ebenfalls. „Sam." Tadelte sie Seth. „Was denn? Ich habe sie doch begrüßt. Was wollt ihr noch von mir?"

„Bitte beruhig dich Sam." Sagte Gloria, die sie beruhigen wollte. „Denk an Matt, er ist keine lauten Geräusche gewöhnt."

„Ja sicher, es geht doch immer um Matt, Seth oder Frank oder Mutters Spitzenunterwäsche, die sie für unseren Vater gekauft hat zu irgendeinem dämlichen Jahrestag. Monica du bist alt, sieh es ein." Ich kam mir vor, wie in einer Seifenoper. Monica schrie entsetzt auf. Ich sah Seth an, dass ihm die Situation mehr als peinlich war. „Ich sag euch jetzt mal was." Jeder schrak automatisch zurück. Ich konnte mich nicht bewegen, und blieb stehen um ihr zuzuhören. „Samantha ich warne dich!" Fauchte ihre Mutter.

„Schmeißt du mich sonst aus deiner 15 Millionen Dollar Villa raus? Bitte tu das, dann muss ich mir diesen Scheiß nicht mehr geben." Sie ging auf ihre Mutter zu und zeigte mit dem Finger auf sie, als wäre sie Dreck in ihren Augen. „Ihr alle hier, dich mit eingeschlossen Seth, seid erbärmlich. Kaum bringt Seth ein Mädchen mit, dann dreht ihr durch und dekoriert das Haus neu, damit sie hier…" Dann zeigte sie auf mich mit ihren schwarzen Fingernägeln, „…glaubt, dass wir eine perfekte reiche New Yorker Familie sind. Das sind wir nicht. Das ist doch alles nur Show. Ihr seid solche Idioten. Als ob Seth es auch nur einmal mit einer Frau ernst meinen würde. Sag es ihr doch Seth, mit wie vielen Frauen hast du geschlafen? Ach nein, stimmt ja, du fickst Frauen, richtig?" Ihm fiel alles aus dem Gesicht. Glorias Mann packte sie und schmiss sie über die Schulter, obwohl sie sich heftig wehrte. „Lass mich sofort runter du Arsch!"

„Beruhig dich Sam." Sie verschwanden um die Ecke, doch ich hörte, wie sie ihn anschrie. Den Mann, der locker ein Bodybuilder sein konnte bei seiner Statur. „Lass mich. Ihr seid doch alle gleich!" Seths Mutter standen die Tränen in den Augen. Als ich sie ansah, zupfte sie rasch an ihrem Kostüm und verließ den Raum. Niemand sagte ein Wort, denn alle Anwesenden konnte anscheinend nicht glauben was hier gerade passiert war, mich eingeschlossen. Seth kam zu mir und redete auf mich ein. „Es tut mir so leid, so sollte es wirklich nicht laufen. Sam ist einfach nur jung und sie meint es nicht so. Wirklich sie…"

„Seth! Du musst dich nicht entschuldigen. Es ist schon okay. Ich möchte mich wirklich nicht in eure Familiengeschichte einmischen. Es ist nicht deine Schuld."

„Wirklich? Du bist nicht sauer?"

„Nein, ich denke nur, dass ich jetzt gerne ins Hotel würde. Ich bin wirklich müde." Monica kam zurück in Begleitung einer Frau Mitte fünfzig, die einen großen Teller mit gut duftendem Fleisch trug. „Ihr schlaft selbstverständlich hier Kinder. Es kommt ja absolut nicht in Frage, dass ihr euch extra ein Hotelzimmer nehmt. Wir haben hier 15 Zimmer. Ihr werdet sicher Platz und Ruhe genug haben."

„Mutter, bitte. Eve hatte einen anstrengenden Tag. Wir sollten wirklich gehen."

„Aber das gute Essen." Wand sie ein. „Setzt euch doch erst einmal. Esst ein wenig und danach könnt ihr immer noch überlegen, ob ihr nicht

doch hierbleiben wollt." Ich wusste, dass Seth es nicht über das Herz brachte sie nach der Ansage ihrer Tochter zu enttäuschen. Also blieben wir. Jackson brachte unsere Koffer in die obere Etage. Ich wollte gerade zur Toilette gehen, als ich ihn sah. Von oben hörte ich laute Geräusche. Gloria war vor einer Weile verschwunden, dafür kam ihr Mann zurück und verschlang jede Menge Kartoffeln und Fleisch. „Schmeckt es dir, Liebes?" Harkte sie nach, als ich in meinem Salat herumstocherte. Ich wollte nicht unhöflich sein und zugeben, dass ich nicht hungrig war. „Es ist fantastisch Miss McGregor."
„Aber bitte, nenn mich doch Monica. So alt bin ich noch nicht."
Nach dem Essen verabschiedeten wir uns von Gloria, ihrem Mann und dem kleinen Matt, der fleißig brabbelte. Ich stellte mir vor in wenigen Monaten so ein kleines Geschöpf in meinen Armen zu halten.
„Seth, ich würde jetzt wirklich gerne ins Hotel fahren." Ich versuchte so leise, wie möglich zu sprechen, damit seine Mutter nichts mitbekam.
„Aber ich dachte wir bleiben hier, es ist wirklich einfacher so." Am liebsten hätte ich gesagt, dass mir dieses Abendessen mit seiner Familie zu viel war. Der Wutausbruch seiner Schwester und seine Mutter in ihrem feinen Kostümchen, die mich an meine eigene Mutter erinnerte. Ich war schwanger, damit musste ich erst einmal fertig werden. Es gab so viele Entscheidungen zu treffen. „Ich würde heute Nacht gerne allein sein", sagte ich und drückte dabei sanft seine Hand. Er sah mich finster an, als ich die Worte aussprach. Es war so offensichtlich, wie er sich die Nacht ausmalte. „Hab ich irgendetwas falsch gemacht?" fragte er. In seiner Stimme lag so viel Enttäuschung.
„Nein, du hast gar nichts falsch gemacht. Der Arzt, Ryan sagte mir ich

solle mich ausruhen und ich bin wirklich müde und erschöpft von der Reise. Ich brauche etwas Zeit für mich. Kannst du das verstehen?"

Ich hoffte, dass er mir meine Lüge abkaufte. „Ich sage Jackson er soll dich zum Hotel bringen, und morgen wieder abholen. Wenn du das möchtest. Ich bleibe hier und du gehst ins Hotel. Ich habe morgen einige wichtige geschäftliche Termine, die sehr wichtig für die Firma sind, danach rufe ich dich an damit wir etwas zusammen machen, in Ordnung?" Ich ging davon aus, dass er mich zu seinen Geschäftsterminen mitnehmen würde. Ich wollte jetzt keinen Streit mit ihm und schwieg, da ich einfach nur ins Hotel wollte. Seth nahm sein Telefon und rief Jackson an, der fünf Minuten später vor der Soul stand. „Kindchen, und du willst wirklich nicht hierbleiben?"

„Vielen Dank, Miss McGregor, aber ich fühle mich leider nicht besonders. Ich bin noch etwas angeschlagen."

„Nenn mich bitte Monica. Das verstehe ich. Der Trubel hier kann einen schon um den Verstand bringen, nicht wahr?" Ich sah ihr an, dass auch sie enttäuscht über meine spontane Abreise war. Hier ging es allerdings nicht um Seths Bedürfnisse, oder die Bedürfnisse seiner Mutter, sondern um meine. Seths Telefon klingelte, er nickte nur und legte wieder auf. „Jackson ist da."

„Oh, sag ihm er soll gut auf die liebe Evelyn aufpassen." Sie umarmte mich zur Verabschiedung. „Erhol dich gut, ihr kommt selbstverständlich morgen Abend wieder zum Essen vorbei. Wir haben noch so viel übrig. Amanda kocht sehr gerne auch etwas anderes."

„Nicht nötig. Wir werden da sein", versprach ich ihr. „Vielen Dank für die Einladung Monica."

„Komm, ich bring dich zum Wagen, Darling." Seth nahm mir meine

Tasche ab und legte sie auf den Sitz. „Fahren Sie vorsichtig Jackson.

Miss Evelyn geht es nicht besonders gut."

„Natürlich Sir."

Ich ging zu ihm und küsste ihn zur Verabschiedung auf die Wange,

dann setzte ich mich in den Wagen. Bevor wir losfahren konnten,

stürmte Samantha die Treppe herunter und öffnete die hintere Tür. „Na,

schon keine Lust mehr auf meine Familie?" fragte sie gehässig.

„Ich fahre ins Hotel, ich fühle mich nicht so gut."

Sie lachte laut. „Die Ausrede gefällt mir. Jack, bringst du mich nach

Downtown? Da steigt ne Party, kannst mitkommen, wenn du willst." Er

sah zwischen mir und Samantha hin und her und ließ ihre Frage offen.

„Na, was guckst du so? Fahren wir heute noch los? Meine Freunde

warten auf mich."

„Sam." Setzte er an. „Oh, Jack. Sei doch nicht so spießig, nur weil Miss

Marple im Auto sitzt." Ich versuchte nicht wütend zu werden. Was

genau hatte ich ihr getan, dass sie mich so anging. Jackson fuhr los ohne

etwas zu sagen. Sie lehnte sich zwischen uns und sah mich an. „Sag mal

Barbie, hast du gewusst, dass es in unserer perfekten Familie ein

schwarzes Schaf gibt oder hat mein lieber Halbbruder nichts gesagt?"

„Halbbruder?" harkte ich nach.

„Das hat Sethy natürlich nicht gesagt. Ja, ich bin ein uneheliches Kind,

das mein Daddy in die Welt gesetzt hat. Die liebe Monica war gar nicht

begeistert von mir. Ich bin ja schließlich ein Unfall."

„Sam." Ging Jackson sie an. „Lass es."

„Jack, chill mal. Du weißt, dass es so ist." Sie grinste mich gehässig an und kaute dabei auf ekelhafte Weise ein Kaugummi. Sie sah aus, wie ein Punk mit ihren schwarzen Nägeln, den schwarz geschminkten Augen und Lippen. „Wusstest du, dass der liebe Seth noch nie eine Frau mit zu uns nach Hause gebracht hat? Wir wohnen mal hier, mal dort. Meistens in New York, außer die alte Lady will, dass wir in Chicago sind. Seth wohnt dort. Aber scheinbar hat er neue Ziele." Sie leckte über ihre Lippen, wie eine Wildkatze, die ihre Krallen jeden Moment ausfahren würde.

„Ich kann dazu nichts sagen"; sagte ich bedacht.

„Ach nein? Wieso denn nicht? Wir sind nicht perfekt und Seth sowieso nicht. Er denkt nur an sich selbst und an sein Geld, wie er es immer mehr und mehr vermehren kann, aber seine Geschwister, die kennt er kaum. Ich habe ihn zuletzt vor einem Jahr gesehen."

„Samantha bitte lass es sein."

„Oh, Baby. Jetzt bist du so ein Spießer. Neulich Nacht warst du es nicht." Ich konnte nicht glauben, was hier gerade abging. Jackson, der Fahrer schlief mit Seths kleiner Schwester, die vielleicht 18 oder 19 Jahre alt war. Diese Familie machte mich wahnsinnig. Ich beobachtete, wie Jackson seine Hände um das Lenkrad anspannte und hastig atmete. Immerhin arbeitete er für ihre Familie, daher konnte er sie nicht anschreien und schon gar nicht in meine Anwesenheit. „Ja, ich dachte mir, dass du dazu nichts sagen willst. Also Spießerbraut, Bock auf ne Party?", fragte sie mich.

„Wie wäre es, wenn du mich einfach in Ruhe lassen würdest?"

„Oh, das wäre doch langweilig. Du kannst es ja Seth petzen. Aber ich verstehe schon was er an dir findet." Sie zog an einer meiner

Haarsträhnen und streichelte mir über mein Gesicht. „Du siehst aus, wie eine Puppe, mit deiner schönen Haut und der tollen Figur. Wie oft hat er dich gefickt, hm?"

„Es reicht, verdammt nochmal es reicht." Ich drehte mich zu ihr um und schubste sie zurück auf ihren Sitz. „Fass mich nicht an! Du kennst mich überhaupt nicht, mach dir kein Urteil über mich du verzogenes Gör." Sie sah zuerst erschrocken aus, dann fing sie an zu lachen, sodass es mir in den Ohren wehtat. „Ich bin wirklich beeindruckt. Offenbar steckt in dir eine Wildkatze."

„Wie weit ist es noch?", fragte ich Jackson.

„Wir sind jeden Moment da, Miss."

„Danke Jackson." Ich versuchte ihr Gelächter in meinem Rücken auszuschalten. Dann lehnte sie sich wieder nach vorne um Jackson zu streicheln. Zu meinem Entsetzen fasste sie ihm während der Fahrt in den Schritt. „Das magst du doch, oder Baby? Siehst du gerne bei so etwas zu Kitty?"

„Fahren Sie bitte rechts ran! Sofort!" Schrie ich Jackson an. „Aber Maam wir sind gleich da. Ich lasse Sie vor dem Hotel raus. Wenn ich auch nur noch eine Sekunde in diesem Wagen verbringen musste, würde ich ausflippen. „Lassen Sie mich raus. Auf der Stelle." Er bremste scharf und fuhr rechts ran. Dann sprang er aus dem Wagen, als ich Anstalten machte den Kofferraum zu öffnen. „Es tut mir so leid Miss Evelyn. Bitte sagen Sie meinem Boss nichts davon, dass ich mit Samantha, na Sie wissen schon."

„Sie können nichts dafür Jackson. Keine Sorge." Er nahm den Koffer heraus und gab ihn mir an. „Sie müssen die nächste rechts, dann sind

Sie am Hotel. Es ist das Four Seasons Downtown. Die Reservierung läuft auf Mister McGregors Namen, aber Sie sind trotzdem eingetragen. Die Mitarbeiter an der Rezeption wissen Bescheid, dass Sie kommen. Entschuldigen Sie vielmals."

„Schon in Ordnung." Dann ging ich mit meinen schweren Koffern los und stolperte beinahe darüber, als ich ihn auf den Bürgersteig zog. Die Straßen waren voller Leute. Ich sah hoch und stand direkt vor dem One World Trade Center. Es war ein ergreifender Moment vor einem Stück Geschichte zu stehen, das so viel Bedeutung für die Amerikaner hatte. Ich tat was Jackson sagte und lief weiter. Das Hotel war nur wenige hundert Meter entfernt. Ein Concierge kam mir sofort zur Hilfe, als er mich sah, wie ich meine Koffer hinter mir herzog. „Guten Abend Miss. Haben Sie eine Reservierung?", fragte er höflich, als er mir den Koffer abnahm. „Ja, McGregor."

„Ah, ihr Mann hat angerufen, dass Sie kommen. Bitte kommen Sie mit. Wir haben Sie bereits erwartet." An der Rezeption empfing mich ein braungebrannter Mann mit schwarzen Haaren. Der Concierge ging zu ihm um ihm mitzuteilen wer ich war. „Miss McGregor."

„Meyer." Korrigierte ich ihn.

„Natürlich. Mister McGregor rief an und hat uns Bescheid gegeben, dass Sie bald eintreffen würden."

„Ja, das ist höflich von ihm." Sagte ich.

„Wir bringen Sie selbstverständlich in unsere Gotham Suite, die Ihr Mann reserviert hat."

„Er ist mein Freund."

„Sicher. Entschuldigen Sie bitte. Mister Lopez wird Sie begleiten. Kann ich sonst noch etwas für Sie tun? Möchten Sie zu Abend essen? Wir haben ein fantastisches Restaurant."

„Nein, vielen Dank. Ich habe bereits gegessen."

„In Ordnung. Dann wünsche ich Ihnen einen angenehmen Aufenthalt." Der Concierge öffnete die Suite und ich konnte kaum fassen was ich sah. Ein gigantisches King Size Bett, daneben eine hellgraue Sofa Ecke mit Beistelltisch, zwei blauen Sesseln, darunter ein rechteckiger beiger Teppich mit fließendem Muster. Ich sah den Concierge an, der meinen Koffer ablegte. Ich drückte ihm etwas Trinkgeld in die Hand und stand dann vollkommen alleine in der gigantischen, leeren Suite und fing an zu weinen.

# Kapitel 21

Meine Hände zitterten, als ich Lous Nummer raussuchte und sie anrief, obwohl ich wusste, dass es bei ihr mitten in der Nacht war. Ich musste mit einem Menschen reden, dem ich absolut vertraute. Ich schluchzte, als sie mit einem lauten Gähnen abhob und dabei besorgt klang. „Eve? Ist alles okay?" Als ich ihre Stimme hörte, erinnerte mich plötzlich alles an Zuhause und ich wurde immer sentimentaler, denn ich war ganz alleine in der großen Stadt. Mein Weinen wurde immer schlimmer, ich rieb mir die Augen. „Oh Gott Süße. Was ist passiert?"

„Du hattest Recht." Schniefte ich.

„Womit denn Baby?"

„Ich bin schwanger, von Noah." Ich sprach die Worte aus und konnte nicht glauben, was ich gerade gesagt hatte. Wie konnte ich nur so unvorsichtig und dumm sein? Noah war mit Natalie zusammen, nicht mit mir, er hasste mich. Die Stille in der Leitung machte die Situation noch schlimmer.

„Oh verdammt." Sagte sie schließlich.

„Es ist alles so furchtbar. Ich will einfach nur nach Hause."

„Süße, bitte versuch dich zu beruhigen. Hast du deine Tabletten genommen?"

„Nein, ich darf sie nicht mehr nehmen, ich bin doch schwanger.“ Ich saß auf dem Teppich, angelehnt an das Sofa und hatte bereits zwei Packungen Taschentücher leer gemacht. Ich konnte einfach nicht aufhören zu weinen und mich selbst zu bedauern. „Was soll ich denn jetzt machen, Lou? Mein Leben ist vorbei. Noah wird mich niemals zurücknehmen, er hasst mich Lou. Er hasst mich so sehr.“

„Das ist doch Blödsinn und das weißt du auch.“

„Das ist es nicht. Er hat es mir gesagt.“

„Seine Augen sagen aber etwas ganz Anderes.“ Ich wollte die Suite auseinandernehmen oder auf irgendetwas einprügeln um den Schmerz in meiner Brust loszuwerden. „Komm nach Hause Süße. Weiß Seth davon?“

„Nein! Natürlich nicht. Er würde ausrasten. Dann hasst er mich. Alle hassen mich. Ich mache alle Menschen in meiner Umgebung unglücklich. Was bin ich nur für ein furchtbarer Mensch?“

„Das ist absoluter Bullshit Eve. Du bist kein schlechter Mensch. Ach, ich würde dir so gerne helfen. Sprich mit Seth, du musst nach Hause kommen. Du bist schwanger Süße, das ist etwas Wunderbares.“

„Ach ja? Inwiefern das?“ Vollgekotzt werden, keine Nacht durchschlafen, eine alleinerziehende Mutter ohne Perspektive im Leben. Das Mutter werden klang wirklich umwerfend.

„Das ist dein Baby Süße. Komm zurück, am besten morgen. Ich wäre so gerne bei dir, bist du alleine?“

„Ja. Ich bin im Hotel.“ Ich weinte immer weiter und schniefte ins Handy. „Ich musste alleine sein. Seth hat mich mit zu seiner Familie genommen, das war so schrecklich inmitten dieser Familie zu sein. Ich wusste, dass ich, dass ich… diesen kleinen Klecks im mir trage.“

„Kleiner Klecks?“

„Auf dem Bild ist so ein kleiner Klecks. Sie ist noch so klein.“

„Woher weißt du denn, dass es ein Mädchen wird?“

„Ich hatte einen Traum von ihr, ich habe sie vor mir gesehen, meine Familie - und Noah, es war so ein realer Traum.“

„Er wird wahr werden. Versuch ein wenig zu schlafen Baby. Morgen wird es dir schon besser gehen. Ich bin im Geiste bei dir. Ich liebe dich Eve.“

„Ich dich auch Lou. Ich rufe wieder an.“ Dann legte ich auf. Sie hatte Recht. Am besten packte ich nur schnell meine Waschutensilien und meinen Pyjama aus, bevor ich mich in das Bett legte. Im Bad gab es ausreichend Ablagefläche für meine persönlichen Sachen. Ich band mir die Haare zu einem lockeren Dutt zusammen, schminkte die Reste meines Make-Ups ab und putzte mir noch schnell die Zähne, bevor ich mich in das große Bett legte und mich dabei einsamer, denn je fühlte. Was hatte ich mir nur dabei gedacht nach New York zu fliegen? Ich wollte mit Noah reden über die Schwangerschaft.

Aber was dann? Was kam danach? Wir dachten schon einmal während unserer Beziehung, dass ich schwanger war. Also eher Noah glaubte daran, da ich mir zu 100% sicher war, dass nichts passiert war bei dem Sex. Der Sex mit ihm war wild. Er wollte mich dafür bestrafen, dass ich mich ihm wiedersetzte und bewegte sich immer schneller und schneller beim Sex, bis es beinahe schmerzte. Dabei platzte das Kondom und er kam in mir. Seine Reaktion würde ich nie wieder vergessen. Wenn ich mich daran erinnerte, wie er mich ansah, als er das geplatzte Kondom sah, als wäre ich Schuld daran, dass es platzte. Noah sprang vom Bett und riss dabei die Bettwäsche auf den Boden, als er nach seiner Jeans griff und sie anzog. „Steh auf. Wir müssen sofort die Pille danach besorgen, wir können noch keine Kinder bekommen." Ich wusste überhaupt nicht, wie mir geschah, als er mich vollkommen nackt vom Bett riss und panisch durch den Raum lief. Er raufte sich dabei die blonden Haare und sprach verwirrende Sätze, die ich nicht verstand.

Ich wälzte mich unter der Satinbettwäsche hin und her bei dem Gedanken an diesen Tag. Vier Tage später lagen wir abends zusammen im Bett und sahen uns einen Film an. Durch die Pille danach ging es mir unglaublich schlecht. Ich konnte kaum geradeaus laufen ohne, dass mir dabei schwindelig und übel wurde. Die Nebenwirkungen kannten kein Erbarmen mit mir. Ich schlief fast die ganze Zeit durch um meinen Körper nicht unnötig anzustrengen. Noah ignorierte mich. „Was ist eigentlich dein verdammtes Problem?" fragte ich irgendwann genervt, als er sich von mir wegdrehte und an seinem Handy spielte.
„Nichts." Er konnte mir nichts vormachen, nicht nach anderthalb Jahren Beziehung. „Bist du ernsthaft sauer auf mich?" Er drehte sich zu mir um. In seinen Augen lag lang aufgestauter Zorn auf mich. „Was soll ich meinen Eltern sagen, wenn du wirklich schwanger bist? Ich studiere. Ich kann dich nicht versorgen und auch dieses Kind nicht. Es ist beschissen, Evelyn. Verdammt wieso wolltest du unbedingt Sex?"
„Ach jetzt ist es *meine* Schuld?"
„Ja!" Betonte er. Er tat mir unglaublich weh mit seiner Aussage. Tief in mir wünschte ich mir, dass ich wirklich schwanger war. Und er dachte nur an sich und seine Probleme. Aber hatte er mich auch nur ein

einziges Mal gefragt, wie es mir damit ging? Nein. Ich rechtfertigte mich für etwas, an dem wir gegebenfalls beide Schuld trugen. Wenn es nicht so spät gewesen wäre, dann hätte ich meine Sachen genommen und wäre gegangen ohne mich von ihm zu verabschieden. Er fing ernsthaft an zu weinen und ich tröstete ihn, obwohl es in mir nicht besser aussah. Ich hatte eine Scheiß Angst davor schwanger zu sein, denn ich war diejenige, die das Geld verdiente und ich hatte Angst davor meinen Job zu verlieren. Doch er ließ mich einfach hängen, weil er Angst vor der Meinung seiner Eltern hatte. Ich hätte dieses Kind geliebt, mit allem was ich hatte. Doch das war unwichtig, denn ich war nicht schwanger und bekam drei Tage später meine Periode. Sein glückliches Gesicht brannte sich in meinem Gedächtnis ein, damit zeigte er mir eine Seite von sich, die ich bisher nicht kannte und die mir Angst machte.

Was sollte ich jetzt tun? Er wollte kein Kind, jedenfalls noch nicht und sicherlich nicht mit seiner Ex-Freundin, die er hasste. Ich stand auf um nach Wasser in der Minibar zu suchen und wurde auch fündig. Ich konnte nicht schlafen, egal, wie sehr ich es versuchte. Ich öffnete die Schiebetür zur Terrasse und wagte einen Schritt nach draußen. *New York*, die Stadt, die niemals schlief. Hier oben wehte ein rauer Wind. Es war eine kalte Nacht, in der viel los war auf den Straßen. Ich lehnte mich vorsichtig über das Geländer um nach unten zu sehen. Hier oben waren die Probleme so groß, was sollte ich bloß tun? Drinnen wurde ich durch das laute Klingeln meines Handys aus meinen Gedanken gerissen. Ich lief rein und schloss die Tür hinter mir. „Hey." Sagte ich ins Telefon.

„Hi Darling. Ich konnte nicht schlafen. Du offenbar auch nicht." Sagte Seth. Irgendwie war ich froh, dass er mich anrief. So wurde die Einsamkeit erträglicher. „Nicht sonderlich gut." Sagte ich wahrheitsgetreu.

„An was denkst du gerade?"

„Seth, ich muss morgen zurückfliegen. Nach Hause meine ich."

„Was? Ist irgendetwas passiert?"

„Ja." Bemerkte ich mit zusammengebissenen Zähnen. „Soll ich zu dir kommen? Geht es dir nicht gut?"

„Nein, schon gut. Es geht mir gut, aber ich muss nach Hause. Ich erkläre dir alles, wenn wir uns sehen, aber ich muss zurück. Gibt es eine Möglichkeit...?"

„Warte, ich melde mich gleich wieder." Dann hörte ich das Piepsen in der Leitung und starrte auf mein Handy, als es sich ausschaltete.

*Zehn Minuten, Fünfzehn Minuten*, nach zwanzig Minuten ohne einen Anruf, legte ich mich wieder hin um endlich etwas Schlaf zu finden. Mein Körper gewöhnte sich schnell an die weiche Matratze. Wie sollte ich Seth nur die Wahrheit sagen über meinen kleinen schwarzen Klecks? Er mochte mich und ich mochte ihn. Ich spürte, wie ich immer müder wurde und langsam einschlief, bis ich durch ein lautes Geräusch hochschreckte. Ich sah mich um. Da war niemand, außer mir. Es klopfte wieder. Ich brauchte ein paar Sekunden um mir klarzumachen, dass jemand an der Tür war und in mein Zimmer wollte. Wieder klopfte es. Ich rührte mich kein Stück, und versuchte langsam ein-und auszuatmen, da ich mich fürchtete. „Eve! Mach die Tür auf. Ich bin's!" Rief die Stimme durch die Tür.

„Seth?“ schrie ich zurück.

„Ja, bitte öffne die Tür, Darling.“ Es war Seth. Ich strich mir die Haare aus dem Gesicht und öffnete ihm in meinem Pyjama die Tür einen Spalt breit. „Was willst du denn hier?“, fragte ich müde.

„Darf ich reinkommen?“ Ohne meine Antwort abzuwarten, schob er sich an mir vorbei und ließ sich auf einen der Sessel fallen. Ich zog schnell meinen BH wieder an, und band mir die Haare zusammen um nicht völlig verschlafen auszusehen. „Willst du was trinken?“

„Ist Bier im Kühlschrank?“ Ich hätte nicht erwartet, dass er gerne Bier trank. Für mich war Seth der Champagner, Wein Typ. Trotzdem öffnete ich die Minibar und fand eine Flasche Heineken, die ich ihm übergab und mich danach ihm gegenüber auf die Couch setzte. Es war dunkel im Zimmer, doch die Dunkelheit schien ihn nicht zu stören. Das einzige Licht strahlte die Stadt aus, da ich die Vorhänge nicht zugezogen hatte. „Was willst du hier?“, fragte ich ihn wieder.

„Ich habe mir Sorgen um dich gemacht. Wieso willst du so schnell abreisen?“ Als ich nichts sagte, fuhr er fort. „Ich weiß meine Familie ist wirklich schwierig, nicht immer, aber manchmal, aber deshalb musst du nicht gleich abreisen.“

„Seth, es ist nicht wegen deiner Familie. Wirklich nicht. Es gibt Komplikationen und deshalb muss ich dringend nach Hause.“

„Welcher Art?“ harkte er nach.

„Darüber kann ich wirklich nicht sprechen.“

„Wenn es um die Agentur geht, musst du mir die Wahrheit sagen. Eve, du musst wirklich nicht mehr arbeiten gehen, ich bin reich genug für uns beide. Und ich will für dich Sorgen, wie ein richtiger Mann es tun sollte, für die Frau, die er liebt." Ich hatte das Gefühl, dass er angetrunken war. Er wirkte seltsam verstört. Er zog ein Feuerzeug aus seiner Hose und ließ den Kronkorken auf den Boden fallen. Das konnte er nicht ernst meinen. Wir kannten uns kaum und ich gehörte nicht zu der Sorte Frau, die sich von einem Mann abhängig machte, sich um den Haushalt und die Kinder kümmerte. „Es geht nicht um die Agentur. Ich, ich liebe meine Arbeit. Wirklich sehr. Ich werde niemals aufhören zu arbeiten, mein Job bedeutet mir wirklich alles."

„Aber was ist es dann?"

„Seth, bitte. Ich habe dir doch gesagt, dass ich nicht darüber reden möchte." Er wirkte, wie ein Teenager, mit dem Bier in seiner Hand und der Art, wie er auf dem Sessel hin-und her rutschte, als wäre er nervös vor einer Klausur. „Ich verstehe schon. Du empfindest nichts für mich." Spinnte er jetzt? Was war nur los mit ihm? Ich stand auf und kniete mich vor ihn.

„Doch das tue ich."

„Wieso willst du dann keinen Sex mit mir?" Da war sie, die Frage der Fragen. Der Moment, auf den ich gewartet hatte. In wenigen Sekunden flog mir alles um die Ohren, das ich in den letzten drei Wochen mit ihm erlebte, nur durch einen einzigen unüberlegten Satz. Ich stand auf und stellte mich vor die große Fensterfront, denn ich konnte ihn nicht ansehen und ich konnte ihm nicht die Wahrheit sagen. Dafür hätte ich mir erst einmal selbst eingestehen müssen, dass ich schwanger war.

„Das ist nicht wahr." Sagte ich leise.

„Aber was ist dann dein Problem?" Er war aufgestanden und stand hinter mir. Dabei spürte ich, wie er mir über die Schulter fuhr und versuchte seine Hand immer weiter nach unten gleiten zu lassen. Ich hatte genau drei Möglichkeiten, erstens ihm die Wahrheit zu sagen, eine Lüge zu erfinden oder Möglichkeit Nummer drei ihm von der Fast Vergewaltigung zu erzählen. Ich empfand diese Variante als weniger schlimm, als ihn zu verlieren indem ich ihm von der Schwangerschaft erzählte. „Bitte, nicht." Flehte ich ihn an, obwohl er so wunderbar zu mir war.

Er zog seine Hand umgehend zurück und ging weg. Ich wollte nicht, dass er ging, wenn die Situation zwischen uns ungeklärt war. „Seth, lass es mich bitte erklären."

„Schon gut, du willst nicht. Du wolltest einfach nur mit nach New York. Den Millionär ausnutzen, ich verstehe schon. War es so von Anfang an geplant?"

„Das ist doch Unsinn. So ist es gar nicht."

„Wie ist es denn dann?" Er kam auf mich zu und sah mir dabei tief in die Augen. Ich hatte keine Möglichkeit wegzusehen, bei seinem Blick. „Ich mag dich wirklich sehr. Bitte."

„Bitte was?" Schrie er mich beinahe an. Er war rasend vor Wut. Mein Herz klopfte so laut, dass ich es an meiner Halsschlagader spürte, wie das Blut zirkulierte. „Ich wurde fast vergewaltigt." Sagte ich und ließ mich auf den Boden sinken. Ich hatte keine Kraftreserven mehr nach diesem Tag lange mit ihm zu diskutieren. Er kniete sich vor mich hin, als ich zusammengekauert auf dem Boden saß und alles vergessen wollte. Diesen schrecklichen Abend mit diesem Leon, der mir wehtun wollte, die Schwangerschaft, Natalie und Noah, wie sie sich gegenseitig Liebesbriefe schreiben. „Das wusste ich nicht, es tut mir so leid. Wenn ich das nur gewusst hätte", sagte er, als ich den Teppich anstarrte. Ich wollte einfach nur noch schlafen und morgen nach Hause fliegen ohne Rechtfertigung. „Das hast du nicht verdient. Oh Gott. Hast du irgendjemandem davon erzählt außer mir?"

„Nein." Flüsterte ich.

„Dieser Hund, wenn ich… wie heißt er? Kannst du den Mann beschreiben?"

„Das ist doch vollkommen unwichtig. Es ist passiert und ich kann es nicht mehr ungeschehen machen. Seth bitte ich muss morgen nach Hause. Bitte."

„Soll ich mitkommen?"

„Nein, nein. Kümmere du dich um deine Geschäfte. Deshalb bist du schließlich hergekommen. Und ich kümmere mich um meine Angelegenheiten zuhause."

Er legte sorgsam seine Hände um meine und hielt mich im Arm, als ich zitterte. „Ich rufe bei der Airline an. Du kommst nach Hause. Keine Sorge. Alles wird gut, Darling. Komm her." Er stand auf und zog mich in seine Arme. „Komm du legst dich jetzt hin und schläfst. Ich kläre alles weitere, in Ordnung?"

Ich nickte nur und ging zum Bett herüber. Seth vergewisserte sich, dass ich im Bett lag und öffnete die Tür zur Terrasse. Ich konnte nur einzelne Wortfetzen verstehen. Er wiederholte meinen Nachnamen mehrfach, bis der Mensch auf der anderen Seite der Leitung ihn verstand. Er klang ungehalten und ließ sich die Umbuchung bestätigen.

Als er wiederkam lag ich mit geschlossenen Augen im Bett und tat so, als wäre ich bereits eingeschlafen. Es war mitten in der Nacht in New York und ich war in einem Zimmer zusammen mit Seth. Diese Tatsache machte mich ziemlich nervös. Doch er legte sich nicht zu mir ins Bett, sondern legte sich auf die Couch mit seinem Handy und tippte irgendetwas hinein. Ich spürte, wie ich von der Müdigkeit übermannt wurde und endlich Schlaf fand, nachdem Seth laut atmete und ich sicher sein konnte, dass er schlief.

# Kapitel 22

„Guten Morgen Prinzessin", sagte jemand zu mir. Die Sonne fiel mir direkt ins Gesicht. Bevor ich die Augen öffnete, breitete ich die Arme um mich herum aus und spürte den weichen Stoff des Bettlackens und die Wärme der dicken Daunendecke, mit der ich bis zum Kinn zugedeckt war. Ich nahm Kaffeegeruch wahr und versuchte mich daran zu erinnern was letzte Nacht passiert war. Ich musste irgendwann eingeschlafen sein, nachdem Seth kam und mich zur Rede stellte, warum ich nicht mit ihm schlief und ich ihm von der Fast Vergewaltigung vor einigen Wochen erzählte. Vorsichtig öffnete ich die Augen. Ich hatte Recht. Seth saß auf der Bettkannte und beobachtete mich. Vor ihm stand ein großes Tablett mit Kaffee und Croissants. „Ich wusste nicht was du magst, also habe ich einfach alles bestellt." Sagte er grinsend. Obwohl er auf der Couch schlief, war er bereits perfekt gestylt und roch frisch. „Hmm. Das riecht wirklich gut. Gibt es Tee?"

„Magst du keinen Kaffee?" Fragte er erstaunt. Ich lachte über seinen besorgten Gesichtsausdruck. Offenbar konnte er nicht glauben, dass es Menschen gab, die keinen Kaffee tranken. „Nein, ich hasse Kaffee." Als er mich wieder seltsam ansah, lachte ich laut auf. „Schau mich nicht so an. So schlimm ist es jetzt auch nicht."

„Ich kann dir gerne Tee bringen lassen.“

„Ach was! Nicht nötig. Ich trinke Saft. Ich weiß im Kühlschrank ist eine Flasche.“ Als ich Anstalten machte aufzustehen, stieß er mich behutsam zurück. „Kommt nicht in Frage! Du bleibst liegen.“ Er öffnete die Minibar und übergab mir die kleine Glasflasche.“

„Danke.“

„Keine Ursache. Ach, bevor ich es vergesse. Du fliegst heute Nachmittag zurück. Um 17 Uhr geht deine Maschine ab dem JFK. Ich habe Jackson Bescheid gegeben. Er wird um halb 1 hier am Hotel sein und dich abholen, ich begleite dich zum Flughafen.“

Ich wollte ihm wiedersprechen, aber er winkte mich ab. „Und bevor du jetzt ablehnst, ich bestehe darauf, wenn ich dich nicht nach Deutschland begleiten kann.“

„Du wirst nicht nachgeben, oder?“

„Niemals, Süße.“ Mein Magen zog sich zusammen, als er mich Süße nannte. Noahs Kosename für mich war Süße und es gefiel mir nicht, dass Seth versuchte dieses Privileg an sich zu reißen. Doch das war jetzt unwichtig. „Wie viel Uhr ist es?“

„10:15 Uhr.“ Er betrachtete seine Breguet Uhr um mir die Zeit zu sagen. „Die war bestimmt teuer.“ Bemerkte ich.

„Ein wenig. Geld bedeutet mir nichts, Eve.“ Solche Dinge konnten auch nur Leute von sich geben, die zu viel davon hatten. „Wie viel hat sie gekostet?“

„Willst du das wirklich wissen?“ fragte er lachend.

„Ja.“

„Eine Viertel Millionen Dollar.“

„Das ist nicht dein Ernst?“ fragte ich und sprang besorgt auf. Mit einer Viertel Millionen konnte ich mir beinahe ein Haus kaufen, oder eine Eigentumswohnung oder ein Auto und viele schöne Dinge. Er kaufte sich eine Uhr für 250.000 USD. „Hey, keine Sorge. Das ist nichts.“ Sagte er, als würden wir von 10 Euro sprechen.

„Das ist nichts? Das ist eine ganze Menge. Oh Gott Seth!“ Sagte ich, als ich in meinem Pyjama ohne BH durch die Suite lief. „Willst du dich nicht setzen und eine Kleinigkeit essen? Du hast beim Abendessen kaum etwas zu dir genommen.“

„Wie kannst du gerade an Essen denken?“ Er nahm ein Croissant zwischen seine Finger und biss genüsslich ab, als würden wir hier gerade über kein wichtiges Thema sprechen. Er war reich, und ich war nicht reich. „Jetzt beruhig dich Süße.“

„Nenn mich nicht so!“ Fauchte ich ihn an.

„Entschuldige, was würde dir denn besser gefallen?“ Wie wäre es mit Eve oder höchstens Evelyn. Aber Darling, Süße, Prinzessin. Er brachte mich um den Verstand mit seiner verständnisvollen Art, während ich mich über vollkommenen Blödsinn aufregte um nicht zugeben zu müssen, dass ich nur so rasend war, weil meine Hormone durchdrehten.

„Sorry. Das war dumm. Ich hab es nicht so gemeint. Ich gehe jetzt duschen.“

„Du hast trotzdem noch nichts gegessen. Es wäre mir wichtig, wenn du isst.“

„Ich esse nach dem Duschen. Versprochen. Ich fühle mich eklig.“ Sagte ich wahrheitsgetreu. Dann öffnete ich den Koffer und suchte mir frische Klamotten heraus. Etwas Schlichtes für den Rückflug. Ich nahm eine

Jeanshose heraus und einen weiten Pullover. So früh konnte unmöglich jemand meinen Bauch erkennen, nicht in der vierten Schwangerschaftswoche, doch irgendwie fühlte ich mich so, als könnte man mir von der Stirn ablesen, dass ich schwanger war. „Bis gleich dann." Sagte ich und verschloss die Badezimmertür hinter mir. In ein paar Stunden flog ich wieder nach Hause und konnte sofort zu meiner Frauenärztin fahren, wenn ich am Flughafen ankommen würde. Ich brauchte Klarheit über meine Schwangerschaft. In meinem Kopf waren so viele Fragen. Und ich brauchte Lou. Dave würde komplett ausrasten, wenn er von der Schwangerschaft erfuhr. Ich ließ meinen Pyjama auf den Fliesenboden fallen, drehte den Hahn auf und stellte mich unter das heiße Wasser, das ein wenig auf meiner Haut brannte.

In der Armatur spiegelte sich mein blasses Gesicht wider, das ich beinahe nicht wiedererkannte. Ich wirkte abgemagert, und wie eine Fremde, die in ihrem eigenen Körper eingesperrt war. Ich konnte Zuhause unter keinen Umständen alleine sein. Meine Mutter wäre so enttäuscht von mir, wenn sie wüsste, dass ich ein Kind bekam und das unverheiratet und dann noch mit Noah. Egal, wie gern sie Noah vielleicht einmal mochte, Jonas liebte sie bei Weitem mehr. Dabei hatte sie keine Ahnung, dass ich ihn verlassen hatte, weil ich Noah noch immer liebte. Ich konnte mir genau vorstellen, was sie sagen würde, wenn sie mich mit meinem wachsenden Bauch sehen würde. *„Evelyn, ich bin so enttäuscht von dir. Wie konntest du nur so unvorsichtig sein? Kind, ich habe dich so nicht erzogen."* Ich nahm das Shampoo vom Hotel von der Ablage und begann meine Haare vorsichtig einzuseifen und den Erdbeerduft aufzusaugen. Ausgeschlossen, meine Mutter war die letzte bei der ich um Hilfe bitten konnte. Sie würde mich spüren lassen, wie unvernünftig und dumm ich war. Wie sie immer sagte: *„Stellt euch vor Kinder, was passiert wäre, wenn euer Vater mich schon früher verlassen hätte, dann wäre ich eine alleinerziehende Mutter gewesen von zwei kleinen Kindern."* Dabei hatte mich angewidert angesehen. *„Maria ist eine alleinerziehende Mutter, weil sie nicht mit Verhütungsmitteln umgehen kann. Könnt ihr euch das vorstellen?"* Ich erinnere mich genau daran, wie sie an dem langen Esstisch saß, mit einer ausgebreiteten Serviette auf ihrem Schoss und einem ihrer Kostüme, zu dem sie Pumps trug mit streng nach hinten gebürsteten Haaren. *„Und ihre Tochter, April, sie ist wirklich eine Schlampe. Aber was soll man bei dem Vorbild anders machen. Sie hat drei uneheliche Kinder von einem Truckfahrer mit dem Namen Bone. Wer nennt sich denn so?"*

Dave sagte nichts und stopfte sich stattdessen massenweise Fleisch und Kartoffeln in den Mund. Ich ertrug ihre Monologe über andere Menschen nicht mehr, die ihr nie etwas getan hatten. Als ich nicht auf ihre Hetzrede einging, redete sie fröhlich weiter. *„Naja, Evelyn. Ich habe meine Kinder nicht so erzogen, du wirst es besser machen und einen ordentlichen Mann, wie Jonas heiraten. Nicht wahr mein Lieber?"* *„Klar."* Bestätigte Jonas sie. Er saß mir gegenüber und tat interessiert. Ich konnte sie keine Minute länger ertragen und beendete das Gespräch und erzählte von meinem aktuellen Projekt. Sie schien zufrieden und fing endlich an etwas zu essen und ihre Klappe zu halten. Wenn ich jetzt daran zurückdachte, wurde mir immer klarer, dass sie sich für mich schämen würde, besonders bei ihrer dummen Freundin

Susan. Vielleicht wäre die beste Lösung einfach nichts zu sagen und die Zeit entscheiden zu lassen, wann ich mit der Wahrheit herausrückte.

Seth holte mich aus meinen Erinnerungen zurück, als er an die Tür klopfte um zu fragen, ob ich okay sei.

„Alles gut. Ich bin gleich fertig." Ich wusch das Shampoo ab und seifte noch meinen Körper ein um mich danach abzutrocknen und meine trockene Haut einzucremen. Ich wirkte etwas lebendiger nach dem Duschen und trug noch schnell etwas Make Up und Wimperntusche auf.

„Du siehst wunderschön aus", sagte Seth und küsste mich auf den Haaransatz, als ich mit meinen nassen Haaren aus dem Bad kam und mir die braunen Locken in die Stirn fielen. „Du bist süß. Das Kompliment kann ich nur zurückgeben. Du könntest bei deinem Aussehen wirklich modeln."

„Das tue ich auch."

„Wirklich?", harkte ich nach.

„Ja, seit etwa 16 Jahren. Ich nehme nur nicht mehr so viele Aufträge an, wie früher. Wirst du jetzt etwas essen?"

Ich setzte mich auf die Couch, da er das Tablett auf dem großen Glastisch abgestellt hatte. „Was möchtest du haben?"

„Pancakes."

„Mit Ahornsirup?"

„Auf keinen Fall", sagte ich angewidert. „Ihr Amerikaner habt einen seltsamen Geschmack."

„Ahornsirup schmeckt wirklich gut."

„Nein, es schmeckt fürchterlich." Sagte ich lachend und fing an die

Maisspeise zu schneiden und dazu ein Glas Orangensaft zu trinken. „Ich habe mir erlaubt dir Tee bringen zu lassen." Bemerkte er und schüttete mir eine Tasse ein. „Du bist wirklich ein Engel Seth McGregor."

Er zuckte mit den Schultern und setzte sich zu mir. „Hey, meine Süße fliegt nach Hause, das ist doch das Mindeste. Ich werde dich vermissen." Er nahm meine Hände und küsste meine Fingerknöchel. Obwohl ich den Mund voller Pancakes hatte, küsste ich ihn liebevoll für seine Einzigartigkeit. Er war zu gut für mich. „Darf ich dich etwas fragen?"

„Nur zu."

„Deine Schwester, Samantha. Was hat sie für ein Problem?"

„Sie ist ein Teenager, das darfst du nicht ernst nehmen."

„Aber ihr ging es nicht gut gestern Abend. Sie fühlt sich offenbar nicht ernst genommen von euch."

„Eve, sie ist noch ein Kind und ist eben so." Dann stand er auf und schüttete sich eine Tasche Kaffee ein. „Wir sollten bald aufbrechen", lenkte er ab. Doch ich wollte wirklich über sie reden, nachdem ich sie gestern Abend erlebt hatte. Ich hatte das Gefühl, dass es ihr nicht sonderlich gut ging. „Ja, du solltest mit ihr reden." Ich wollte ihn doch nur davon überzeugen sich um seine Schwester zu kümmern, eben weil sie noch ein Kind war, das sich regelmäßig betrank. Wieso sah er das nicht?

„Eve, bitte, ich habe dir doch gerade gesagt es ist nicht der Rede wert. Sie ist ein Kind, sie testet ihre Grenzen aus bei unserer Mutter."

„Monica ist nicht ihre Mutter", bemerkte ich trocken.

„Hat sie dir das gesagt?" Ich merkte, dass er immer nervöser wurde, als ich nicht aufgab und weiter bohrte. Seine Hand zitterte, als wäre er wütend über meine Bemerkung. Dieses Verhalten hatte ich schon einmal bei ihm erlebt, als ich ihn warten ließ. „Ja, gestern Abend auf dem Weg ins Hotel." Die Sache mit Jackson konnte ich ihm nicht erzählen, das hatte ich ihm versprochen und Jackson wirkte wie ein guter Kerl. „Was hat sie noch erzählt?" Seine Atmung beschleunigte sich. Die Frage wirkte verkrampft, als müsste er sich konzentrieren nicht die Geduld zu verlieren. „Nicht viel. Nur, dass Monica nicht ihre Mutter ist und sie ihren Vater kaum sieht und dass sie das uneheliche, ungeliebte Kind ist." Ich sah Seth an, wie er vor mir stand und allmählich die Beherrschung verlor. „Wieso musstest du sie aushorchen?"

„Was?" fragte ich entsetzt.

„Du wolltest etwas über meine Familie erfahren, oder?"

„Wieso sollte ich das tun? Das habe ich nicht!" Er war bescheuert zu glauben, dass ich seine Schwester ausnutzte um Informationen aus ihr heraus zu kitzeln, nur weil Seth verschwiegener war als Samantha. „Und da bist du dir ganz sicher?" Ich stand ebenfalls auf und stellte mich vor ihn. „Seth ich habe kaum ein Wort gesagt während der Fahrt. Ich weiß nicht was mit dir los ist." Allmählich verstand ich Samanthas Verhalten gegenüber ihrer Familie. Er nahm meine Hand und drückte sie. „Es tut mir leid. Ich habe es nicht so gemeint. Verzeihst du mir?"

„Ja, okay. Ich würde jetzt gerne los zum Flughafen." Sagte ich, als er mich mit seinen Blicken fixierte. Seth hatte zwei Seiten, von denen ich nicht wusste, ob ich die dunkle Seite wirklich kennenlernen wollte. Er verängstigte mich ein wenig, mit der aufbrausenden Ader, die jeden

Moment explodieren konnte. „Sicher, Süße. Pack deine Sachen zusammen und dann können wir los. Ich rufe an der Rezeption an, dass sie deine Koffer abholen sollen. Passt dir in einer halben Stunde? Dann kann ich noch einige Telefonate erledigen und dann können wir los. Jackson wird uns fahren.“

„Klingt gut. Ich packe dann.“

„Ach und Eve.“

„Ja?“

„Ich sage dem Zimmerservice, dass sie das Frühstück abholen können. Außer du möchtest noch etwas essen.“ Ich fing an meine Sachen zu packen, als Seth aus dem Zimmer verschwand. Ich wusste nicht was seine Familie zu verheimlichen hatte, und aus welchem Grund sie Samantha anders behandelten, aber ich würde es herausfinden, denn so konnte ich über meine eigenen Probleme hinwegsehen. Im Bad packte ich meine Zahnbürste in meine Kulturtasche ein. „Jetzt bist du noch ein kleiner schwarzer Fleck mein Kleines. In ein paar Monaten lernen wir uns dann kennen.“ Sagte ich zu meinem Bauch und verdrückte dabei eine Träne. Es fühlte sich so richtig an, obwohl es so falsch war und mein Leben vollkommen verändern würde. Ich musste Lou Bescheid geben, dass ich morgen früh in Düsseldorf landete und zum Arzt fuhr. Ich brauchte Lou so sehr, sie war der einzige Mensch, auf den ich mich verlassen konnte. Bei ihr wusste ich, dass sie mich nicht belügen würde, und nicht verurteilen würde für meinen Fehler mit Noah. Ich fing an eine Strähne nach der anderen zu flechten, bis daraus ein straffer Bauernzopf entstand. Ich wollte einfach nur noch weg aus dem teuren Hotel, aus New York und Seths vollkommen perfekter Welt, die in

Wahrheit nicht im Geringsten perfekt war. Dave wollte wissen, ob es mir gut ging und ob ich gut angekommen war. Ich konnte ihm noch nicht sagen, dass ich wieder nach Hause kam, also antworte ich kurz, dass alles okay war und ich gut im Hotel angekommen war. Ich wählte danach Lous Nummer.

„Eve. Ich bin gerade bei John im Büro. Ich stelle dich auf Lautsprecher."

„Okay", sagte ich etwas nervös.

„Eve! Wie schön von dir zu hören, wie geht es dir in New York? Diese Stadt zieht einen in ihren Bann." Ich zögerte, bevor ich antwortete.

„Ja, das ist sie. Eine unglaubliche Stadt. Lou, kann ich dich kurz privat sprechen?"

„Klar."

„War schön deine Stimme zu hören John." Sagte ich. Ich stellte mir vor, wie die beiden gemeinsam an Johns Konferenztisch saßen und zusammen Kaffee tranken und über das Projekt diskutierten. In dem Moment wünschte ich mir nichts mehr, als bei ihnen zu sein und zu vergessen, dass ich Mutter wurde. Ich hörte das Nachhallen von Lous Pumps auf dem Marmorboden der Agentur. „So, ich bin jetzt in unserem Büro." Dann das Schließen der Tür. „Was konntest du erreichen? Hast du mit Seth gesprochen? Weiß er Bescheid? Kommst du wieder?"

„Lou!" Fiel ich ihr ins Wort.

„Ja?"

„Ich lande morgen früh um halb sieben in Düsseldorf. Ich wollte dich fragen, ob du mich abholen könntest? Ich schaffe es nicht allein zu sein.

Es gibt so viele Dinge um die ich mich jetzt kümmern muss."

„Hey, Süße. Natürlich hole ich dich ab. Die Frage stellt sich nicht."
Ich spürte, wie erleichtert ich war über ihre Unterstützung. „Ich rede mit
John und nehme mir für morgen frei. Willst du erst einmal zu mir
kommen? Dein Bruder ist vermutlich nicht sehr hilfreich. Und in
meinem Bett ist genug Platz für uns zwei." Meine Augen füllten sich
mit Tränen. Jetzt konnte ich die unvermittelten Tränenausbrüche
erklären- es lag an den Schwangerschaftshormonen. „Das wäre wirklich
schön. Ich…naja, ich muss zum Arzt und schauen, ob alles okay ist. Ich
weiß ja nicht, ob… ob es dem Kleinen oder der Kleinen gut geht." Ich
bekam keinen geraden Satz heraus. Es fühlte sich an, wie in einem
Traum, aus dem ich nicht mehr aufwachte. Mein ganzer Körper war so
taub. Ohne Noah fühlte sich alles so falsch an. Und jetzt gehörte er zu
mir, weil uns etwas miteinander verband. Doch ich sah nur Natalie. Ich
stellte Lou auf Lautsprecher und öffnete ihr Instagram Profil um mir
bewusst zu machen, dass sie ihn hatte und sie die Frau an seiner Seite
war, nicht ich. Ich stand am Spielfeldrand, während sie im Angriff
spielte und den Ball in der Hand hatte. Mein Bauch schmerzte, bei
Noahs glücklichem Gesichtsausdruck, als er sie Weihnachten im Arm
hält, so wie er es früher bei mir getan hatte. Sie standen in dem Haus
seiner Eltern vor dem Tannenbaum. Der graue Marmorfußboden, die
weiße Wohnwand, der Baum, alles stand an seinem gewohnten Platz.
Jetzt hatte sie meine Position eingenommen und es schmerzte tief in
meinem Herzen, mir dieser Tatsache bewusst zu werden. Ich würde ihr
jeden Tag in der Agentur begegnen und dabei wissen, dass er zu ihr
gehörte und ich nur seine Ex Freundin war, die sein Kind bekam. Wenn

er davon wüsste, dann wäre es nur bei mir für das Kind. Mein Egoismus ließ es nicht zu ihm die Wahrheit zu sagen, denn ich würde ihn niemals zu diesem Leben zwingen. Er entschied sich für sie, denn sie war es die er im Arm hielt. Auch wenn ich ihm kein Wort glaubte, denn ich kannte ihn besser, als sie und sie klammerte sich an ihm fest, weil sie Angst hatte, dass er sie eines Tages für mich verlassen würde. Doch Noahs Wut auf mich war immer noch spürbar. Es klopfte mehrmals an der Tür.

„Lou, ich muss auflegen, ich schicke dir die Flugdaten zu, sobald ich durch die Sicherheitskontrolle bin und etwas Ruhe habe." Ich zog den Reißverschluss meines Koffers und ging zur Tür. „Fertig?"

„Ich dachte du wolltest unten auf mich warten."

„Ich wollte nachsehen, ob es dir gut geht. Bist du soweit?" Ein Mann stieg aus dem Aufzug und nahm meine Koffer entgegen. „Danke", sagte Seth und drückte ihm einen Schein in die Hand.

„Vielen Dank, Sir. Das ist sehr großzügig."

„Bringen Sie die Koffer ins Foyer. Wir stoßen dann zu Ihnen." Als er wieder in den Aufzug stieg, wand er sich an mich. „Hast du alles? Brauchst noch etwas oder sollen wir los? Jackson wartet auf uns."

„Ich bin soweit. Wir können los." Ich versuchte mich zu einem falschen Lächeln zu zwingen, obwohl ich so viel Angst hatte. Natalies und Noahs Anblick tat so unendlich weh. Ich konnte kaum atmen, wenn ich an sie dachte. Ich wollte ihn wieder an meiner Seite sehen. Es war meine Dummheit ihn gehen zu lassen, die Liebe meines Lebens. Wie sollte ich ihm nur sagen, wie sehr ich ihn noch immer liebte und wie sehr ich mir wünschte, wieder ein Teil seines Lebens zu sein, nach allem was passiert war. Ich würde dafür kämpfen, wenn er mich nur ließe. Das war der ursprüngliche Plan. Doch jetzt war alles anders. Ich würde dafür sorgen, dass niemals jemand die Wahrheit erfuhr. Sie sollten denken, dass Seth der Vater sei, nicht Noah. Noah gehörte mir nicht, er gehörte ihr.

„Geht's dir gut?" fragte Seth mich. Es ging mir ganz und gar nicht gut. Ich bohrte meine Finger in die Halterung im Aufzug und wünschte mir, dass ich alles vergaß. Dass ich die Liebe zu ihm vergaß. „Es tut so weh." Presste ich durch die Zähne hervor und hielt mir dabei den Bauch.

Seth zog mich sofort in seine Arme, als ich beinahe zusammenbrach bei seiner Berührung. Das Maß war voll. Ich konnte nicht mehr. Ich brach in Tränen aus, als er mir über die Wange streichelte.

„Um Gottes Willen. Was ist passiert Eve?" Ich wurde hysterisch, und krallte mich an seinem teuren Designerpullover fest. „Ich, ich.. es ist zu viel." Weinte ich an seinem Hals. Ich konnte nicht mehr atmen, und schrie am Boden des Aufzugs in seinem Arm. Er durfte mich so nicht sehen, nicht fühlen, wie es mir ging. „Beruhig dich Baby. Es wird alles gut."

„Nein, es wird nichts gut." Er streichelte mir über die Haare, ich konnte und wollte mich nicht beruhigen. „Evelyn, Süße, was ist passiert?" Fragte er mit ruhiger Stimme. Ich versuchte meine Atmung unter Kontrolle zu bekommen, als er mich immer fester hielt und ich dankbarer denn je war, dass er da war. „Seth, bitte hass mich nicht. Ich kann das nicht ertragen."

„Was ist denn los?"

„Ich bin schwanger." Weinte ich. Er drückte mich ein Stück von sich weg und sah mich an. „Was hast du da gesagt?“

„Ich bin schwanger.“

„Und von wem?“

„Von einem One Night Stand. Ich kenne ihn nicht.“ Log ich. Er durfte die Wahrheit nicht wissen. Er drückte auf den Stop Knopf an der Aufzugwand und setzte sich neben mich auf den Boden. „Wow.“ Ich sah ihn mit tränenverschmiertem Gesicht an, wie er seine Hand vor den Mund hielt, die Wand anstarrte und schwieg. Wieso hatte ich ihm nur die Wahrheit gesagt? Wieso war ich so dumm. Nach ein paar Minuten, sah er mich noch immer nicht an und flüsterte etwas. „Fliegst du deswegen nach Hause?“

Ich nickte und schloss die Augen. Mein Leben war unreal. Gerade noch war alles so perfekt, ich lernte endlich einen Mann kennen, der mir genau das Leben bieten konnte, das ich mir wünschte. Und jetzt zerstörte ich wieder einmal alles. „Ich weiß nicht was ich sagen soll. Ich kann dir nicht helfen.“ Ich starrte ihn an, wie bockig er auf dem Boden saß. Ich zog mich hoch und legte den Schalter um, damit der Aufzug weiter fuhr. „Was machst du denn da?“

„Ich rufe mir ein Taxi und fahre zum Flughafen. Seth du warst so gut zu mir. Ich kann dir nicht mehr das bieten, was du von mir wünschst. Wenn du mich jetzt hasst, kann ich es verstehen. Aber ich muss nach Hause. Mein Leben ändert sich gerade so sehr und ich habe eine wahnsinnige Angst.“

Als die Aufzugstüren aufgingen, ging ich zu dem freundlichen Concierge, der mir meine Körper angab. Ich schob sie vor die Tür und rief nach einem Taxi. Jackson sah mich und sprang sofort aus dem

Auto. „Miss Evelyn. Ich nehme Sie mit. Sie brauchen kein Taxi." Er redete auf den Taxifahrer ein, als er zu mir kam. „Kommen Sie, ich nehme Ihnen die Koffer ab."

„Nicht nötig Jackson. Ich nehme ein Taxi."

„Es ist nötig"; sagte Seth, als er hinter mich trat und Jackson die Koffer anreichte. „Wir bringen dich zum Flughafen, wie besprochen. Du solltest jetzt nicht so schwer tragen."

„Seth, bitte. Ich komme klar."

„Wirklich? Ich glaube nicht. Du solltest dich frisch machen gehen. Wir kümmern uns hier um den Rest."

„Was?"

„Deine Schminke ist verschmiert." Sagte er.

Ich folgte seinen Anweisungen, denn Seth war kein Mann zu dem man „Nein" sagte. Er hatte Recht. Über meine Wangen zogen sich hässliche schwarze Linien, die bis zu meinem Hals heruntergingen. Obwohl ich eine Jacke trug, die meinen Hals bedeckte, konnte ich die Ränder erkennen und wusch sie mit einem feuchten Papier ab, bis meine Haut leicht errötete. Meine Augen schimmerten grün von den Tränen, die ich weinte. Ich hatte keine Lust das Make Up aufzufrischen und entschied mich dazu mit einem geröteten Gesicht zurückzugehen. Mir war wirklich egal, ob mich jemand sah, oder was Seth dachte. Er kannte jetzt die Wahrheit. Jackson und Seth saßen bereits im Wagen, als ich aus dem Hotel lief und mich auf die Rückbank setzte. Seth saß auf der linken Seite und wartete auf mich. „Komm her." Sagte er, als ich mich neben ihn setzte und zog mich auf seinen Schoss. „Jackson, fahren Sie los. Wir haben es eilig."

„Natürlich Sir." Ich betrachtete sein vollkommendes Gesicht und den Drei Tage Bart. „Warum?" fragte ich.

„Weil ich dich nicht hängen lasse, ich muss nachdenken über uns, aber jetzt solltest du nicht alleine sein."

„Danke Seth", sagte ich und lehnte mich an seine Schulter. Er gab mir das Gefühl nicht alleine zu sein und hielt mich den ganzen Weg bis zum JFK fest.

„Sir, wir sind da." Sagte Jackson.

„Gut, ich bringe Miss Evelyn noch rein, warten Sie am Parkhaus 2 auf mich. Wie üblich."

„Sicher Sir."

„Er respektiert dich sehr", stellte ich fest, als Jackson umgehend ausstieg um die Koffer aus dem Kofferraum zu holen.

„Das sollte er, er verdient nicht schlecht."

„Gute Reise Miss Evelyn." Sagte Jackson. „Warten Sie Jackson." Sagte ich.

„Seth, kann ich dich kurz sprechen?"

„Klar." Ich zog ihn ein Stück von Jackson weg und nahm seine Hand.

„Ich möchte jetzt alleine weitergehen, bitte. Ich brauche Zeit um nachzudenken wie mein Leben weiter geht. Ich muss das hier alleine schaffen, ja? Ich bin dir so, so unendlich dankbar für alles, was du für mich getan hast. Du bist ein wunderbarer Mensch. Ich kann meine Gefühle gar nicht in Worte fassen." Ich umarmte ihn und hielt mich an ihm fest. Dabei atmete ich seinen süßen Duft ein, der mir ein Stück Liebe bot. „Ich muss jetzt gehen. Ich melde mich sobald ich gelandet bin. Danke, wirklich. Du bedeutest mir so viel."

„Nicht dafür Eve. Du bist ein Teil meines Lebens." Doch ich musste erst einmal weg von hier. Wir küssten uns zum Schluss. „Soll ich nicht einmal deine Koffer schleppen?"

„Ich bin schwanger, nicht tot krank." Witzelte ich. „Ich muss wirklich los."

„Wir sehen uns bald. Versprochen."

Dann ging ich ohne zurückzuschauen zum Flughafenschalter und wartete im Anschluss darauf, dass ich endlich nach Hause fliegen konnte.

# Kapitel 23

„Oh mein Baby." Rief Lou, als sie mir entgegengerannt kam am Flughafen. Ich zog sie in meine Arme, als sie angerannt kam. „Oh, Lou!" Schluchzte ich in ihrem Arm. „Lass dich anschauen. Du siehst gut aus." Bemerkte sie.

„Lou, wir haben uns vor drei Tagen das letzte Mal gesehen."

„Na und? Ich habe dich vermisst. Du bist meine beste Freundin."

„Ich bin so froh, dass du da bist."

„Immer. Wie war der Flug? Lass mich dir helfen." Sie nahm mir einen Koffer ab und ich folgte ihr zum Auto.

„Hast du Hunger?"

„Nein, ich bin in der ersten Klasse geflogen. Wenn ich etwas nicht habe, dann ist es Hunger, zwar war ich das First Class essen ganze drei Mal wieder rausgebracht. Schade eigentlich."

„Wie geht's dir denn?"

„Bis auf die Magenkrämpfe und das ständige Übergeben, ganz okay soweit. Ich muss mich erst einmal an alles gewöhnen. Können wir zum Frauenarzt fahren? Ich würde mich gerne untersuchen lassen."

„Na klar. Komm. Es ist nicht weit bis zum Auto. Meine beste Freundin wird Mama. Das ist unglaublich."

Wir liefen durch den großen Flughafen, vorbei an wartenden Gästen und Flughafenmitarbeitern, die jeden Tag hier verbrachten.

Lou fuhr uns zum Frauenarzt, der in der Nähe meine WG lag. Die Frauenärztin war nett und verständnisvoll, als ich ihr von meiner Situation erzählte. „Machen Sie bitte Ihren Bauch frei für den Ultraschall. Sie müssen wirklich keine Angst haben." Sagte sie, als ich mich nicht vom Fleck bewegte.

Ich setzte mich auf den Behandlungsstuhl und spreizte meine Beine. Es war das erste Mal, dass ich mich nicht untenrum freimachen musste. „Es wird jetzt ein wenig kalt." Sie drückte meine Hand, als ich begann am ganzen Körper zu zittern. „Sie müssen wirklich keine Angst haben, ich mache das hier jeden Tag Miss Meyer. Bitte versuchen Sie sich zu entspannen." Sie drückte kommentarlos das Ultraschallgerät auf meinen Bauch. „Ich muss ein wenig drücken, damit wir ihr Baby besser sehen können." Sie fuhr auf und ab über meinen Bauch und begann Bilder zu machen. „Da ist Ihr Baby. Sehen Sie." Sie zeigte wieder auf den schwarzen Fleck, den mir Ryan bereits gezeigt hatte. „Der oder dem Kleinen scheint es gut zu gehen." Sagte sie freundlich. Ich hörte das wallende Geräusch des Ultraschallgeräts und sah meinen schwarzen Fleck, der ein wenig größer wirkte, als beim letzten Mal. „Das ist mein Baby?" fragte ich.

„Im Moment können Sie noch nicht viel sehen, aber das ändert sich, sobald Sie den Herzschlag hören können. Es wird viel schneller wachsen, als Sie denken. Ich fülle Ihnen den Mutterpass aus. Sie müssen einmal im Monat zur Vorsorgeuntersuchung vorbeikommen, wir müssen noch einige Voruntersuchungen durchführen. Die Damen am Empfang geben Ihnen den Mutterpass und vereinbaren weitere Termine mit Ihnen."

„Danke Doktor."

„Dafür bin ich hier. Sollte irgendetwas sein, bitte kommen Sie umgehend vorbei. Eine Schwangerschaft kann Ihre Höhen und Tiefen haben."

„Schönen Tag noch. Und danke nochmals." Sagte ich und zog die Tür hinter mir zu.

Ich zeigte Lou den Mutterpass. Sie strahlte, als sie ihn entgegennahm.

„Lou ich wollte dich noch etwas fragen."

„Ja?"

„Ich würde mich sehr freuen, wenn du die Patentante werden würdest!"

„Ehrlich? Oh Eve, ich würde nichts lieber tun." Sie umarmte mich.

Danach zog ich meine Jacke an und wir fuhren zu ihr nach Hause.

∞

Ein paar Tage später ging ich wieder in die Agentur, nachdem ich John die Wahrheit erzählte über meine Schwangerschaft. Seth kam in der Woche danach wieder aus New York zurück und rief mich sofort an, als er landete. Er sagte mir, dass er trotz allem weiter mit mir zusammen sein wollte und ein guter Vater für mein Kind sein wollte. Ich konnte gar nicht fassen, was er da sagte, aber er betonte, dass er es wirklich ernst mit mir meinte und ich fiel ihm glücklich um den Hals. Er wollte mich Mittwochabend aus der Agentur abholen. Ich ging aus dem Büro und war gerade auf dem Weg zum Empfang, als ich Noah und ihn miteinander sprechen sah. Ich bekam sofort Panik, als Seth mit ihm gemeinsam lachte, als wären sie die besten Freunde der Welt. Hoffentlich hatte Seth Noah nichts von meiner Schwangerschaft erzählt.

„Hi, Baby." Sagte ich und küsste ihn auf den Mund. „Noah."

„Hallo Evelyn. Wie geht's dir?"

„Super, großartig. Können wir?"

„Wir haben noch einen Arzttermin." Begann Seth. Ich bekam Panik, als Noah ihn ansah und danach mich. „Ja, Arzt. Krank und so weiter. Wir müssen los, war nett dich zu sehen." Ich bekam sofort wackelige Beine, als ich den Vater meines Kindes in die großen blauen Augen sah und mir nichts mehr wünschte, als an seiner Seite zu stehen und mit ihm gemeinsam zu dem Arzttermin zu gehen und uns unser Kind anzusehen. Seth war komplett ahnungslos, genauso wie Noah. Ich musste eine Lügengeschichte erzählen um keinem von beiden weh zu tun.

Zuhause setzte ich mich an meinen Schreibtisch und begann zu schreiben um mein schlechtes Gewissen zu stillen.


*Lieber Noah,*

*ich glaube eines Tages werden wir uns wiederfinden, wenn du aufgehört hast mich zu hassen. Dann sehe ich dich wieder, weil es das Schicksal so will. Und wenn es das Schicksal so will, gelangt dieser Brief auf irgendeinem Weg zu dir.*

*Du wirst mich auch dann vielleicht noch immer hassen und bist möglicherweise schon mit Natalie verheiratet und hast eine Familie mit ihr gegründet. Noah, es gibt etwas, das ich dir nie sagen konnte. Als ich mit Seth nach New York flog ging es mir gesundheitlich nicht sonderlich gut. Wir waren in New York bei einem Arzt und ich habe dabei etwas herausgefunden, das mir den Boden unter den Füßen weggezogen hat. Ich bin allerdings zu feige um dir die Wahrheit zu sagen, da ich Angst vor deiner Reaktion habe. Ich liebe dich mehr als ich in Worte fassen kann. Das tue ich heute und werde es auch noch in Zukunft tun, jeden Tag meines Lebens, denn du bist die Liebe meines Lebens, auch wenn ich zu blind war die Wahrheit zu erkennen. Ich habe ein Zitat gelesen, das mich sehr berührt hat: Wo Liebe ist, wird das Unmögliche möglich. Egal, wie unmöglich und weit entfernt unsere Liebe scheint, tief in uns drin gehören unsere Herzen zusammen. Noah, ich bin schwanger, in der 6ten Woche*

*Diese Nachricht hat etwas in mir ausgelöst, von dem ich dachte ich könnte es nicht mehr empfinden. Ich liebe unser Kind, ganz egal, ob es ein Mädchen oder ein Junge wird. Im Flugzeug nach New York hatte ich einen seltsamen Traum von uns und unserer Tochter. Sie lief zu dir und rief mich Mommy. Ich sollte ihr folgen. Sie lief über eine grüne Wiese zu ihrem Daddy. Ich konnte den Mann nicht erkennen, bis sie sich neben ihn auf eine Bank setzte und du dieser Mann warst. Du strahltest über das ganze Gesicht und ich fühlte endlich frei zu sein. Unendliche Liebe und Glück. Ich hätte niemals gedacht, dass ich jemals wieder jemanden so sehr lieben könnte, wie dich. Du bist der Grund warum dieses kleine Geschenk in mein Leben treten wird.*

*Noah es gibt noch etwas, das ich dir sagen will, weil es wichtig ist. Ich bin nicht die Einzige von uns beiden, die Fehler gemacht hat. Ich weiß es ist einfacher alle Wut auf mich zu projizieren, nur damit es einfacher für dich ist mich zu vergessen. Du und ich, wir beide wissen, dass wir versuchen können zu vergessen, dass es ein uns jemals gab, aber unsere Herzen gehören zusammen, egal, wie sehr, wir versuchen gegeneinander anzukämpfen. Es war ein Wunder, dass ich dich an dem Tag, an dem mein Onkel verstarb kennenlernen durfte, und nur durch dich habe ich nicht aufgegeben, denn du warst so unglaublich stark. Vielleicht habe ich es dir nicht oft genug gesagt, aber ich bin dir so dankbar für jeden Moment, in dem du mich gehalten hast, wenn ich geweint habe, weil ich ihn vermisst habe und das Loch, das er hinterlassen hat nicht mehr zu füllen war. Das werde ich dir niemals vergessen. Vergiss das nie. Es tut mir unendlich leid, dass du nichts von deinem Kind weißt. Es ist so unfair von mir dir die Wahrheit zu verschweigen, aber ich will dich nicht belasten und dein Leben zerstören, nur weil wir zwei einen Moment der Schwäche hatten.*

*Wenn es das Schicksal will, werden wir eines Tages eine Familie sein und dein Kind wird dich lieben.*

*Bitte Verzeih mir.*
*Deine Evelyn*


Dann legte ich den Stift weg, faltete den Brief und versteckte ihn in der Box, in der ich die restlichen Erinnerungen meiner Vergangenheit mit Noah aufbewahrte und streichelte sanft über meine kleine Wölbung. „*Helena*", flüsterte ich und verstummte.

# Danksagung

*Dieses Buch ist der Beweis dafür, dass Träume wahr werden können und man nie den Mut verlieren sollte daran zu glauben. Danke an die wunderbarste und geduldigste Frau in meinem Leben, die mir einen Teil meiner Inspiration dazu gegeben hat, meine liebe Omi. Dafür liebe ich dich.*

*Wenn du nicht gewesen wärest, ein Teil meines Lebens, dann wäre die Idee und die Geschichte zu diesem Buch nie entstanden. Die Liebe meines Lebens. Ich weiß es, eines Tages.*

*An meine lieben Freundinnen, die mich dabei unterstützt haben dieses Buch zu schreiben und nicht aufzugeben.*